We are a
powerful
family

이민진

파친코 1

PACHINKO

PACHINKO

파친코 1

이민진 장편소설

신승미 옮김

INFLUENTIAL
인플루엔셜

크리스토퍼와 샘에게

한국 독자들에게

1995년, 나는 전업 소설가가 되기 위해 변호사 일을 그만두었다. 당시 나는 스물여섯 살이었고, 갓 결혼해 남편과 작은 아파트를 마련하느라 대출을 받았다. 왠지 모르게 나는 소설을 써서 곧 출간할 수 있으리라는 자신감에 차 있었다. 그렇게 되면 기업 전문 변호사를 그만두는 바람에 놓친 수입도 금세 채워질 거라고 생각했다. 그때 내가 참으로 분별이 없었음을 이제 당신도 알 거다.

나는 젊었고 문학에 전념하는 삶에 대한 희망에 부풀어 있었다. 그것이 무슨 의미인지도 미처 모른 채 말이다. 내 생각을 바꾸고 나를 변화시킨 책들처럼 좋은 책을 쓰고 싶었다.

2007년에 미국에서 출간한 첫 소설《백만장자를 위한 공짜 음식*Free Food for Millionaires*》이 나오기까지 11년이 넘게 걸렸다. 그렇지만 그보다도 몇 년 앞서, 그 소설을 구상하기도 전에 나는

'모국(Motherland)'이라는 제목의 원고를 쓰고 있었다. 이 글은 긴 시간이 흐른 후 《파친코》로 바뀌어 2017년에 출간됐다. 첫 소설을 낸 후 딱 10년 만이었다.

지금 나는 세 번째 소설《아메리칸 학원*American Hagwon*》을 쓰고 있으며, 이 소설은 주제가 연결된 디아스포라 3부작 '한국인(The Koreans)'의 완결편이 될 예정이다. 나는 한국인 이야기를 쓰고, 가능한 한 오래 이 주제로 작업하고 싶다.

"왜 한국인 이야기를 쓰나요?"라는 질문을 자주 받는다. 정말 재미있는 질문이다.

수십 년 동안 글쓰기와 씨름해왔다. 이제 나는 작가들에 대한 관심이 제한적이고, 독자들은 희귀하며, 세계 곳곳에 알려진 한국인에 대한 지식은 일부분일 뿐이라는 사실을 안다. 한류는 정말 대단하지만, 세계적으로 공유되는 우리의 창작 활동은 이제 겨우 시작 단계에 불과하다. 광범위한 인간성을 지닌 한국인을 그 자체로 오롯이 인정하는 일은 이제 막 시작되었다.

나에게 던지는 그 질문 뒤에는 나 같은 사람이 한국인 이야기를 쓴다니 참 특이하다는 생각이 깔려 있다. 나는 그렇게 생각하지 않는다. 한국인 이야기를 쓰지 않을 이유가 있을까? 나는 성인이 된 후 줄곧 세계 속에서 우리 한국인이 어떤 존재인지 생각하면서 보냈다.

그 질문에 대체로 나는 이렇게 답한다. 우리가 매력적이기 때문에 한국인 이야기를 쓴다고. 질문을 던진 사람은 이 대답에 종종 놀란다. 아뿔싸.

내게 한국인은 지적으로나 감성적으로나 깊이 있는 이야기의 주인공이 될 가치가 있는 이들이다. 온갖 놀라운 상황들을 견디며 분투해왔기 때문이다.

이 책을 믿어준 인플루엔셜 출판사에 감사한다. 신승미 번역가의 고된 작업도 고맙다. 번역은 '문학의 천사와 예술가의 작업'이라고 할 만하다. 나는 번역가가 아니다. 하지만 외국어를 공부하면서 짧은 글을 번역해본 경험을 통해 번역이 예술, 열정, 창작과 같다는 사실을 안다. 번역가의 노고에 감사한다.

언제나처럼 독자들에게 사랑과 신뢰를 보낸다. 당신의 친절함과 선량함, 매혹적인 인간성에 감사한다. 당신은 나에게 영감을 주는 존재다.

2022년 7월

이민진

차례

일러두기

본문의 주는 모두 옮긴이가 독자의 이해를 돕기 위해 붙인 것입니다.

1부

고향

HOMETOWN
1910-1933

'고향'은 이름이자 단어이며, 강한 힘을 지닌다.

마법사가 외는 어떤 주문보다도

혹은 영혼이 응하는 어떤 주술보다도 강하다.

찰스 디킨스

1
부산, 영도

역사는 우리를 저버렸지만, 그래도 상관없다.

20세기로 넘어갈 무렵, 늙은 어부와 아내는 가욋돈을 얻을 요량으로 하숙을 치기로 했다. 두 사람 모두 영도라는 어촌에서 나고 자랐다. 항구도시 부산 끄트머리에 있는 폭 8킬로미터 정도의 작은 섬이었다. 혼인하여 사는 세월 동안 어부의 아내는 아들 셋을 낳았지만 몸이 가장 약한 큰아들 훈이만 살아남았다. 훈이는 윗입술이 세로로 갈라지고 한쪽 발이 뒤틀린 채로 태어났다. 그렇지만 어깨가 떡 벌어졌고 몸집이 다부졌으며 혈색이 좋았다. 어릴 적 온화하고 사려 깊던 성격은 청년이 돼서도 그대로였다. 훈이가 낯선 사람들 앞에서 습관적으로 갈라진 윗입술을 양손으로 가릴 때면 웃음을 띤 커다란 눈이 잘생긴 아버지와 꼭 닮아 보였다. 이마가 훤하고 눈썹이 먹처럼 진하며, 바깥일을 하는지라 늘

햇볕에 건강하게 그을려 있었다. 훈이는 과묵한 부모와 마찬가지로 말솜씨가 좋지는 않았는데, 느릿한 말투 때문에 어디가 좀 모자란 아이라고 오해하는 사람들도 있었다. 그러나 이는 사실이 아니었다.

1910년 훈이가 스물일곱 살이 되던 해에 일제가 강제로 조선의 통치권을 빼앗고 식민지로 삼았다. 궁핍하고 고단한 삶을 억척같이 살아내는 촌사람들일 뿐인 어부와 아내는 나라를 빼앗긴 무능한 양반들과 부패한 위정자들에게 신경 쓸 겨를이 없었다. 집세가 다시 오르자 부부는 하숙인들을 더 받으려고 안방을 내주고 부엌에 딸린 작은 방에서 잤다.

부부가 30년 넘게 세 들어 사는 목조 가옥은 그리 넓지 않아 47제곱미터가 채 되지 않았다. 장지문을 들여 세 칸짜리 집으로 만들고 비가 새는 초가지붕을 어부가 손수 붉은 황토 기와로 바꾸어놓았다. 부산에 있다는 고래 등 같은 기와집에 사는 집주인에게만 좋은 일이었다. 나중에는 갈수록 솥이 커지고 회반죽벽에 걸어놓은 밥상 개수가 늘어나는 바람에 부엌을 채소밭 쪽으로 내어 넓혔다.

아버지가 끝까지 고집해 훈이는 마을의 학교 선생에게 조선어와 일본어를 배웠다. 하숙집 장부를 기록하고 장에서 속지 않을 만큼 셈을 할 줄 알아야 한다는 이유였다. 훈이가 글을 익히고 셈을 할 수 있게 되자 부부는 훈이를 학교에 보내지 않았다. 다 자란 훈이는 제 나이보다 두 배는 많고 두 다리가 멀쩡한 힘센 장정 못지않게 일을 잘했다. 다만 손재주가 좋고 무거운 짐을 나를 수 있어도, 빠르게 뛰거나 걷지는 못했다. 훈이네 부자는 술을 입에도 대지 않는 사람들로 마을에서 유명했다. 어부와 아내는 온전치 않은 몸으로 살아남은 아들을 영리하고 부지런한 사람으로 키웠다. 본인들이 죽고 나면 아들을 돌봐줄 사람이 없어서였다.

남편과 아내가 단 하나의 심장을 가질 수 있다면, 훈이는 바로 그 끊임없이 박동하는 심장이었다. 두 사람은 다른 자식들을 다 잃었다. 막내는 홍역으로 죽었고 반편이 같던 둘째는 소에 받쳐 허망하게 죽었다. 노부부는 학교와 장에 갈 때 말고는 늘 어린 훈이를 집 근처에만 두었고, 훈이는 마침내 청년이 돼서도 부모 일을 거들며 집에 머물러야 했다. 부부는 아들을 실망시키려니 가슴이 미어졌지만, 아들을 사랑했기에 맹목적으로 애지중지하지는 않았다. 죽은 자식보다 응석받이 자식이 가족들을 힘들게 한다는 사실을 알아서 오냐오냐하며 키우지 않았다.

이 땅에 사는 다른 이들은 이렇게 분별 있는 부모를 둘 정도로 운이 좋지는 않았다. 적에게 약탈당하거나 큰 재해를 입은 나라에서 늘 그렇듯이 노인이나 과부, 고아 같은 약자는 식민지가 된 반도에서 더없이 절박한 형편이었다. 한 명이라도 더 먹일 수 있다면, 보리밥 한 그릇에 하루 종일 일하겠다고 나서는 사람들 천지였다.

1911년 봄, 훈이가 스물여덟 살이 되었을 때 볼이 불그레한 중매쟁이가 훈이 어머니를 찾아왔다.

훈이 어머니는 중매쟁이를 부엌으로 데려갔다. 하숙인들이 앞방에서 자고 있어서 소리 죽여 말해야 했다. 늦은 아침 녘, 밤 늦게까지 고기잡이를 하고 돌아온 하숙인들이 뒤늦게 따뜻한 저녁 밥을 먹고 씻은 뒤에 잠자리에 든 참이었다. 훈이 어머니는 중매쟁이에게 시원한 보리차 한 사발을 따라주고 나서 하던 일을 계속했다.

훈이 어머니는 중매쟁이가 무슨 일로 왔는지 짐작했지만 어떤 말을 해야 할지 알 수 없었다. 훈이가 색시를 맞고 싶다는 뜻을 부모에게 비친 적은 한 번도 없었다. 괜찮은 집안에서 다리를 저는 언청이와 딸을 혼인시킨다는 것은 어불성설이었다. 자식도 기형아로 태어날 것이 뻔했기 때문이다. 훈이 어머니는 여자와 이야기를 나누는 아들을 본 적이 없었다. 마을 처녀들 대부분이 훈이를 피했고, 훈이도 가질 수 없는 것을 원해서는 안 된다는 것을 잘 알고 있었다. 가난한 사람들은 누구나 그렇게 주어진 삶을 받아들이며, 참고 견뎠다.

중매쟁이의 우스꽝스럽고 작은 얼굴은 불그레하게 부어 있었다. 감정이 담기지 않은 검은 눈이 재빠르게 움직였다. 중매쟁이는 듣기 좋은 말만 하려고 조심했다. 목이 마른 양 입술을 핥았다. 훈이 어머니는 이 여자가 자신과 집 구석구석을 자세히 살펴보고 까다로운 눈으로 부엌 크기를 가늠하고 있음을 눈치챘다.

그렇지만 중매쟁이는 훈이 어머니의 속내를 헤아리기 꽤 어려울 터였다. 훈이 어머니는 아침에 일어나서 밤에 잠들 때까지 일하며 그날그날 필요한 일을 해내는 조용한 여인이었다. 쓸데없는 수다를 떨 만한 여유도 없어서 장에도 잘 가지 않았다. 대신에 훈이를 보냈다. 중매쟁이가 말하는 동안 훈이 어머니의 입은 굳게 다물어져 있었다. 무를 썩둑썩둑 썰고 있는데도 움직임이 없는 묵직한 소나무 도마 같았다.

중매쟁이가 먼저 운을 뗐다. 훈이가 다리에 약간 문제가 있고 입술이 갈라졌어도 그만하면 썩 괜찮은 아들이다, 공부도 했고 황소 두 마리 몫을 할 만큼 힘도 세다, 그렇게 훌륭한 아들을 뒀으니 댁은 참 복도 많다고 말했다. 그러다가 중매쟁이는 자기 자식들 흉을 보았다. 아들들 중 누구 하나 책을 열심히 들여다보지 않고 장사에 발 벗고 나서지도 않지만, 뭐 그렇게 형편없지는 않다고 했다. 딸은 너무 일찍 혼인했고, 심지어 멀리 떨어져 산다고 했다. 중매쟁이가 생각하기에 자식들이 다 혼인은 잘했는데 아들들이 게으른 게 문제였다. 훈이와 영 딴판이었다. 중매쟁이는 말을 마치고 나서 여전히 표정이 없는 구릿빛 피부의 여인을 물끄러미 바라보며 혹시 관심 있는 기색이 있는지 살폈다.

훈이 어머니는 계속 고개를 숙인 채 날카로운 칼을 노련하게 다뤘다. 네모나게 썬 무 조각들이 하나같이 반듯했다. 하얀 무 조각들이 도마에 수북이 쌓이면 단번에 쓱 쓸어 함지박에 담았다. 티를 내지는 않았지만 훈이 어머니는 중매쟁이의 말에 대단히 열중하고 있었고, 너무 긴장해서 몸이 떨리지 않을까 걱정될 지경이었다.

중매쟁이는 집에 들어서기 전에 집 주변을 쭉 돌아보면서 가정 형편을 헤아렸다. 살림이 제법 괜찮다고 동네에 소문이 자자하더니 어느 모로 보나 맞는 말이었다. 텃밭에 심은 총각무들이 이른 봄비에 굵직하고 묵직하게 자라 진한 고동빛 흙에서 쑥쑥 뽑아도 될 성싶었다. 기다란 빨랫줄에 가지런히 걸린 대구와 오징어가 하늘하늘한 봄볕에 바싹 말라 있었다. 영도에서 나는 돌에 회반죽을 발라 변소 옆에 지은 깔끔한 우리 안에 흑돼지 세 마리가 있었다. 뒷마당에 돌아다니는 암탉과 수탉을 세어보니 일곱 마리나 됐다. 집 안에 들어가니 살림이 펴지고 있는 기미가 더욱 역력했다.

부엌에는 튼튼한 선반 위에 밥그릇과 국그릇이 쌓여 있었고, 하얀 통마늘과 붉은 고추 타래가 나직한 서까래에 걸려 있었다. 구석에 놓인 커다란 소쿠리에는 갓 캔 감자들이 수북이 담겨 있었다. 새까만 가마솥에서 보리와 기장이 익어가는 훈훈한 냄새가 작은 집에 퍼졌다.

중매쟁이는 갈수록 가난해지는 나라에서도 살림이 넉넉한 하숙집의 형편에 흡족했고, 훈이도 건강한 색시를 맞을 수 있겠다고 확신했다. 그래서 제대로 일을 진척시켰다.

신붓감은 이 섬 반대편의 우거진 숲 너머에 살고 있었다. 여자아이의 아버지는 소작농이었는데 총독부가 근래 벌인 토지조사사업으로 땅 주인이 땅을 빼앗기는 바람에 그나마 짓던 농사마저 짓지 못하게 된 많은 사람들 중 하나였다. 이 홀아비는 하필 딸만 줄줄이 넷을 뒀고 아들이 없었다. 숲에서 뜯어 온 나물이나 내다 팔 수 없는 생선, 혹은 비슷한 처지인 가난한 이웃들에게 가끔 얻은 양식 말고는 끼니를 때울 것이 없었다. 이 점잖은 아버지는 딸들의 신랑감을 찾아달라고 중매쟁이에게 간곡히 부탁했다. 남녀 가릴 것 없이 다 굶주리고 있는 마당이니 처녀들이 식량을 구걸하는 것보다는 아무하고나 혼인하는 것이 나았다. 게다가 순결한 몸은 비쌌다. 훈이의 신붓감인 양진은 딸 넷 중 막내였다. 양진은 너무 어려서 불평할 줄 몰랐고 제일 적게 먹기 때문에 떠넘기기가 가장 쉬웠다.

중매쟁이는 양진이 열다섯 살이고 갓 태어난 송아지처럼 순하고 여리다고 말했다. "당연히 지참금은 없심더. 양진이 아버지도 많이 바라지는 못한다 아닙니꺼. 알 낳는 암탉 몇 마리하고, 양진이네 언니들 줄 광목하고, 식구들 겨울나게 잡곡 예닐곱 자루만 주면 될 낍니더." 중매쟁이는 신부 집에 보낼 예물을 줄줄이 말해도 언짢아하는 소리가 들리지 않자 점점 대담해졌다. "염소를 한 마리 줘도 괜찮지예. 아니면 쪼맨한 돼지도 좋고예. 그집 식구들이 원체 가진 게 없어서 신부 몸값이 많이 떨어졌다 아닙니꺼. 장신구까지 바라지는 않을 낍니더." 중매쟁이가 슬쩍 소리 내어 웃었다.

훈이 어머니는 손목을 획 젖혀 무에 굵은소금을 뿌렸다. 훈이 어머니가 얼마나 집중해서 중매쟁이가 원하는 바를 생각하고 있는지 중매쟁이는 짐작도 못 했다. 훈이 어머니는 아들의 색시를 데려오는 데 드는 돈을 마련하기 위해서라면 무엇이라도 내다 팔고 싶은 심정이었다. 자기도 모르게 마음속에서 솟아나는 상상과 기대에 놀라면서도, 훈이 어머니는 여전히 침착한 표정을 한 채 속내를 드러내지 않았다. 그렇지만 중매쟁이도 바보가 아니었다.

"지는 언제고 손자만 볼 수 있다면 뭐든 다 줄 낍니더." 중매쟁이가 하숙집 주인의 주름지고 햇볕에 탄 구릿빛 얼굴을 유심히 들여다보면서 마지막 패를 내놓았다. "손녀는 있는데 손자가 없십니더. 그리고 가시나들은 너무 울어싼다 아닙니꺼."

중매쟁이가 말을 계속했다. "우리 큰애 어릴 때 품에 안았던 게 기억납니더. 얼마나 행복했는지 몰라예! 정초에 갓 찐 떡처럼 하얬다 아닙니꺼. 따뜻한 반죽처럼 보드랍고 군침이 돌았어예. 한 입 깨물고 싶을 만치 이뻤지예. 이젠 덩치만 큰 멍청입니더." 자랑을 늘어놓다 보니 민망해서 불평을 덧붙여야 할 것 같았다.

훈이 어머니가 마침내 살포시 미소 지었다. 그 모습이 아주 생생하게 그려졌기 때문이다. 중매쟁이가 오기 전에는 생각조차 할 수 없는 일이었지만, 나이 든 여인치고 손주를 품에 안고 싶은 마음이 간절하지 않은 사람이 있을까? 훈이 어머니는 마음을 가라앉히려고 이를 꽉 물고 함지박을 들었다. 소금이 골고루 배어들게 함지박을 흔들었다.

"그 애 얼굴이 괜찮심더. 얽은 자국도 없고예. 예절 바르고 지 아버지랑 언니들 말도 잘 듣십니더. 그리 까맣지도 않고예. 몸이 좀 쪼맨해도 손하고 팔 힘이 셉니더. 살은 좀 붙어야 하지만서도 그 정도는 이해하실 낍니더. 그 집 식구들이 그간에 팍팍하게 지내서예." 중매쟁이가 이 집에서는 그 여자아이가 먹고 싶은 만큼 먹을 수 있다는 듯 구석에 있는 감자 소쿠리를 보며 웃었다.

훈이 어머니는 함지박을 부뚜막에 올려놓고 손님을 돌아보았다.

"우리 남편이랑 훈이 오면 지가 말해보겠심더. 염소나 돼지 사 줄 돈은 없어예. 겨울 지낼 양식이랑 목화솜은 좀 보낼 수 있을 낍니더. 우선 물어봐야 돼예."

신랑과 신부는 혼인날 만났다. 양진은 훈이 얼굴에 겁먹지 않았다. 양진의 마을에는 그렇게 태어난 사람이 셋이나 있었다. 양진은 그렇게 생긴 소와 돼지도 본 적이 있었다. 이웃에 사는 한 여자아이는 코와 갈라진 입술 사이에 딸기 같은 혹이 있어서 딸기라고 놀림을 받았지만 그다지 신경 쓰지 않았다. 아버지가 신랑감이 딸기와 비슷한 데다 한쪽 다리마저 절뚝인다고 말했을 때 양진은 울지 않았다. 아버지는 양진이 착한 딸이라고 칭찬했다.

훈이와 양진이 워낙 조용하게 혼례를 치른지라 훈이네 가족이 동네에 쑥떡을 돌리지 않았다면 인색하다고 손가락질을 받았을 것이다. 하숙인들도 혼례 다음 날 신부가 나타나 아침밥을 차리자 깜짝 놀랐다.

양진은 임신했을 때 아이가 훈이처럼 기형일까 봐 걱정했다. 첫아이는 입술이 갈라진 채 태어났지만 다리는 멀쩡했다. 훈이와 부모는 산파가 갓난아이를 보여주었을 때 속상해하지 않았다. "당신은 싫나?" 훈이가 묻자 양진은 괜찮다고 대답했다. 진짜로 양진은 신경 쓰지 않았다. 양진은 첫아이와 단둘이 있을 때 아이의 입술 위를 집게손가락으로 덧그리다가 입을 맞추었다. 양진은 그 누구도 자기 아기만큼 사랑한 적이 없었다. 그 사내아이는 태어난 지 7주 만에 열병으로 죽었다. 두 번째 아이는 얼굴과 다리가 모두 멀쩡했지만 백일잔치도 하기 전에 설사와 열병으로 죽었다. 아직 혼인하지 않은 양진의 언니들은 젖이 잘 나오지 않는 탓이라며 무당한테 가보라고 충고했다. 훈이와 부모는 무당을 탐탁하게 여기지 않았지만, 양진은 세 번째 임신을 했을 때 시댁 식구들에게 말하지 않고 무당을 찾아갔다. 그런데 임신 중반 무렵 느낌이 이상했다. 양진은 이 아이도 죽을 수 있다고 체념해버렸다. 세 번째 아이는 천연두로 잃었다.

시어머니가 약방에 가서 한약을 지어 와 달여주었다. 양진은 갈색 약을 한 방울도 남기지 않고 마신 후 큰돈을 쓰게 해서 죄송하다고 말했다. 양진이 출산하고 나면 훈이는 산모의 몸조리에 좋은 미역국을 끓여주기 위해 장에 가서 질 좋은 미역을 사 왔다. 아이가 죽은 후 매번 훈이는 따뜻하고 달달한 떡을 사 와 양진에게 주었다. "먹어야 된데이. 힘을 내야 할 거 아이가."

혼례를 치르고 3년 후, 훈이 아버지가 세상을 떠났다. 몇 달이 지나 훈이 어머니도 그 뒤를 따랐다. 양진의 시부모는 밥이나 옷을 가지고 양진에게 야박하게 군 적이 없었다. 대를 이을 건강한 손자를 낳지 못한다고 양진을 때리거나 구박하지도 않았다.

마침내 양진은 네 번째 아이이자 유일한 딸인 선자를 낳았다. 선자는 살아남았다. 선자가 세 살이 되고서야 선자의 부모는 옆에 누워 있는 작은 형체가 아직 숨을 쉬고 있는지 거듭 들여다보지 않고도 잘 수 있었다. 훈이는 딸에게 옥수수 껍질로 인형을 만들어주었고 사탕을 사줄 돈을 모으려고 담배를 끊었다. 하숙인들이 훈이와 같이 밥을 먹고 싶어 했지만, 훈이는 늘 식구들과 셋이서 밥을 먹었다. 훈이는 부모가 자신을 사랑했던 방식으로 자식을 사랑하면서도, 딸이 바라는 대로 다 해줄 수밖에 없었다. 선자는 잘 웃고 발랄했으며 평범하게 생긴 여자아이였으나, 아버지의 눈에 선자는 누구보다 예뻐 보였다. 훈이는 선자의 완벽함이 경이로웠다. 세상에서 훈이만큼 딸을 소중히 여기는 아버지도 드물었다. 훈이는 자식을 웃게 하는 것이 삶의 목표인 사람 같았다.

선자가 열세 살이 되던 해 겨울에 훈이가 결핵으로 조용히 죽었다. 양진과 선자는 장례를 치르면서 슬픔을 가누지 못했다. 다음 날 아침, 젊은 과부는 잠자리에서 일어나 평소처럼 일을 시작했다.

2

1932년 11월

일본이 만주를 침략한 이듬해 겨울은 견디기 힘들었다. 살을 에는 칼바람이 작은 하숙집에 몰아쳤고, 여자들은 여러 겹으로 덧댄 천 사이에 솜을 넣어 입었다. 하숙인들은 밥을 먹으면서 전 세계에 대공황이라는 것이 일어났다는 이야기를 자주 했다. 시장에서 신문을 읽을 줄 아는 사내들이 하는 소리를 듣고 와서 그대로 전하는 것이었다. 가난해진 미국인들이 가난한 소련인들과 중국인들만큼 굶주렸다. 평범한 일본인들도 천황의 뜻을 따라 끼니를 거른다고 했다. 당연히 약삭빠르고 억척스러운 사람들은 그 겨울에 살아남았지만 참담한 소식이 너무 많았다. 어린아이들은 잠들었다가 깨어나지 못했고, 여자아이들은 국수 한 그릇에 순결을 팔았으며, 노인들은 젊은이들만이라도 끼니를 때우라고 죽을 자리를 찾아 몰래 떠났다.

그래도 하숙인들은 밥이 꼬박꼬박 나오기를 바랐고, 낡은 집은 끊임없이 수리를 해야 했다. 집주인의 일을 맡아 하는 집요한 마름 탓에 매달 집세도 거를 수 없었다. 이윽고 양진은 돈을 관리하고 상인들을 상대하고 마땅치 않은 거래를 거절하는 요령을 익혔다. 그리고 고아 자매 둘을 식모로 들여서 고용주가 됐다. 이제 양진은 하숙집을 운영하는 서른일곱 살의 과부였다. 깨끗한 속옷 한 벌만 달랑 들어 있는 보자기를 움켜쥔 채 훈이네 집 문간에 맨발로 찾아온 10대 아이가 아니었다.

양진은 선자를 돌봐야 했고 돈을 벌어야 했다. 두 사람은 자기 집은 없었지만 다행히 하숙이라는 밥벌이가 있었다. 하숙인들이 매달 첫날에 방세와 식비로 23원(圓)*을 냈지만, 이 돈으로 장에서 곡식과 난방용 석탄을 사기가 갈수록 벅찼다. 하숙하는 사내들이 버는 돈은 늘지 않으니 하숙비를 올리지도 못했다. 그렇다고 하숙인들에게 주는 밥 양을 줄일 수도 없는 노릇이었다. 그래서 사골을 푹 고아서 걸쭉하고 뽀얀 국을 끓였고 텃밭에서 키운 채소를 무쳐서 맛있는 찬을 만들었다. 돈이 거의 떨어지는 월말이 되면 광에 조금 남은 보리와 기장, 보잘것없는 것들로 어떻게든 밥을 지었다. 곡식 자루가 거의 바닥나면 콩가루를 물에 개어 맛 좋은 부침개를 부쳤다. 하숙인들이 장에서 팔지 못하는 생선을 가져다주기도 했는데, 남은 게나 고등어 한 들통이 생기면 먹을거리가 더 없을 때를 대비해서 절여두었다.

---

* 일제강점기에 개편된 조선의 화폐단위.

지난 두 계절 동안 하숙인 여섯이 방 하나에서 돌아가면서 잤다. 전라도에서 온 정씨 세 형제는 밤에 고기를 잡았고 다른 사람들이 일하러 간 낮에 잠을 잤다. 대구에서 온 젊은이 두 명과 부산에서 온 홀아비 한 명은 바닷가 어시장에서 일하고 돌아와 초저녁에 잤다. 사내들은 작은 방에서 붙어서 자야 했지만 아무도 불평하지 않았다. 각자의 집에서 지내던 때보다 이 하숙집이 여러모로 훨씬 나았기 때문이다. 이부자리가 깨끗했고 밥을 배부르게 먹었다. 여자들이 빨래도 해주었고, 하숙집 주인은 해진 작업복에 조각 천을 덧대 기워서 한 계절 더 입을 수 있게 해주었다. 이 사내들 중에 아내를 맞을 형편이 되는 사람은 아무도 없었기에, 이 하숙집은 괜찮은 거처였다. 아내가 있으면 육체노동을 하는 사내의 밤이 외롭진 않겠지만, 혼례를 치르면 자식이 생길 테고 그러면 먹이고 입히고 집도 있어야 했다. 가난한 사내의 아내는 성가시게 잔소리를 늘어놓으며 울어대기 마련이었고, 이 사내들은 자신들의 처지를 잘 알았다.

돈은 부족한데 물가까지 오르니 영 고달팠지만 하숙인들이 하숙비를 늦게 내는 일은 거의 없었다. 어시장에서 일하는 사내들은 가끔 팔다 남은 물건으로 하숙비를 대신하기도 했다. 양진은 하숙비 대신 식용유를 받은 적도 있었다. 양진의 시어머니는 하숙인들에게 잘해야 한다고 가르쳤다. 노동자들이 지낼 곳은 늘 넘쳐나는 법이었다. 시어머니는 이렇게 말했다. "아낙들과는 달리 사내들은 이런저런 선택을 할 수 있는 기다." 계절이 끝날 때면, 양진은 남은 동전을 작은 갈색 항아리에 담아서 벽장 안쪽 나무판 뒤에 넣어놓았다. 남편이 시어머니의 금반지 두 개를 보관해둔 곳이었다.

밥때가 되면 하숙인들이 떠들썩하게 정치 이야기를 하는 동안 양진과 딸이 소리 없이 음식을 날랐다. 정씨 형제는 글을 몰랐지만 부두에서 새로운 소식을 열심히 얻어듣고 와서는 하숙집에서 나라의 운명을 반찬 삼아 저녁밥을 먹었다.

11월 중순에는 예상보다 물고기가 많이 잡혔다. 정씨 형제가 막 자고 일어났다. 저녁에 교대하는 하숙인들이 곧 자러 집에 올 터였다. 어부 형제는 늘 바다에 일하러 나가기 전에 밥을 먹었다. 푹 쉬어 팔팔해진 형제는 일본이 중국을 정복하지 못할 것이라고 장담했다.

“그라제, 고 잡놈들이 한 입씩 야금야금 먹을지는 몰라도 중국을 통째로 집어삼키지는 못할 것이여. 안 된당께!” 정씨 형제 중 둘째가 외쳤다.

“싹수없는 난쟁이들이 고 큰 나라를 손에 쥐지는 못하지라. 중국은 우리 형님이잖여! 일본은 그냥 썩을 종자고.” 막내인 뚱보가 물잔을 상에 내리치며 소리쳤다. “중국이 고 개새끼들을 가만 안 둘 것이여! 두고 보소!”

가난한 사내들은 하숙집 허름한 담장 안에서 일본 순사들에게 잡힐 걱정 없이 강력한 일제 식민통치자를 조롱했다. 물론 일본 순사들이야 이런 거창한 생각을 하고 있는 어부들에게 신경 쓸 리 없었다. 형제는 중국의 힘을 떠벌렸다. 자기네 통치자들이 못했으니 다른 나라라도 강해지기를 간절히 바랐다. 조선이 식민지가 된 지도 벌써 22년이 지났다. 둘째와 셋째는 일제의 통치를 받지 않는 조선에서 살아본 적도 없었다.

"아지매." 뚱보가 사근사근하게 불렀다.

"와예?" 양진은 뚱보가 더 먹고 싶어 한다는 것을 알아차렸다. 자그마한 이 어린 사내는 형 둘이 먹는 양을 합한 것보다 많이 먹었다.

"국 한 그릇 더 줄까예?"

"워메, 그래주심 좋지라."

양진은 부엌에서 국 한 그릇을 가져왔다. 뚱보가 국을 후루룩 마시고 나자 사내들은 일을 하러 집을 나섰다.

저녁에 교대하는 하숙인들이 곧 집에 돌아와서 씻고 서둘러 저녁밥을 먹었다. 사내들은 담뱃대에 담뱃잎을 넣어 태우고 나서 자러 갔다. 여자들은 상을 치웠고, 자는 사내들을 깨우지 않도록 조용히 소박한 저녁밥을 먹었다. 식모아이들과 선자는 부엌을 깔끔하게 정리하고 더러운 대야를 닦았다. 양진은 잠자리에 들기 전에 석탄을 확인했다. 형제가 말한 중국 이야기가 머릿속을 맴돌았다. 훈이는 새 소식을 가져오는 남자들의 말을 주의 깊게 들었고, 고개를 끄덕이다가 단호히 숨을 내쉬고는 벌떡 일어나서 일을 했다. "상관없다." 훈이는 이렇게 말하곤 했다. "상관없어." 중국이 항복하든 대갚음하든, 채소밭에서 잡초를 뽑아야 했고 식구들이 신발을 신고 다니려면 짚신을 삼아야 했고 몇 마리 안 되는 닭을 훔치려고 하는 도둑들을 쫓아야 했다.

모직 외투의 깃은 끝단이 뻣뻣하게 얼어붙고 나서야 마침내 백이삭은 하숙집을 찾았다. 평양에서 먼 길을 오느라 지쳐 쓰러질 것 같았다. 눈이 많이 내리는 북쪽과 달리 부산의 추위는 기만적이었다. 남쪽의 겨울이 더 따뜻한 것 같았으나 바다에서 불어오는 차가운 바람이 약해진 폐에 스며들어 뼛속까지 시렸다. 집에서 출발할 때만 해도 기차를 타도 될 만큼 한동안 기력이 좋았다. 하지만 지금은 다시 녹초가 되었고 쉬고 싶었다. 부산 기차역에서 내려 작은 나룻배를 타고 바다를 건너 영도에 도착했다. 배에서 내리자 섬사람인 석탄 배달부가 하숙집 문 앞까지 데려다주었다. 이삭은 숨을 내쉬고 문을 두드렸다. 당장이라도 쓰러질 것 같았지만 하룻밤 푹 자고 나면 아침에는 괜찮아지리라고 생각했다.

양진이 무명천을 씌운 요에 막 누웠을 때, 자매 중 동생인 식모아이가 여자들이 다 함께 자는 곁방 문틀을 두드렸다.

"아지매요, 누가 찾아왔어예. 주인어른이랑 이야기하고 싶다 캅니더. 몇 년 전에 그분 형님이 여서 머물렀다 카데예. 오늘 밤에 묵고 싶답니더." 식모아이가 숨 가쁘게 말을 전했다.

양진이 얼굴을 찌푸렸다. 누가 남편을 찾을까? 양진은 알 수 없었다. 다음 달이면 훈이가 죽은 지 3년째였다.

양진의 딸 선자는 벌써 따뜻한 아랫목에서 나지막이 코를 골며 자고 있었다. 하루 종일 땋고 있어서 구불구불해진 머리카락이 어른어른 빛나는 검은 비단처럼 베개 위에 펼쳐져 있었다. 선자 옆에는 식모아이들이 저녁 일을 마치고 들어와 몸을 눕힐 자리만 겨우 남아 있었다.

"주인어른 돌아가셨다고 말 안 했드나?"

"했심더. 그카니까 깜짝 놀라는 거 같데예. 나리 형님이 주인어른한테 서신을 보냈는데 답신을 못 받았다 캤어예."

양진은 일어나 앉아서, 조금 전에 가지런히 개어 베개 옆에 포개놓은 광목 한복을 집어 들었다. 치마와 저고리 위에 누비 조끼를 입었다. 날랜 손놀림 몇 번으로 머리를 틀어 올려 쪽을 찌었다.

양진은 남자를 보자마자 식모아이가 돌려보내지 않은 이유를 대번에 알아차렸다. 남자는 어린 소나무처럼 곧고 우아하며 매우 잘생긴 사람이었다. 웃음 짓는 듯 가느다란 눈에 코가 오뚝하고 목이 길었다. 창백한 이마에 주름 하나 없는 남자는 밥 달라고 소리치거나 시집 못 갔다며 식모아이들을 놀리는 희끗희끗한 머리의 하숙인들과는 딴판이었다. 젊은 남자는 점잖은 양복에 두꺼운 겨울 외투를 입었다. 물 건너온 가죽 구두에 가죽 여행가방, 중절모까지 이 좁은 문간과 영 어울리지 않았다. 차림새를 보아하니 무역상이나 소매상이 가는 시내의 큰 여관에 묵을 만한 돈이 있는 사람 같았다. 조선인이 머무는 부산의 여관들은 거의 다 차 있겠지만, 돈을 넉넉히 얹어주면 방을 구하지 못할 것도 없었다. 차려입은 옷만 보면 부유한 일본인으로 여길 것 같았다. 식모아이는 입을 살짝 벌린 채 신사를 빤히 쳐다보면서 그 사람이 머물게 되기를 바랐다.

양진은 남자에게 고개를 숙여 인사하면서 뭐라고 말해야 할지 알 수 없었다. 분명히 남자의 형이 서신을 보냈겠지만 양진은 글을 읽을 줄 몰랐다. 몇 달에 한 번씩 시내에 있는 학교 선생에게 서신을 읽어달라고 부탁했으나 올겨울에는 시간이 없었다.

"아주머니." 남자가 고개를 숙여 인사했다. "주무시는데 깨운 건 아닌지 모르겠습니다. 나룻배에서 내리니 날이 저물어서요. 부군의 소식을 이제야 들었습니다. 그런 슬픈 일이 있었다니 참 안타깝습니다. 저는 백이삭입니다. 평양에서 왔어요. 제 형님 백요셉이 수년 전에 여기 묵었습니다."

북쪽 억양이 약간 묻어났고 배운 사람의 말씨였다.

"오사카에 가기 전에 여기서 몇 주 묵었으면 합니다."

양진은 자신의 맨발을 내려다보았다. 손님방은 이미 다 찼고 이런 남자라면 혼자 쓰는 방을 바랄 터였다. 이 밤중에 남자를 부산까지 데려다줄 뱃사공을 찾기란 쉽지 않은 일이었다.

이삭은 바지에서 하얀 손수건을 꺼내 입을 가리고 기침했다.

"형님이 거의 10년 전에 여기 왔었습니다. 기억하실지 모르겠네요. 형님이 부군을 아주 존경했습니다."

양진이 고개를 끄덕였다. 형님이라는 백 씨가 또렷하게 기억에 남아 있었다. 어부나 장사치가 아니어서였다. 이름은 요셉이었다. 성경에 나오는 인물의 이름을 따서 지은 것이었다. 부모가 기독교도였고 북쪽에 교회를 세웠다고 했다.

"한데 형님이랑 별로 안 닮으셨네예. 그분은 키가 작고 동그란 금테 안경을 쓰셨다 아닙니꺼. 일본에 가셨지예. 그 전에 몇 주 동안 묵으셨심더."

"네, 네." 이삭의 얼굴이 밝아졌다. 이삭은 10년 넘게 요셉을 보지 못했다. "형님은 형수님과 오사카에 사십니다. 부군에게 서신을 쓴 사람이 형님이에요. 형님이 저한테 꼭 여기에 묵어야 한다고 했어요. 아주머니의 대구탕이 '집에서 끓인 것보다 맛있다'라고 쓰셨더라고요."

양진이 빙그레 웃었다. 그런 말에 안 웃을 재간이 있을까?

"형님이 부군께서 아주 성실한 분이라고 말했어요." 물론 요셉의 편지에 언급되어 있긴 했지만, 이삭은 굽은 발이나 갈라진 입술 이야기는 꺼내지 않았다. 이삭은 그런 시련을 이겨낸 남자가 궁금해서 만나고 싶었다.

"저녁은 잡숴어예?" 양진이 물었다.

"괜찮습니다. 고맙습니다."

"잡술 거 좀 내오겠심더."

"여기 머물 수 있을까요? 제가 올 줄 모르셨던 것 같지만 지금 집을 떠나온 지 이틀째라서요."

"빈방이 없심더. 보시다시피 큰 집이 아니라서예……."

이삭이 한숨을 내쉬고 나서 여주인을 보며 미소를 지었다. 이는 양진이 아니라 자신이 고민할 문제였고 양진의 마음을 불편하게 하고 싶지 않았다. 이삭이 여행가방을 찾아 두리번거렸다. 가방은 문 옆에 있었다.

"그렇군요. 그럼 부산으로 돌아가서 머물 곳을 찾아봐야겠네요. 그 전에, 혹시 이 근처에 제가 묵을 만한 하숙집이 있을까요?" 이삭은 실망한 기색을 보이지 않으려고 자세를 바로 했다.

"요 근방에는 아무것도 없심더. 저희 집에는 빈방이 없고예."

양진이 말했다. 남자를 다른 사내들과 같이 지내게 하면 냄새 때문에 당황할지도 모를 일이었다. 아무리 빨래를 해도 사내들 옷에서 나는 생선 비린내를 지울 수는 없었다.

이삭이 두 눈을 감고 고개를 주억였다. 그러고는 나가려고 돌아섰다.

"하숙인들이 다 같이 자는 방에 빈자리가 좀 있기는 합니더. 보시다시피 방은 하나뿐이고예. 손님들 일하는 시간에 따라 셋은 낮에 자고 셋은 밤에 자거든예. 딱 한 사람이 들어갈 자리가 있기는 한데 편치는 않을 낍니더. 우째 잠깐 들여다보실래예."

"그 정도면 충분합니다." 이삭이 안도하며 말했다. "정말로 고맙습니다. 한 달 하숙비를 내겠습니다."

"평소 지내시는 방보다 훨씬 북적북적할 낍니더. 형님이 저희 집에 묵으실 때는 이래 사람들이 많지 않았어예. 그때는 별로 붐비지 않았거든예. 마음에 드실지……."

"아닙니다, 아니에요. 몸을 눕힐 구석 자리만 있으면 됩니다."

"밤이 깊었고 오늘 밤은 바람도 세게 분다 아닙니꺼." 양진은 갑자기 하숙집 상태가 부끄러웠다. 지금까지 이렇게 느낀 적은 한 번도 없었다. 양진은 남자가 내일 아침에 떠난다고 하면 돈을 돌려줘야겠다고 생각했다.

양진은 선불로 받는 한 달 치 하숙비가 얼마인지 말했다. 월말이 되기 전에 나가면 나머지 돈을 돌려줄 것이었다. 양진은 어부들과 마찬가지로 23원을 달라고 했다. 이삭은 돈을 세서 양진에게 두 손으로 건넸다.

식모아이가 이삭의 가방을 방 앞에 놓고 장롱에 있는 깨끗한 침구를 가지러 갔다. 이삭이 씻을 수 있게 부엌에서 뜨거운 물도 가져다줘야 했다. 식모아이는 두 눈을 내리깔았지만 이삭에 대한 호기심을 감출 수 없었다.

양진이 식모아이와 함께 잠자리를 준비했고 이삭은 조용히 두 사람을 지켜보았다. 곧이어 식모아이가 따뜻한 물을 가득 채운 세숫대야와 깨끗한 수건을 이삭에게 가져다주었다. 대구 청년들이 반듯하게 나란히 누워 잠들어 있었고, 홀아비는 두 팔을 머리 위로 올리고 자고 있었다. 이삭의 자리는 홀아비 옆이었다.

아침이 되면 사내들은 다른 하숙인과 방을 같이 쓰게 됐다고 조금 호들갑을 떨겠지만, 그렇다고 양진이 이 남자를 쫓아낼 수는 없었다.

3

동틀 무렵, 정씨 형제가 뱃일을 마치고 돌아왔다. 뚱보가 방에서 자고 있는 새로운 하숙인을 곧바로 발견했다.

뚱보가 양진을 보며 활짝 웃었다. "아따 아지매처럼 열심히 일하는 사람이 잘된께 내가 기분이 좋아라. 아지매가 음식 잘한다는 소문이 부자들한테도 퍼졌는갑소. 나중에는 일본인 손님들도 오겠구만! 우리 가난한 놈들한테 받는 돈보다 세 곱절은 받지 그랬소."

선자는 뚱보를 향해 고개를 저었지만 뚱보는 알아차리지 못했다. 뚱보는 이삭의 양복 옆에 걸린 넥타이를 손가락으로 만지작거렸다.

"긍께 요것이 양반님들이 젠체할라고 목에 두르는 거지라? 꼭 올가미처럼 생겼는디. 요거를 요렇게 자세히 보기는 또 첨이구만!

워메, 겁나게 부드럽소!" 막내인 뚱보가 넥타이를 제 구레나룻에 문질렀다. "비단인갑제. 참말로 비단 올가미여라!" 뚱보가 시끄럽게 웃어댔지만 이삭은 꿈쩍도 안 했다.

"뚱보야, 고거 건들지 마라잉." 곰보가 엄하게 말했다. 큰형은 얼굴에 천연두로 얽은 자국이 가득했고, 화를 낼 때면 군데군데 움푹 팬 살갗이 벌겋게 변했다. 아버지가 세상을 떠난 후로 큰형이 혼자서 두 동생을 보살폈다.

뚱보가 넥타이를 놓고 겸연쩍은 얼굴을 했다. 뚱보는 곰보를 화나게 하기 싫었다. 정씨 형제는 목욕을 하고 밥을 먹고 나서 함께 잠들었다. 새 손님은 그들 옆에서 계속 자다가 가끔씩 얕은 기침 소리를 냈다.

양진은 부엌에 가서 식모아이들에게 새 하숙인이 깼는지 살펴보라고 일렀다. 새 하숙인이 먹을 따뜻한 밥을 준비해야 했다. 선자는 부엌 구석에 쪼그리고 앉아서 고구마를 문질러 씻고 있었다. 어머니가 부엌에 들어오든 나가든 고개도 들지 않았다. 지난 한 주 동안 모녀는 필요한 때만 이야기를 나누었다. 식모아이들은 무슨 일이 있었기에 선자가 저렇게 조용한지 알 수가 없었다.

오후 늦게 정씨 형제가 일어나 다시 밥을 먹고, 배를 타기 전에 담배를 사러 마을에 갔다. 저녁에 교대하는 하숙인들이 아직 일터에서 돌아오지 않아 두어 시간 동안 집이 고요했다. 바닷바람이 벽과 창문 틈으로 새어들어 방과 방 사이의 짧은 복도에 외풍이 상당히 심했다.

양진은 여자들이 자는 곁방의 온돌바닥 따뜻한 아랫목에 책상

다리를 하고 앉아 있었다. 여섯 벌이나 되는 손님들의 낡은 옷 무더기에서 바지 한 벌을 골라 꿰매고 있었다. 사내들이 워낙 가진 옷도 없고 귀찮은 것도 싫어해서 옷을 그리 자주 빨지 못했다.

"금세 또 더러워질 건디 뭣 허게요." 뚱보는 구시렁거렸지만 형들은 깨끗한 옷을 더 좋아했다. 양진은 빨래를 하고 나면 할 수 있는 한 옷을 수선했다. 적어도 1년에 한 번은 더 이상 수선이 어렵거나 깨끗하게 빨 수 없는 저고리와 마고자의 동정을 새로 갈았다. 새 하숙인이 기침을 할 때마다 양진의 고개가 까닥 올라갔다. 양진은 방바닥을 청소하고 있는 딸보다는 고른 바늘땀에 집중하려고 애썼다. 초를 칠한 누런 한지 장판을 하루에 두 번씩 짧은 빗자루로 쓸고 깨끗한 걸레로 닦았다.

대문이 천천히 열리자 모녀가 둘 다 일거리에서 고개를 들었다. 석탄 배달부인 전 씨가 돈을 받으러 왔다.

양진이 방바닥에서 일어나 전 씨를 맞으러 갔다. 선자가 건성으로 고개를 까딱하고 다시 청소를 했다.

"아지매는 좀 괜찮습니꺼?" 양진이 물었다. 석탄 배달부의 아내는 신경을 쓰면 배앓이를 했고 가끔 몸져누웠다.

"오늘 새벽같이 일나서 장에 나갔심더. 우리 마누라가 돈 벌겠다고 나서면 말릴 수가 없어예. 아지매도 그 사람 고집 잘 아시지예." 전 씨가 자랑스럽게 말했다.

"아재는 참 복도 많십니더." 양진이 주머니를 꺼내 한 주 치 석탄값을 치렀다.

"아지매, 내 단골들이 다 아지매만 같으면 배곯을 일이 없을 낍니다. 아지매는 늘상 제날짜에 딱딱 돈을 낸다 아닙니꺼!" 전 씨가 기분이 좋아 껄껄거렸다.

양진은 전 씨를 보며 빙긋 웃었다. 매주 전 씨는 석탄값을 제때에 치르는 사람이 없다고 투덜거렸다. 하지만 올겨울이 워낙 추워 석탄 없이 지낼 수 없는지라 대부분의 사람들은 끼니를 줄여가며 전 씨에게 석탄값을 냈다. 뚱뚱한 편인 석탄 배달부는 수금을 하러 다니면서 집집마다 차를 한 잔씩 얻어 마셨고 군음식을 받아먹었다. 이렇게 양식이 부족한 때에도 전 씨가 굶어 죽을 일은 없을 터였다. 게다가 석탄 배달부의 아내는 장에서 미역을 제일 잘 파는 장사꾼이어서 꽤 많은 돈을 벌었다.

"저 아래 사는 못된 이가 놈이 밀린 돈을 안 내놔서……."

"요새 살기가 팍팍하니까예. 다들 힘듭니더."

"맞심더, 살기가 영 팍팍하지예. 그래도 아지매가 경상도서 음식 솜씨가 제일 좋아서 아지매 집에는 손님들이 가득 있다 아닙니꺼. 목사님도 이제 여기서 묵으시지예? 우째 잘 자리는 있습디꺼? 아지매 도미 요리가 부산서 제일 맛나다꼬 그 양반한테 말했심더." 전 씨가 다음 집에 가기 전에 뭐 좀 먹을 것이 있나 싶어서 코를 킁킁댔지만 맛있는 냄새는 나지 않았다.

양진이 딸을 흘긋 보자 선자가 걸레질을 멈추고 간식거리를 준비하려고 부엌으로 갔다.

"그 젊은 목사님이 10년 전에 여서 묵은 성님한테 아지매 음식 솜씨를 벌써 들었다 카던데 알았십니꺼? 오메, 가슴보다 배가 기억이 오래가나봐예!"

"목사라꼬예?" 양진이 어리둥절한 표정을 지었다.

"북쪽에서 내려온 고 젊은 양반 말입니더. 어젯밤에 아지매 집을 찾을라꼬 길에서 헤매고 있는 그 양반을 만났다 아닙니꺼. 백이삭이라 카데예. 근사해 보이더라꼬예. 아지매 집을 알려줬심더. 잠깐 들를라 캤는데 조가 놈한테 늦게 배달할 게 있어가꼬예. 한 달 내내 슬슬 피해 다니드만 드디어 돈을 마련했다꼬……."

"아……."

"하여튼 우리 마누라가 배앓이가 심한데 좌판 벌여가 장사한다꼬 워낙 고생한다 했더니 당장 그 자리서 우리 마누라 위해서 기도하겠다 카데예. 고개를 딱 떨구고 눈을 감더라꼬예! 그래 중얼거리는 소리를 믿진 않지만 딱히 해될 거는 없지 싶습니더. 억수로 잘생긴 양반이다 아닙니꺼? 오늘 어데 출타하셨어예? 인사드려야 하는데."

선자가 나무 쟁반에 뜨거운 보리차 한 잔과 주전자, 김이 나는 고구마 한 그릇을 석탄 배달부 앞에 내려놓았다. 석탄 배달부는 방석에 풀썩 주저앉아 뜨거운 고구마를 게걸스레 먹었다. 꼭꼭 씹어서 넘긴 다음에 다시 말을 시작했다.

"그런데 오늘 아침에 마누라한테 몸이 좀 어떤지 물어봤더니 별로 힘들지 않다면서 일 나가데예! 어쨌든 기도가 효험이 있는가 봐예."

"천주교도랍니꺼?" 양진은 말을 끊고 싶지 않았지만 가만 두면 혼자 몇 시간이고 떠들 사람이라 전 씨와 이야기하자면 다른 수가 없었다. 훈이는 전 씨가 남자치고 말이 너무 많다고 말하곤 했다. "신부라예?"

"신부 아닙니더. 그 사람들하고는 다르지예. 백 목사님은 개신교도라예. 장가 들어도 되는 거예. 형님이 사는 오사카에 간다 카더라꼬예. 나는 그 형님을 만난 기억이 안 납니더." 전 씨는 조용히 고구마를 씹으면서 보리차를 조금씩 홀짝였다.

양진이 뭐라 말을 꺼내기도 전에 전 씨가 다시 말했다. "히로히토 새끼가 우리나라를 뺏아가꼬 제일 좋은 땅이랑 쌀이랑 물고기를 다 훔쳐갔다 아닙니꺼. 이제는 우리 젊은 애들꺼정." 전 씨가 한숨을 내쉬고 고구마를 한 입 더 베어 물었다. "아이고, 애들이 일본에 간다꼬 탓하지도 못하겠심더. 여기서는 돈을 벌 수 없으니까예. 나야 이미 늙었으니 우야겠십니까만 아들내미가 있었다믄……." 자식이 하나도 없는 전 씨가 그 생각에 서글퍼져 잠시 말을 멈췄다. "하와이로 보냈을 낍니더. 우리 마누라한테 똑똑한 조카가 있는데 거기 사탕수수 농장에서 일합니더. 일은 힘들어도 뭐 우짜겠십니꺼? 요놈의 개자식들 밑에서 일 안 하니까 됐지예. 지난번 부두에 일하러 갔드만 잡놈들이 하는 말이 내가 못……."

양진은 욕을 하는 전 씨를 보며 미간을 찌푸렸다. 집이 워낙 좁아서 부엌에 있는 식모아이들과 곁방에서 걸레질을 하고 있는 선자한테도 말소리가 다 들렸다. 셋 다 이 대화를 유심히 듣고 있을 것이 틀림없었다.

"보리차 좀 더 드릴까예?"

전 씨가 웃으며 두 손으로 빈 잔을 내밀었다.

"나라를 잃은 거야 다 우리 잘못이지예. 나도 그건 압니더." 전 씨가 계속 말을 이어갔다. "망할 양반들이 우릴 팔아넘겼다 아닙니꺼. 배짱 있는 양반이 한 놈도 없심더."

양진과 선자는 부엌에서 식모아이들이 매주 그리 달라지지 않는 석탄 배달부의 장황한 말을 들으면서 키득거리고 있다는 것을 알았다.

"나야 무지렁이래도 착실히 일하는 사람입니더. 나라면 일본 놈들한테 뺏기지 않았을 낀데." 전 씨는 석탄 가루가 범벅이 된 외투에서 깨끗한 하얀 손수건을 꺼내 흐르는 콧물을 훔쳤다. "후레자식들 같으니라고. 이제 다음 집에 배달하러 가야겠심더."

양진은 전 씨에게 부엌에 다녀올 테니 잠깐 기다리라고 했다. 문가에서 양진이 보자기에 싼 갓 캔 감자 한 무더기를 전 씨에게 건넸다. 빠져나온 감자 한 알이 바닥에 떨어져 굴러갔다. 전 씨가 감자를 확 주워 올려 외투 주머니에 깊숙히 넣었다. "귀한 걸 잃어버리면 안 되지예."

"아지매 주이소." 양진이 말했다. "안부 전해주고예."

"고맙심더." 전 씨가 허겁지겁 신발짝을 꿰고 집을 나섰다. 양진은 전 씨가 옆집으로 들어갈 때까지 문간에 서서 지켜보았다.

목소리 큰 석탄 배달부의 거창한 열변이 끊기니 집이 더 휑하게 느껴졌다. 선자는 무릎을 꿇고 앉아 앞방과 집 나머지 부분을 잇는 복도의 걸레질을 마무리했다. 어머니와 비슷하게 선자의 몸은 말뚝처럼 단단했다. 재주 좋은 손은 힘이 셌고 팔에 근육이 잘 붙었으며 다리는 튼튼했다. 작은 키에 딱 바라진 골격이 탄탄해서 힘든 일도 잘 해냈다. 얼굴과 팔다리가 곱지는 않아도 상당히 매력적인 외모였다. 예쁘다기보다는 잘생겼다는 말이 어울렸다. 활기차고 발랄해서 어디에서나 단박에 눈에 띄었다. 하숙인들은 끊임없이 선자의 눈에 들려고 애썼으나 아무도 성공하지 못했다. 선자의 새까만 눈동자는 하얗게 빛나는 강가의 조약돌처럼 반짝거렸고, 선자가 웃을 때면 주위 사람도 저절로 따라 웃을 수밖에 없었다. 훈이는 선자가 태어난 순간부터 딸을 애지중지했고, 선자는 아주 어릴 적에도 아버지를 행복하게 하는 것을 제 으뜸 본분으로 여겼다. 선자는 걸음마를 떼자마자 충성스러운 강아지처럼 아버지 뒤를 졸졸 따라다녔다. 선자는 어머니를 공경했지만, 아버지가 돌아가신 후 쾌활한 여자아이에서 사려 깊은 아가씨로 바뀌었다.

정씨 형제 중 누구도 혼인할 형편이 안 됐지만, 맏이인 곰보는 선자 같은 규수라면 출세하고 싶은 남자에게 좋은 아내가 될 것이라는 말을 몇 번이나 했다. 뚱보는 선자에게 마음이 있었으나 열여섯짜리 동갑내기인 선자를 형수로 모실 마음의 준비를 했다. 형제 중 누구라도 혼인을 한다면 첫째인 곰보가 동생들보다 먼저 아내를 얻어야 했다. 하지만 다 무의미한 생각이었다. 선자에게는 더 이상 창창한 미래가 없기 때문이었다. 선자는 임신을 했고 아이 아버지는 선자와 혼인할 수 없는 처지였다. 선자가 이 사실을 어머니에게 털어놓은 것은 불과 일주일 전으로, 당연히 다른 사람들은 이 일을 몰랐다.

"아지매요, 아지매요!" 언니인 식모아이가 소리를 질렀다. 하숙인들이 자고 있는 곳이었다. 양진이 서둘러 그 방으로 갔다. 선자가 걸레를 내던지고 어머니를 따라갔다.

"피가 있십니더! 베개에예! 그리고 땀에 흠뻑 젖었어예!"

복희가 마음을 가라앉히려고 숨을 깊게 들이마셨다. 목소리를 높이다니 복희답지 않았다. 다른 사람들을 겁먹게 할 생각은 아니었지만 하숙인이 벌써 죽었는지 아니면 죽어가는 중인지 알 수가 없었고, 너무 무서워서 하숙인에게 가까이 가지도 못했다.

잠시 아무도 말을 하지 않았다. 이윽고 양진이 식모아이에게 방에서 나가 문간에서 기다리라고 일렀다.

"결핵인가 봐예." 선자가 말했다.

양진이 고개를 끄덕였다. 하숙인의 모습을 보니 죽기 전 몇 주 동안 훈이의 모습이 떠올랐다.

"약사를 모셔온나." 양진이 복희에게 말했다가 이내 마음을 바꿔먹었다. "아니다, 아니다, 기다려라. 니는 여기 있어야겠데이."

베개를 베고 누워 잠들어 있는 이삭은 땀을 뻘뻘 흘렸고 얼굴이 붉었으며, 여자들이 내려다보고 있는 것도 알아차리지 못했다. 두 식모아이 중 동생인 덕희가 부엌에서 막 나와서 크게 헉 소리를 냈다가 조용히 하라는 언니의 신호에 입을 다물었다. 하숙인이 어젯밤에 도착했을 때 안색이 창백하긴 했지만, 밝은 대낮에 보니 잘생긴 얼굴이 독에 고인 더러운 빗물처럼 잿빛이었다. 베개는 하숙인이 기침한 자리에 점점이 뿌려진 붉은 피로 젖어 있었다.

"아이고……." 양진이 놀라고 걱정스러운 마음에 내뱉었다. "당장 옮겨야 된다. 다른 사람도 병에 걸릴 수 있다. 덕희야, 광에 있는 물건들을 얼른 다 꺼내라. 퍼뜩 해라." 양진은 남편이 아팠을 때 지낸 광으로 이삭을 보낼 생각이었다. 하지만 양진이 혼자 힘으로 이삭을 옮기는 것보다 이삭이 집 뒤편으로 직접 걸어가면 훨씬 수월하겠다 싶었다.

양진은 이삭을 흔들어 깨우려고 이불 귀퉁이를 잡아당겼다.

"백 목사님요, 백 목사님!" 양진이 이삭의 팔뚝을 건드렸다. "목사님요!"

마침내 이삭이 눈을 떴다. 이삭은 자신이 어디에 있는지 기억하지 못했다. 꿈속에서 평양 집에 있었고 과수원 옆에서 쉬고 있었다. 사과나무에 흰 꽃이 활짝 펴 있었다. 정신이 든 이삭은 하숙집 주인을 알아보았다.

"무슨 일이 있습니까?"

"결핵 걸리셨어예?" 양진이 이삭에게 물었다. 분명히 이삭은 알고 있을 터였다.

이삭이 고개를 저었다.

"아니요, 2년 전에 걸렸습니다. 그 후로 다 나았고요." 이삭이 이마를 만지작거리니 머리카락이 난 부분에 땀이 맺혀 있었다. 고개를 들자 머리가 무거웠다. "아, 알겠어요." 이삭이 베개에 묻은 핏자국을 보고 말했다. "죄송합니다. 해를 끼칠 줄 알았다면 여기 오지 않았을 겁니다. 가야겠어요. 여기 사시는 분들을 위험에 빠뜨리고 싶지 않아요." 이삭은 너무 피로해서 눈을 감았다. 이삭은 평생 허약했고 최근에 걸린 결핵은 이삭이 앓았던 많은 병 중 하나일 뿐이었다. 이삭의 부모와 의사들은 이삭을 오사카에 보내지 않으려 했다. 형 요셉만이 동생에게 오사카가 더 나으리라고 생각했다. 오사카가 평양보다 따뜻해서였다. 또 거의 평생 병자 취급을 받아온 이삭이 병자로 보이는 것을 얼마나 싫어하는지 알기 때문이었다.

"집에 돌아가야겠어요." 이삭이 여전히 눈을 감은 채 말했다.

"기차에서 돌아가실 거라예. 낫기도 전에 악화될 낍니더. 일어나실 수 있겠십니꺼?" 양진이 이삭에게 물었다.

이삭이 몸을 일으켜 차가운 벽에 기댔다. 여행하면서 피로를 느끼기는 했지만 이제는 꼭 곰이 그를 들이박는 느낌이었다. 이삭은 헐떡이다가 벽 쪽으로 몸을 돌리고 기침을 했다. 핏덩어리가 벽에 튀었다.

"여기 계시소. 병이 나을 때까지." 양진이 말했다.

양진과 선자가 서로 마주 보았다. 두 사람은 훈이가 이 병에 걸렸을 때 감염되지 않았지만, 당시 이 집에 없었던 식모아이들과 하숙인들을 어떻게든 보호해야 했다.

양진이 이삭의 얼굴을 쳐다보았다. "뒷방까지 걸을 수 있겠십니꺼? 다른 사람들과 떨어져 계셔야 합니더."

이삭이 일어나려 애를 썼지만 일어나지 못했다. 양진이 고개를 끄덕였다. 양진은 덕희에게 약사를 데려오라고 이르고 복희에게 부엌으로 돌아가서 하숙인들이 먹을 저녁밥을 준비하라고 시켰다.

양진은 이삭을 요에 눕히고 천천히 잡아끌면서 광을 향해 미끄러지듯 움직였다. 3년 전에 남편을 옮길 때와 같은 방법이었다.

이삭이 중얼거렸다. "해를 끼치려던 건 아니었어요."

이 젊은 남자는 바깥세상을 보고 싶어 한 자신에게, 결코 건강해질 수 없는 병약한 몸이란 걸 알면서도 오사카까지 갈 수 있다고 스스로를 속인 자신에게 속으로 욕을 퍼부었다. 접촉한 사람들 중 누구라도 감염된다면 그 사람의 죽음은 순전히 자기 탓이었다. 이삭은 자신이 어차피 죽을 운명이라면 무고한 사람에게 피해를 주지 않게 빨리 죽기를 바랐다.

4

1932년 6월

젊은 목사가 하숙집에 도착하기 여섯 달쯤 전 여름이 막 시작될 무렵, 선자는 새로 온 생선 중개상 고한수를 만났다.

선자가 하숙집에 필요한 물건을 사러 장에 간 그날 아침은 바다 공기가 제법 차가웠다. 선자는 어머니가 포대기로 업고 다니던 젖먹이 시절부터 남포동시장에 다녔다. 조금 더 자라서는 다리를 끌며 걷는 아버지 손을 잡고 다녔고 아버지의 굽은 발 때문에 오고 가는 데 한 시간씩 거의 두 시간이 걸렸다. 장보기는 어머니보다 아버지랑 다닐 때 더 재미있었다. 마을 사람들 모두 아버지를 만나면 반갑게 인사를 건넸기 때문이었다. 이웃 사람들이 가족이며 하숙인들 안부를 다정하게 물을 때면 훈이의 갈라진 입술과 불편한 걸음걸이가 눈에 띄지 않는 것 같았다. 훈이는 말을 많이 하는 법이 없었다. 그래도 어린 딸의 눈에는 많은 사람이 아버지의 조용한 호의를, 아버지의 정직한 눈이 보내는 사려 깊은 눈빛을 기대하는 것이 분명히 보였다.

훈이가 세상을 떠난 후, 선자가 하숙집 장보기를 맡았다. 선자가 장을 보는 순서는 어머니와 아버지에게 배운 대로였다. 먼저 싱싱한 과일과 채소를 샀고 그다음에 고깃간에 들러 국거리로 쓸 소뼈를 샀다. 그러고 나서 몇 시간 전에 잡아 올린 반짝이는 갈치와 통통한 도미를 쭉 늘어놓고 갖은양념으로 가득 찬 대야 옆에 쪼그려 앉아 있는 시장 아주머니들한테 생선을 몇 마리 샀다. 아주머니들은 땅바닥에 깐 청록색과 붉은색 방수포 위에 보기 좋게 생선을 진열해놓았다. 이 땅에서 가장 큰 어시장인 이곳은 조약돌과 부서진 돌 조각들이 깔린 바위투성이 해안을 따라 펼쳐져 있었다. 아주머니들이 네모난 방수포에 자리를 잡고 저마다 있는 힘껏 소리치며 손님을 불렀다.

선자는 장에서 제일 질 좋은 물건을 파는 석탄 배달부의 아내에게 미역을 사고 있었다. 아주머니는 새로 온 생선 중개상이 하숙집 딸내미를 빤히 쳐다보고 있는 것을 알아챘다.

"파렴치하구로. 쳐다보는 꼬라지 보래이! 니 아버지뻘은 될 사내인데." 미역 장수 아주머니가 눈알을 굴렸다. "아무리 부자라도 멀쩡한 집안의 참한 처자를 저래 뻔뻔스레 빤히 볼 자격은 없는 기라."

선자가 고개를 들어 밝은색 양복에 하얀 가죽 구두 차림을 한 남자를 보았다. 남자는 다른 중개상들과 함께 골함석과 나무로 지은 사무실 옆에 서 있었다. 영화 포스터 속 배우들처럼 미색 파나마모자를 쓴 고한수는 짙은 색 옷을 입은 다른 남자들 사이에서 뽀얀 깃털이 달린 우아한 새처럼 도드라져 보였다. 남자는 주변에서 말하고 있는 사람들은 아랑곳하지 않고 선자를 뚫어지게 쳐다보고 있었다. 중개상들은 이 시장에 나오는 모든 생선의 도매 거래를 손아귀에 쥐고 있었다. 가격을 정하는 권한이 있었고, 선장이나 어부가 잡은 생선을 사들이지 않는 방식으로 제재를 가하기도 했으며, 부두를 감독하는 일본인 관리자들을 상대하기도 했다. 모두가 중개상의 말을 따랐으나 이들을 편하게 여기는 사람들은 거의 없었다. 중개상들은 자기 무리가 아닌 사람들과는 거의 어울리지 않았다. 선자네 하숙집 사내들은 중개상들이 고기잡이에서 온갖 이문을 보면서도 보드랍고 희멀건 손에 생선 비린내 한 번 안 묻히는 건방진 침입자들이라고 말했다. 그래도 어부들은 중개상과 좋은 관계를 유지해야 했다. 중개상은 물고기를 사들일 현금을 넉넉히 가지고 있었고 고기잡이가 영 시원치 않을 때도 선금을 주었다.

"니 같은 딸아이는 잘난 남자들 눈에 띄게 돼 있다. 그래도 저 사람은 너무 날카로와 보인데이. 제주 사람인데 오사카에 산단다. 일본말을 억수로 잘한다 카데. 우리 남편이 그러는데 저 사람이 여기 중개상들 다 합한 거보다 영리한데 교활하대야. 와! 아직까지 니를 보고 있데이!" 미역 장수 아주머니는 목까지 빨개졌다.

선자는 남자 쪽을 살피고 싶지 않아서 고개를 흔들었다. 하숙인들이 집적거릴 때면 무시하고 제 할 일을 했고, 지금이라고 다를 바 없었다. 어쨌든 시장 아주머니들은 좀 부풀려서 말하기 마련이었다.

"우리 어머니 좋아하는 미역 좀 주실래예?" 선자가 미역 더미에 관심이 있는 척했다. 천을 접어놓은 듯 길쭉한 건미역이 다양한 품질과 가격에 따라 줄지어 쌓여 있었다.

정신을 차린 아주머니가 눈을 깜빡이다가 선자에게 줄 미역을 넉넉하게 쌌다. 선자가 동전을 세서 내밀고 꾸러미를 두 손으로 받았다.

"지금 네 어머니가 챙기는 하숙인이 몇 사람이나 되나?"

"여섯입니더." 선자는 이제 다른 중개상과 이야기를 하면서도 여전히 자기 쪽을 바라보고 있는 남자를 곁눈질로 보았다. "어머니가 많이 바쁘십니더."

"그럼, 바쁘고말고! 선자야, 아낙네 삶이라는 게 끝없이 일하고 고생하는 기다. 고생 끝에 더 큰 고생이 온다꼬. 각오하고 있는 게 낫다. 이제 니도 여자가 된다 아이가. 그러니까 이 말을 해야겠다. 여인네가 잘 살고 못 살고는 혼례 올리는 사내한테 달려 있다. 좋은 사내 만나면 괜찮게 살고 나쁜 사내 만나면 욕보고 살고 그라는 기라. 어쨌거나 고생을 각오하고 그냥 열심히 일하면 된데이. 세상천지에 딱한 여인네를 돌봐줄 사람은 없다. 믿을 거는 자신뿐인 기라."

아주머니가 늘 더부룩한 배를 두드리면서 새로 온 손님을 돌아보는 사이에 선자는 집에 돌아갈 수 있었다.

정씨 형제가 저녁상을 앞에 두고 오늘 잡은 고기를 다 사들인 고한수 이야기를 했다.

"중개상치고는 괜찮은 사람이제." 곰보가 말했다. "그 사람처럼 싹수없는 짓을 안 봐주는 똑똑한 사람이 낫지. 고 씨는 값을 깎으려고 실랑이를 안 하잖여. 딱 정해진 값대로 사니 공평하당께. 다른 사람들이 하듯이 돈을 뜯어내려고 하지도 않지만 그 사람 뜻을 거스르지도 못하긴 혀."

이어서 뚱보가 제주 사람인 그 생선 중개상이 말도 못 하게 부자라는 말을 얼음 중개상한테 들었다고 덧붙였다. 생선 중개상은 일주일에 사흘 밤만 부산에 와 있고 평소에는 오사카와 서울에서 살았다. 모두가 그 사람을 사장님이라고 불렀다.

고한수는 어디에나 있는 것 같았다. 선자가 장에 갈 때마다 불쑥 나타나서 노골적으로 관심을 보였다. 선자는 한수의 눈길을 모른 척하며 제 볼일을 보려고 했지만, 한수가 나타나면 얼굴이 붉어지곤 했다.

일주일 후, 한수가 선자에게 말을 걸었다. 선자는 막 장을 다 보고 나룻배를 향해 혼자 길을 걷고 있었다.

"아가씨, 오늘 하숙집 저녁밥으로 뭐 만들어?"

길에는 두 사람뿐이었으나 사람들로 붐비는 장에서 그리 멀지 않았다.

선자는 올려다봤지만 대답은 하지 않고 이내 성큼성큼 앞서 걸어갔다. 무서워서 가슴이 두근거렸다. 선자는 한수가 따라오지 않기를 바랐다. 나룻배에 오른 후 한수의 목소리가 어땠는지 다시 떠올려보려고 했다. 부드럽게 말하려고 노력하는 강한 남자의 목소리였다. 말씨에 몇몇 모음이 길게 늘어지는 제주 억양이 살짝 섞여 있기도 했다. 부산 말씨와는 달랐다. 한수가 '저녁밥'을 우습게 발음해서, 무슨 말인지 알아듣느라 시간이 좀 걸렸다.

다음 날, 한수가 집으로 향하는 선자를 따라왔다.

"왜 혼인 안 했어? 그럴 나이가 됐잖아."

선자는 종종걸음을 쳐서 다시 한수에게서 멀어졌다. 한수는 따라오지 않았다.

선자가 대꾸하지 않는데도 한수는 매번 선자에게 말을 걸었다. 항상 질문을 딱 하나만 했고, 똑같은 질문도 없었다. 그러나 한수는 선자를 발견할 때마다 목소리가 들릴 만한 거리가 되면 무슨 말이든 건넸고 선자는 한마디도 하지 않고 지나쳤다.

선자가 대꾸를 안 해도 한수는 흥미를 잃지 않았다. 오히려 선자가 농담이나 주고받으려고 했다면 한수는 선자가 평범하다고 여겼을 터였다. 한수는 선자의 자태가 마음에 들었다. 윤기가 흐르는 땋은 머리, 풀을 먹인 흰 저고리 아래 여며진 풍만한 가슴, 단정하게 맨 긴 옷고름, 빠르고 야무지게 딛는 걸음걸이. 선자의 앳된 손에는 노동의 흔적이 확연했다. 찻집 아가씨의 부드럽고 맵시를 부리는 손이나 지체 높은 집안 규수의 가늘고 하얀 손과 달랐다. 선자의 보기 좋은 몸은 다부지고 통통했다. 흰색 긴 소매에 감싸인 팔뚝은 푹신하고 포근해 보였다. 비밀스럽게 감춰진 선자의 몸이 한수를 동요시켰다. 선자의 살결을 보고 싶은 마음이 간절했다. 부잣집 딸도 가난한 집 딸도 아닌 이 여자아이의 태도에는 뚜렷이 다른 점이 있었다. 일종의 단호함이었다. 한수는 선자가 누구이고 어디에 사는지 알아냈다. 선자가 장을 보는 방식은 매번 같았다. 아침에 장을 보고 나면 쓸데없이 노닥거리지 않고 바로 돌아갔다. 한수는 조만간 두 사람이 만나리라고 확신했다.

6월 둘째 주였다. 선자는 장을 다 본 후 짐이 잔뜩 든 바구니를 양팔에 하나씩 안아 들고 집에 돌아가는 중이었다. 교복 윗도리 단추를 풀어 젖힌 일본인 고등학생 셋이 낚시를 하러 항구로 가고 있었다. 가만히 앉아 있기는 너무 더운 날이라 학교에 가지 않고 땡땡이를 부린 참이었다. 그들은 영도 나룻배를 향해 가는 선자를 발견하자 낄낄거리면서 선자를 에워쌌다. 제일 키가 크고 비쩍 말라 창백한 남학생이 선자의 장바구니에서 노란 참외 하나를 쏙 빼 들었다. 친구들을 향해 선자의 머리 위로 참외를 던졌다.

"돌려주이소." 선자가 조선말로 차분하게 말하면서 그들이 나룻배에 타지 않기를 바랐다. 부산에서는 이런 일이 흔히 일어났지만 영도에는 일본인이 별로 없었다. 선자는 골치 아픈 상황에서 빨리 벗어나는 것이 상책이라 생각했다. 일본인 학생들은 조선인 아이들을 놀려댔고 가끔 그 반대의 상황이 일어나기도 했다. 조선인 아이들은 절대로 혼자 다니지 말라는 당부를 들었지만, 선자는 열여섯 살이었고 강한 여자아이였다. 선자는 일본인 남학생들이 자기를 더 어린 누군가로 착각했다고 생각해서 더 단호하게 말하려고 애썼다.

"뭐라고? 뭐라고 하는 거야?" 일본인 남학생들이 일본어로 말하며 키득거렸다. "네 말 못 알아듣겠는데, 이 냄새나는 잡년아."

선자가 두리번거렸지만 아무도 이쪽을 보고 있지 않는 듯했다. 나룻배 옆에 선 뱃사공은 다른 두 남자들과 이야기하느라 바빴고, 시장 끝 쪽에 있는 아주머니들은 일하느라 정신없었다.

"이리 주이소." 선자가 침착한 목소리로 말하며 오른손을 내밀었다. 바구니가 팔꿈치 안쪽에 걸려 있어서 균형을 잡기가 점점 힘들어졌다. 선자는 저보다 머리 하나는 큰 깡마른 남학생을 똑바로 바라보았다.

남학생들은 웃으면서 일본말로 떠들어댔고, 선자는 그들이 하는 말을 알아듣지 못했다. 남학생 둘이 노란 참외를 던지며 주고받는 동안에 세 번째 남학생이 선자의 왼팔에 들린 바구니를 뒤졌다. 이제 선자는 바구니를 떨어뜨릴까 봐 겁났다.

남학생들은 선자 또래이거나 더 어렸지만, 몸이 탄탄했고 어디로 튈지 종잡을 수 없을 정도로 기운이 넘쳤다.

제일 작은 세 번째 남학생이 바구니 바닥에서 소꼬리를 꺼냈다. "요보 놈들은 개를 먹고 이제는 개밥까지 훔치네! 너 같은 계집들은 뼈를 먹나 보지? 멍청한 년."

선자는 국거리인 소꼬리를 되찾으려고 허공에 손을 내둘렀다. 확실히 알아들은 말은 '요보'뿐이었다. '요보'는 원래 사람을 부를 때 쓰는 '여보'라는 말인데 일본인이 조선인을 비하하며 욕으로 쓰고 있었다.

작은 남학생이 소꼬리를 치켜들고 킁킁거리며 냄새를 맡다가 얼굴을 잔뜩 찌푸렸다.

"역겨워! 요보 놈들은 어떻게 이런 쓰레기 같은 걸 먹지?"

“그거 비싼 기라예! 퍼뜩 내놓이소!” 선자가 소리쳤다. 눈물을 참을 수가 없었다.

“뭐라고? 무슨 말인지 모르겠다니까, 이 멍청한 조선인. 넌 왜 일본말을 못해? 황국 신민은 다 일본말을 할 줄 알아야지! 넌 황국 신민이 아니냐?”

큰 남학생은 두 친구들의 말을 무시한 채 선자의 가슴 크기를 가늠하고 있었다.

“이 요보 가슴 좀 봐. 진짜 크네. 일본 여자애들은 이런 가축들과 달리 섬세하지.”

더럭 겁이 난 선자가 찬거리를 포기하기로 마음먹고 걷기 시작했지만, 남학생들이 선자에게 바싹 붙어 서서 지나가지 못하게 했다.

큰 남학생이 오른손으로 선자의 왼쪽 가슴을 움켜쥐었다. “이 참외 아주 말캉한데 너희 한 입 먹어볼래?” 남학생이 선자의 가슴에 가까이 대고 입을 딱 벌렸다.

작은 남학생은 선자가 움직이지 못하게 바구니를 꽉 잡고서 두 손가락으로 선자의 오른쪽 젖꼭지를 비틀었다.

세 번째 남학생이 말했다. “다른 데로 끌고 가서 이 긴 치마 속에 뭐가 있는지 보자. 낚시는 집어치워! 얘를 낚았잖아.”

큰 남학생이 아랫도리를 선자에게 들이밀었다. “내 뱀장어 맛보고 싶지 않아?”

“놔주이소. 소리 지를 끼라예.” 선자가 말했지만 목구멍이 꽉 막힌 것처럼 소리가 잘 나오지 않았다. 그때 선자는 제일 큰 남학생 뒤에 서 있는 남자를 보았다.

한수가 남학생의 짧은 뒷머리를 한 손으로 움켜잡고 다른 손으로 입을 틀어막았다.

"가까이 와." 한수가 나머지 남학생들을 향해 쉬 소리를 냈다. 기특하게도 남학생들은 두려움에 눈이 휘둥그레진 친구를 두고 도망가지는 않았다.

"너희 같은 개새끼들은 뒈져야 해." 한수가 완벽한 일본말로 말했다. "한 번만 더 이 아가씨를 괴롭히거나 이 근처에서 그 못생긴 상판대기들을 들이밀면 다 죽여버릴 거야. 내가 아는 제일 뛰어난 일본 자객들에게 네놈들과 네놈 가족들을 모조리 죽이라고 할 거야. 네놈들이 어떻게 죽었는지 아무도 모르겠지. 너희 부모는 일본에서 실패자들이야. 그래서 너희가 여기에서 살 수밖에 없었겠지. 네놈들이 여기 사람들보다 잘났다는 멍청한 생각은 추호도 하지 마." 한수는 이 말을 하면서 웃고 있었다. "난 지금 당장이라도 너희를 죽일 수 있어. 그래도 아무도 못 말려. 그런데 그렇게 쉽게 끝내면 안 되지. 마음만 먹으면 너희를 잡아서 고문하다가 죽일 수도 있어. 하지만 오늘은 경고만 하고 넘어가지. 난 아량이 넓은 사람이고, 우리 앞에 어린 아가씨가 있으니까."

두 남학생들은 찍소리도 못 한 채, 툭 튀어나온 친구의 눈을 바라보고 있었다. 상아색 양복에 흰색 가죽 신발 차림의 남자가 머리카락을 점점 더 세게 잡아당겼다. 남학생은 남자의 강한 완력에 위압감을 느껴 비명조차 지르지 못했다.

남자가 일본인처럼 말했지만 남학생들은 행동으로 미루어보아 그가 조선인이 틀림없다고 생각했다. 남자가 누군지 몰랐지만 위협이 허풍이라는 의심은 손톱만큼도 들지 않았다.

"사과해, 쓰레기 같은 새끼들아." 한수가 남학생들에게 말했다.

"정말 미안합니다." 남학생들이 선자에게 고개를 숙였다.

선자는 어쩔 줄 몰라 하며 남학생들을 바라보았다.

남학생들은 다시 공손하게 고개를 숙였고, 한수가 머리카락을 거머쥔 손아귀에서 힘을 살짝 풀었다.

한수가 선자를 돌아보며 슬쩍 웃었다.

"재들이 미안하다고 하네. 물론 일본말로. 조선말로도 사과를 듣고 싶어? 내가 그러라고 시키면 돼. 네가 원하면 사과 편지를 쓰라고 할게."

선자가 고개를 저었다. 큰 남학생은 이제 울고 있었다.

"그냥 내가 저것들을 바다에 던져버릴까?"

한수는 농담을 하고 있었지만, 선자는 웃을 수 없었다. 선자는 겨우 다시 고개를 저었다. 남학생들한테 끌려갈 뻔했고, 그랬더라도 아무도 못 봤을 터였다. 왜 고한수는 남학생들의 부모를 두려워하지 않을까? 일본인 학생이 조선인 어른을 곤경에 빠뜨리는 것은 일도 아닐 터였다. 왜 걱정을 안 할까? 선자가 울음을 터뜨렸다.

"괜찮아." 한수가 선자에게 나직이 말하고 큰 남학생을 놓아주었다. 남학생들이 참외와 소꼬리를 바구니에 각각 돌려놓았다.

"잘못했습니다." 세 사람이 고개를 깊이 숙였다.

"다시는 이 근처에 얼씬도 하지 마. 알아들어, 이 돌대가리들아?" 한수는 일본어로 말하면서, 선자가 무슨 말인지 알아듣지 못하게 하려고 상냥하게 웃었다.

남학생들이 다시 고개를 숙였다. 큰 남학생은 이미 교복에 찔끔 오줌을 지렸다. 남학생들이 시내 쪽으로 걸어갔다.

선자는 바구니들을 땅에 내려놓고 흐느꼈다. 양쪽 팔뚝이 빠질 것 같았다. 한수가 선자의 어깨를 부드럽게 토닥였다.

"너 영도 살지."

선자가 고개를 끄덕였다.

"너희 어머니가 하숙집 하고."

"예."

"집에 데려다줄게."

선자가 고개를 저었다.

"벌써 저 땜에 욕보셨심더. 혼자 집에 갈 수 있어예." 선자는 고개를 들지 못했다.

"잘 들어. 혼자 다니거나 밤에 밖에 돌아다니면 안 돼. 혼자 장 보러 올 때는 큰길로만 다녀. 항상 사람들 보이는 데서 벗어나지 말고. 놈들이 지금 여자들을 찾아다니고 있어."

선자는 무슨 말인지 이해하지 못했다.

"총독부 말이야. 일본 군인들을 위해 중국에 데려가려고 한다고. 아무도 따라가지 마. 여자든 남자든 가릴 거 없이, 조선인일 거야. 중국이나 일본에 좋은 일자리가 있다고 말할 거고. 네가 아는 사람일지도 몰라. 조심해. 저런 멍청한 남자애들을 말하는 게 아니야. 재들은 그냥 불량배들이고. 그래도 조심하지 않으면 저런 애들이 너를 해칠 수 있어. 알아듣겠어?"

선자는 일자리를 찾고 있지 않았고, 한수가 왜 이런 말을 하는지도 알 수 없었다. 집을 떠나서 하는 일을 제안하며 다가오는 사람은 아무도 없었다. 어차피 선자는 절대 어머니를 떠나지 않을 테지만, 한수의 말이 옳았다. 여자가 치욕스러운 일을 당할 위험은 항상 있었다. 귀한 집 아씨들은 몸을 보호하거나 정조를 지키지 못하면 자결하려고 은장도를 저고리 속에 숨기고 다녔다.

한수가 손수건을 주었고, 선자가 얼굴을 닦았다.

"집에 가야지. 너희 어머니가 걱정하겠다."

한수가 선자를 나룻배까지 바래다주었다. 선자는 바구니들을 나룻배 바닥에 놓고 앉았다. 배에는 승객이 두 명뿐이었다.

선자가 고개를 숙여 인사했다. 고한수가 다시 선자를 지켜보고 있었지만, 이번에는 표정이 전과 달랐다. 걱정스러운 기색이었다. 나룻배가 부두를 떠났을 때에야 선자는 한수에게 고맙다는 말을 하지 않았음을 깨달았다.

5

고한수가 선자를 나룻배에 태워줄 때 선자는 그를 가까이서 살펴볼 수 있었다. 단정하게 빗어 넘긴 검은 머리카락에서 포마드의 박하 향이 났다. 어깨가 넓었고 덩치에 비해 상체가 강하고 탄탄했다. 다리가 길지는 않았지만 키가 작지는 않았다. 한수는 서른여섯 살인 선자 어머니 또래 같았다. 황갈색 이마에 살짝 주름이 있었고, 튀어나온 광대뼈에 옅은 갈색 점과 주근깨가 있었다. 오뚝한 콧마루 아래가 불거진 좁은 코 때문에 일본인처럼 보였고, 콧구멍 주변 살갗에 얼기설기 실핏줄이 돋아 있었다. 갈색보다는 검은색에 가까운 짙은 눈동자가 깊은 동굴처럼 빛을 빨아들였다. 한수가 선자를 바라볼 때면 선자는 배 속에서 불편한 느낌이 일었다. 한수의 서양식 정장은 세련됐고 잘 손질돼 있었다. 하숙인들과 달리 한수한테서는 노동이나 바다의 악취가 풍기지 않았다.

다음 장날에 선자는 중개상 사무실 앞에 사업가 무리와 서 있는 한수를 발견하고 한수의 눈에 띌 때까지 기다렸다. 선자가 한수에게 고개를 숙여 인사했다. 한수는 살짝 고개를 까딱하고 나서 하던 일을 계속했다. 선자가 장을 마저 다 보고 나룻배를 타러 갈 때 한수가 선자를 따라잡았다.

"시간 좀 있어?" 한수가 물었다.

선자의 눈이 커졌다. 무슨 뜻일까?

"이야기할 시간."

선자는 평생 남자들 틈에서 살았다. 한 번도 남자들을 무서워하거나 남자들 앞에서 어색했던 적이 없었다. 하지만 한수와 있으면 아무 말도 떠오르지 않았다. 곁에 서 있는 것조차 힘들었다. 선자는 침을 삼키고 하숙인들을 대할 때처럼 말하기로 마음먹었다. 선자는 열여섯 살이나 먹었고, 겁에 질린 아이가 아니었다.

"저번에 도와주셔서 감사했어예."

"별거 아니야."

"진작에 말씀드렸어야 했어예. 고맙십니더."

"너랑 이야기를 하고 싶은데. 여기서 말고."

"어디서예?" 선자는 왜냐고 물었어야 했다고 뒤늦게 생각했다.

"너희 집 뒤쪽 바닷가로 갈게. 물이 얕은 쪽 커다란 검은 바위 근처로. 너 거기서 빨래하잖아." 한수는 선자의 일상을 조금 알고 있다고 알리고 싶었다. "혼자 올 수 있어?"

선자는 장바구니들을 내려다보았다. 뭐라고 말해야 할지 모르겠지만 한수와 조금 더 이야기를 하고 싶었다. 하지만 어머니가 절대로 허락하지 않을 터였다.

"내일 아침에 빠져나올 수 있어? 이맘때쯤에?"

"모르겠어예."

"오후가 더 낫나?"

"울 집 사내들이 일 마치고 온 후가 좋을 거 같아예." 저도 모르게 말이 나왔고 목소리가 점점 잦아들었다.

한수는 검은 바위 옆에서 신문을 읽으면서 선자를 기다리고 있었다. 선자의 기억보다 바다가 더 파랬고, 길쭉하고 얄따란 구름은 더 하얬다. 한수가 여기 있으니 모든 것이 더 생생해 보였다. 신문 귀퉁이가 산들바람에 펄럭였다. 한수는 귀퉁이를 꽉 쥐었다가 다가오는 선자가 보이자 신문을 접어 옆구리에 끼었다. 한수는 선자 쪽으로 가지 않고 선자가 올 때까지 기다렸다. 선자가 더러운 빨랫감이 든 커다란 보따리를 머리에 이고 흔들림 없이 걸어왔다.

"선생님." 선자가 두려운 기색을 드러내지 않으려고 애쓰며 말했다. 고개 숙여 인사할 수가 없어서 보따리로 손을 올려 잡았지만, 한수가 재빨리 손을 뻗어 선자의 머리에서 보따리를 들어올렸다. 한수가 빨랫감 보따리를 물기 없는 바위에 내려놓는 사이에 선자가 등을 바르게 폈다.

"선생님, 고맙십니더."

"오빠라고 불러. 넌 오빠가 없고 난 여동생이 없으니 네가 내 여동생 하면 되겠다."

선자는 아무 말도 하지 않았다.

"여기 좋네." 한수의 눈이 바다 한가운데서 이는 낮은 파도를 물끄러미 바라보다가 수평선에 머물렀다. "제주만큼 아름답지는 않아도 느낌이 비슷해. 너랑 난 둘 다 섬 출신이네. 언젠가 너도 섬사람은 좀 다르다는 걸 알게 될 거야. 우린 더 자유롭지."

선자는 한수의 목소리가 좋았다. 남자답고 확신에 차 있지만 쓸쓸한 기색이 서려 있는 목소리였다.

"넌 평생을 여기서 보내겠지."

"예, 고향이니까예." 선자가 말했다.

"고향이라." 한수가 생각에 잠겨 말했다. "우리 아버지는 제주에서 귤 농사를 지었어. 내가 열두 살 때 아버지와 오사카로 갔지. 난 제주를 고향으로 생각하지 않아. 우리 어머니는 내가 아주 어렸을 때 돌아가셨어." 한수는 선자가 자기 외가 쪽 누군가를 닮았다는 말을 그때는 하지 않았다. 눈과 훤한 이마가 그랬다.

"빨랫감이 상당히 많네. 예전에 아버지랑 내 옷을 내가 빨았어. 딱 질색이었지. 부자가 돼서 제일 좋은 건 빨래와 밥을 해줄 사람이 있다는 거야."

선자는 걸음마를 익힌 후부터 쭉 빨래를 한 것이나 마찬가지였다. 빨래가 딱히 싫지는 않았다. 그보다는 다림질이 더 어려웠다.

"빨래할 때 무슨 생각해?"

한수는 선자에 대해 알아야 할 것은 이미 알고 있었지만 이 여자아이가 무슨 생각을 하는지도 알고 싶었다. 한수는 누군가의 마음을 알고 싶을 때 질문을 많이 했다. 대부분의 사람은 자기 생각을 말로 하고 난 후에 행동으로 확인시켜주었다. 거짓말을 하는 사람보다 진실을 말하는 사람이 훨씬 많았다. 거짓말을 잘하는 사람은 아주 드물었다. 오히려 한수는 어떤 사람이 알고 보니 남들과 별다를 바 없음을 알았을 때 가장 실망스러웠다. 한수는 멍청한 여자보다 똑똑한 여자를 좋아했고, 드러누울 줄만 아는 게으른 여자보다 열심히 일하는 여자를 좋아했다.

"내가 어렸을 때 아버지나 나나 옷이 한 벌밖에 없었어. 그래서 빨래를 하고 나면, 아버지랑 내가 어떻게든 밤새 옷을 말리려고 했는데 잘 안 말라서 아침에 축축한 옷을 입었지. 한번은, 내가 열 살인가 열한 살인가 그랬을 거야. 옷을 빨리 말리려고 난로 옆에 두고 저녁밥을 하러 갔어. 보리죽을 쑤어 먹었는데, 싸구려 냄비라 내내 저어주어야 했어. 안 그러면 냄비 바닥이 타버렸거든. 그래서 보리죽을 젓고 있는데 고약한 냄새가 나더라고. 나중에 보니까 아버지 윗도리 소매가 타서 커다란 구멍이 난 거야. 그래서 아버지한테 호되게 야단맞았어." 한수가 아버지한테 매 맞은 기억을 떠올리며 소리 내어 웃었다.

"정신 나간 놈 같으니라고! 아들이라고 하나 있는 게 쓸모없는 멍청이야!" 버는 족족 술에 탕진한 한수의 아버지는 식구를 잘 건사하지 못했다는 데 자책을 느끼지 않았다. 되려 나물을 캐고 사냥을 하거나 좀도둑질을 해서라도 식구를 먹여 살리려는 아들한테 모질게 굴었다.

선자는 고한수 같은 사람이 자기 옷을 직접 빠는 것을 상상하기 어려웠다. 한수의 옷은 아주 고급이었고 몸에 잘 맞게 재단되어 있었다. 선자는 한수가 매번 다른 하얀 정장과 하얀 구두 차림인 모습을 이미 보았다. 한수처럼 옷을 입는 사람은 없었다.

선자는 할 말을 찾아냈다.

"저는 빨래할 때 빨래를 잘할 생각을 합니더. 빨래는 제가 좋아하는 일 중 하나라예. 제가 옷을 더 좋게 할 수 있으니까예. 깨지면 내버려야 하는 항아리랑 다르다 아닙니꺼."

한수가 선자를 보며 빙긋이 웃었다. "오래전부터 너랑 함께 있고 싶었어."

또다시 선자는 왜냐고 물어보고 싶었지만 이제는 아무래도 상관없었다.

"네 얼굴은 참 선해." 한수가 말했다. "정직해 보여."

시장 아주머니들도 전에 선자에게 그런 말을 했다. 선자는 흥정을 잘하지 못했고 그럴 시도도 하지 않았다. 하지만 오늘 아침에 선자는 고한수를 만나기로 했다는 말을 엄마에게 하지 않았다. 저를 괴롭힌 일본인 학생들 이야기조차 하지 않았다. 어젯밤에 선자는 평소 함께 빨래를 하는 덕희에게 혼자서 하겠다고 말했다. 덕희는 빨래를 안 해도 되니 아주 좋아했다.

"좋아하는 사람 있어?" 한수가 물었다.

선자의 볼이 발그레 물들었다. "아니예."

한수가 방긋 웃었다. "넌 이제 열일곱 살이 되잖아. 난 서른넷이야. 네 나이의 딱 두 배지. 오빠이자 친구가 돼줄게. 한수 오빠. 마음에 들어?"

선자는 한수의 검은 눈동자를 바라보면서, 아버지의 병이 낫기를 바라던 때를 빼면 무언가를 이보다 간절히 바란 적이 없었다고 생각했다. 선자가 아버지를 생각하지 않거나 머릿속에서 아버지 목소리를 듣지 않은 날은 하루도 없었다.

"빨래는 언제 해?"

"사흘에 한 번씩예."

"이 시간에?"

선자가 고개를 끄덕였다. 선자는 깊게 숨을 들이마셨고, 기대감과 경이감이 폐와 심장에 가득 차올랐다. 선자는 이 바닷가를 아주 좋아했다. 끝없이 펼쳐지는 옅은 청록색 바다, 돌투성이 모래와 바다 사이의 검은 바위, 그 가장자리를 죽 둘러싼 자그마한 하얀 조약돌. 고요한 이곳에 있으면 안전하고 충만하다고 느꼈다. 여기에 오는 사람은 거의 없었지만, 이제 이곳이 예전과 다르게 보일 것 같았다.

한수가 선자의 발 옆에서 매끄럽고 납작한 돌멩이를 주웠다. 가는 회색 줄무늬가 있는 검은 돌멩이였다. 한수는 도매용 생선 상자에 표시할 때 쓰는 하얀 분필을 주머니에서 꺼내 돌멩이 뒷면에 가위표를 그렸다. 한수는 쭈그리고 앉아 두 사람을 둘러싸고 있는 거대한 바위들을 손으로 더듬거리다가, 의자 높이만 한 중간 크기의 바위에서 물기 없는 틈을 발견했다.

"내가 여기 왔다가 네가 아직 오기 전에 일하러 돌아가야 할 수도 있잖아. 그럼 이 돌멩이를 여기 바위틈에 끼워놓을게. 내가 왔다 간 걸 네가 알 수 있게. 네가 여기 왔는데 내가 없으면 이 돌멩이를 같은 곳에 둬. 네가 날 만나러 왔다는 걸 내가 알 수 있게."

한수가 선자의 팔을 토닥이고 나서 빙그레 웃었다.

"선자야, 이제 가야겠어. 나중에 보자, 알았지?"

선자는 멀어지는 한수를 지켜보다가 한수가 시야에서 사라지자마자 쪼그리고 앉아 빨래를 시작하려고 보따리를 풀었다. 선자는 더러운 윗도리를 꺼내 차가운 물에 담갔다. 모든 것이 달라졌다.

사흘 후, 선자는 한수를 만났다. 빨래를 도맡아 하겠노라고 식모 자매를 설득하기는 쉬웠다. 이번에도 한수는 바위 옆에서 신문을 읽으면서 기다리고 있었다. 검은 띠가 둘러진 옅은 색 모자를 쓰고 있었다. 한수는 세련돼 보였다. 선자는 다른 사람에게 들킬까 봐 무서웠지만, 한수는 바위 옆에서 선자를 만나는 것이 평범한 일인 양 행동했다. 선자는 어머니나 복희, 덕희 자매에게 한수에 대해 이야기하지 않아서 죄책감을 느꼈다. 한수와 선자는 검은 바위에 앉아 30분 정도 이야기를 나누었고, 한수는 이상한 질문을 했다. "조용히 별일을 안 할 때는 무슨 생각해?"

선자가 아무 일도 하지 않을 때는 없었다. 하숙집에는 늘 할 일이 많았다. 선자는 어머니가 빈둥거리는 모습을 본 기억이 없었다. 선자가 항상 바쁘다고 말하고 나서 생각해보니 그렇지도 않았다. 일을 하고 있는데 아무 일도 하지 않는 듯한 느낌이 들 때도 있었다. 딱히 신경을 쓰지 않고도 할 수 있는 일이기 때문이었다. 생각하지 않고도 감자를 깎거나 방바닥을 닦을 수 있었다. 요즘에는 마음에 여유가 있을 때면 한수 생각을 했는데 이런 말을 할 수는 없는 노릇 아닌가. 한수는 돌아가기 직전에 좋은 친구란 무엇이라고 생각하느냐 물었고 선자는 한수가 좋은 친구라고 대답했다. 선자가 곤경에 처했을 때 한수가 도와주어서였다. 한수는 그 대답을 듣고 빙그레 웃으며 선자의 머리를 쓰다듬었다. 두 사람은 며칠에 한 번씩 그 바닷가에서 만났다. 선자는 바닷가나 장에 가서 하는 일을 집에서 눈치채지 못하도록 빨래와 집안일을 갈수록 재빠르게 해치웠다.

장이나 바닷가에 가려고 부엌 문턱을 넘기 전에 선자는 광을 낸 냄비 뚜껑에 자신을 비춰 보고 그날 아침에 단단하게 땋은 머리를 매만졌다. 선자는 예쁘게 꾸미는 법을 몰랐고 고한수처럼 대단한 남자는 물론이고 여느 남자의 마음에 드는 법도 몰랐다. 그래서 매무새라도 깨끗하고 단정히 하려고 애썼다.

한수를 만나면 만날수록 선자의 마음속에 한수가 선명하게 새겨졌다. 선자의 머릿속은 이제껏 한 번도 상상해본 적 없는 사람과 장소가 나오는 한수의 이야기로 가득 찼다. 한수는 오사카에 살았다. 오사카는 일본의 큰 항구도시였는데 한수의 말에 따르면 돈만 있으면 원하는 것을 무엇이든 살 수 있고 거의 모든 집에 전기가 들어오며 겨울에도 따뜻하게 해주는 전기 난방기가 있는 곳이었다. 한수는 도쿄가 경성보다 훨씬 번화하고 사람, 상점, 식당, 극장이 더 많다고 말했다. 만주와 평양에도 가봤다고 했다. 한수는 그 도시들에 대해 생생하게 이야기하면서 언젠가 둘이 같이 가자고 했는데, 선자는 그런 일은 일어나지 않을 거라고 생각했다. 그래도 토를 달지는 않았다. 한수와 같이 여행한다고 생각하니 좋아서였다. 바닷가에서 한수와 잠시 시간을 보내는 게 아니라 더 오래 한수와 함께 있을 수 있다는 생각만으로도 좋았다. 한수는 출장을 다녀오면 색이 고운 사탕과 달콤한 비스킷을 사 왔다. 아이를 먹이는 엄마처럼 사탕 껍질을 벗겨 선자의 입에 쏙 넣어주었다. 선자는 그렇게 예쁘고 맛있는 것을 먹어본 적이 없었다. 딱딱한 분홍색 사탕은 미국에서, 버터 비스킷은 영국에서 들여왔다. 선자는 어머니한테 들키지 않으려고 조심스럽게 포장지를 집 밖에 버렸다.

선자는 한수의 이야기와 경험에 빠져들었다. 한수의 경험은 먼 곳에서 온 어부들이나 노동자들이 들려준 모험보다 훨씬 특별했다. 게다가 선자와 한수의 관계에는 새롭고 강렬한 무엇인가가 있었고 이는 선자가 미처 예상하지 못한 일이었다. 한수를 만나기 전에는 자기 생활에 대해 이야기할 사람이 없었다. 하숙인들의 우스운 습관들, 어머니 밑에서 일하는 자매들과 나눈 대화들, 아버지에 대한 기억들, 마음속 사소한 궁금증을 터놓을 데가 없었다. 이제는 영도와 부산 밖의 세상이 어떻게 돌아가는지 물어볼 사람이 생겼다. 한수는 선자가 하루를 어떻게 보냈는지 듣고 싶어 했다. 선자의 꿈이 무엇인지까지 알고 싶어 했다. 가끔 선자가 난처한 일을 처리하거나 사람을 상대하는 법을 모를 때면 해결책을 알려주었다. 늘 한수는 문제를 해결할 묘안을 생각해냈다. 두 사람은 선자의 어머니 이야기는 절대 하지 않았다.

장에서 일하고 있는 한수를 보면 낯설었다. 선자와 함께 있을 때의 한수와는 다른 사람 같았다. 한수는 선자의 친구이자 오빠였고, 선자가 빨래를 이고 다가갈 때마다 빨래 보따리를 들어주는 사람이었다. "그렇게 걸어오는 모습이 참 단아하구나." 한수는 이렇게 말하며 곧고 튼튼한 선자의 목을 칭찬했다. 한번은 한수가 두툼하고 넓은 두 손으로 선자의 목덜미를 슬쩍 건드렸고, 선자는 한수의 손길에 놀라 펄쩍 뛰어올랐다. 그 자극적인 느낌에 선자는 충격을 받았다.

선자는 늘 한수가 보고 싶었다. 한수가 또 누구와 이야기를 나누고 질문을 할까? 선자가 하숙인들의 밥을 차리거나 밥상을 닦거나 어머니 옆에서 잠드는 밤에 한수는 무엇을 할까? 한수에게 직접 물어볼 수는 없어서 선자는 이런 물음들을 마음속에 담아두었다.

두 사람은 석 달 동안 같은 방식으로 만났고 함께 있는 것이 점점 편해졌다. 가을이 오자 바닷바람이 상쾌하고 쌀쌀해졌지만 선자는 추운 줄도 몰랐다.

9월 초에 닷새 내내 비가 왔다. 마침내 비가 개자 양진이 선자에게 다음 날 아침에 태종대 숲에 가서 버섯을 따 오라고 시켰다. 선자는 버섯 따는 것을 좋아했고, 마침 바닷가에서 한수를 만날 참이라 맨날 하는 일이 아닌 색다른 일을 하러 간다고 말할 생각에 설렜다. 한수는 여행을 다니면서 새로운 것을 자주 보았다. 선자는 판에 박힌 생활에서 벗어난 뭔가를 하는 것은 이번이 처음이었다.

잔뜩 신난 선자가 내일 아침밥을 먹고 나서 바로 버섯을 따러 간다는 계획을 불쑥 말했다. 한수가 잠시 아무 말 없이 생각에 잠긴 눈으로 선자를 빤히 쳐다보았다.

“이 오빠가 버섯이랑 풀뿌리를 기가 막히게 잘 찾아. 먹을 수 있는 것과 먹을 수 없는 것에 훤하지. 어릴 적에 몇 시간씩 찾으러 다녔거든. 봄에는 고사리를 뜯어서 말렸어. 새총으로 토끼를 잡아서 저녁으로 먹곤 했고. 한번은 해 질 무렵에 꿩 한 쌍을 잡았어. 참 오랜만에 먹은 고기였어. 아버지가 아주 흐뭇해하셨지!” 한수의 표정이 부드러워졌다.

“같이 가면 되겠다. 버섯은 언제까지 따면 돼?” 한수가 물었다.

“오빠도 가고 싶어예?”

일주일에 두 번씩 30분 동안 한수와 이야기를 나누는 것과는 다르게 한수와 종일 같이 있는 것은 상상해본 적도 없다. 함께 있는 것을 들키면 어떻게 될까? 선자의 얼굴이 화끈거렸다. 어떻게 해야 할까? 애초에 선자가 꺼낸 말이었고, 이제 와서 한수에게 오지 말라고 할 수도 없었다.

“여기서 만나자. 이제 시장으로 돌아가야겠어.” 한수가 이번에는 평소와 다르게 웃었다. 들뜬 기색이 역력한 사내아이 같았다.

“우린 버섯을 무더기로 찾을 거야. 틀림없어.”

두 사람은 섬 가장자리를 따라 걸었다. 같이 있는 모습이 사람들의 눈에 띄지 않을 곳이었다. 해안선이 평소보다 아름다워 보였다. 두 사람이 섬 반대쪽에 자리 잡은 숲에 가까이 다가가자 나들이옷을 입은 양 노랗고 빨갛게 물든 커다란 소나무와 단풍나무, 전나무가 두 사람을 반갑게 맞이했다. 한수가 오사카 생활에 대해 이야기했다. 일본인들을 욕할 것도 없다고 했다. 지금이야 일본인들이 조선인들을 이기고 있지만 당연히 지는 것을 좋아하는 사람은 없었다. 한수는 조선인들끼리 벌이는 다툼질을 그만두면, 언젠가는 일본을 빼앗아서 일본인들에게 훨씬 나쁜 짓을 할 수도 있다고 생각했다.

"어딜 가든 사람들은 썩었어. 형편없는 사람들이지. 아주 나쁜 사람들을 보고 싶어? 평범한 사람을 상상 이상으로 성공시켜놓으면 돼. 뭐든 원하는 대로 할 수 있을 때 그 사람의 본모습이 드러나는 법이거든."

선자는 한수가 이야기할 때 고개를 끄덕이면서, 한수의 말을 다 기억하고 한수의 모습을 모두 간직하고자 했다. 한수가 하려는 말은 무엇이든 이해하려고 애썼다. 선자는 어렸을 때 모으던 바닷가 유리 조각과 장밋빛 돌멩이처럼 한수의 이야기를 아주 소중히 여겼다. 한수가 선자의 손을 잡고 잊을 수 없는 새로운 세상을 보여주었기에 선자는 한수의 모든 말이 놀라웠다.

물론 선자가 이해하지 못하는 주제와 개념이 많았고, 때로는 직접 겪어보지도 않은 일을 받아들이자니 만만하지 않았다. 그래도 순대에 여러 재료를 꽉꽉 채워 넣듯이 머릿속에 집어넣었다. 선자는 한수가 자신을 무식하다고 생각하는 것이 싫어서 이것저것 이해하려고 열심히 노력했다. 선자는 조선어든 일본어든 글자를 한 자도 몰랐다. 아버지가 덧셈과 뺄셈을 조금 가르쳐서 돈을 셀 수 있었지만 그게 다였다. 선자와 선자 어머니 둘 다 자기 이름조차 쓸 줄 몰랐다.

한수는 버섯을 따서 모으려고 큰 보자기를 가져왔다. 나들이를 간다고 한껏 들뜬 한수의 모습에 선자도 기분이 좋아졌지만 누가 둘이 같이 있는 것을 볼까 봐 여전히 걱정스러웠다. 두 사람이 친구라는 것은 아무도 몰랐다. 남자와 여자는 친구 사이가 될 수 없었고, 그렇다고 정인 사이인 것도 아니었다. 한수는 혼인 이야기를 한 번도 꺼내지 않았다. 한수가 선자와 혼인할 생각이었다면 어머니를 찾아가 말했을 테지만 한수는 그러지 않았다. 사실 한수는 석 달 전에 좋아하는 사람이 있냐고 물어본 후로 다시는 그 화제를 꺼내지 않았다. 선자는 여자와 함께 있는 한수의 생활을 생각하지 않으려고 했다. 한수가 함께할 여자를 찾는 것은 어렵지 않을 터였고, 선자는 한수가 자신에게 관심을 갖는 것이 항상 이해되지 않았다.

숲까지 걸어가는 긴 시간이 짧게 느껴졌고, 숲에 들어서자 바닷가보다도 외진 것 같았다. 나지막한 바위와 드넓은 청록색 바닷물이 펼쳐져 훤히 트여 있는 풍경과 다르게, 거대한 나무들이 두 사람의 머리 위로 높이 솟아 있었다. 꼭 잎이 무성하게 우거진 캄캄한 거인의 집에 들어가는 것 같았다. 새소리가 들리자 선자는 고개를 들어 어떤 새인지 둘러보려고 했다. 그러다가 한수의 얼굴이 눈에 띄었다. 한수의 눈에 눈물이 고여 있었다.

"오빠, 괜찮습니꺼?"

한수가 고개를 끄덕였다. 한수는 여기까지 걸어오는 내내 여행과 일 이야기를 했는데, 울긋불긋한 나뭇잎과 울퉁불퉁한 나무 둥치를 보자 조용해졌다. 한수가 오른손을 선자의 등에 대고 땅은 머리끝을 만지작거렸다. 이어서 선자의 등을 쓰다듬다가 조심스럽게 손을 치웠다.

한수는 어렸을 때 이후로 숲을 찾은 적이 없었다. 그때는 오사카에서 약삭빠른 부랑아들과 사기를 치고 도둑질을 하는 거친 10대가 되기 전이었다. 일본으로 건너가기 전에 나무가 우거진 제주의 산들은 한수의 안식처였다. 한수는 화산인 한라산에 있는 모든 나무를 알았다. 가느다란 다리로 뽐내듯 앙증맞게 걷던 작은 사슴이 기억났다. 짙은 귤꽃 향기도 떠올랐다. 영도의 숲에는 없는 것들인데도 그랬다.

"가자." 한수가 앞장섰고 선자가 뒤를 따라갔다. 한수가 열두 걸음도 가지 않아 멈춰 서서 버섯 하나를 땅에서 살살 뽑았다. "우리 첫 버섯이네." 한수는 더 이상 울고 있지 않았다.

한수가 선자에게 한 말은 거짓이 아니었다. 한수는 버섯을 찾는 솜씨가 좋았다. 선자를 위해 먹을 수 있는 나물도 많이 찾아내 먹는 방법까지 설명해주었다.

"굶주리면 먹을 수 있는 것과 먹을 수 없는 것을 알게 돼." 한수가 소리 내어 웃었다. "난 굶주리는 게 싫어. 자, 네가 간다는 데는 어디야? 어느 쪽인데?"

"여기서 조금만 가면 됩니더. 울 어머니가 어릴 때 억수로 큰비가 온 다음에 버섯을 딴 곳이라예. 울 어머니가 섬 반대쪽 여기 출신이라예."

"바구니가 별로 안 크네. 바구니 두 개를 가져왔으면 말려서 겨울에 먹을 버섯까지 딸 수 있을 텐데! 내일 다시 와야겠네."

선자가 한수를 보며 미소 지었다. "오빠, 거기는 보지도 않았잖아예!"

두 사람이 선자 어머니가 버섯을 따던 곳에 도착하자, 선자 아버지가 아주 좋아하던 갈색 버섯이 꽉 들어차 있었다.

한수가 대단히 기뻐하며 웃었다. "내가 말했잖아? 저녁거리를 가져올걸. 다음에는 여기서 점심 먹을 준비를 해 오자. 이거 너무 쉬운데!" 한수는 당장 버섯을 한 움큼 따서 두 사람 사이 땅에 놓인 바구니에 던졌다. 바구니가 꽉 차자 한수는 자기 보자기 위에 올려놨고, 그곳에도 수북하게 쌓이자 선자가 허리에 두른 앞치마를 풀어 버섯을 더 모았다.

"버섯을 어떻게 다 가져갈지 모르겠어예." 선자가 말했다. "지가 너무 욕심이 많네예."

"넌 욕심이 많지 않아."

한수가 선자를 향해 움직였다. 한수에게 비누 향과 머릿기름의 노루발풀 냄새가 났다. 깔끔하게 수염을 깎은 잘생긴 남자였다. 얼룩 하나 없는 한수의 옷이 아주 좋았다. 왜 그런 것이 중요했을까? 하숙집 사내들은 더러울 수밖에 없었다. 일을 하다 보면 여기저기 다 더러워졌고, 아무리 문질러도 윗도리와 바지에서 생선 비린내가 빠지지 않았다. 아버지는 그런 겉모습으로 사람을 판단하지 말라고 가르쳤다. 입은 것이나 가진 것은 사람의 마음과 성격이랑 아무 관계가 없다고 했다. 선자가 숨을 깊이 들이마시니 신선한 숲속 공기와 어우러진 한수의 냄새가 났다.

한수가 선자의 짧은 저고리 밑으로 슬며시 두 손을 넣었지만 선자는 말리지 않았다. 한수가 저고리를 여민 긴 옷고름을 풀고 저고리를 젖혔다. 선자가 조용히 흐느끼기 시작했다. 한수가 선자를 끌어당겨 안으며 나지막이 달래는 소리를 냈고, 선자는 한수가 하고 싶은 대로 하면서 어르는 동안 가만히 있었다. 한수가 선자를 부드럽게 땅에 눕혔다.

"오빠가 여기 있잖아. 괜찮아. 다 괜찮아."

한수는 내내 선자의 엉덩이를 두 손으로 단단히 받쳤다. 한수는 선자가 잔가지와 나뭇잎에 다치지 않게 하려고 했지만 숲의 여러 부스러기에 쓸려서 선자의 다리 뒤쪽이 빨갛게 부었다. 두 사람의 몸이 떨어졌을 때 한수가 손수건으로 피를 닦아주었다.

"네 몸은 참 예뻐. 잘 익은 과일 같아."

선자는 아무 말도 할 수 없었다. 방금까지 선자는 젖먹이처럼 자기 가슴을 빠는 한수를 그대로 두었다. 한수가 선자의 안에서 움직이는 동안, 선자가 예전에 본 돼지들과 말들이 하듯이 그렇게 하는 동안, 통증이 어찌나 날카롭고 선명한지 기절할 지경이었고 그 아픔이 가라앉아서 그저 고마웠다.

두 사람이 융단처럼 푹신하게 쌓인 노랗고 빨간 낙엽 더미에서 일어나자, 한수가 선자의 속옷을 바로잡게 도와주고 나서 옷을 입혀주었다.

"넌 소중한 내 여자야."

다음번에도 한수는 똑같이 말했다.

6

한수가 일본에 출장을 갔다. 자기가 돌아오면 깜짝 놀랄 일이 있을 것이라고 약속했다. 선자는 한수가 혼인 이야기를 꺼내는 것은 시간문제라고 생각했다. 선자는 한수의 여자였고, 한수의 아내가 되고 싶었다. 어머니를 떠나기 싫었지만 한수랑 함께하기 위해 오사카로 가야 한다면 갈 수 있었다. 선자는 온종일 지금 한수가 무엇을 하고 있을지 궁금했다. 먼 곳에 있는 한수의 생활을 상상할 때면 자신이 영도 밖과 부산 밖, 심지어 조선 밖의 다른 무언가의 일부가 된 것처럼 느껴졌다. 어떻게 지금까지 아버지와 어머니 말고는 하나도 모른 채 살았을까? 그래도 그것이 선자가 아는 전부였다. 여자는 혼인을 해서 아이를 낳는 것이 마땅했다. 선자는 월경을 하지 않자 한수에게 아이를 낳아줄 수 있게 돼서 기뻤다.

선자는 한수가 돌아올 날을 하루하루 손꼽아 기다렸다. 집에 시계가 있었다면 시간과 분까지 헤아렸을 터였다. 한수가 돌아오는 날 아침에 선자는 서둘러 장에 갔다. 선자는 중개상 사무실을 지나쳤고, 선자를 발견한 한수가 사람들 눈에 띄지 않게 다음 날 아침에 바닷가에서 만날 시간을 알려주었다.

하숙인들이 일하러 가자마자 선자는 더 이상 기다리지 못하고 빨랫감을 모아 바닷가로 뛰어갔다. 정장 위에 멋진 외투를 입고 바위 옆에서 기다리고 있는 정인을 보자 선자는 이런 남자가 자신을 선택했다는 사실이 자랑스러웠다.

아씨처럼 사뿐사뿐 조신하게 다가갔던 여느 때와 달리, 오늘은 빨래 보따리를 끌어안은 채 조급하게 한수를 향해 달려갔다.

"오빠! 돌아왔네예!"

"말했잖아. 난 항상 돌아온다고." 한수가 선자를 꼭 껴안았다.

"오빠를 보니까 진짜 좋아예."

"우리 아가씨는 어떻게 지냈어?"

선자는 한수 앞에서 활짝 웃었다.

"다시 금세 떠나지 않으면 좋겠심더."

"눈 감아봐." 선자는 한수의 말을 따랐다.

한수가 선자의 오른손을 펼쳐서 두툼하면서 동글납작한 것을 손바닥에 올려놓았다. 손에 닿는 금속이 차가웠다.

"오빠 거랑 똑같네예." 선자가 눈을 뜨고 말했다. 한수는 금으로 된 묵직한 영국제 회중시계를 가지고 있었다. 선자의 회중시계는 비슷한 크기에 은으로 만들어 도금한 것이라고 했다. 얼마 전 한수는 시침과 분침을 구별해 시계 보는 법을 선자에게 가르쳐주었다. 한수는 시계의 순금 줄에 달린 T자 모양의 작은 막대를 조끼 단춧구멍에 끼워 매달아놓았다.

"여기 눌러봐." 한수가 시계의 꼭지 부분을 누르자 뚜껑이 열리면서 곡선으로 된 숫자가 적힌 우아한 흰색 문자판이 드러났다.

"지금까지 살면서 본 것 중에 제일 예쁩니더. 오빠, 고맙심더. 억수로 고마워예. 어디서 샀어예?" 선자는 이런 물건을 팔 만한 가게를 상상도 할 수 없었다.

"돈이 있으면 못 가질 게 없어. 너 주려고 런던에 주문해놨지. 이제 우리가 만나는 시간을 정확히 알 수 있어."

선자는 지금보다 더 행복한 순간이 있을까 싶었다.

한수가 선자의 볼을 쓰다듬으며 선자를 끌어당겼다.

"네 몸을 보고 싶어."

선자가 눈을 내리깔고 저고리를 열어 젖혔다. 선자는 전날 저녁에 뜨거운 물로 목욕을 하면서 살갗이 빨개질 때까지 온몸을 구석구석 문질렀다.

한수가 선자의 손에서 회중시계를 가져가서 선자의 속치마에 달린 가는 끈을 고리에 끼워 묶었다.

"다음에 오사카에 가면 제대로 된 줄이랑 핀을 주문할게."

한수가 선자의 속옷을 내리고 드러난 가슴에 입을 가져다 댔다. 긴 치맛자락도 젖혔다.

그들이 처음 사랑을 나눴을 때, 선자는 한수가 다급하게 욕정을 채우려는 모습에 큰 충격을 받았지만 점점 익숙해졌다. 두 사람은 여러 차례 잠자리를 했고 이제는 처음처럼 아프지 않았다. 선자는 한수가 강렬한 육체적 욕망을 드러낼 때만큼이나 부드럽게 어루만지는 손길을 좋아했다. 선자는 그런 순간에 한수의 근엄한 표정이 천진하게 변하는 모습이 좋았다.

잠자리가 끝나고 선자는 저고리를 여몄다. 이제 곧 한수는 일하러 돌아가고 선자는 하숙집 이불보를 빨아야 했다.

"오빠 아이를 가졌어예."

한수가 눈을 뜨고 잠시 망설였다.

"확실해?"

"예, 그런 거 같아예."

"그래." 한수가 빙긋 웃었다.

선자도 웃음을 지었고, 두 사람이 함께 이룬 결실이 자랑스러웠다.

"선자야……."

"오빠?" 선자가 한수의 심각한 얼굴을 살폈다.

"아내와 세 아이가 있어. 오사카에."

선자가 입을 벌렸다가 다시 닫았다. 다른 사람과 함께 있는 한수의 모습이 그려지지 않았다.

"내가 널 잘 돌봐줄게. 하지만 너랑 혼인할 수는 없어. 이미 일본에서 혼인신고를 했어. 일이랑 얽혀 있는 문제가 있어." 한수가 얼굴을 찌푸렸다. "우리가 함께할 수 있도록 뭐든 할게. 그렇지 않아도 네가 살 좋은 집을 찾아볼 작정이었어."

"집이예?"

"너희 어머니 집 근처에. 네가 원하면 부산도 좋고. 곧 겨울이 오는데 계속 밖에서 만날 순 없잖아." 한수가 웃었다. 한수가 선자의 팔뚝을 쓰다듬자 선자가 움찔했다.

"그래서 오사카에 갔어예? 만나러……."

"아주 어렸을 때 혼인했어. 셋 다 딸이야." 한수의 딸들은 똑똑하지도 않고, 호기심이 많지도 않았지만 상냥하고 순진했다. 한 아이는 혼인시켜도 될 만큼 예뻤고 나머지 두 아이는 신경이 예민한 제 엄마를 닮아 깡마른 체구였다. 아이들 엄마는 연약해 보였고 늘 안달복달했다.

"네가 가진 아이가 아들일지도 몰라!" 한수는 그 생각을 하니 웃음이 저절로 났다. "기분이 어때? 뭐 먹고 싶은 거 있어?" 한수는 지갑을 꺼내 지폐 뭉치를 빼냈다. "먹고 싶은 거 사 먹어. 너랑 아이 옷도 더 지어야 하잖아."

선자는 돈을 빤히 쳐다보기만 할 뿐 받지 않았다. 선자의 손은 힘없이 늘어져 있었다. 한수가 갈수록 흥분한 목소리로 말했다.

"기분이 좀 달라?" 한수가 두 손을 선자의 배에 올리고 기쁘게 웃었다.

한수의 아내는 한수보다 두 살 많았고 아이를 가진 것은 꽤 오래전이었다. 두 사람은 잠자리를 거의 하지 않았다. 한수는 1년 전까지만 해도 끊이지 않고 정부를 두었지만 하나같이 임신을 하지 않았기에 선자가 아이를 가지리라곤 생각하지 못했다. 원래 겨울이 오기 전에 선자한테 작은 집을 사줄 계획이었지만, 이제는 더 큰 집을 찾아야 할 것이었다. 선자는 어렸고 아이도 잘 들어서는 것이 분명했다. 두 사람 사이에 아이들이 더 생길 수도 있다는 생각에 이르자 조선에 자신의 여자와 자식들이 생긴다는 희망으로 행복해졌다. 한수는 이제 젊지 않았지만 나이를 먹어도 성욕은 줄어들지 않았다. 멀리 떠나 있을 때는 선자를 떠올리며 자위를 했다. 한수는 남자가 한 여자하고만 관계를 해야 한다고 여기지 않았다. 혼인은 부자연스러운 일이었지만, 자기 아이를 가진 여자를 버릴 마음은 전혀 없었다. 한수는 남자에게 여러 여자가 필요하다고 생각했으나, 이제는 이 여자아이만 있으면 됐다. 선자의 탄탄한 몸, 풍만한 가슴과 엉덩이가 아주 좋았다. 선자의 부드러운 얼굴을 보면 위안이 됐고, 선자의 순진함과 자신을 흠모하는 마음에 의지하게 됐다. 한수는 선자와 함께한 후로 무엇이든 할 수 있을 것 같았다. 진짜로 그렇기도 했다. 남자가 어린 여자와 가까이 지내면 다시 소년이 되는 기분이 들기 마련이었다.

한수가 선자의 손에 돈을 쥐여주었지만, 선자는 받지 않았다. 떨어진 지폐들이 바닷가에 흩어졌다. 한수가 허리를 숙여 돈을 주웠다.

"뭐 하는 거야?" 한수가 목소리를 약간 높였다.

선자가 한수의 눈을 피했다. 한수가 뭐라고 말했지만 무슨 소리인지 들리지 않았다. 선자의 마음이 더 이상 한수의 말뜻을 헤아리길 거부하는 것 같았다. 한수의 말은 그저 소리에, 시끄러운 울림에 불과했다. 도무지 말이 되지 않았다. 일본에 한수의 아내와 세 딸이 있다고? 선자는 한수를 만난 이래로 한수가 늘 솔직했다고 여겼다. 한수는 약속을 하면 꼭 지켰다. 깜짝 놀랄 일이 있을 것이라고 말하더니 시계를 가져다주었다. 하지만 선자가 한수를 위해 준비했던 깜짝 놀랄 일은 더 이상 한수에게 알리고 싶지 않은 일이 되었다. 그동안 한수가 이 여자 저 여자를 전전하는 제비라고 의심할 만한 점은 하나도 없었다. 아내와도 잠자리를 했을까? 어쨌든 선자는 남자에 대해서 잘 알지 못했다.

아내는 어떤 사람일까? 선자는 알고 싶었다. 아름다울까? 친절할까? 선자는 더 이상 한수의 얼굴을 볼 수 없었다. 하얀 무명 치마를 흘긋 내려다보았다. 낡을 대로 낡은 치맛단은 아무리 깨끗이 빨아도 여전히 잿빛이었다.

"선자야, 너희 어머니한테 이야기하러 언제 갈까? 이제 어머니한테 말해야 하지 않나? 아이를 가진 건 아셔?"

한수가 어머니 이야기를 꺼내니 꼭 한 대 맞은 기분이었다.

"우리 어머니예?"

"응, 어머니한테 말했어?"

"아닙니더. 어머니한테 말 안 했어예." 선자는 어머니 생각을 하지 않으려고 애썼다.

"내가 그 하숙집을 너한테 사줄게. 너희 어머니랑 넌 더 이상 하숙을 치지 않아도 돼. 넌 그저 아이만 돌보면 돼. 우리가 아이를 더 낳을 수도 있어. 네가 원한다면 훨씬 큰 집을 사줄게."

선자의 발 옆에 놓인 빨래 보따리가 햇빛에 빛나는 것 같았다. 오늘 끝내야 할 일이 있었다. 자신은 숲속 흙바닥에서 남자가 제 몸을 갖게 내버려둔 무지렁이 시골 처녀였다. 한수가 탁 트인 바닷가에서 자신을 원했을 때도 제 몸을 마음대로 탐하게 내버려두었다. 자신이 한수를 사랑하듯이 한수가 자신을 사랑한다고 믿었다. 한수가 저와 혼인하지 않으면 자신은 평생 손가락질을 당할 난잡한 계집이었다. 아이는 성도 없는 사생아가 될 터였다. 자신의 창피한 짓 때문에 어머니의 하숙집도 크게 평판이 떨어질 것이다. 배 속에 있는 아이는 자신의 아버지 같은 진짜 아버지를 가지지 못할 것이다.

"이제 다시는 오빠를 안 볼랍니더." 선자가 말했다.

"뭐라고?" 한수가 믿을 수 없다는 듯이 웃었다. 한수가 선자의 양어깨에 팔을 올리자 선자가 어깨를 움츠려 한수의 팔을 떨쳐냈다.

"다시 제 옆에 오면 콱 죽어버릴랍니더. 지가 몸 파는 여자처럼 처신했을지 몰라도……." 선자는 더 이상 말을 잇지 못했다. 아버지의 모습이 아주 선명하게 떠올랐다. 아버지의 아름다운 눈과 갈라진 입술과 구부정하고 느린 걸음걸이가 또렷이 보였다. 아버지는 기나긴 하루 일이 끝나면 마른 옥수숫대와 나뭇가지를 깎아서 인형을 만들어주었다. 주머니에 남은 동전이 한 닢이라도 있으면 엿을 사주었다. 이렇게 추잡한 인간이 된 딸을 보지 않아도 되니 돌아가셔서 차라리 다행이었다. 아버지는 선자한테 자신을 소중히 하라고 가르쳤는데 선자는 그러지 못했다. 열심히 일만 하면서 자신을 애지중지하며 기른 어머니와 아버지를 배신했다.

"선자야, 귀여운 우리 아기. 뭐가 그렇게 속상한 거야? 변한 건 아무것도 없어." 한수는 혼란스러웠다. "내가 너랑 아이를 아주 잘 돌볼 거야. 가정을 하나 더 꾸릴 돈과 시간이 있어. 내 의무를 다할 거야. 난 진짜로 널 사랑해. 내가 생각하던 것보다 훨씬 더 깊이 사랑하고 있어. 이건 가볍게 하는 말이 아니야. 할 수 있었다면 너랑 혼인했을 거야. 넌 내가 혼인하고 싶은 사람이야. 너랑 난, 우리는 비슷한 사람이야. 우리 아이는 사랑을 듬뿍 받을 거야. 하지만 내 아내와 세 딸을 저버릴 수는 없……."

"저한테 그 사람들 이야기를 안 했다 아닙니꺼. 제가 착각하게……."

한수가 고개를 저었다. 선자는 한수의 뜻을 거스른 적이 없었다. 선자의 입에서 반대하는 말이 나온 적은 한 번도 없었다.

"다시는 오빠를 안 볼랍니더." 선자가 말했다.

한수가 선자를 잡으려고 하자 선자가 소리쳤다. "저리 가라꼬예, 이 나쁜 새끼! 오빠랑은 아무것도 하고 싶지 않다꼬예."

한수가 멈칫하며 선자를 바라보았다. 앞에 서 있는 여자아이를 다시 평가해야 했다. 마음속에 품은 화를 말로 드러낸 적이 한 번도 없었는데, 이제 보니 완전히 다른 사람 같았다.

"오빠는 나를 아끼지 않아예. 조금도예." 갑자기 모든 것이 분명해졌다. 선자는 제 부모가 저한테 했듯이 한수가 저를 대하기를 기대했다. 아버지와 어머니는 딸이 부유한 남자의 첩이 되는 것보다는 정직하게 일하며 살기를 바랄 것 같았다.

"아이가 딸이면 어쩔려고예? 아님 딸아이가 울 아버지처럼 태어나면예? 발이 구부러지고 윗입술이 없이 나오면예?"

"그래서 혼인을 안 한 거야?" 한수가 이맛살을 찌푸렸다.

많은 마을 처녀가 혼인했는데도 선자 어머니는 혼인을 해야 한다고 성화를 부리지 않았다. 선자에게 청혼하려고 어머니를 찾아 온 사람이 아무도 없었고, 선자에게 집적거리는 하숙인들은 진지하게 고려할 상대가 아니었다. 선자는 이유가 이것이었나 싶었다. 임신을 하고 나서야 아버지처럼 기형인 아이를 낳을 수도 있겠다는 생각이 들었다. 매년 선자는 어려서 죽은 형제들의 무덤을 깨끗하게 돌보았다. 선자 어머니는 갈라진 입술로 태어난 아이들도 있었다고 말했다. 한수는 건강한 아들을 기대하고 있는데, 선자가 그런 아이를 낳지 못하면 어떻게 될까? 한수가 선자와 아이를 버릴까?

"나를 꼬여서 혼인하려고 한 거야? 평범한 남자랑은 혼인할 수 없어서?"

한수조차 자기가 뱉은 말이 얼마나 잔인한지 깨달았다.

선자가 빨래 보따리를 움켜쥐고 집으로 달려갔다.

7

약사인 추 씨는 평양에서 온 목사에게 정이 담뿍 들었고 회복된 모습을 보니 기뻤다. 추 씨는 이제 일주일에 한 번씩만 치료를 하러 왔고 젊은이는 다 나은 듯했다.

"누워 있기에는 너무 건강하구만." 약사가 말했다. "그래도 아직 일어나지 마소." 추 씨는 광에 깐 요에 누워 있는 이삭 옆에 앉았다. 창틀 사이로 들어온 찬바람에 추 씨의 하얀 앞머리가 살짝 날렸다. 추 씨는 두툼한 누비이불을 이삭의 어깨 위로 덮어주었다.

"따뜻한가?"

"네. 선생님과 아주머니에게 빚을 졌습니다."

"지금도 너무 말랐소." 추 씨가 얼굴을 찌푸렸다. "살이 조금 붙으면 좋겠구만. 얼굴에 살이 하나도 없소. 여기 음식이 입에 안 맞는가배?"

양진이 꾸지람이라도 들은 표정을 지었다.

"밥은 아주 맛있어요." 이삭이 항변했다. "제가 내는 하숙비보다 훨씬 많이 먹고 있답니다. 여기 밥이 집에서 먹던 밥보다 나아요." 이삭이 입구에 서 있는 양진과 선자를 보며 미소 지었다.

추 씨가 몸을 기울이고 이삭의 가슴에 청진기를 가져다 댔다. 숨소리가 지난주와 비슷하게 고르고 강했다. 목사는 아주 건강해 보였다.

"기침 소리를 내보소."

추 씨가 목사의 가슴에서 나는 소리를 유심히 들었다. "확실히 호전됐구만. 그래도 늘상 병을 달고 살지 않았는가. 결핵까지 걸렸고. 방심하면 안 된데이."

"네, 하지만 이제 기운이 납니다. 선생님, 오사카에 있는 교회에 편지를 써서 제가 도착할 날짜를 알리고 싶어요. 선생님이 보시기에 제가 여행을 해도 된다면요. 형이 먼저 선생님 허락을 받으라고 해서 그러겠다고 약속했거든요." 이삭이 기도를 하는 양 눈을 감았다.

"평양을 떠나기 전에 의사 선생이 자네 혼자 오사카까지 여행해도 된다 하든가?"

"여행해도 된다고 하셨지만, 의사 선생님과 어머니는 제가 집을 떠나는 걸 달가워하지는 않으셨어요. 하지만 집을 떠날 때 그 어느 때보다 건강했어요. 그런데 여기 이런 꼴로 있게 됐으니……. 의사 선생님과 어머니 말씀을 들었어야 했나 봅니다. 하지만 오사카에 있는 교회에서 제가 빨리 오기를 기다리고 있어서요."

"의사 선생이 가지 말라 했는데도 어쨌든 떠난 거로구만." 추 씨가 소리 내어 웃었다. "젊은이들은 갇혀 있는 거를 못 견디나배. 그러니까 다시 길을 나서고 싶고 이번에는 내 허락을 받고 싶다는 거구만. 가는 길에 자네한테 무슨 일이라도 생기거나 거기서 아프면 우짜노?" 추 씨가 고개를 저으며 한숨을 내쉬었다. "이를 우야꼬? 말리지는 못하겠으나 좀 기다리는 게 좋겠네."

"얼마나 오래요?"

"적어도 2주는 지나야 되지. 어쩌면 3주가 될 수도 있고."

이삭이 양진과 선자를 흘긋 올려다보았다. 이삭은 부끄러웠다.

"제가 짐이 되고 여러분까지 위험에 빠뜨려서 낯을 들 수가 없습니다. 아무도 병이 옮지 않아서 다행이에요. 정말 죄송합니다. 모두 다요."

양진이 고개를 저었다. 목사는 모범적인 손님이었다. 오히려 예의 바른 사람이 곁에 있으니 다른 하숙인들의 행동거지가 나아졌다. 목사는 하숙비도 제때 냈다. 양진은 목사의 건강이 좋아져서 안심했다.

추 씨가 청진기를 치웠다.

"그래도 서둘러 집에 돌아가지는 않는 게 좋겠네. 여기 날씨가 북쪽에 비해 자네 폐에 훨씬 낫데이. 오사카 날씨가 여기 날씨랑 비슷할 끼네. 일본은 겨울에도 많이 안 춥다 아이가."

이삭이 고개를 주억였다. 부모님이 이삭이 오사카에 가도 좋다고 허락할 때 가장 많이 고려한 점이 기후였다.

"그럼 오사카 교회에 편지를 써도 될까요? 형님에게도요?"

“배를 타고 시모노세키까지 가서 기차를 탈 기가?” 추 씨가 눈살을 찌푸리며 물었다. 하루가 걸리는 여정이었고, 지연이 된다고 해도 기껏해야 이틀이었다.

이삭이 고개를 끄덕였다. 이삭은 약사가 떠나도 된다는 뜻을 넌지시 비치자 안심했다.

“바깥에는 나가봤고?”

“마당까지만요. 선생님이 나가면 안 좋다고 하셔서요.”

“흠, 이제는 나가도 되겠구만. 날마다 한두 번씩 나가서 걸어야 하고, 조금씩 시간을 늘려야 한데이. 다리 힘을 길러야 한다 아이가. 젊은 사람이지만 거의 석 달을 집에 누워만 있었으니께.”

약사가 양진을 돌아보았다. “장까지 갈 수 있나 한번 보이소. 당연히 혼자 보내면 안 됩니데이. 쓰러질 수도 있십니더.”

추 씨가 이삭의 어깨를 두드리고는 다음 주에 다시 오마 약속했다.

다음 날 아침, 이삭은 성경 공부와 기도를 마치고 나서 앞방에서 혼자 아침밥을 먹었다. 하숙인들은 벌써 나가고 없었다. 이삭은 오사카에 가도 될 만큼 건강해진 느낌이 들어 떠날 준비를 하고 싶었다. 원래 일본으로 향하기 전에 부산 교회에 있는 목사를 만나러 갈 생각이었는데 그럴 기회가 없었다. 거기 들렀다가 병을 옮길까 봐 겁나서 연락하지 않았다. 이삭의 다리는 전처럼 후들거리지 않았다. 이삭은 어렸을 때 큰형인 사무엘이 가르쳐준 가벼운 맨손체조를 방에서 해왔다. 거의 평생을 실내에서 지낸 이삭은 부족하나마 건강을 유지하는 법을 배워야 했다.

양진이 아침상을 치우러 왔다. 보리차를 건네자 이삭이 고맙다고 말했다.

"산책을 할까 합니다. 혼자 갈 수 있어요." 이삭이 웃으며 말했다. "오래 걷지는 않을 거예요. 오늘 아침에 몸 상태가 아주 좋네요. 멀리 가지 않을게요."

양진은 걱정스러운 표정을 감추지 못했다. 닭장에 있는 귀한 수탉처럼 이삭을 가둬둘 수야 없는 노릇이지만, 이삭이 쓰러지기라도 하면 어쩐단 말인가? 양진의 집 주변은 인적이 드물었다. 이삭이 바닷가를 걷다가 사고를 당해도 아무도 못 볼 터였다.

"혼자 가시면 안 될 거 같은데예, 목사님." 하숙인들은 일터에 있거나 양진이 알고 싶지 않은 볼일을 보러 시내에 갔다. 지금은 목사와 같이 가달라고 부탁할 사람이 아무도 없었다.

이삭이 입술을 깨물었다. 다리 힘을 키우지 않으면 여정이 지연될 판이었다.

"이렇게 큰 폐를 끼쳐도 될지 모르겠어요." 이삭이 말을 잠시 멈췄다. "바쁘시겠지만 잠시만 저와 같이 나가주실 수 있을까요." 여자에게 바닷가를 같이 걷자고 청하는 것은 무례한 일이었으나 이삭은 오늘 바깥을 거닐지 않으면 미쳐버릴 것 같았다. "못 가신다고 해도 이해합니다. 바닷가 근처에서 아주 잠깐 걸을게요. 몇 분만요."

이삭은 어렸을 때부터 병약해 특별 대우를 받으며 자랐다. 독선생들과 하인들에게 도움을 받았다. 날씨가 좋은데 이삭의 몸이 걸을 만큼 좋지 못하면 하인들이나 형들이 이삭을 업고 나갔다. 의사가 이삭에게 바람을 쐬라고 하면 삐쩍 마른 동산바치*가 지게에 이삭을 지고 과수원을 천천히 거닐면서 낮은 가지에서 사과를 따게 해주었다. 그때 그 진한 사과 향이 나는 것 같았다. 양손으로 쥔 빨간 과일의 무게가 느껴지는 것 같았고, 한 입 베어 물 때의 달콤하고 아삭한 맛과 투명한 과즙이 손목을 타고 흘러내리는 느낌도 생생했다. 이삭은 집이 그리웠고, 방에만 틀어박혀 지내다가 햇빛을 보게 해달라고 간청하던 아픈 아이로 다시 돌아간 것 같았다.

작고 거친 손을 무릎에 포갠 채 무릎을 꿇고 앉은 양진은 무슨 말을 해야 할지 몰랐다. 여자가 가족이 아닌 외간 남자와 산책하는 것은 적절한 행동이 아니었다. 양진이 이삭보다 나이가 많으니 추문을 걱정하지는 않았지만, 아버지나 남편이 아닌 남자와 나란히 걸어본 적은 없었다.

이삭은 양진의 고민스러운 표정을 가만히 들여다보았다. 또 폐를 끼치게 돼서 마음이 영 불편했다.

"이미 많은 것을 해주셨는데, 제가 더 많은 것을 부탁하고 있네요."

양진이 등을 쭉 폈다. 남편과 바닷가를 느긋하게 걸어본 적이 없었다. 훈이는 다리와 등 때문에 짧은 생애 내내 지독한 통증에 시달렸다. 훈이는 불평을 늘어놓은 적이 한 번도 없었지만, 매일

* 채소, 과일, 화초 등을 가꾸는 일을 하는 사람.

해야 되는 일이 많아 힘을 아껴 써야 했다. 평범한 사내아이처럼 달리고 싶고 짭짤한 바다 공기를 한껏 들이마시고 싶고 갈매기를 쫓아다니고 싶은 마음이 얼마나 간절했을까. 영도에 사는 모든 아이들처럼 말이다.

"제가 이기적이었네요." 이삭이 말했다. "죄송합니다." 이삭은 하숙인 중 한 명이 데리고 나가줄 때까지 기다리기로 마음먹었다.

양진이 일어났다. "외투를 입으셔야지예. 제가 가져오겠심더."

진한 해초 냄새, 바위투성이 해변에 부딪치는 파도의 포말, 머리 위를 맴도는 하얀 갈매기들을 빼면 황량한 파랑과 회색의 풍경. 오랫동안 작은 방에만 있었던 이삭에게는 감당하기 버거울 정도의 감각이었다. 아침 햇살이 아무것도 쓰지 않은 이삭의 머리를 따뜻하게 비추었다. 이삭은 술에 취해본 적이 한 번도 없었지만, 추석 때 술을 잔뜩 마시고 덩실덩실 춤추던 농부들의 기분이 딱 이렇지 않았을까 짐작했다.

이삭은 바닷가에서 가죽 구두를 벗어 손에 들었다. 천천히 걷노라니 키가 크고 수척한 몸 안에서 병의 흔적이 조금도 느껴지지 않았다. 기운이 펄펄 나지는 않았지만 예전보다는 나아진 것 같았다.

"고맙습니다." 이삭이 양진 쪽을 바라보지 않은 채 말했다. 이삭의 창백한 얼굴이 아침 햇살에 빛났다. 이삭은 눈을 감고 숨을 깊게 들이마셨다.

양진은 미소 짓고 있는 젊은이를 힐끗 쳐다보았다. 양진이 보기에 이삭에게는 순수함이 있었다. 어린아이 같은 그 천진함은 감출 수 없는 것이었다. 양진은 이삭을 보호하고 싶었다.

"그동안 정말로 친절히 대해주셨어요."

양진이 아니라고 손을 내저었고 감사의 말에 어쩔 줄 몰랐다. 양진은 울적했다. 이렇게 산책이나 하고 있을 때가 아니었다. 밖에 나오니 가슴에 묵직하게 걸린 답답함이 뚜렷한 형체를 갖추고 튀어나오려고 했다.

"뭐 좀 여쭤봐도 될까요?"

"예?"

"따님은 괜찮은가요?"

양진은 대답하지 않았다. 두 사람은 바닷가 저편 끝을 향해 걷고 있었지만, 양진은 어디인지 알 수 없는 전혀 다른 곳에 있는 느낌이었다. 하숙집 바로 뒤편에, 뒷마당에서 몇 걸음만 걸으면 닿는 바닷가가 아닌 것 같았다. 젊은 목사와 함께 있으니 마음이 뒤숭숭했으나 목사의 예상치 못한 질문에 미몽에서 깨어났다. 선자에 대해 무엇을 알아차렸을까? 얼마 지나지 않아 선자의 배가 불러오겠지만, 지금은 별로 눈에 띄지 않았다. 목사는 어떻게 생각할까? 상관이나 있을까?

"아이를 가졌십니더." 양진은 목사에게 이야기해도 괜찮을 것 같았다.

"남편분과 떨어져 있어서 힘들겠어요."

"남편은 없십니더."

이삭이 아이 아버지가 일본에 있는 광산이나 공장에서 일한다고 생각했을 법도 했다.

"그 남자는……?"

"말을 안 할라고 합니더." 선자는 그 남자가 이미 혼인해서 자식들도 있다고 말했다. 양진은 그 외에는 하나도 몰랐다. 하지만 양진은 목사에게 그것까지 말할 수는 없었다. 너무 창피했다.

양진은 절망에 빠진 듯이 보였다. 하숙인들이 이삭에게 신문을 읽어달라고 가져오는데 요즘 들어서 기사들이 온통 슬픈 이야기 일색이었다. 이삭은 망가지고 무너진 사람들을 보면서 암담한 기분에 휩싸였다. 조선이 총독부의 무단 통치를 받은 지 벌써 20년이 넘었으나 끝이 보이지 않았다. 모두가 포기한 것 같았다.

"어느 집안에나 있을 만한 일이에요."

"그 애가 앞으로 우째 될지 모르겠심더. 신세를 망쳤어예. 이전에도 혼인하기 힘들었는데 이제는……"

이삭은 무슨 말인지 이해하지 못했다.

"우리 남편 몸 때문에 그래예. 사람들은 그게 자식한테 이어질까 꺼리는 거지예."

"그렇군요."

"여인네가 혼인을 안 하고 살기도 힘든데 남편도 없이 아이를 낳다니예. 동네 사람들이 두고두고 욕할 겁니더. 그리고 성도 없는 아이가 어떻게 되겠십니꺼? 호적 신고도 못 한다 아닙니꺼." 양진이 낯선 사람에게 이렇게 거리낌 없이 이야기한 것은 처음이었다. 양진은 계속 걸었지만 점차 속도가 느려졌다.

양진은 이 일을 알게 된 후로 어떻게든 수월하게 풀어나갈 길을 궁리하느라 기를 썼지만 아무 방도도 떠오르지 않았다. 혼인하지 않은 언니들은 자신을 도울 처지가 아니었고 아버지는 오래 전에 돌아가셨다. 남자 형제는 한 명도 없었다.

이삭은 그리 크게 놀라지는 않았다. 고향에 있는 교회에서 이런 일을 보았다. 무슨 일이든 용서를 구할 수 있는 교회에서는 별의별 일을 목도하기 마련이었다.

"아이 아버지는…… 그 사람은 어디 있는지 알 길이 없나요?"

"모르겠심더. 애가 말을 안 할라 카네예. 목사님 말고는 아무한테도 이야기를 안 했심더. 사람들 이야기를 들어주는 게 목사님 일이라는 거는 알지만서도 우리는 기독교도도 아니라서예. 죄송합니더."

"아주머니가 제 목숨을 구하셨잖아요. 아주머니가 절 받아들여주고 간호해주지 않았다면 전 죽었을 거예요. 보통 하숙집 주인이라면 손님을 위해 그렇게까지 하지 않을 겁니다."

"우리 남편도 그 병으로 돌아가셨어예. 목사님은 젊은 사람이다 아닙니꺼. 오래 사셔야지예."

두 사람은 계속 걸었고, 양진은 돌아갈 생각이 없어 보였다. 양진은 옅은 녹색의 바닷물을 물끄러미 바라보았다. 양진은 앉고 싶었다. 갑자기 너무 피곤했다.

"제가 이 일을 안다는 걸 따님에게 알려도 될까요? 따님과 이야기를 해볼까요?"

"안 놀라셨어예?"

"전혀요. 선자 씨는 책임감이 아주 강한 아가씨 같아요. 분명히 무슨 이유가 있을 거예요. 아주머니, 지금은 몹시 속상하시겠지만 아이는 하나님께서 주신 선물이에요."

양진의 슬픈 표정에는 변화가 없었다.

"아주머니, 하나님을 믿으세요?"

양진이 고개를 저었다. "남편은 기독교도들이 나쁜 사람이 아니라 했어예. 나라를 위해 싸우는 애국자도 있다꼬예. 맞아예?"

"네, 평양에 있는 신학교의 선생님들도 독립을 위해 싸우셨어요. 큰형님은 1919년에 돌아가셨죠."

"목사님도 정치에 관심이 있어예?" 양진은 걱정스러워 보였다. 훈이는 위험할 수 있으니까 독립운동가에게 방을 주지 말아야 한다고 했었다. "목사님 형님처럼예?"

"사무엘 형님은 목사였어요. 저를 그리스도에게 이끌어주었죠. 형은 훌륭한 사람이었어요. 두려움을 몰랐고 누구에게나 친절했어요."

양진이 고개를 끄덕였다. 훈이는 조선의 독립을 바랐지만, 남자는 식구를 먼저 돌봐야 한다고 믿었다.

"남편은 우리가 아무도 따르지 않기를 바랐심더. 예수님도, 부처님도, 황제도, 조선 지도자까지도예."

"이해합니다. 정말로요."

"여기서 엄청 무서운 일들이 다 일어난다 아닙니꺼."

"하나님께서 모든 것을 관장하시지만 우리는 그분의 이유를 이해하지 못해요. 이따금 저도 그분이 행하시는 일이 마음에 들지 않아요. 좌절감을 느끼죠."

양진이 어깨를 으쓱했다.

“하나님을 사랑하는 자, 곧 그 뜻대로 부르심을 입은 자들에게는 모든 것이 합력하여 선을 이루느니라.” 이삭은 자신이 좋아하는 성경 구절을 암송했지만 양진이 아무 감동도 받지 못했음을 알아차렸다. 양진과 선자가 하나님을 알지 못하면 그분을 사랑할 수도 없다는 생각이 들었다.

“이렇게 괴로워하시니 참 안타깝습니다. 저는 아이가 없지만, 부모도 자식에게 상처를 받는다고 생각해요.”

하숙집 주인은 슬픔에 잠겨 있었다.

“목사님이 오늘 조금이라도 걸을 수 있어서 다행입니더.” 양진이 말했다.

“하나님을 믿지 않으신다고 해도 이해해요.”

“목사님네 가족은 제사 지내십니꺼?”

“아니요.” 이삭이 싱긋 웃었다. 이삭의 가족 중 누구도 죽은 사람을 위한 의식을 치르지 않았다. 이삭이 아는 개신교인들도 마찬가지였다.

“우리 남편은 제사를 지낼 필요가 없다고 생각했어예. 저한테 그리 말했십니더. 그래도 저는 아직까지 우리 남편이 좋아했던 음식을 해서 제사를 지냅니더. 시부모님이랑 친정 부모님 제사도 지내예. 시부모님이 제사를 중히 여기셨심더. 두 분이 저한테 엄청 잘해주셨어예. 저는 시부모님이랑 죽은 제 아기들 무덤을 깔끔하게 돌봅니더. 귀신을 믿진 않지만 죽은 사람들한테 말을 걸곤 해예. 그렇게 이런저런 이야기를 하면 기분이 좋아예. 그게 신일지도 모르지예. 좋은 신이라면 제 아기들이 죽게 두지 않았을 낀데. 저는 그런 신은 못 믿겠심더. 제 자식들은 아무 잘못도 없다 아닙니꺼."

"그렇습니다. 아주머니 아이들은 아무 잘못도 없어요." 이삭이 생각에 잠겨 양진을 바라보았다. "하지만 우리가 옳고 선하다고 생각하는 대로만 행하는 신이라면 우주의 창조주라 할 수 없어요. 우리의 꼭두각시겠죠. 하나님은 그런 분이 아닙니다. 우리가 알지 못하는 것이 많습니다."

양진은 아무 말도 하지 않았지만 이상하게도 마음이 차분해졌다.

"선자가 목사님과 이야기하면 도움이 될 거 같심더. 잘은 몰라도 그럴 것 같네예."

"내일 저와 산책하자고 부탁해보겠습니다."

양진이 돌아섰고 이삭이 그 옆에서 걸었다.

8

이삭은 형에게 편지를 쓰고 나서 낮은 책상 앞에서 일어나 앞방의 좁은 창문을 열었다. 상쾌한 공기를 폐로 깊이 들이마셨다. 가슴이 아프지 않았다. 살아오는 동안 주위 사람들은 이삭이 일찍 죽을 것이라고 장담했다. 이삭은 젖먹이 때부터 시름시름 앓았고 어린 시절 내내 가슴과 심장, 위장에 심각한 병을 달고 살았다. 그러다 보니 미래에 대한 별 기대는 없었다. 신학교를 졸업했을 때는 살아서 그런 날을 맞이했다니 이삭 자신조차 놀랄 지경이었다. 자신의 불가피한 죽음에 대한 온갖 이야기에도 이삭은 좌절하지 않았다. 이삭은 죽음에 익숙해졌다. 쇠약한 몸 덕에 자신에게 시간이 허락되는 동안 무언가 중요한 일을 해야 한다는 확신이 강해졌다.

이삭의 큰형인 사무엘은 한 번도 병치레를 하지 않았지만 젊은 나이에 죽었다. 만세 운동을 하다가 잡혀 일제 순사에게 무자비하게 구타당했고 결국 옥사했다. 그때 이삭은 더 용감한 삶을 살겠다고 결심했다. 이삭은 어린 시절 내내 집 안에서 가족과 독선생들이랑 지냈고, 고향 교회에서 평신도 목회자로 활동하면서 신학교에 다닐 때가 가장 건강하던 시절이었다. 사무엘은 살아 있을 때 신학교와 고향의 교회에서 밝게 빛나는 등불 같은 존재였고, 이삭은 세상을 떠난 형이 어렸을 때 자신을 업고 다녔듯이 지금도 자신을 이끌고 있다고 믿었다.

형제 중 둘째인 요셉은 사무엘이나 이삭처럼 독실하지는 않았다. 요셉은 학교를 좋아하지 않았고 기회가 닿자 다른 삶을 찾아서 주저 없이 일본으로 향했다. 독학으로 기계공이 돼 지금은 오사카에 있는 공장에서 작업반장으로 일하고 있었다. 가족끼리 가깝게 지내던 집안의 귀한 딸인 경희를 일본으로 불렀고 그곳에서 혼인했다. 두 사람은 아이가 없었다. 이삭에게 오사카로 오라고 한 것은 요셉의 생각이었다. 요셉은 교회에 이삭의 일자리를 찾아 놓았다. 이삭은 선자에게 청혼하기로 한 결정을 요셉이 이해해주리라고 확신했다. 요셉은 편협하지 않고 너그러운 사람이었다. 이삭은 봉투에 주소를 적고 외투를 입었다.

이삭은 다 마신 찻잔이 담긴 쟁반을 들고 부엌 문지방으로 가져갔다. 이삭은 쟁반을 부엌에 가져올 필요가 없다는 소리를 여러 번 들었다. 부엌은 남자들이 들어가면 안 되는 곳이었다. 하지만 이삭은 항상 일하는 이 집 여자들을 위해 뭐라도 하고 싶었다. 선자는 아궁이 옆에서 무 껍질을 벗기고 있었다. 하얀 광목 한복

위에 짙은 색 누비 조끼를 입고 있었다. 선자는 자기 나이보다 어려 보였고, 일에 집중하는 모습이 참해 보였다. 풍성한 치마를 입고 있어서 겉보기에는 임신했는지 알 수 없었다. 여자의 몸이 바뀌는 과정을 상상하기가 어려웠다. 이삭은 여자와 가까이 지낸 적이 없었다.

선자가 쟁반을 받으려고 서둘러 나왔다.

"저한테 주이소."

이삭이 쟁반을 선자에게 건네고 뭔가 말하려고 입을 열었지만 어떻게 말해야 할지 감을 잡을 수 없었다.

선자가 이삭을 바라보았다. "뭐 필요하신 게 있어예, 목사님?"

"오늘 시내에 가려고 해요. 만날 사람이 있어서요."

선자가 이해했다는 듯이 고개를 끄덕였다.

"석탄 배달하는 전 씨 아재가 저 길 아래 있십니더. 이따 시내에 가실 거라예. 아재한테 목사님 모시고 가라 할까예?"

이삭이 미소 지었다. 선자에게 함께 가자고 부탁할 계획이었으나 갑자기 용기가 없어졌다. "네. 전 선생님 일정이 괜찮으시다면요. 고마워요."

선자가 전 씨를 데리러 재빨리 나갔다.

교회 건물은 버려진 목조 학교를 개조해놓았고 우편소* 뒤에 있었다. 석탄 배달부가 교회를 손으로 가리키고는 나중에 돌아와

* 우체국의 옛 명칭.

서 하숙집까지 데려다주겠다고 약속했다.

"제가 볼일이 있어가지고예. 목사님 편지는 제가 부치겠심더."

"신 목사님을 아시나요? 만나보시겠어요?"

전 씨가 웃으며 거절했다. "교회에 한 번 가봤십니더. 그거면 됐어예."

전 씨는 돈을 달라는 곳에 가고 싶지 않았다. 시주를 받는 승려들도 좋아하지 않았다. 전 씨가 생각하기에 종교라는 것은 너무 많이 배운 사람들이 직접 일하기 싫어서 하는 부정한 돈벌이였다. 평양에서 온 젊은 목사는 게을러 보이지 않았고 전 씨에게 아무것도 요구하지 않았으니 괜찮은 사람이었다. 어쨌든 전 씨는 다른 사람이 자신을 위해 기도해준다는 것이 마음에 들었다.

"여기까지 데려다주셔서 고맙습니다."

"별것도 아인데예. 제가 기독교도가 안 되고 싶다 해서 성 내지 마이소. 백 목사님요, 제가 좋은 사람은 아녀도 그리 나쁜 사람도 아닙니더."

"전 선생님은 아주 좋은 분입니다. 그날 밤 길을 잃은 절 하숙집에 데려다주신 분이지 않습니까. 그날 저녁에 너무 어지러워서 제 이름도 간신히 말할 지경이었는데 아무것도 바라지 않고 오직 절 도와주기만 하셨죠."

석탄 배달부가 이가 드러나도록 활짝 웃었다. 그는 칭찬받는 데 익숙하지 않았다.

"예, 목사님이 그래 말하시면 그런 거지예." 석탄 배달부가 다시 웃었다. "그러면 일 마치실 쯤에 저쪽 길 건너 우편소 옆에 만두

가판에서 기다리고 있겠심더. 저도 볼일 보고 거기서 보입시더."

교회 식모는 헝겊 조각을 덧대 기운 남자 외투를 입고 있었는데 작은 몸에 비해 옷이 너무 컸다. 귀가 들리지 않는 식모가 교회 바닥을 쓰는 동안 몸도 천천히 좌우로 흔들렸다. 이삭의 발걸음이 바닥을 울려 식모가 하던 비질을 갑자기 멈추고 돌아보았다. 끝이 닳은 빗자루가 식모의 버선발을 스쳤고, 식모가 놀라 빗자루 손잡이를 꽉 움켜잡았다. 식모가 무슨 말을 했지만 이삭은 식모의 말을 알아듣지 못했다.

"안녕하세요. 신 목사님을 뵈러 왔습니다." 이삭이 식모에게 부드럽게 미소 지었다.

식모가 교회 뒤쪽으로 재빠르게 움직였고, 곧바로 신 목사가 사무실에서 나왔다. 신 목사는 50대 초반이었고 움푹 들어간 갈색 눈을 두꺼운 안경으로 가리고 있었다. 머리카락은 아직 검었고, 짧게 다듬은 채였다. 흰색 셔츠와 회색 바지는 다림질이 잘돼 있었다. 신 목사는 어느 모로 보나 절도가 있고 자제심이 강한 느낌을 풍겼다.

"어서 오세요." 신 목사가 양복을 입은 잘생긴 젊은 남자를 보며 빙긋이 웃었다. "무엇을 도와드릴까요?"

"제 이름은 백이삭입니다. 신학교 선생님들께서 목사님께 편지를 보내셨을 겁니다."

"백 목사! 드디어 왔네! 몇 달 전에 도착할 줄 알았네. 이렇게 보니 정말 반갑군. 자, 내 서재는 뒤쪽에 있다네. 거기가 조금 더 따뜻하지.” 신 목사가 식모에게 차를 가지고 오라고 했다.

“부산에 얼마나 있었나? 우리 모두 자네가 언제 들를지 궁금했다네. 오사카에 있는 우리 자매 교회로 간다지?”

대답할 틈도 없이 질문이 연달아 쏟아졌다. 나이 든 목사는 평양에 있는 신학교의 초창기 졸업생이었고, 갓 졸업한 후배를 보니 기뻤다. 함께 신학교를 다녔던 친구들이 이삭을 가르친 교수들이었다.

“머물 곳은 있나? 여기서 지낼 방을 내줄 수 있다네. 짐은 어디 있나?” 신 목사는 기분이 매우 좋았다. 신임 목사가 방문한 지도 꽤 오래됐다. 많은 서양 선교사가 총독부의 탄압 때문에 조선을 떠났고, 목사가 되려는 젊은이들이 줄어들고 있었다. 신 목사는 요즘 외롭고 적적했다. “자네가 한동안 머물면 좋겠군.”

이삭이 조용히 웃었다.

“진즉 찾아뵙지 못해서 죄송합니다. 그렇지 않아도 들르려고 했는데 병치레를 하는 바람에요. 영도에 있는 하숙집에서 지내면서 기력을 회복했습니다. 돌아가신 김훈이라는 분의 아내와 딸이 보살펴주었어요. 나룻배에서 내려서 들어가다 보면 바닷가 쪽에 있는 하숙집이에요. 그분들을 아시나요?”

신 목사가 고개를 옆으로 기울였다.

“아니, 영도에는 아는 사람이 별로 없다네. 내 일간 자네를 보러 가봄세. 안색이 좋아 보이는구먼. 조금 수척하네만 요즘은 모두가 끼니를 제대로 챙기지 못하는 형편이지. 밥은 먹었나? 먹을 만한 게 좀 있을 걸세.”

“아까 먹었습니다, 목사님. 고맙습니다.”

식모가 차를 가져오자, 두 남자는 손을 맞잡고 이삭이 무사히 도착한 것을 감사하는 기도를 드렸다.

“오사카에 갈 준비는 잘하고 있나?”

“네.”

“좋아, 좋아.”

나이 든 목사는 교회가 처한 어려움을 상세히 이야기했다. 조선과 일본에서 예배 참석을 두려워하는 사람들이 늘고 있었다. 일제가 승인을 하지 않아서였다. 캐나다 선교사들은 이미 떠났다.

이삭은 이런 슬픈 상황을 알고 있었고, 시련에 맞설 준비가 돼 있다고 느꼈다. 선생님들과도 일제의 탄압에 대해 토의하곤 했었다. 이삭이 조용해졌다.

“자네 괜찮나?” 신 목사가 물었다.

“목사님, 함께 이야기를 나눌 수 있을까요? 〈호세아서〉에 대해서요.”

“어? 물론이네.” 신 목사가 어리둥절한 표정을 지었다.

“하나님께서는 선지자 호세아에게 음란한 여인과 혼인하여 친자식이 아닌 아이들을 기르게 하셨습니다. 전 주님께서 끊임없이 그분을 배반하는 백성과의 언약을 지키는 일이 어떤 것인지를 선지자에게 가르치기 위함이었다고 생각합니다. 그렇지요?” 이삭이 물었다.

“흠, 그래, 무엇보다도 그게 큰 이유였다네. 그리고 선지자 호세아는 주님의 말씀을 순순히 따랐지.” 신 목사가 낭랑한 목소리로 말했다. 이 이야기는 신 목사가 전에 설교한 내용이었다.

"우리가 죄를 지을 때조차 주님께서는 계속 변함없이 신실하시다네. 주님은 쉬지 않고 우리를 사랑하시지. 어떤 면에서 우리를 향한 주님의 사랑은 참고 견디는 결혼 생활, 혹은 아버지나 어머니가 사생아를 사랑하는 마음과 비슷하다네. 호세아는 사랑하기 어려운 사람을 사랑해야 했을 때 하나님처럼 행하라는 부름을 받았어. 우리가 죄를 지을 때는 사랑하기 어렵지. 죄는 언제나 주님을 거역하는 행위이니." 신 목사는 자신의 말을 이해했는지 보려고 이삭의 얼굴을 유심히 살폈다.

이삭이 진지하게 고개를 끄덕였다. "하나님께서 느끼시는 감정을 우리가 느끼는 게 중요하다고 생각하세요?"

"아무렴, 그렇고말고. 누군가를 사랑하면, 그분의 고통을 느낄 수밖에 없다네. 우리가 주님을 사랑하면, 그저 그분을 경외하거나 두려워하거나 그분에게 뭔가를 바라는 게 아니라 그분의 심정을 알아야 한다네. 분명히 그분은 우리 죄로 괴로워하고 계실 터이니. 우리는 그런 괴로움을 이해해야 하네. 주님께서는 우리와 함께 고통받으시네. 그분도 우리처럼 고통을 겪으시지. 이 점을 알면 위안이 된다네. 우리가 홀로 고통에 시달리는 게 아니라는 사실을 안다면 말이야."

"목사님, 하숙집 아주머니와 딸이 제 목숨을 구했습니다. 전 결핵에 걸린 채 하숙집 문간에 당도했습니다. 두 사람이 석 달 내내 저를 돌봐주었어요."

신 목사가 인정한다는 듯이 고개를 끄덕였다.

"두 사람이 참으로 대단한 일을 했구먼. 귀하고 친절한 일이야."

"목사님, 그 딸이 임신을 했는데 아이 아버지에게 버림받았습니다. 혼인을 안 해서 아이가 성을 갖지도 못할 겁니다."

신 목사가 걱정스러운 표정을 지었다.

"제가 청혼할 생각입니다. 청혼을 받아들이면 제 아내로 일본에 함께 갈 겁니다. 그렇게 되면 떠나기 전에 목사님께 주례를 부탁드리고 싶습니다. 그래주시면 영광일……."

신 목사가 오른손으로 입을 가렸다. 기독교인들은 재산은 물론이요 자기 목숨마저 희생하는 선택을 했다. 하지만 그런 선택에는 타당한 이유가 있어야 했고 진지하게 고민해야 했다. 사도 바울과 사도 요한은 "범사에 헤아려라"라고 말했다.

"부모님께 서신으로 그 뜻을 전했나?"

"아니요. 하지만 부모님은 이해하실 겁니다. 제가 계속 혼인을 안 하겠다고 했고, 애초에 두 분은 제가 혼인하리라고는 기대하지 않으셨어요. 아마 기뻐하실 겁니다."

"왜 혼인을 안 하겠다고 했나?"

"태어날 때부터 병약한 몸이었습니다. 지난 몇 해 동안 나아지기는 했으나 여기로 오는 길에 또다시 병에 걸렸습니다. 저희 가족 중에서 제가 스물다섯을 넘길 거라고 기대하는 사람이 아무도 없었어요. 지금 전 스물여섯입니다." 이삭이 웃음을 지었다. "제가 혼인해서 아이들을 낳으면 여인은 젊은 과부가 될 거고 아이들은 고아가 될지도 모릅니다."

"그래, 그렇구먼."

"지금쯤 죽었어야 할 목숨인데 이렇게 살아 있습니다, 목사님."

"살아 있어서 참으로 기쁘네. 주님을 찬양할지어다!" 신 목사가 젊은이를 보며 웃어 보였지만, 그런 숭고한 희생을 하려는 그를 어떻게 보호해야 할지 알 길이 없었다. 무엇보다도 믿기지 않았다. 평양에 있는 친구들이 이삭의 총명함과 유능함을 칭찬하는 진심 어린 편지를 보내주지 않았다면, 신 목사는 이삭이 광신도라고 생각했을 것이다.

"그 아가씨는 이 일을 어떻게 생각하나?"

"모르겠습니다. 아직 이야기해보지 못했습니다. 바로 어제 아주머니가 딸 이야기를 해서요. 어젯밤에 기도를 드리려는데 제가 두 사람을 위해 할 수 있는 일이 이거라는 생각이 들었어요. 그 여인의 아이에게 제 성을 주는 겁니다. 제 성이 별것도 아니잖아요? 족보에 이름을 올릴 수 있는 남자로 태어나는 은총을 입었을 뿐이니까요. 그 아가씨가 무뢰한에게 버림받았다 해도 그 아가씨의 잘못이 아니에요. 설사 그 남자가 나쁜 사람이 아니라고 해도요. 배 속에 있는 아이는 잘못이 없습니다. 왜 아이가 그런 고통을 당해야 합니까? 아이가 따돌림을 받을 겁니다."

신 목사는 반박할 수 없었다.

"주님께서 삶을 허락하신다면 전 선자 씨에게 좋은 남편이 되고 아이에게 좋은 아버지가 되려고 노력할 겁니다."

"선자?"

"네. 하숙집 주인의 딸입니다."

"자네 믿음이 좋고 의도가 올바르네만……."

“모든 아이는 부모가 원해서 태어나야 합니다. 성경에 나오는 여자들과 남자들은 아이를 잉태하게 해달라고 끊임없이 기도했습니다. 불임은 버림을 받은 것이나 마찬가지였으니까요, 그렇지 않나요? 제가 혼인하지 않고 자식도 낳지 않는다면, 저도 불임인 남자와 마찬가지일 겁니다.” 이삭은 이 생각을 말로 표현한 적이 없었고, 아내와 가족을 바라는 마음이 낯설면서도 기분 좋았다.

신 목사는 젊은 목사를 향해 힘없이 웃음을 지었다. 5년 전에 자식 넷과 아내를 콜레라로 잃은 후 신 목사는 상실에 대한 말을 거의 입 밖으로 꺼낼 수 없었다. 사람들이 하는 말이 다 헛되고 어리석은 소리 같았다. 가족들을 잃고 나서야 비로소 상실의 고통을 이해하게 됐다. 가족을 끔찍하게 잃은 후, 하나님과 신학에 대해 배운 내용이 더욱 생생하고 개인적인 것이 되었다. 믿음이 흔들리지는 않았지만 성격이 완전히 변했다. 따뜻한 방이 식었다 해도 여전히 같은 방인 것처럼 말이다. 신 목사는 앞에 앉아서 믿음이 가득한 눈을 빛내고 있는 이 이상주의자에게 감탄했다. 하지만 선배로서 그는 이삭이 조심하기를 바랐다.

“어제 아침에 〈호세아서〉 공부를 시작했어요. 그러고 나서 몇 시간 뒤에 하숙집 아주머니가 임신한 딸 이야기를 했죠. 저녁이 되자 알게 됐어요. 주님께서 제게 말씀하고 계셨어요. 한 번도 없던 일이에요. 그렇게 명료하게 느낀 적이 없었어요.” 여기에서는 이런 이야기를 솔직히 고백해도 안전하다고 느꼈다. “목사님께도 이런 일이 일어난 적이 있었나요?” 이삭은 나이 든 목사의 두 눈에 믿지 못하는 기색이 있지는 않은지 살폈다.

“그래, 내게도 일어난 적이 있네. 하지만 항상 그렇게 선명하지는 않지. 성경을 읽을 때 하나님의 음성을 듣는다네. 암, 그러니 자네가 무엇을 느꼈는지 이해하네만, 우연이라는 것도 있다네. 우리는 그런 가능성에 열린 마음을 가져야 해. 모든 걸 하나님의 계시로 여기는 태도는 위험하다네. 어쩌면 하나님은 항상 우리에게 말씀을 하고 계시는데 우리가 듣는 법을 알지 못하는 것일지도 모르지.” 신 목사가 단호히 말했다. 이런 불확실한 생각을 고백하자니 어색했지만 중요한 일이라는 생각이 들었다.

“어려서부터 봤어요. 임신한 다음에 버려진 미혼의 소녀들을 적어도 세 명은 기억합니다. 한 명은 저희 집 식모였어요. 소녀들 중 두 명은 자살했습니다. 저희 집 식모는 원산에 사는 가족에게 돌아가서 남편이 죽었다고 말했어요. 거짓말을 절대로 하지 않는 저희 어머니가 식모에게 그렇게 말하라고 시키셨죠.” 이삭이 말했다.

“그런 일이 요즘 더 자주 일어난다네.” 신 목사가 말했다. “특히 지금처럼 어려운 시기에.”

“하숙집 아주머니가 제 목숨을 구했습니다. 제 목숨이 이 가족에게 중요할 수도 있어요. 전 항상 죽기 전에 중요한 일을 하고 싶었습니다. 사무엘 형님처럼요.”

신 목사가 고개를 끄덕였다. 신학교 친구들에게 백사무엘이 독립운동 지도자였다는 이야기를 들었다.

“제 삶이 의미가 있을 수도 있어요. 형님처럼 많은 사람에게는 아니라도 몇몇 사람에게는요. 제가 이 아가씨와 아이를 도울 수 있을지도 몰라요. 그리고 두 사람도 절 돕게 될 거예요. 저에게 가족이 생길 테니까요. 목사님이 어떻게 보시든 그건 큰 축복입니다."

젊은 목사는 누가 붙들고 말린다고 해서 들을 상태가 아니었다. 신 목사는 길게 한숨을 내쉬었다.

"자네가 일을 더 크게 벌이기 전에 그 아가씨를 만나고 싶네. 아가씨 어머니도."

"두 사람과 함께 다시 오겠습니다. 선자 씨가 저와 혼인하겠다고 하면요. 아직 절 잘 모릅니다."

"그게 무슨 문제가 되겠나." 신 목사가 어깨를 으쓱했다. "난 혼삿날까지 아내 얼굴도 못 보았다네. 도우려는 자네 마음은 이해하지만 혼인은 하나님 앞에서 맺는 중요한 서약이야. 자네도 알지 않나. 되도록 두 사람을 데리고 오게."

이삭이 교회를 떠나기 전에 나이 든 목사가 두 손을 이삭의 어깨에 올리고 그를 위해 기도했다.

이삭이 하숙집에 돌아오니, 정씨 형제가 따뜻한 온돌바닥에 큰 대자로 누워 있었다. 세 사람은 저녁을 먹은 후였고, 여자들이 밥상을 치우고 있었다.

"아따, 목사님 시내 마실 댕겨오셨어라? 이제 우리랑 술 한잔해도 될 만큼 몸이 나서부렀는갑소?" 만형 곰보가 한쪽 눈을 깜빡거리며 눈짓을 했다. 이삭에게 술 한잔하자고 하는 것은 형제가 몇 달 동안 해온 농담이었다.

"고기는 많이 잡았나요?" 이삭이 물었다.

"인어는 못 잡았어라." 막내인 뚱보가 실망이라는 듯 대답했다.

"그거 참 안타깝네요." 이삭이 말했다.

"목사님, 저녁밥 잡술랍니꺼?" 양진이 물었다.

"네, 고맙습니다." 밖에 나갔다 오니 배가 고팠고, 식욕이 있다는 사실이 정말 좋았다.

정씨 형제는 제대로 일어나 앉을 생각이 조금도 없었지만, 이삭이 앉을 자리는 내주었다. 곰보가 오랜 벗처럼 이삭의 등을 토닥거렸다. 하숙인들과 있으면, 특히 마음씨 착한 정씨 형제와 있으면 이삭은 자신이 거의 평생 실내에서 책을 끼고 살았던 병약한 학생이 아니라 평범한 남자처럼 느껴졌다.

선자가 저녁상을 들고 왔다. 작은 상이 꽉 찰 정도로 반찬이 가득했고, 뜨거운 찌개는 뚝배기에 담겨 넘칠 것 같았으며, 김이 나는 기장보리밥이 수북하게 담겨 있었다.

이삭이 기도하는 자세로 고개를 숙였고, 다른 사람들은 이삭의 고개가 다시 올라갈 때까지 어색해하며 잠자코 있었다.

"그런데 잘생긴 목사님은 나보다 밥을 겁나게 많이 주는구마잉." 뚱보가 불평했다. "허긴 놀랄 일도 아니랑께?" 뚱보가 선자를 향해 짐짓 성난 표정을 지어 보였지만 선자는 신경도 쓰지 않았다.

"저녁 드셨어요?" 이삭이 뚱보를 향해 밥그릇을 들었다. "여기 많이 있으니……."

정씨 형제 중에 분별 있는 둘째가 쭉 뻗은 목사의 팔을 잡아당겼다.

"뚱보는 밥 세 그릇에 국도 두 그릇이나 먹었어라. 요 녀석은 끼니를 거르는 법이 없당께요. 배불리 안 먹이면 내 팔이라도 씹어 먹을 거시요! 야는 돼지여라."

뚱보가 형의 옆구리를 꾹 찔렀다.

"아따 힘센 사내가 밥맛도 좋당께요. 형은 인어가 나를 더 좋아하니 샘나서 그라지라. 나중에 나는 이쁜 시장 여자랑 혼인해서 평생 놀고먹을 것이여라. 형은 혼자 그물이나 고치면서 사쇼."

곰보와 둘째가 크게 웃었지만 뚱보는 두 사람을 무시했다.

"밥 한 그릇 더 먹어야쓰겄소. 부엌에 남은 밥 좀 있는가?" 뚱보가 선자에게 물었다.

"여자들 먹을 거도 남겨놔야 할 거 아녀?" 곰보가 불쑥 끼어들었다.

"여자분들 드실 음식이 충분한가요?" 이삭이 수저를 내려놓았다.

"그럼요, 저 먹을 음식도 많심더. 걱정 마시소. 뚱보가 더 먹는다 하면 갖다줄게예." 양진이 이삭을 안심시켰다.

뚱보는 겸연쩍어 보였다.

"나 배 안 고파라. 담배나 한 대 빨아야재." 뚱보가 담뱃잎을 꺼내려고 주머니에 손을 넣었다.

"이삭 목사님, 그러면 곧 오사카로 떠나실라요? 아니면 우리랑 배 타고 인어 찾으러 가실라요? 인자 건강해져가꼬 그물도 거두시겄당께요." 뚱보가 말했다. 담뱃대에 불을 붙이더니 자기가 피우기 전에 먼저 큰형한테 건넸다. "뭣 땜시 이렇게 이쁜 섬을 두고 추운 도시로 가려고 하요?"

이삭이 웃었다. "형에게 답신이 오기를 기다리고 있어요. 여행할 만큼 몸이 좋아졌다 싶으면 바로 오사카에 있는 교회로 갈 겁니다."

"영도 인어를 생각해보랑께요." 뚱보가 부엌으로 가는 선자를 향해 손을 흔들었다. "여기 인어는 일본 인어랑 다를 건디요."

"솔깃한 말씀이네요. 아무래도 오사카에 함께 갈 인어를 찾아 봐야겠어요."

이삭이 눈썹을 추켜세웠다.

"시방 목사님이 참말로 농을 하시는 거시여?" 뚱보가 즐거워하며 바닥을 내리쳤다.

이삭이 차를 한 모금 마셨다.

"오사카에서 시작할 새로운 삶에 아내가 있으면 더 좋을 것 같아요."

"워메, 찻잔 내려놓으쇼. 새신랑한테 진짜 술을 따라줘야재!" 곰보가 소리쳤다.

형제가 크게 웃었고 목사도 소리 내어 웃었다.

여자들은 작은 부엌에서 남자들이 하는 소리를 다 들었다. 목사가 혼인하고 싶어 한다는 생각에 설렌 덕희는 목까지 새빨개졌다. 복희는 정신 나간 사람을 보는 표정으로 동생을 쳐다보았다. 선자가 다 먹은 그릇을 부엌에 내려놓았다. 이어서 커다란 놋쇠 대야 앞에 쪼그리고 앉아 설거지를 시작했다.

9

선자는 부엌 청소를 마치고 어머니에게 인사한 후 식모 자매와 함께 지내는 허술한 방으로 들어갔다. 보통 선자는 다른 사람들과 같은 시간에 잠자리에 들었지만 지난 한 달 동안 평소보다 피곤했다. 어머니와 식모 자매가 일을 끝낼 때까지 기다릴 수가 없었다. 아침에 일어나는 것도 힘들었다. 아침이면 힘센 손이 몸을 일으키지 못하게 어깨를 짓누르는 것만 같았다. 선자는 추운 방에서 재빨리 옷을 벗고 두꺼운 누비이불 속으로 들어갔다. 온돌 바닥이 따뜻했다. 네모진 베개에 무거운 머리를 대자마자, 그 남자 생각이 떠올랐다.

한수는 이제 부산에 없었다. 선자는 바닷가에서 한수와 헤어진 그날 아침에 어머니에게 대신 장에 가달라고 부탁했다. 토할 것같이 속이 울렁거려서 집에 있어야겠다고 핑계를 댔다. 선자는 일주일 동안 장에 가지 않았다. 마침내 평소처럼 하숙집에 필요한 음식을 사러 장에 갔을 때 한수는 더 이상 거기에 없었다. 아침마다 한수를 찾아보았지만 어디에도 없었다.

온돌바닥의 열기가 올라와 깔고 누운 요가 뜨끈했다. 하루 종일 오슬오슬 춥고 떨리던 몸이 풀렸다. 마침내 눈을 감고 살짝 부른 배에 두 손을 올렸다. 아직 아기의 움직임을 느낄 수 없었지만 몸이 변하고 있었다. 참기 어려울 정도로 예민해진 후각이 제일 뚜렷한 변화였다. 생선 좌판들 사이를 지나가다 보면 구역질이 날 것 같았다. 게와 새우 냄새가 가장 역했다. 팔다리가 물 먹은 솜처럼 부었다. 선자는 임신에 대해 아무것도 몰랐다. 배 속에서 아기가 자라고 있다는 사실은 남에게 숨겨야 하는 비밀이었다. 자신에게조차 대놓고 말하지 못할 일이었다. 어떤 아이일까? 선자는 궁금했다. 선자는 한수에게 이런 속마음을 다 이야기하고 싶었다.

어머니에게 털어놓은 후로 두 사람 중 누구도 임신 이야기를 다시 꺼내지 않았다. 시름에 잠긴 어머니의 입가 주름이 깊어져 늘 찌푸리고 있는 것처럼 보였다. 선자는 해가 뜨면 제 할 일을 착실하게 했지만 밤이 되면 잠들 때까지 한수가 자신과 아이를 생각할지 궁금해했다.

선자가 한수의 첩이 돼서 가끔 오는 그를 기다리기로 했다면, 그를 가질 수 있었을 것이다. 그러나 내킬 때마다 아내와 딸들을 보러 일본에 가는 한수를 지켜봐야 했을 테고, 선자는 그런 관계를 받아들이지 못했다. 지금처럼 마음이 약해진 때조차 옳지 않은 일이라고 여겼다. 선자는 한수가 그리웠지만 한편으로는 그의 사랑을 받는 다른 여자와 그를 나눠 갖는 것은 상상도 할 수 없었다.

선자가 어리석었다. 왜 한수 정도의 나이와 지위를 가진 남자에게 아내와 자식들이 없을 것이라고 생각했을까? 한수가 일자무식인 시골 처녀와 혼인하고 싶어 할 것이라고 생각했다니 참으로 얼토당토않았다. 부유한 남자는 아내와 첩을 뒀고, 때로는 본처와 첩이 같은 집에서 살기도 했다. 하지만 선자는 한수의 첩이 될 수 없었다. 불구였던 아버지는 남들보다 더 가난하게 자란 어머니를 사랑했다. 아버지는 어머니를 아주 소중히 여겼다. 아버지가 살아있을 때 하숙집 손님들이 밥을 먹고 나면 세 식구가 밥상 하나에 둘러앉아 함께 밥을 먹었다. 아버지는 여자들보다 먼저 먹는 법도 없었다. 밥을 먹을 때 아버지는 어머니 그릇에 아버지랑 같은 양의 고기와 생선이 놓여 있는지 확인했다. 여름에는 하루 종일 고기잡이를 하고 나서 또 수박밭을 돌보았다. 어머니가 제일 좋아하는 과일이 수박이어서였다. 겨울마다 새로 튼 솜을 구해 와서 식구들의 겉옷에 넣었고 솜이 부족하면 본인 옷에는 새 속을 넣을 때가 되지 않았다고 우겼다.

"너한테는 세상에서 제일 다정한 아버지가 있데이." 어머니는 종종 이렇게 말했고 선자는 어머니와 자신을 아끼는 아버지의 사랑을 자랑스러워했다. 부잣집 아이가 제 아버지의 그득 쌓인 쌀가마니와 금반지 더미를 자랑스러워하는 것과 마찬가지였다.

그런데도 선자는 한수 생각을 멈출 수 없었다. 바닷가에서 한수를 만날 때마다 봤던 구름 한 점 없는 하늘과 옥빛 바닷물이 시야에서 서서히 희미해지고 한수의 모습만 남았다. 선자는 두 사람이 함께하는 시간이 어찌 그리도 빨리 흘러갔는지 의아해하곤 했다. 선자는 궁금했다. 한수가 또 어떤 재미있는 이야기를 해줄까? 한수가 몇 분이라도 더 오래 남아 있게 하려면 어떻게 해야 할까?

그래서 한수가 바위 사이로 선자를 밀어 넣고 옷고름을 풀 때, 찬바람이 칼로 에는 것 같아도 그가 원하는 대로 두었다. 선자는 한수의 따뜻한 입술과 살갗에 녹아내렸다. 한수가 긴 치마 밑으로 두 손을 슬며시 움직여 선자의 엉덩이를 자기 쪽으로 들어 올렸을 때 선자는 이것이 남자가 자기 여자한테 원하는 것임을 알게 됐다. 몸을 섞는 동안 선자는 자극에 민감하게 반응했다. 자기 몸이 이런 손길을 원하는 것 같았다. 묵직하게 밀어붙이는 한수의 몸에 맞추어 제 아랫도리가 움직였다. 선자는 한수가 저한테 해로운 일을 하지 않을 것이라고 믿었다.

이따금 선자는 빨래 보따리를 머리에 이고 바닷가로 걸어가면 한수가 투명한 바닷물 옆의 가파른 바위에 기대어 산들바람에 요란하게 펄럭이는 신문을 펼쳐 든 채 저를 기다리고 있는 상상을 했다. 한수가 선자의 머리에서 보따리를 내리고 선자의 땋은 머리를 살짝 잡아당기면서 말할 터였다. "우리 아가씨, 어디 있었어? 아침까지라도 네가 오기를 기다렸을 거야, 알아?" 지난주에는 한수가 부르는 소리가 너무 생생해서 어느 날 오후에 핑계를 대고 바닷가로 달려갔다. 당연히 헛짓이었다. 두 사람이 서로 신호를 주고받을 때 쓰던 분필로 표시한 돌멩이는 이제 바위틈에 없었다.

선자는 상실감에 빠졌다. 돌멩이에 가위표를 해서 바위 사이 움푹 들어간 곳에 두고 싶었다. 자기가 돌아와서 한수를 기다렸다는 사실을 알리고 싶었다.

한수는 선자에게 애정을 느꼈다. 그 감정은 진심이었다. 선자가 생각하기에 한수가 거짓말을 한 것 같지는 않았지만 별로 위로가 되지 않았다. 부엌에서 식모 자매가 웃는 소리가 들리자 선자는 번쩍 눈을 떴다. 이윽고 웃음소리가 가라앉았다. 어머니의 기척은 들리지 않았다. 선자는 문 쪽으로 누운 몸을 돌려 벽을 마주 보고 볼에 손을 올려 한수의 손길을 따라해보았다. 한수는 선자를 볼 때마다 도저히 참을 수 없다는 듯이 끊임없이 선자를 어루만졌다. 몸을 섞고 나서 한수의 손가락이 선자의 작고 둥근 턱에서 귓바퀴를 지나 넓은 이마로 올라가며 얼굴 곡선을 쓸었다. 왜 한 번도 한수를 그렇게 만져보지 않았을까? 선자가 먼저 한수를 만진 적은 없었다. 늘 한수가 먼저 손을 내밀었다. 이제 선자는 한수의 얼굴을 만지고 싶었다. 한수의 굵은 뼈대를 따라 쭉 이어지는 선을 잊지 않고 기억해두고 싶었다.

이삭은 아침에 제일 따뜻한 내복과 와이셔츠 위에 짙은 감청색 양모 스웨터를 입고 앞방에서 책상 삼아 쓰는 밥상 앞에 앉았다. 하숙인들은 이미 나갔고 여자들이 일하는 소리를 빼면 조용했다. 이삭은 성경을 상 위에 펼쳐만 놓고 아침 공부를 시작하지 않았다. 집중을 할 수 없었다. 앞방 옆의 좁은 문간에서 양진이 뜨거운 석탄이 가득한 화로에 불을 피우고 있었다. 이삭은 양진에게 말을 걸고 싶었지만 부끄러운 기분에 그냥 기다렸다. 양진이 부실한 부지깽이로 석탄을 뒤적이면서 시뻘건 잉걸불을 지켜보고 있었다.

“따뜻합니꺼? 이걸 목사님 옆에 둘게예.” 양진이 무릎을 꿇고 화로를 이삭이 앉은 쪽으로 밀었다.

“제가 도울게요.” 이삭이 벌떡 일어나며 말했다.

“아닙니더, 거기 계시소. 그냥 밀면 됩니더.” 이는 양진의 남편 훈이가 화로를 옮기던 방법이었다.

양진이 가까이 다가오자 이삭은 듣는 사람이 있는지 확인하려고 주변을 둘러보았다.

“아주머니.” 이삭은 나지막한 목소리로 말했다. “따님이 절 남편으로 받아줄까요? 제가 청혼하면요?”

양진의 주름진 눈이 휘둥그레졌고 부지깽이가 떨어지면서 쨍그랑 소리가 났다. 양진이 금속 막대기를 재빨리 주워서 조금 전의 행동을 바로잡는 양 조심스럽게 내려놓았다. 양진이 이삭 옆에 털썩 앉았다. 남편과 아버지를 뺀 다른 남자 옆에 이렇게 가까이 앉은 적이 없었다.

“괜찮으세요?” 이삭이 물었다.

“왜요? 왜 그러실라 캅니꺼?”

“아내가 있으면 오사카에서 제 삶이 더 나아질 것 같아서요. 이미 형님에게 서신을 보냈습니다. 형님과 형수님이 선자 씨를 반갑게 맞아줄 거예요.”

“부모님은예?”

“부모님은 오랫동안 제가 혼인하기를 바라셨어요. 저는 계속 원치 않는다고 했고요.”

“와예?”

“늘 아팠으니까요. 지금은 건강이 좋아졌지만, 언제 어떻게 죽을지 모릅니다. 선자 씨는 이미 알고 있으니 이런 말을 해도 놀라지 않겠죠.”

“하지만 그 애는…….”

“네. 저 때문에 따님이 젊은 과부가 될 수도 있어요. 아시겠지만 그런 삶은 쉽지 않아요. 그래도 아이 아버지가 돼줄 겁니다. 제가 살아 있는 한은요.”

양진은 아무 말도 하지 않았다. 자신도 젊은 과부였다. 남편은 힘들게 태어나서 최선을 다해 산 정직한 사람이었다. 남편이 죽었을 때 양진은 그가 아주 특별한 사람이었다는 사실을 알게 됐다. 양진은 지금 남편이 곁에서 어떻게 할지 말해줬으면 싶었다.

“난처하게 할 생각은 아니었습니다.” 이삭이 양진의 충격받은 얼굴을 보며 말했다. “따님이 바라는 일일지도 모른다고 생각했어요. 아이의 미래를 위해서요. 따님이 청혼을 받아들일까요? 어쩌면 아주머니랑 여기에서 살 작정일 수도 있겠네요. 그게 따님과 아이에게 더 나을까요?”

“아닙니더. 당연히 멀리 떠나는 게 그 애들한테 훨씬 낫지예.” 가혹한 현실을 아는 양진이 대답했다. “아이가 여기서 살라면 지독하게 힘들 겁니더. 목사님이 제 딸애 목숨을 구하시는 거지예. 선자를 돌봐주신다면 제 목숨이라도 드릴게예, 목사님. 할 수만 있으면 두 배로 갚고 싶십니더." 양진이 누런 장판에 닿을 정도로 고개를 깊이 숙여 절하며 눈물을 훔쳤다.

"아니에요, 그런 말씀 마세요. 아주머니와 따님은 천사나 마찬가지입니다."

"지금 바로 이야기할랍니더, 목사님. 그 애도 고마워할 깁니더."

이삭이 말없이 가만히 있었다. 다음 말을 어떻게 해야 할지 몰랐다.

"그러지 마세요." 이삭이 당황스러워하며 말했다. "제가 물어보고 싶습니다. 선자 씨의 마음을 묻고 싶어요. 언젠가 절 사랑할 수 있는지 알고 싶습니다." 이삭은 민망했다. 그도 평범한 남자들처럼 그에게 마음의 빚을 져서가 아니라 그를 사랑해서 혼인하는 아내를 맞고 싶다는 생각이 들었기 때문이었다.

"어떻게 생각하세요?"

"목사님이 그 애한테 말해보시소." 어떻게 선자가 이런 남자를 좋아하지 않을 수 있을까?

이삭이 작은 목소리로 말했다. "따님에게 좋은 혼처는 아닐 겁니다. 제가 곧 다시 병에 걸릴지도 몰라요. 하지만 좋은 남편이 되려고 노력할 거예요. 그리고 아이를 사랑할 겁니다. 그 아이는 제 아이이기도 해요." 이삭은 아이를 키울 만큼 오래 살 생각을 하니 행복했다.

"내일 선자랑 산책 가시소. 지금 하신 말씀들을 다 그 애한테 말해주시고예."

어머니가 백이삭의 계획을 말하자 선자는 그 사람의 아내가 될 마음의 준비를 했다. 백이삭이 자신과 혼인하면 어머니와 하숙집, 자신과 아이가 고통스러운 낙인을 피하게 될 터였다. 좋은 집안의 훌륭한 사람의 성을 아이에게 물려주게 될 터였다. 선자는 백이삭이 그렇게 하려는 이유를 이해할 수 없었다. 어머니가 설명해주려고 애썼으나, 어머니나 선자나 백이삭을 돌봐준 것이 그렇게 별다른 일이라고 생각하지 않았다. 두 사람은 다른 하숙인이 아팠더라도 똑같이 했을 터였다. 게다가 백이삭은 하숙비도 제때에 꼬박꼬박 냈다. "보통 사내라면 다른 사람의 아이를 키우려고 하지 않을 기다. 천사나 바보가 아니고는 못 하는 일이데이." 어머니가 말했다.

백이삭은 바보처럼 보이지 않았다. 살림을 맡아서 할 사람이 필요해서일지도 모르겠지만, 그런 사람 같지는 않았다. 목사는 몸이 나아지자마자, 그리고 완전히 낫지 않았을 때도 밥을 먹고 나면 쟁반을 부엌 문간으로 직접 가져왔다. 아침이면 자기가 쓰는 이불을 탈탈 털고 요를 한쪽에 개어놓았다. 어떤 하숙인보다도 더 자기 일을 스스로 알아서 했다. 선자는 하인을 둔 집에서 자란 양반가의 배운 사람이 이런 일을 하리라고는 상상도 하지 못했다.

선자는 두꺼운 외투를 입었다. 하얀 버선에 짚신을 신고 문 앞에서 기다렸다. 공기가 차갑고 안개가 자욱했다. 한 달 정도 지나면 봄이 오겠지만, 아직은 한겨울 같았다. 어머니는 목사에게 집 밖에서 선자를 만나달라고 부탁했다. 두 사람이 함께 있는 모습을 식모아이들에게 보이고 싶지 않아서였다.

곧 이삭이 모자를 들고 나왔다.

"잘 잤어요?" 이삭은 선자와 나란히 섰으나 어디로 가야 할지 몰랐다. 이렇게 어린 여자와 함께 외출해본 적이 없었다. 더군다나 청혼할 생각을 품은 채 외출한 적은 전혀 없었다. 이삭은 고향에서 교구의 여성 신도를 상담했던 것처럼 행동하려고 노력했다.

"시내로 갈까요? 나룻배를 타고요." 이삭이 떠오르는 대로 제안했다.

선자는 고개를 끄덕이고 나서 드러난 귀를 가리려고 두꺼운 광목 목도리를 머리에 둘렀다. 장에서 생선을 파는 아낙 같았다.

두 사람은 영도 나룻배를 향해 잠자코 걸었다. 다른 사람들이 함께 있는 두 사람을 보고 무슨 생각을 할지 알 길이 없었다. 뱃사공이 두 사람의 뱃삯을 받았다.

배에 손님이 거의 없어서 두 사람은 배를 타고 가는 짧은 시간 동안 앉아 있었다.

"어머니가 말씀하셨군요." 이삭이 침착한 목소리를 내려고 애쓰며 말했다.

"예."

이삭은 선자의 젊고 예쁜 얼굴에서 감정을 읽으려고 노력했다. 겁을 먹은 것 같았다.

"고맙심더." 선자가 말했다.

"어떻게 생각해요?"

"정말 감사합니더. 저희 어깨에서 무거운 짐을 덜어주셨어예. 고마운 마음을 어떻게 표현할지 모르겠십니더."

"내 삶은 아무것도 아니에요. 좋은 쓰임새가 없다면 삶이란 아무 의미가 없을 거예요. 그렇게 생각하지 않아요?"

선자는 치맛자락을 만지작거렸다.

"물어볼 게 있어요." 이삭이 말했다.

선자는 계속 눈을 내리깔고 있었다.

"하나님을 사랑할 수 있을 거 같아요?" 이삭이 숨을 들이마셨다. "하나님을 사랑할 수 있다면, 모든 게 괜찮아질 거예요. 무리한 부탁이란 건 압니다. 지금은 이해가 잘 안 되겠죠. 시간이 걸릴 거예요. 다 이해합니다."

오늘 아침, 목사가 이런 질문을 할 것이라는 생각이 문득 떠올라서 선자는 목사가 믿는 하나님이라는 존재에 대해 생각해보았다. 세상에는 영혼이 존재했다. 아버지는 이런 생각을 믿지 않았지만 선자는 믿었다. 선자는 아버지가 돌아가신 후에도 곁에 있는 것 같았다. 어머니와 제사를 지내러 아버지 무덤에 가면 아버지의 존재가 더 잘 느껴졌고 마음이 편안해졌다. 이 세상에 신들과 죽은 영혼들이 존재한다면, 백이삭의 하나님도 사랑할 수 있을 것 같았다. 특히 백이삭의 하나님이 그를 그토록 친절하고 배려심이 넘치는 사람이 되게 했다면 더욱 그랬다.

"예." 선자가 말했다. "그럴 수 있어예."

나룻배가 부두에 닿자 이삭이 선자가 내리는 것을 도와주었다. 부산은 아주 추웠고, 선자는 외투 소매 속으로 시린 손을 쏙 넣었다. 살을 에는 바람이 휘몰아쳤다. 선자는 매서운 날씨가 목사의 몸에 좋지 않을까 봐 걱정이 됐다.

두 사람 다 이제 어디로 가야 할지 몰랐기에 선자가 나루터에서 별로 멀지 않은 번화한 상점가를 가리켰다. 선자가 부모님과 부산에 와서 가본 유일한 곳이었다. 선자가 그쪽을 향해 걸었다. 선자는 앞장서서 가고 싶지 않았지만 이삭은 그런 것에 신경을 쓰지 않는 듯했다. 이삭이 선자의 뒤를 따라갔다.

"하나님을 사랑하려고 해보겠다니까 참 기뻐요. 제게 아주 큰 의미가 있는 일이에요. 우리 두 사람이 같은 신앙을 가진다면 결혼 생활을 잘해나갈 수 있을 거예요."

선자는 다시 고개를 끄덕였다. 무슨 말인지 잘 이해하지는 못했지만 이삭이 이유가 있어서 그런 부탁을 했다고 믿었다.

"처음에는 모든 게 낯설겠지만, 하나님께 축복을 내려달라고 기도할 거예요. 우리와 아이에게요."

선자는 이삭의 기도가 두꺼운 외투처럼 그들을 감싸 보호해주는 모습을 마음속으로 그려보았다.

갈매기들이 시끄럽게 울면서 주위를 맴돌다가 날아갔다. 선자는 이 혼인에 조건이 따른다는 사실을 깨달았지만, 쉽게 받아들일 수 있었다. 어차피 이삭이 선자의 신앙심을 시험할 길은 없었다. 하나님을 사랑한다는 것을 어떻게 증명하겠는가? 남편을 사랑한다는 것을 어떻게 증명하겠는가? 선자는 이삭을 절대로 배신하지 않을 생각이었다. 열심히 남편을 보살피겠다고 마음먹었다. 그 정도는 할 수 있었다.

이삭이 국수를 파는 깔끔한 일식집 앞에서 멈췄다.

"우동 먹어봤어요?" 이삭이 눈썹을 추켜세우며 물었다.

선자가 아니라는 의미로 고개를 저었다.

이삭이 선자를 안으로 이끌었다. 손님들은 모두 일본인이었고, 여자는 선자뿐이었다. 얼룩 하나 없는 앞치마를 두른 일본인 주인이 일본어로 두 사람을 맞았다. 두 사람이 고개를 숙여 인사했다.

이삭이 일본어로 두 사람이 앉을 자리를 부탁하자, 주인이 유창한 일본어를 듣고 안심한 표정을 지었다. 이삭과 주인이 사근사근하게 이야기를 주고받다가, 주인이 문 근처 큰 식탁의 끝자리로 두 사람을 안내했다. 주변에 아무도 없는 곳이었다. 이삭과 선자는 마주 보고 앉는 바람에 서로를 보지 않을 수 없었다.

선자는 합판 벽에 손으로 쓴 차림표를 읽지 못했지만 일본어로 쓴 숫자를 몇 개 알아보았다. 방수천이 깔린 기다란 식탁 세 개에는 근처의 사무원들과 가게 주인들이 김이 나는 국수를 후루룩 소리를 내며 먹고 있었다. 머리를 빡빡 깎은 일본인 남자아이가 돌아다니면서 무거운 놋쇠 주전자로 갈색 차를 따르고 있었다. 남자아이가 선자 쪽으로 머리를 살짝 기울였다.

"식당은 한 번도 와본 적이 없어예." 자기도 모르는 사이에 말이 튀어나왔다. 얼떨결에 나온 말이었다.

"나도 많이 안 와봤어요. 그래도 여기는 깨끗해 보이네요. 아버지는 집 밖에서 먹을 때 청결이 중요하다고 말씀하셨어요." 이삭은 선자의 마음이 편해지기를 바라며 다정하게 웃었다. 실내의 온기에 선자의 얼굴에 혈색이 돌았다. "배고파요?"

선자가 고개를 끄덕였다. 아침에 아무것도 먹지 않았다.

이삭이 우동 두 그릇을 주문했다.

"칼국수랑 비슷한데 국물이 달라요. 선자 씨가 좋아할 것 같더라고요. 오사카에서는 흔히 볼 수 있는 음식일 거예요. 모든 것이 우리에게 새로울 거예요." 이삭은 선자와 함께 오사카에 간다는 사실이 갈수록 마음에 들었다.

선자는 이미 한수에게 일본에 대해 많은 이야기를 들었지만 이삭에게 그런 말을 할 수는 없었다. 한수는 같은 사람과 두 번 마주치기 어려울 정도로 오사카가 거대하다고 말했다.

이삭은 이야기를 나누면서 선자를 유심히 살폈다. 선자는 자기 이야기를 잘 하지 않는 사람이었다. 집에서도 일하는 식모들이나 어머니에게조차 말을 별로 하지 않았다. 이삭은 궁금했다. 항상 이런 성격이었을까? 선자에게 정인이 있었다는 것을 상상하기 어려웠다.

이삭이 다른 사람들에게 들리지 않기를 바라며 작은 목소리로 말했다.

"선자 씨, 나를 좋아할 수 있을 것 같아요? 남편으로?" 이삭이 기도하듯이 두 손을 꽉 쥐었다.

"예." 진심이었기에 지체 없이 대답이 나왔다. 지금 선자는 이삭을 좋아했고 그가 달리 생각하지 않기를 바랐다.

이삭은 병든 폐를 깨끗이 씻어낸 것처럼 속이 밝고 깨끗해진 기분이었다.

"쉽지 않으리라는 건 알지만, 그 사람을 잊으려고 노력해줄래요?" 결국 이 말을 꺼냈다. 두 사람 사이에 비밀은 없어야 했다.

선자가 움찔 놀랐다. 이삭이 이런 말을 하리라고는 예상하지 못했다.

"나도 다른 남자들과 다를 바 없어요. 자존심이 있어요. 물론 바람직하진 않겠지만요." 이삭이 얼굴을 찌푸렸다. "하지만 나는 아이를 사랑할 거예요. 당신을 사랑하고 존중할 거예요."

"좋은 아내가 되려고 힘껏 노력할 낍니더."

"고마워요." 이삭은 부모님이 그랬듯이 자신과 선자가 다정한 사이가 되기를 바랐다.

우동이 나오자 이삭은 식전 기도를 드리려고 고개를 숙였다. 선자는 두 손을 맞대어 손가락을 깍지 끼며 이삭을 따라 했다.

10

일주일 후 양진과 선자, 이삭은 아침에 부산으로 가는 나룻배를 탔다. 여자들은 새로 빤 하얀 삼베 한복 위에 솜을 넣은 겨울 두루마기를 입었다. 이삭의 정장과 외투는 깔끔하게 손질돼 있었고 구두는 번쩍번쩍 광이 났다. 세 사람은 아침참에 신 목사를 만나러 가기로 돼 있었다.

세 사람이 도착하자 교회 식모가 이삭을 알아보고 세 사람을 신 목사의 사무실로 안내했다.

"왔구먼." 나이 든 목사가 바닥에 앉아 있다가 일어나며 말했다. 북쪽 억양이 섞인 말투였다. "어서 들어오게, 어서." 양진과 선자가 고개를 깊이 숙여 인사했다. 두 사람은 난생처음 교회를 방문했다. 비쩍 마른 신 목사는 몸에 맞지 않는 큰 옷을 입고 있었다. 낡은 검은색 정장의 소맷부리가 닳았지만 목둘레의 하얀 깃이 깨끗했고 풀을 잘 먹여 빳빳했다. 구김 없는 짙은 색 옷 덕에 구부정한 어깨도 쫙 펴져 보였다. 식모가 손님들이 앉을 방석 세 장을 가져와 난방이 부실한 방 한가운데에 있는 화로 가까이에 깔았다.

세 손님은 신 목사가 자리에 앉을 때까지 어색하게 서 있었다. 이삭이 신 목사 옆에 앉았고 양진과 선자가 신 목사 맞은편에 앉았다.

모두 자리에 앉고 나서 아무도 말을 하지 않은 채 신 목사가 기도를 시작할 때까지 기다렸다. 나이 든 목사는 기도를 마치자 이삭이 혼인하려고 하는 어린 여자를 이모저모로 살펴보기 시작했다. 신 목사는 지난번에 젊은 목사가 왔다 간 후로 이 여자에 대해서 아주 많이 생각했다. 〈호세아서〉를 다시 읽기까지 했다.

짙은 회색 모직 정장을 입은 우아한 젊은이는 작고 다부진 이 여자와 극적으로 대조를 이루었다. 선자의 얼굴은 둥글고 수수했으며, 얌전해서인지 아니면 창피해서인지 눈을 내리깔고 있었다. 선자의 평범한 외모에는 선지자 호세아와 혼인한 음탕한 여자 같은 모습이 전혀 없었다. 선자의 태도에도 특별한 점이 없었다. 신 목사는 자기 아버지와 달리 관상이 사람의 운명을 정한다는 말을 믿지 않았다. 하지만 아버지의 눈으로 선자의 운명을 점친다면 인생이 평탄하지는 않을 듯했지만, 그렇다고 굴곡지지도 않을 듯했다. 신 목사는 선자의 배를 흘긋 봤으나 풍성한 치마와 겉옷에 가려 어떤 상태인지 알 수 없었다.

"이삭과 일본에 가는 걸 어떻게 생각하니?" 신 목사가 선자에게 물었다.

선자가 시선을 들었다가 바로 내리깔았다. 선자는 목사가 정확히 무슨 일을 하는지, 어떻게 힘을 행사하는지 몰랐다. 신 목사와 이삭이 박수무당처럼 주문을 외우거나 승려처럼 염불을 외울 것 같지는 않았다.

"네 생각을 듣고 싶구나." 신 목사가 선자 쪽으로 몸을 기울이며 말했다. "무슨 말이라도 해봐. 목소리도 들려주지 않고 이곳을 나갈 생각은 아니지?"

이삭이 여자들을 향해 안심하라는 듯 미소 지었다. 나이 든 목사의 엄격한 말투를 어떻게 받아들일지 몰라 걱정스러웠다. 이삭은 신 목사가 좋은 뜻으로 묻는 것이라고 두 사람에게 확신시켜 주고 싶었다.

양진은 한 손을 딸의 무릎에 살며시 올렸다. 질문을 받을 것이라는 예상은 했지만, 신 목사가 두 사람을 좋지 않게 여기리라고는 미처 생각하지 못했다.

"선자야, 네가 백이삭 목사님과 혼인하는 걸 어떻게 생각하는지 신 목사님께 말씀드려보래이." 양진이 말했다.

선자가 입을 열었다가 이내 닫았다. 다시 입을 열었고 약간 떨리는 목소리가 나왔다.

"엄청 감사하고 있십니더. 백 목사님이 어려운 희생을 해주셔가꼬예. 백 목사님을 섬길라고 아주 열심히 노력할 낍니더. 일본에서 잘 사시도록 뭐든 할 끼라예."

이삭이 눈살을 찌푸렸다. 선자가 이런 말을 하는 이유를 이해하면서도 선자의 마음을 알게 되니 서글퍼졌다.

"그래." 나이 든 목사가 양손을 맞잡았다. "참으로 어려운 희생이야. 이삭은 좋은 집안 출신의 훌륭한 청년이니까. 네 처지를 생각하면 그런 청년이 이런 혼인을 마음먹기란 쉬운 일이 아니란다."

이삭이 그렇지 않다는 뜻으로 오른손을 살짝 들었지만 선배 목사를 존중하느라 계속 잠자코 있었다. 신 목사가 두 사람의 혼인을 반대하면 이삭의 부모님과 선생님들이 곤란해질 터였다.

신 목사가 선자에게 말했다. "이건 다 네가 자초한 일이야. 맞아?"

선자의 상처받은 표정을 보기 힘든 이삭은 그냥 두 여자를 데리고 하숙집으로 돌아가고 싶었다.

"제가 큰 실수를 했십니더. 어머니를 속상하게 하고 착한 목사님한테 무거운 짐이 되어서 정말 죄송합니더." 선자의 까만 눈동자에 눈물이 그렁그렁했다. 선자는 평소보다도 더 어려 보였다. 양진은 이렇게 해도 되는지 아닌지도 모르는 채 딸의 손을 꽉 쥐었다. 양진도 흐느끼기 시작했다.

"목사님, 선자 씨는 이미 너무 많은 고통을 받고 있습니다." 이삭이 불쑥 말했다.

"이 아이는 자기 죄를 깨닫고 용서를 구해야 하네. 그러면 주님이 용서해주실 게야." 신 목사가 한마디 한마디 신중하게 말했다.

"선자 씨도 그러길 바랄 겁니다." 이삭은 선자가 이런 식으로 하나님께 의지하기를 바라지는 않았다. 벌을 받을까 봐 무서워서가 아니라 자연스럽게 하나님의 사랑을 깨닫게 되리라고 생각했다.

신 목사가 선자를 뚫어지게 바라보았다.

"그러니, 선자야? 네 죄를 용서받고 싶어?" 신 목사는 과연 이 어린 여자가 죄에 대해 알고 있는지 확신할 수 없었다. 이삭이 순교자나 선지자 같은 존재가 되고 싶어 하는 젊은이다운 패기로 선자에게 죄에 대해 제대로 설명해줬을까? 어떻게 이삭이 회개하지 않은 죄 많은 여자와 혼인할 수 있을까? 그렇지만 이것이야말로 하나님이 선지자 호세아에게 명한 일이었다. 이삭이 이것을 이해했을까?

"혼인하지 않고 남자와 함께하는 것은 하나님의 잣대로 보면 큰 죄야. 그 남자는 어디에 있지? 왜 이삭이 너의 죄를 대신 갚아야 하지?" 신 목사가 물었다.

선자는 볼에 흐르는 눈물을 소매로 훔치려고 했다.

구석에 있던 식모가 깨끗한 천을 겉옷 주머니에서 꺼내 선자에게 주었다. 귀가 안 들리는 식모는 사람들의 입술을 읽으면 주고받는 대화를 조금 이해할 수 있었다. 식모가 선자에게 얼굴을 닦으라고 손짓을 했고 선자가 조용히 웃음을 지었다.

신 목사가 한숨을 내쉬었다. 아가씨를 더 이상 속상하게 하고 싶지 않았지만 성실한 젊은 목사를 보호하지 않을 수 없었다.

"아이 아버지는 어디 있니, 선자야?" 신 목사가 물었다.

"이 애도 모릅니더, 목사님." 양진이 대답했다. 양진 자신도 아이 아버지가 어디에 있는지 알고 싶었다. "애가 많이 죄송해하고 있십니더." 양진이 딸을 돌아보았다. "목사님한테 말하래이. 주님한테 용서받고 싶다고 말하래이."

양진도 선자도 그것이 무슨 의미인지 몰랐다. 곡식이 잘 자라게 해달라고 무당에게 암퇘지나 돈을 가져다 바칠 때처럼 굿 같은 의식을 하는 것일까? 백이삭은 용서에 대한 이런 이야기를 한 적이 없었다.

"그리 해주실랍니꺼? 지를 용서해주실랍니꺼?" 선자가 나이 든 목사에게 물었다.

신 목사는 이 아이가 측은하다고 느꼈다.

"선자야, 너를 용서하는 건 내가 아니란다." 신 목사가 대답했다.

"저는 잘 모르겠십니더." 선자가 마침내 신 목사의 얼굴을 똑바로 바라보며 말했다. 콧물이 흘러서 눈을 내리깔고 있을 수가 없었다.

"선자야, 너는 주님께 너의 죄를 용서해달라고 해야 해. 예수님이 우리 죗값을 대신 치르셨지만, 여전히 넌 용서를 구해야 해. 죄에서 벗어나겠다고 약속해라. 얘야, 뉘우치고 더 이상 죄를 짓지 마라." 신 목사는 선자가 배우고 싶어 하는 것을 알아챘다. 신 목사는 내면에서 무엇인가를 느꼈고, 선자 배 속에 있는 아무 잘못도 없는 아이가 마음에 떠올랐다. 이어서 신 목사는 호세아의 음탕한 아내 고멜을 다시금 떠올렸다. 고멜은 계속 뉘우치지 않았고 또다시 호세아를 속이고 바람을 피웠다. 신 목사가 미간을 찡그렸다.

"정말로 죄송합니더." 선자가 거듭 말했다. "다시는 절대로 다른 남자와 함께하지 않을 낍니더."

"이 젊은이와 혼인하고 싶은 게지. 그래, 이삭은 너와 혼인해서 아이를 돌보길 바라지. 하지만 그것이 신중한 결정인지 모르겠구

나. 이삭이 너무 이상주의자라 걱정이야. 여기에 없는 이삭의 가족을 대신해서 내가 잘 돌봐줘야 해."

선자는 고개를 끄덕였다. 흐느낌이 잦아들었다. 양진이 침을 꿀꺽 삼켰다. 양진은 두 사람이 신 목사와 이야기해야 한다는 말을 백이삭에게 들었을 때부터 이 순간을 두려워했다.

"목사님, 저는 선자 씨가 좋은 아내가 되리라고 믿습니다." 이삭이 애원했다. "부디 저희 혼인을 주례해주세요. 목사님의 축복을 받고 싶습니다. 목사님이 깊고 현명한 혜안으로 걱정하시는 것은 알지만, 저는 이게 주님의 뜻이라고 믿습니다. 이 혼인이 선자 씨와 아이에게 도움이 되는 만큼 저에게도 도움이 된다고 믿습니다."

신 목사가 긴 한숨을 내쉬었다.

"목사의 아내가 되는 게 얼마나 힘든지 알고 있니?" 신 목사가 선자에게 물었다.

선자는 고개를 저었다. 이제 숨소리가 점점 평소처럼 돌아왔다.

"이 아이에게 말해줬나?" 신 목사가 이삭에게 물었다.

"전 부목사가 될 겁니다. 선자 씨가 맡을 일이 그리 많지는 않을 겁니다. 교구가 별로 크지 않아요. 선자 씨는 부지런한 사람이고 빠르게 배웁니다." 이삭은 말은 이렇게 했지만 그 점에 대해 별로 생각해보지 않았다. 평양에 있는 교회 목사의 아내는 훌륭한 여인이었다. 여덟이나 되는 아이를 낳았으며, 남편 곁에서 고아들을 돌봤고 지칠 줄 모르고 가난한 사람들을 도왔다. 목사의 아내가 세상을 떠났을 때, 교구 주민들은 친어머니를 잃은 것처럼 소리 높여 슬피 울었다.

이삭과 선자와 양진은 어찌 할 바를 몰라 조용히 앉아 있었다.

"넌 이 남자에게 충실하겠다고 맹세해야 한다. 정조를 지키지 않으면, 네 어머니와 돌아가신 아버지에게 네가 이미 저지른 것보다 더 큰 수치를 주게 될 게야. 주님께 용서를 구해야 한다, 얘야. 일본에서 새 가정을 꾸리면서 믿음과 용기를 달라고 주님께 부탁해야 해. 흠이 없어야 한다. 모든 조선인은 일본에서 행실을 조심해야 해. 일본인은 이미 우리 조선인을 하찮게 여기니까. 우리를 더 경멸할 빌미를 주면 안 된다. 나쁜 조선인 한 명이 조선인 수천 명의 평판을 망친단다. 그리고 나쁜 기독교인 한 명이 기독교인 수만 명에게 상처를 주고 말이다. 믿음이 없는 나라에서는 특히. 내 말이 무슨 뜻인지 알겠니?"

"그러고 싶십니더." 선자가 말했다. "그리고 용서받고 싶십니더, 목사님."

신 목사가 무릎을 꿇고 오른손을 선자의 어깨에 올렸다. 선자와 이삭을 위해 긴 기도를 드렸다. 기도를 마치고 자리에서 일어난 신 목사는 두 사람의 혼례를 진행했다. 예식은 몇 분 만에 끝났다.

신 목사가 이삭과 선자를 데리고 혼인신고를 하러 여러 관청과 경찰서에 간 동안 양진은 빠르면서도 차분한 걸음걸이로 상점가를 향해 갔다. 마구 달려가고 싶었다. 예식이 진행될 때 양진은 알아듣지 못한 말이 많았다. 이런 상황에서 더 나은 결과를 바란다는 것은 가당찮고 배은망덕한 짓인 줄 알지만, 아무리 현실적인 성격인 양진이라도 단 하나뿐인 자식에게 더 나은 혼례를 치러주고 싶었다. 혼인은 빠를수록 좋았지만 오늘 바로 식을 치를 줄은 몰랐다. 형식적이었던 양진의 혼례도 몇 분 만에 끝났었다. 양진은 그런 건 중요하지 않을지 모른다고 혼잣말을 중얼거렸다.

양진은 쌀집 미닫이문 앞에 다다르자 넓은 문틀을 가볍게 두드려 인기척을 냈다. 가게에는 손님이 한 명도 없었다. 줄무늬 고양이가 쌀집 주인의 짚신 옆에서 살금살금 움직이다가 기분 좋은 갸르릉 소리를 냈다.

"아지매, 오랜만이요." 조 씨가 양진을 맞았다. 쌀집 주인은 훈이네 과부를 보며 빙긋이 웃었다. 과부는 조 씨가 기억하던 것보다 흰머리가 늘어 있었다.

"아재, 안녕하십니꺼. 아주머니와 딸애들도 잘 지내지예."

조 씨가 고개를 끄덕였다.

"흰쌀 좀 살 수 있을까예?"

"우와, 귀한 손님이 묵고 있는가배. 그런데 미안해서 어쩔꼬. 팔 쌀이 없다 아닙니꺼. 쌀이 다 어데로 가는지 아지매도 알 낍니더." 조 씨가 말했다.

"살 돈 있십니더." 양진이 두 사람 사이에 놓여 있는 탁자에 끈이 달린 주머니를 내려놓았다. 파란색 천에 노랑나비를 수놓은 것은 선자였다. 2년 전에 받은 생일 선물이었다. 파란 주머니는 반쯤 차 있었고, 양진은 그 돈으로 충분하기를 바랐다.

조 씨가 얼굴을 찡그렸다. 양진에게 쌀을 팔고 싶지 않았다. 일본인에게 받는 것과 같은 값을 부를 수밖에 없어서였다.

"쌀이 너무 적다 아닙니꺼. 일본인 손님이 왔는데 쌀이 없으면 내가 봉변을 당합니더. 참말이데이. 아지매한테 안 팔라꼬 그라는 게 아니라예."

"우리 딸내미가 오늘 혼인했심더." 양진이 울지 않으려고 애쓰며 말했다.

"선자가예? 누구랑예? 선자가 누구랑 혼인했십니꺼?" 조 씨가 불구인 아버지의 손을 잡고 있는 어린 여자아이를 떠올렸다. "그 애가 정혼한 줄도 몰랐심더! 오늘 혼인했다꼬예?"

"북쪽에서 온 손님이랑 했심더."

"결핵에 걸린 그 사람예? 미쳤데이! 왜 딸애를 그런 병에 걸린 사내랑 혼인시키노. 언제 갑자기 죽을지 모를 사람이다 아닙니꺼."

"그 손님이 우리 딸내미를 오사카로 데리고 갈 낍니더. 사내들이 많은 하숙집보다는 거기서 사는 게 그 애한테 덜 힘들 겁니더." 양진은 더 이상 묻지 않기를 바라며 말했다.

양진은 진실을 말하지 않았고 조 씨는 그 사실을 알았다. 선자는 열여섯이나 열일곱쯤 됐을 터였다. 조 씨의 둘째 딸보다 몇 살 어렸다. 혼인하기에 알맞은 나이이기는 하지만, 그 남자가 왜 선자와 혼인했을까? 석탄 배달부 전 씨는 그 남자가 부잣집 출신의 근사한 사람이라고 말했다. 선자에게는 불구의 피가 흐른다. 누가 그런 병을 원하겠는가? 아무리 오사카에 여자가 많지 않다고 해도 그렇지. 조 씨는 그렇게 생각했다.

"그 사람이 좋은 조건을 내놨는가배예?" 조 씨가 작은 주머니를 보고 인상을 찌푸리며 물었다. 양진은 그런 남자에게 넉넉한 지참금을 줄 형편이 아니었다. 배고픈 어부들과 애초에 집에 들이지 말았어야 했을 가난한 두 자매를 먹이고 나면 하숙집 여자에겐 동전 몇 닢이 겨우 남았다.

조 씨의 딸들은 몇 해 전에 혼인했다. 작년에 둘째 사위가 시위를 주도하다가 순사에게 쫓기자 만주로 도망갔다. 그래서 지금 조 씨는 사위가 그렇게 혼신의 노력을 다해 이 나라에서 쫓아내려 한 부유한 일본인 손님들에게 가장 좋은 곡식을 팔아서 그 훌륭한 애국자 사위의 자식들을 먹여 살리고 있었다. 단골 일본인 손님들이 아니었다면 조 씨의 가게는 당장 내일이라도 문을 닫을 것이고 가족은 굶어 죽을 판이었다.

"잔치 치를 만치 필요합니꺼?" 조 씨가 물었다. 양진이 그 값을 어떻게 다 치를지 가늠할 수 없었다.

"두 사람 먹을 만치만 있으면 됩니더."

조 씨가 눈도 못 마주치고 자기 앞에 서 있는 작고 지친 여인에게 고개를 끄덕였다.

"팔 쌀이 마이 없십니더." 조 씨가 거듭 말했다.

"신부랑 신랑 저녁밥 해줄 정도만 있으면 됩니더. 집 떠나기 전에 흰쌀밥 맛이라도 보라꼬예." 양진의 눈에 눈물이 차오르자 쌀집 주인이 눈길을 돌렸다. 조 씨는 여자들이 우는 걸 보기가 싫었다. 할머니와 어머니, 아내와 딸들. 모두 시도 때도 없이 울었다. 조 씨는 여자들이 너무 많이 운다고 생각했다.

큰딸은 인쇄소에서 일하는 남자와 시내 반대편에 살았고 둘째 딸과 세 아이들은 조 씨 부부와 한집에 살았다. 조 씨는 딸과 손주들을 먹여 살리느라 돈이 많이 든다고 불평하면서도 열심히 일했고 가장 비싼 값을 치르는 일본인 손님에게 굽실거렸다. 가족을 부양하지 않는 것은 생각해본 적도 없었다. 딸들을 먼 곳에서, 조선인들을 가축 취급하는 나라에서 살게 한다는 것은 상상할 수도 없는 일이었다. 피붙이를 그 개자식들에게 뺏긴다는 것은 말도 안 되는 일이었다.

양진은 지폐를 세서 탁자 위 주판 옆 나무 쟁반에 올려놓았다.

"있으면 작은 걸로 한 봉지 담아주이소. 둘이 배부르게 먹이고 싶십니더. 남으면 백설기 해줄라꼬예."

양진은 돈 쟁반을 조 씨 쪽으로 밀었다. 그래도 조 씨가 안 된다고 하면, 부산에 있는 쌀집을 다 돌아다닐 작정이었다. 혼인날 딸에게 저녁밥으로 꼭 흰쌀밥을 먹이고 싶었다.

"떡을 한다꼬예?" 조 씨가 팔짱을 끼고 큰 소리로 웃었다. 여자들이 흰쌀로 만든 떡 이야기를 하는 걸 들은 지 얼마나 오래됐나? 그 시절이 너무 멀게 느껴졌다. "나한테도 하나 갖다줄 거지예?"

쌀집 주인이 이런 때를 대비해서 감춰둔 약간의 쌀을 가지러 창고로 간 사이에 양진이 눈물을 훔쳤다.

11

마침내 하숙인들이 고집을 꺾고 작업복을 빨아달라고 했다. 본인들도 더 이상 참기 힘들 정도로 냄새가 심했다. 복희와 덕희 자매와 선자는 네 개나 되는 커다란 빨랫감 보따리를 가지고 바닷가 빨래터로 갔다.

여자들은 긴 치맛자락을 그러모아 묶고 물가에 쪼그리고 앉아 빨래판을 내려놓았다. 차가운 물에 여자들의 작은 손이 꽁꽁 얼 것 같았다. 수년간 일을 한지라 손등이 두껍고 거칠었다. 복희가 물에 적신 윗도리들을 빨래판에 올려놓고 있는 힘껏 박박 문지르는 동안 옆에서 덕희가 나머지 더러운 빨랫감을 분류했다. 선자는 생선 피와 내장으로 얼룩진 정씨 형제의 짙은 색 바지와 씨름하고 있었다.

"혼인하니까 기분이 달라?" 덕희가 물었다. 자매는 혼인신고를 한 후 처음으로 이 소식을 들은 이들이었다. 두 사람은 하숙인들보다도 더 놀랐다. "목사님이 너를 여보라고 부르시드나?"

복희가 선자의 반응을 보려고 빨랫감에서 고개를 들었다. 동생의 주제넘은 물음을 꾸짖고 싶었지만, 복희 역시 궁금했다.

"아직은 아니다." 선자가 말했다. 혼례는 사흘 전에 치렀지만 빈방이 없어 아직도 어머니와 식모 자매와 잤다.

"나도 혼인하고 싶데이." 덕희가 말했다.

복희가 깔깔대며 웃었다. "누가 너 같은 애랑 혼인하겠나?"

"목사님 같은 사내랑 혼인하고 싶데이." 덕희가 태연히 말했다. "잘생기고 멋지다 아이가. 니한테 말을 건넬 때 엄청 다정하게 쳐다보신데이. 바다에 대해 아무것도 모르시는데도 하숙인들이 목사님을 존경한다 아이가. 너도 그거 눈치챘나?"

사실이었다. 하숙인들은 많이 배운 양반들을 늘 비웃었지만, 이삭은 좋아했다. 선자는 아직 이삭을 남편으로 여기기가 어려웠다.

복희가 동생의 팔뚝을 철썩 때렸다. "미쳤나. 그런 사내는 절대 너랑 혼인 안 한데이. 고 멍청한 생각 좀 머리에서 지워뿌라."

"그래도 목사님은 선자랑 혼인……."

"선자는 다르제. 너랑 나는 식모다 아이가." 복희가 말했다.

덕희가 눈알을 굴렸다.

"그러면 너를 뭐라고 부르시나?"

"선자라고 부르제." 선자는 말하기가 점점 편해졌다. 한수를 만나기 전에는 자매와 더 자주 수다를 떨곤 했다.

"일본에 가게 돼서 신나나?" 복희가 물었다. 복희는 혼인하는 것보다 도시에서 사는 것에 더 관심이 있었다. 혼인은 끔찍한 일 같았다. 할머니와 어머니는 죽을 때까지 거의 일만 했다. 복희는 어머니의 웃음소리를 한 번도 들은 적이 없었다.

"사내들이 그러는데 오사카가 부산이나 경성보다도 번화하단다. 너는 어서 사노?" 복희가 물었다.

"나도 모르겠다. 목사님 형님 댁에서 살겠제." 선자는 여전히 한수를 생각하고 있었다. 한수가 얼마나 가까운 곳에 있을지 생각했다. 무엇보다도 한수를 우연히 마주치게 될까 봐 두려웠다. 그래도 그보다 더 나쁜 일은 한수를 영원히 보지 못하는 것이라고 생각했다.

복희가 선자의 얼굴을 유심히 바라보았다.

"가기가 겁나나? 그럴 필요 없데이. 너는 거기서 잘 살 끼다. 사내들이 그러는데 거기는 사방에 전깃불이 들어온단다. 기차에도, 자동차에도, 길에도, 집에도 다 그렇다데. 오사카 상점에서는 온갖 물건이 많아가 뭐든지 살 수 있다 카데. 어쩌면 니가 부자가 되어서 우리를 부를 수 있겠데이. 우리가 거기서 하숙집을 하는 기다!" 복희는 방금 생각해낸 앞날의 가능성에 감탄했다. "그 사람들도 하숙집이 필요할 거 아이가. 느그 어무이는 음식을 하시고, 우리는 청소랑 빨래랑 하고……."

"나보고 머릿속에 미친 생각이 들었다더니 뭐 하는 기고?" 덕희가 언니의 어깨를 철썩 때렸고 윗도리 소매에 젖은 손자국이 생겼다.

선자는 너무 무거워서 젖은 바지를 짜기가 힘들었다.

"목사 아내가 부자가 될 수 있나?" 선자가 물었다.

"목사님이 돈을 많이 벌게 될지도 모른다!" 덕희가 말했다. "그리고 목사님 부모님이 부자 아이가?"

"그거를 어찌 아는데?" 선자가 물었다. 어머니는 이삭의 부모가 땅을 좀 가지고 있다고 말했지만, 조선의 많은 지주가 새로 생긴 세금을 내느라고 일본인에게 땅을 팔아야 했다. "우리한테 돈이 많이 생길지 나도 모르겠다. 그거는 상관없데이."

"목사님은 좋은 옷을 입고, 배운 분이다 아이가." 덕희는 사람들이 돈을 어떻게 버는지 잘 몰랐다.

선자는 다른 바지를 빨기 시작했다.

덕희가 언니를 흘낏 쳐다보았다. "그거 지금 주까?"

복희는 선자가 떠날 걱정을 잠시나마 머리에서 지우기를 바라며 고개를 끄덕였다. 선자는 불안하고 슬퍼 보였고 행복한 새색시 같지 않았다.

"넌 우리한테 동생이나 다름없데이. 그런데 니가 영리하고 참을성이 있어가 늘 언니 같다." 복희가 살갑게 웃으며 말했다.

"니가 떠나면, 너희 어머니한테 꾸지람을 들을 때 누가 내 편을 들어줄 끼고? 울 언니는 아무것도 안 할 끼다." 덕희가 덧붙였다.

선자가 빨고 있던 바지를 바위 옆에 걸쳐놓았다. 아버지가 세상을 떠난 후로 자매는 늘 선자와 함께했다. 두 사람을 떠난다는 것이 상상도 되지 않았다.

"너한테 주고 싶은 게 있다." 덕희가 아까시나무로 조각한 오리 한 쌍을 내밀었다. 붉은 비단 끈에 달려 있는 오리는 갓난아이 손만 했다.

"장에서 어떤 아저씨가 오리는 평생 짝을 안 바꾼다 카드라." 복희가 말했다. "니가 몇 년 후에 집에 돌아와서 우리한테 니 애를 보여줄지도 모른데이. 나는 갓난아이들을 잘 돌본다 아이가. 덕희를 거의 나 혼자 키웠다. 얘가 말을 안 듣기는 해도."

덕희가 집게손가락으로 코끝을 들어 올려 돼지코를 만들었다.

"요즘에 니 기분이 별로 안 좋아 보였다 아이가. 왜 그런지 우린 안데이." 덕희가 말했다.

선자가 한 손에 오리 한 쌍을 들고 고개를 들었다.

"아버지가 보고 싶제." 복희가 말했다. 자매는 아주 어렸을 때 부모를 잃었다.

복희의 넓적한 얼굴에 서글픈 미소가 어렸다. 올챙이 모양인 복희의 작고 상냥한 눈이 불거진 광대뼈를 향해 처졌다. 동생이 더 작고 약간 통통했지만 자매의 얼굴은 아주 많이 닮았다.

선자가 눈물을 흘리자 덕희가 힘센 팔을 벌려 감싸 안았다.

"아버지, 울 아버지." 선자가 조용히 속삭였다.

"괜찮다, 다 괜찮다." 복희가 선자의 등을 토닥거리며 말했다. "이제 너한테는 다정한 남편이 있다 아이가."

양진은 딸의 짐을 직접 쌌다. 옷가지 하나하나를 정성스럽게 개서 넓은 보자기에 차곡차곡 올려놓고, 들고 가기 좋게 쌌다. 보자기 귀퉁이를 잡아 고리 모양으로 정갈하게 묶었다. 신혼부부가 떠나기 며칠 전부터 뭔가를 잊어버린 것 같은 생각이 계속 들어서 보따리를 풀었다가 다시 싸는 일을 되풀이했다. 이삭의 형수에게 줄 말린 대추, 고춧가루, 고추장, 말린 멸치, 된장 같은 음식을 더 들려 보내고 싶었지만, 이삭이 배를 타고 가려면 짐이 너무 많아선 안 된다고 말했다. "거기서도 물건을 살 수 있어요." 이삭이 양진을 안심시켰다.

양진과 선자, 이삭이 부산 여객선 터미널로 간 날 아침에 복희와 덕희는 집에 남아 있었다. 자매와 작별 인사를 하기가 힘들었다. 덕희는 자기네 자매만 영도에 버려두고 양진도 오사카로 가버릴까 무서워 서러운 울음을 그치지 않았다.

부산 여객선터미널은 벽돌과 나무로 급조한 실용적인 건물이었다. 승객들과 배웅 나온 가족들, 행상들이 북적북적한 터미널에서 부산스럽게 돌아다녔다. 수많은 승객이 시모노세키행 연락선에 오르기 전에 순사와 이민국 관리에게 서류를 보여주려고 줄지어 서서 기다렸다. 이삭이 순사와 이야기하려고 줄 서 있는 동안, 양진과 선자는 이삭에게 필요한 일이 있으면 벌떡 일어나서 갈 요량으로 근처 의자에 앉아 있었다. 대형 연락선은 이미 부두에 도착해서 승객들의 출국 심사가 끝나기를 기다리고 있었다. 해조류 냄새가 연락선의 연료 냄새와 섞였다. 선자는 아침부터 구역질이 나서 안색이 창백하고 기진맥진한 상태였다. 앞서 토해서 속이 텅 비어 있었다.

양진은 제일 작은 보따리를 품에 꼭 끌어안았다. 언제 다시 딸을 볼 수 있을까? 마음이 아팠다. 온 세상이 무너진 것 같았다. 선자와 아이에게 무엇이 더 나은지는 더 이상 중요해 보이지 않았다. 두 사람이 왜 가야 하나? 양진은 손주를 품에 안아볼 수도 없었다. 양진도 함께 가면 안 되나? 양진은 분명히 오사카에서 자신이 할 수 있는 일이 있으리라 짐작했다. 하지만 여기 남아야 한다는 사실을 알고 있었다. 시부모님과 남편의 무덤을 돌보는 일은 자신의 책임이었다. 훈이를 두고 떠날 수 없었다. 게다가 오사카에 가면 어디에 머문단 말인가?

선자가 몸을 구부리고 작게 앓는 소리를 냈다.

"괜찮나?"

선자가 고개를 끄덕였다.

"금시계를 봤데이." 양진이 말했다.

선자가 두 팔로 몸을 감쌌다.

"그 남자가 준 기가?"

"예." 선자가 어머니를 보지 않고 말했다.

"어떤 사람이기에 그런 걸 살 형편이 되나?"

선자는 대답하지 않았다. 줄에 선 이삭 앞에는 몇 사람만 남아 있었다.

"너한테 시계를 준 남자는 어디에 있나?"

"오사카에 삽니더."

"뭐라꼬? 오사카 사람이가?"

"제주 사람인데 오사카에 삽니더. 지금도 거기에 있는지는 저도 몰라예."

"그 남자 만날라 카나?"

"아닙니더."

"다시는 만나면 안 된데이, 선자야. 그 남자는 니를 버렸다. 좋은 사람이 아이다."

"혼인한 사람입니더."

양진이 길게 숨을 내쉬었다.

선자는 어머니에게 말하는 자신의 목소리가 다른 사람처럼 느껴졌다.

"혼인했다는 거는 몰랐어예. 지한테 말을 안 했십니더."

양진은 입을 살짝 벌린 채 가만히 앉아 있었다.

"장에서 일본 남자애들이 저를 괴롭혔는데 그 사람이 개들을 호되게 꾸짖었어예. 그라고 친구가 됐십니더."

마침내 한수 이야기를 하는 것이 자연스러워졌다. 선자는 항상 한수 생각을 했지만 한수 이야기를 할 사람이 없었다.

"저랑 아이를 돌봐줄 거라 했는데 저랑 혼인을 할 수는 없었어예. 일본에 아내랑 자식 셋이 있다 카데예."

양진이 딸의 손을 잡았다.

"그 남자를 만나면 안 된데이. 저 남자가……." 양진이 이삭을 가리켰다. "저 남자가 니 목숨을 구했데이. 니 아이를 구했다꼬. 넌 이제 저 남자 집안 사람이데이. 나는 니를 다시 볼 자격이 없다. 엄마가 된다는 게 어떤 건지 아나? 너는 곧 엄마가 될 기다. 혼인해도 니 곁을 떠나지 않아도 되는 아들내미를 낳으면 좋겠데이."

선자가 고개를 끄덕였다.

"시계. 그거는 우짤끼고?"

"오사카에 도착해서 팔라꼬예."

양진이 이 대답에 만족했다.

"무슨 일이 있을지 모르니 아껴둬라. 니 남편이 어디서 났냐고 물어보면 내가 줬다 캐라."

양진이 저고리 속에 넣어 놓은 주머니를 찾느라 더듬거렸다.

"니 할머니 거였데이." 양진이 시어머니가 죽기 전에 준 금반지 두 개를 선자에게 건넸다.

"꼭 팔아야 하는 게 아니면 팔지 마라. 돈이 필요할 때를 대비해가 갖고 있어야 한다. 니는 검소한 애지만, 아이를 키우려면 돈이 필요하데이. 의사한테 가야 될 수도 있고, 니가 미처 생각도 못한 일들이 일어날 기다. 아들이 태어나면 학교에 보낼 돈이 필요할 기고. 목사님이 살림할 돈을 안 주면 니가 뭐라도 해서 돈을 벌래이. 뭔 일이 있을지 모르니 조금이라도 따로 모아놔야 된다. 필요한 데다 쓰고 남은 동전 몇 개라도 깡통에 던져놓고 니한테 그 돈이 있다는 기를 잊어뿌라. 여인네는 항시 돈을 따로 모아놔야 된데이. 니 남편을 잘 돌보래이. 안 그라면 다른 여자가 할 끼다. 니 남편 가족한테 공손하게 하고. 그분들 말을 순순히 따르래이. 니가 실수하면 우리 집안이 욕 먹는데이. 항상 우리를 위해서 최선을 다한 다정한 니 아버지를 생각해라." 양진은 선자에게 해줘야 할 말을 더 생각해내려고 했지만 집중하기가 어려웠다.

선자는 금시계와 돈을 넣어둔 저고리 속 천 주머니에 금반지를 밀어 넣었다.

"어무이, 죄송해예."

"안다, 알아." 양진이 입을 꾹 다물고 선자의 머리카락을 쓰다듬었다.

"나한테는 니밖에 없데이. 이제 나한테는 아무것도 없데이."

"도착하믄 목사님한테 부탁해서 편지 보낼게예."

"그래, 그래. 필요한 게 있으면 이삭 목사한테 조선말로 편지 써 달라꼬 해라. 시내 가서 사람들한테 읽어달라꼬 할란다." 양진이 한숨을 쉬었다. "우리가 글자를 알면 얼매나 좋겠노."

"숫자는 안다 아닙니꺼. 계산도 할 수 있고예. 아버지가 우리한테 가르쳐줘가예."

양진이 빙긋이 웃었다. "그래. 니 아버지가 우리한테 가르쳐줬제."

"니 남편이랑 있는 데가 니 집이다." 양진이 말했다. 훈이와 혼인할 때 아버지가 양진에게 해준 말이었다. 아버지는 다시는 집에 오지 말라고 말했지만, 양진은 차마 이 말을 자식에게 할 수 없었다. "니 남편이랑 아이를 위해서 화목한 가정을 꾸리래이. 그게 니가 할 일이다. 식구를 고생시키면 안 된데이."

이삭이 차분한 표정으로 돌아왔다. 수십 명의 사람들이 서류나 돈이 부족해서 승선을 거부당했지만 선자와 이삭은 필요한 조건을 모두 갖춰 무사히 통과했다. 이삭과 아내는 떠날 수 있었다.

12

1933년 4월, 오사카

백요셉은 한자리에서 체중을 한쪽 발에서 다른 쪽 발로 옮겨 대는 것에 지쳐 감옥에 갇힌 사람처럼 오사카 기차역을 서성거렸다. 친구와 함께 왔다면 한담을 나누면서 한데 서 있었겠지만 그는 혼자였다. 요셉은 천성적으로 말주변이 좋았다. 하지만 일본어를 아무리 유창하게 구사해도 억양은 어쩔 수 없어서 조선인이라는 사실이 드러났다. 겉모습으로만 본다면야 어느 일본인에게 다가가도 공손한 미소가 돌아오겠지만, 말문을 여는 순간 환영받지 못했다. 결국 요셉은 조선인이었고, 아무리 호감이 가는 성격이라도 그는 소위 교활하고 약삭빠른 족속의 일원이었다. 편견이 없고 생각이 바른 일본인들도 많았지만, 그들도 외국인을 경계하는 경향이 있었다. '똑똑한 인간들, 특히 그런 인간들을 조심해야 해. 조선인은 타고난 말썽꾼이야.' 요셉은 일본에서 10년 넘게 살면서 그런 말을 숱하게 들었다. 그러나 그런 말을 곱씹지는 않았다. 그저 한심한 소리로 치부했다. 오사카역을 순찰하는 경비병이 요셉의 안절부절못하는 모습을 주의 깊게 살폈지만, 열차가 도착하기를 초조하게 기다리는 것은 범죄가 아니었다.

순사는 요셉이 조선인인 줄 몰랐다. 요셉의 태도와 옷차림으로는 별달리 드러나는 점이 없어서였다. 대부분의 일본인들은 자신이 일본인과 조선인을 구별할 수 있다고 큰소리쳤지만, 모든 조선인은 그것이 헛소리라는 사실을 알고 있었다. 누구든 흉내를 낼 수 있었다. 요셉은 오사카의 평범한 노동자들이 입는 외출복 차림이었다. 수수한 바지와 서양식 와이셔츠에 닳은 티가 나지 않는 두꺼운 모직 코트를 입고 있었다. 오래전, 평양에서 가져온 멋진 옷들은 따로 보관해뒀다. 부모님이 캐나다 선교사들과 그 가족의 옷을 만드는 양복장이에게 주문한 비싼 정장들이었다. 요셉은 지난 6년 동안 비스킷 공장에서 작업반장으로 일하면서 젊은 여자 서른 명과 남자 두 명을 감독했다. 직장에서는 단정하게 입어야 했다. 그것이 다였다. 상사인 시마무라 상보다 더 잘 차려입을 필요가 없었다. 시마무라는 요셉을 당장 내일 아침에 다른 사람으로 대체할 수 있다는 말을 서슴없이 했다. 매일 시모노세키에서 오는 기차와 제주에서 오는 배는 굶주린 조선인들을 갈수록 더 많이 오사카로 실어 날랐고, 시마무라는 그중에서 제일 나은 놈을 골라잡을 수 있었다.

요셉은 유일하게 쉬는 날인 일요일에 동생이 도착해서 다행이다 싶었다. 경희는 집에서 맛있는 음식을 준비하고 있었다. 그렇지 않았으면 경희도 따라왔을 터였다. 두 사람 모두 이삭이 혼인한 어린 여자가 어떤 사람인지 무척 궁금했다. 여자가 처한 상황은 충격적이었지만 이삭이 내린 결정은 전혀 놀랍지 않았다. 가족 모두가 이삭의 이타적인 행동에 당황한 경험이 있었다. 어렸을 적 이삭은 형편이 닿는 대로 자기 음식과 물건을 모두 가난한 사람들에게 내주는 아이였다. 이삭은 병상에서 책을 읽으며 어린 시절을 보냈다. 늘 옻칠한 대추나무 쟁반에 음식을 푸짐하게 차려 방에 들여보냈다. 그런데도 이삭은 젓가락처럼 빼빼 마르기만 했다. 쟁반이 부엌으로 돌아올 때는 놋그릇에 밥알 한 톨 남아 있지 않았는데도 그랬다. 당연하게도 하인들은 이삭이 일부러 남긴 밥을 꼬박꼬박 챙겨 먹었던 것이다. 요셉은 밥과 생선이야 그렇게 베풀 수 있다손 치더라도 이 혼인은 지나치다고 생각했다. 다른 남자의 아이에게 아버지가 돼주겠다니! 요셉의 아내 경희는 그 여자에 대해 잘 알게 될 때까지 성급한 판단을 내리지 말라고 당부했다. 이삭처럼 경희도 지나치게 인정이 많아서 탈이었다.

시모노세키에서 오는 기차가 역에 도착하자 기다리던 사람들이 일제히 우르르 흩어졌다. 짐꾼들이 일등석 승객들을 도우려고 황급히 달려갔고, 다른 모든 사람들은 어디로 가야 할지 아는 듯했다. 남들보다 머리 하나는 큰 이삭이 몰려다니는 사람들 사이에서 눈에 띄었다. 멋진 머리 위에 회색 중절모를 비스듬히 쓰고 곧은 콧날에 귀갑테* 안경을 끼고 있었다. 이삭이 사람들을 훑어

* 거북의 등딱지로 만든 안경테.

보다가 요셉을 발견하고 앙상한 오른손을 높이 들어 흔들었다.

요셉이 서둘러 이삭에게 다가갔다. 사내아이가 어느새 어른이 되어 있었다. 이삭은 요셉의 기억보다도 더 말라 보였다. 핏기 없는 살갗이 더 누르스름했고 웃음 진 온화한 눈 주위에 사선으로 주름이 잡혔다. 이삭은 큰형인 사무엘과 많이 닮았다. 참 묘했다. 집안 전속 양복장이의 손으로 만든 서양식 정장이 이삭의 야윈 몸에 헐렁하게 걸쳐 있었다. 요셉이 11년 전에 두고 떠났던 숫기 없고 병약한 사내아이는 키 큰 신사로 자라 있었다. 최근에 앓은 병으로 살이 더 빠졌는지 수척했다. 어떻게 부모님은 이삭이 오사카에 가는 것을 허락했을까? 왜 요셉은 이삭을 오사카로 불렀을까?

요셉은 두 팔로 동생을 끌어안았다. 일본에서 요셉이 살을 맞댈 만큼 친밀한 사람은 아내뿐이었는데, 이제는 혈육이 이렇게 가까이 있으니 기쁘기 그지없었다. 동생의 얼굴에 까칠하게 자란 수염과 자기 귀가 맞닿는 촉감을 느낄 수 있어 좋았다. 동생의 얼굴에 수염이 난다니 그저 놀라웠다.

"많이 컸구나!"

두 사람 다 반갑게 웃었다. 그 말이 사실이었고 두 사람이 마지막으로 본 후로 너무 오랜 세월이 흘렀기 때문이었다.

"형." 이삭이 말했다. "우리 형."

"이삭아, 왔구나. 정말로 기쁘다."

이삭이 형의 얼굴을 말끄러미 바라보며 활짝 웃었다.

"근데 나보다 훨씬 많이 컸네. 건방지게!"

이삭이 장난스럽게 사과하듯이 허리를 깊이 숙였다.

선자는 보따리를 들고 그 자리에 서 있었다. 형제가 편안하고 따뜻하게 인사를 나누는 모습을 보니 안심이 됐다. 이삭의 형인 요셉은 재미있었다. 요셉이 하는 농담을 들으니 하숙집 뚱보가 떠올랐다. 뚱보는 선자가 이삭과 혼인했다는 소식을 처음 들었을 때 앞방 바닥에 철퍼덕 소리를 내며 쓰러지면서 진심으로 까무러진 척했다. 잠시 후, 뚱보는 지갑을 꺼내 노동자의 이틀 치 품삯이 넘는 돈인 2원을 주면서 선자에게 오사카에 도착하면 남편과 맛있는 것을 사 먹으라고 했다. "일본에서 달달한 떡을 씹어 먹으면서 영도에서 외롭고 슬프게 니를 그리워할 나를 기억혀. 긍께 낚싯바늘에 걸린 너무 어린 농어 주둥이처럼 갈기갈기 찢어진 뚱보의 마음을 생각하랑께." 뚱보는 두툼한 주먹으로 눈을 비비고 커다랗게 흑흑 소리를 내면서 우는 척했다. 뚱보의 형들은 입 닥치라고 말했고 두 사람도 혼인 선물로 2원씩 주었다.

"네가 혼인을 하다니!" 요셉이 이삭 옆에 있는 자그마한 여자를 유심히 바라보면서 말했다.

선자가 시아주버니에게 고개 숙여 인사했다.

"다시 만나서 반가워요." 요셉이 말했다. "그때는 참 작은 아이였지만요. 늘 아버지를 졸졸 따라다녔죠. 대여섯 살 정도였을까요? 나를 기억 못 할 거예요."

선자는 기억해보려고 애썼지만 기억나지 않아서 고개를 저었다.

"선자 씨 아버님을 아주 생생하게 기억해요. 돌아가셨다는 소식을 듣고 안타까웠어요. 아주 현명한 분이었죠. 그분과 이야기하는 것이 즐거웠어요. 말씀이 많은 분은 아니었지만, 하시는 말씀마다 사려 깊었어요. 그리고 어머님은 최고로 맛있는 음식을 해줬고요."

선자가 눈을 내리깔았다.

"저를 여기 오게 해주셔서 고맙십니더. 우리 어머니가 진심으로 감사한다고 전해달라 하셨십니더."

"선자 씨와 어머님이 이삭의 목숨을 구했어요. 정말 고마워요. 우리 가족은 선자 씨 가족에게 감사하고 있어요."

요셉이 이삭의 손에서 무거운 여행가방을 가져갔고, 이삭은 선자의 덜 무거운 보따리들을 들었다. 요셉은 선자의 배가 부른 것을 눈치챘지만 임신을 한 티가 확연히 드러나지는 않았다. 요셉은 역 출입구 쪽으로 눈길을 돌렸다. 모양새나 말하는 것으로 봐서는 난잡한 여자로 보이지 않았다. 워낙 얌전하고 수수해 보여서, 요셉은 아는 사람에게 겁간을 당했을지도 모르겠다고 생각했다. 그런 일이 일어났어도, 오히려 남자의 오해를 살 짓을 했다고 여자 탓을 했을 수도 있었다.

"형수님은 어디 있어?" 이삭이 경희를 찾아 두리번거리며 물었다.

"집에서 저녁을 준비하고 있어. 배고프지? 이웃들이 부엌에서 나는 냄새 때문에 부러워 죽으려고 할 거야!"

이삭이 빙그레 웃었다. 이삭은 형수를 아주 좋아했다.

선자는 오가는 사람들이 한복을 빤히 쳐다보는 게 신경 쓰여 윗도리를 바싹 잡아당겨 여몄다. 역에서 한복을 입고 있는 사람은 선자뿐이었다.

"형수님은 음식 솜씨가 아주 좋아요." 이삭이 경희를 다시 볼 생각에 행복한 표정으로 선자에게 말했다.

요셉은 사람들이 선자를 쳐다보는 것을 알아차렸다. 다른 옷이 필요하겠다 싶었다.

"집에 가자!" 요셉은 순식간에 두 사람을 역 밖으로 이끌었다.

오사카역 건너편 도로에는 전차들이 다니고 있었다. 수많은 행인이 중앙 출입구로 끊임없이 드나들었다. 선자는 사람들 사이로 조심스러우면서도 날쌔게 움직이는 형제 뒤를 따라갔다. 세 사람이 전차를 향해 가는 동안 선자는 잠시 고개를 돌려 기차역을 흘끗 보았다. 돌과 콘크리트로 지은 거대한 짐승 같은 서양식 건물은 지금까지 한 번도 본 적 없는 것이었다. 선자가 크다고 생각한 시모노세키역도 이 어마어마한 건축물에 비하면 아주 작았다.

남자들이 빠르게 걷는 바람에 선자는 그들을 따라잡느라 애썼다. 전차가 오고 있었다. 선자는 상상 속에서 오사카에 와본 적 있었다. 상상 속에서 시모노세키행 여객선과 오사카행 기차를 타봤고, 뛰거나 자전거를 타는 사내아이를 앞지를 수 있는 전차도 타보았다. 자동차가 지나칠 때는 한수가 말한 대로 바퀴 달린 금속 황소 같은 모양에 감탄했다. 선자는 시골 처녀였지만, 이런 모든 것들에 대한 이야기를 다 들었다. 그래도 제복 차림의 개표원, 출입국 관리관, 짐꾼, 전차, 전등, 등유 난로, 전화를 안다고 털어놓을 수 없었다. 그래서 햇빛을 받으려고 곧게 서서 가지를 활짝 편, 새 땅에 싹튼 묘목처럼 전차 정거장에서 조용히 그리고 가만히 있었다. 한수와 함께 세상을 보기 위해서라면 정든 고향이라도 떠나려 했는데, 지금 선자는 한수 없이 세상을 보고 있었다.

요셉이 전차 뒤쪽에 하나 남은 빈자리로 선자를 데리고 가서 앉혔다. 선자는 이삭에게 보따리를 건네받아 무릎에 올려놓았다. 형제는 가까이 붙어 서서 가족들의 소식을 주고받고 있었다. 선자는 남자들의 대화에 신경을 쓰지 않았다. 이전처럼 보따리들을 가슴과 배에 가까이 끌어안고 물건을 싼 보자기에 배어 있는 고향의 향기를 들이마셨다.

오사카 시내의 대로에는 낮은 벽돌 건물들과 멋진 상점들이 나란히 줄지어 있었다. 이곳의 일본인들은 부산에 정착한 일본인들과 비슷했지만 더 각양각색이었다. 역에 있는 젊은 남자들은 근사한 양복을 입고 있었는데 상대적으로 이삭의 옷이 낡고 구식으로 보였다. 아름다운 여자들은 화려한 기모노를 입고 있었다. 덕희가 기모노의 멋진 색과 자수를 봤으면 좋아했을 터였다. 일본인임이 분명한 가난한 사람들도 있었는데 부산에서는 그런 일본인들을 한 번도 본 적 없었다. 남자들은 아무렇지도 않게 길에 침을 뱉었다. 전차를 타고 가는 시간이 짧게 느껴졌다.

세 사람은 조선인들이 사는 빈민가인 이카이노[猪飼野]*에서 내렸다. 요셉의 거주지에 도착해서 보니 역에서부터 전차를 타고 지나가면서 본 좋은 집들과 상당히 달랐다. 동물의 악취가 상한 음식이나 변소 냄새보다도 역했다. 선자는 코와 입을 막고 싶었지만 억지로 참았다.

---

* 돼지 치는 들판이라는 뜻으로 일본 오사카 빈민촌의 옛 지명.

이카이노는 만들어지지 말았어야 할 마을이라고 할 수 있었다. 서로 어울리지 않는 초라한 집들이 들어서 있었고, 판잣집들은 하나같이 조잡한 자재로 형편없이 지어져 있었다. 현관 입구 계단을 물청소하거나 창문을 닦아놓은 곳도 드문드문 있었지만, 대부분의 집 외관이 수리도 못 할 정도로 망가져 있었다. 엉겨 붙은 신문지와 타르지를 창문 안쪽에 붙여 가렸고, 갈라진 틈을 막으려고 나무쐐기를 박아놓았다. 함석지붕은 대체로 녹슬어 구멍이 나 있었다. 집들은 싸구려나 주운 재료로 거주자들이 직접 지은 것처럼 보였다. 오두막이나 천막보다 더 튼튼해 보이지도 않았다. 연기가 임시변통으로 만든 강철 굴뚝에서 피어올랐다. 봄날 저녁치고는 따뜻했다. 누더기를 반쯤 걸친 아이들이 골목에서 잠든 술 취한 남자를 거들떠보지도 않고 술래잡기를 하고 있었다. 요셉의 집에서 그리 멀지 않은 현관 계단에서는 작은 남자아이가 똥을 누고 있었다.

요셉과 경희는 약간 경사진 지붕이 덮인 상자 같은 판잣집에서 살았다. 목조 뼈대에 골이 진 함석판을 빙 둘러놓았다. 금속 덮개가 있는 합판이 현관 역할을 했다.

"여기는 돼지하고 조선인만 살 수 있는 곳이야." 요셉이 웃으며 말했다. "집 같지는 않지?"

"그러네. 하지만 우린 잘 지낼 거야." 이삭이 미소 지으며 말했다. "우리 때문에 불편하게 해서 미안해."

선자는 요셉과 그의 아내가 이렇게 가난하게 산다니 믿을 수가 없었다. 공장의 작업반장이 이런 빈민가에 산다는 것은 있을 수 없는 일이었다.

"일본인들은 우리한테 괜찮은 부동산을 빌려주지 않아. 우린 8년 전에 이 집을 샀어. 이 거리에서 집을 가진 조선인은 우리뿐일 거야. 하지만 아무도 알면 안 돼."

"왜?" 이삭이 물었다.

"집주인이라는 사실이 알려져서 좋을 게 없거든. 여기서 집주인들은 개자식들이야. 사람들이 다 그렇게 불평해. 여기로 이사했을 때 아버지가 주신 돈으로 이 집을 샀어. 이제는 집을 살 형편이 안 돼."

돼지 울음소리가 창문에 타르지를 바른 옆집에서 들렸다.

"아, 이웃집에서 돼지를 키워. 돼지들이 아주머니랑 아이들이랑 살아."

"아이가 몇 명이야?"

"아이 네 명하고 돼지 세 마리."

"다 한 집에서 살아?" 이삭이 나지막한 목소리로 물었다.

요셉이 눈썹을 추켜세우며 고개를 끄덕였다.

"여기서 사는 건 그렇게 돈이 많이 들지 않을 것 같은데." 이삭은 선자와 자신과 아기가 살 집을 세낼 계획이었다.

"세입자들은 번 돈의 반 이상을 집세로 내. 식료품 가격이 고향보다 훨씬 비싸고."

한수는 오사카에 많은 부동산을 가지고 있었다. 어떻게 그럴 수 있었을까? 선자는 궁금했다.

부엌으로 이어진 옆문이 열렸고 경희가 내다보았다. 경희는 들고 온 양동이를 문가에 내려놓았다.

“세상에! 밖에 서서 뭐 하는 거예요? 어서 들어와요, 어서! 어머!”

경희가 큰 소리로 외쳤다. 서둘러 이삭에게 다가가 두 손으로 이삭의 얼굴을 감쌌다. “어머, 정말 기뻐요. 드디어 왔네요! 하나님, 감사합니다!”

“아멘.” 이삭은 어릴 때부터 알고 지낸 경희가 얼굴을 어루만지는 것을 말리지 않았다.

“마지막으로 봤을 때가 내가 집을 떠날 때였지! 당장 안으로 들어와!” 경희가 이삭에게 장난스럽게 명령하고 나서 선자를 돌아보았다.

“동생이 생기기를 얼마나 오래 바랐는지 모를 거예요. 여기서 너무 외로웠거든요. 정말로 이야기할 여동생이 있었으면 했어요.” 경희가 말했다. “기차를 놓쳤을까 봐 걱정했어요. 몸은 좀 어때요? 피곤하죠? 배고프겠어요.”

경희가 선자의 손을 잡았고, 남자들이 여자들을 따라 들어갔다.

선자는 자신을 이렇게 따뜻하게 맞아주리라고 기대하지 않았다. 경희의 얼굴은 눈에 띄게 예뻤다. 눈은 감 씨처럼 동글동글한 갈색이었고 입매가 아름다웠다. 안색은 하얀 모란 같았다. 열두 살 이상 어린 선자보다 훨씬 매력적이고 활기찼다. 부드러운 검은 머리카락을 나무 머리핀으로 말아 올렸고, 옅은 파란색의 서양식 원피스에 면 앞치마를 두르고 있었다. 서른한 살 주부라기보다는 호리호리한 여학생 같아 보였다.

경희가 등유 난로 위에 놓인 황동 찻주전자로 손을 뻗었다. “역에서 마실 거나 먹을 것 좀 사줬어요?" 경희가 남편에게 물었다. 이어서 도기로 된 찻잔 네 개에 차를 따랐다.

요셉이 소리 내어 웃었다. "최대한 빨리 집에 오라면서!"

"무슨 형이 그래요! 됐어요. 너무 행복해서 잔소리도 못 하겠네. 두 사람을 집에 데려왔으니 뭐." 경희가 선자 옆에 붙어 서서 선자의 머리카락을 쓰다듬었다.

어린 여자의 평범한 얼굴은 납작했고 눈은 가늘었으며 체구는 작았다. 못생기지는 않았지만 겉으로는 어느 모로나 매력적이지 않았다. 얼굴과 목이 부었고, 발목은 퉁퉁 부었다. 경희는 잔뜩 긴장한 선자를 보고 안타까워서 불안해할 필요가 없다고 말해주고 싶었다. 두 가닥으로 길게 땋아 등 뒤로 늘어뜨린 머리에 평범한 얇은 삼베 댕기가 묶여 있었다. 경희는 불룩 나온 배를 보고 배 속 아이가 남자아이일지 모른다고 추측했다.

경희가 차를 건네자 선자가 떨리는 두 손으로 찻잔을 받으며 고개를 숙여 인사했다.

"추워요? 옷을 많이 안 입었네요." 경희가 나지막한 밥상 옆에 방석을 깔고 그 위에 선자를 앉혔다. 이어서 풋사과 색깔의 누비 이불을 선자의 무릎에 덮어주었다. 선자는 뜨거운 보리차를 조금씩 홀짝였다.

집의 외관과 달리 안은 편안하게 꾸며져 있었다. 많은 하인을 둔 집에서 자라 일을 안 해본 경희는 집을 깨끗하고 아늑하게 돌보는 법을 스스로 익혔다. 둘만 사는 이곳은 공간을 세 칸으로 나눈 다다미 6조[畳]*짜리 집이었다. 다다미 2조도 안 되는 방에서 열 명이 끼어서 자기도 하는 이 북적북적한 조선인 거주지에서는 엄청난 일이었다. 하지만 경희와 요셉이 자란 거대한 저택에 비하면, 두 사람의 집은 말도 안 되게 작았고 늙은 하인 하나가 살기에도 좁았다. 경희가 오사카에 왔을 때 부부는 아들과 경성으로 이주하는 가난한 일본인 과부에게 이 집을 샀다. 이카이노에는 별의별 조선인이 다 모여 살았고, 부부는 그 사람들 틈에서 살면서 사기와 범죄를 조심하는 법을 깨우쳐야 했다.

"아무에게도 절대 돈을 빌려주지 마." 요셉이 이삭을 똑바로 바라보면서 말했다. 이삭은 이 당부에 어리둥절해 보였다.

"우선 밥부터 먹고 난 후에 이야기하면 안 될까요? 방금 도착했잖아요." 경희가 간청했다.

"가욋돈이나 귀중품이 있으면 나한테 알려줘. 우리가 따로 잘 보관해놓을게. 나한테 은행 계좌가 있어. 여기 사는 사람들은 다 돈과 옷과 집세와 음식이 필요해. 그 사람들의 문제를 해결해주려 한다 한들 네가 할 수 있는 일은 거의 없어. 우린 자랄 때처럼 교회에 헌금을 하겠지만 교회는 사람들에게 다 나눠줘야 해. 넌 여기 실정이 어떤지 잘 몰라. 되도록 이웃에게 말을 걸지 말고 집에 절대로 사람들을 들이지 마." 요셉이 이삭과 선자에게 냉정하게 말했다.

"이삭아, 이런 규칙을 지켜주면 좋겠어. 넌 너그러운 사람이야. 하지만 자칫 우리가 위험해질 수 있어. 사람들이 우리한테 여윳

* 다다미 6장을 깔 수 있는 크기. 다다미 1조는 약 1.65제곱미터.

돈이 있는 걸 알면 집에 도둑이 들 거야. 우린 가진 것이 많이 없어. 아주 조심해야 해. 베풀기 시작하면 멈출 수 없어. 여기에는 술과 도박에 빠진 사람들도 많아. 돈이 떨어진 아이 엄마들은 절박해져. 그 사람들을 탓하는 게 아니야. 하지만 우린 우리 부모님과 경희의 부모님을 먼저 보살펴야 해."

"이 사람이 이런 말을 하는 이유가 다 있어요. 나 때문에 곤란해졌거든요." 경희가 말했다.

"무슨 말이에요?" 이삭이 물었다.

"내가 처음 여기 왔을 때 이웃 사람들에게 음식을 줬어요. 곧 날마다 달라고 하더라고요. 우리 저녁밥까지 나눠줬어요. 그런데 내가 다음 날 점심 도시락을 쌀 음식을 남겨놔야 한다고 했더니 사람들이 이해를 못 하더라고요. 그러던 어느 날, 사람들이 우리 집에 쳐들어와서 마지막 남은 감자 한 자루를 훔쳐갔어요. 자기들 짓이 아니라, 자기들이 아는 다른 사람이 했다고는 하는데……."

"굶주린 사람들이었잖아요." 이삭이 이해하려고 노력하면서 말했다.

요셉은 화가 나 보였다.

"우리 모두 굶주려. 그 사람들은 도둑질을 했어. 조심해야 해. 조선인이라고 해서 다 우리 친구는 아니야. 다른 조선인들을 특히 조심해야 해. 질 나쁜 사람들은 신고해봤자 경찰이 들은 척도 안 한다는 사실을 잘 알아. 우리 집은 두 번이나 털렸어. 경희 보석을 훔쳐갔다고."

요셉이 경고가 담긴 눈빛으로 이삭을 다시 빤히 쳐다보았다.

"게다가 여자들은 하루 종일 집에 있잖아. 난 절대로 돈이나 다른 귀중품을 집에 두지 않아."

경희는 아무 말도 하지 않았다. 음식 몇 번 나누어주었다고 해서 자신의 결혼반지, 어머니의 비취잠과 팔찌를 도둑맞게 될 줄은 꿈에도 몰랐다. 집이 두 번째로 털린 후에 요셉은 며칠 동안이나 경희에게 성을 냈다.

"이제 생선을 구울게요. 먹으면서 이야기를 나누는 게 어때요?" 경희가 살갑게 웃으며 말하고는 뒷문 옆 작은 부엌으로 향했다.

"형님, 제가 도울까예?" 선자가 물었다.

경희가 고개를 끄덕이고 선자의 등을 토닥거렸다.

경희가 소곤거렸다. "이웃을 두려워하지 말아요. 좋은 사람들이에요. 남편이, 그러니까 선자 씨 시아주버니가 조심하는 건 당연해요. 이런 일들이야 그이가 더 잘 알죠. 남편은 우리가 여기 사람들과 어울리는 걸 싫어해서, 난 너무 외로웠어요. 선자 씨가 와서 정말 기뻐요. 그리고 아기도 태어날 거잖아요!" 경희의 눈이 반짝거렸다. "이 집에 아이가 생길 거고, 난 큰어머니가 될 거예요. 정말 큰 축복이에요."

경희의 아름다운 얼굴에 깊은 상심이 뚜렷이 드러났다. 하지만 한편으로 괴로움과 궁핍은 경희를 단련시켰다. 오랜 세월 동안 두 사람에게 아이가 없었다. 이삭은 선자에게 경희와 요셉이 아이가 생기기만을 간절히 원하고 있다고 말했다.

부엌에는 화로 하나, 대야 두 개, 음식을 만들고 도마로도 쓰는 받침대 하나 정도만 있었다. 영도 집에 있는 부엌에 비하면 아주 작은 공간이었다. 두 사람이 나란히 설 만한 자리는 있었지만 여유롭게 움직일 수는 없었다. 선자는 소매를 걷어붙이고 바닥에 그럭저럭 만든 개수대 호스에서 나오는 물로 손을 씻었다. 데친 채소에 양념을 해야 했고, 생선을 구워야 했다.

"선자야……." 경희가 선자의 팔뚝에 살짝 손을 댔다. "앞으로 우리 친자매처럼 지내자."

이미 마음속에 헌신이 깊이 뿌리내린 어린 여자가 고마워하며 고개를 끄덕였다. 선자는 만들어놓은 음식을 보니 며칠 만에 처음으로 배가 고파졌다.

경희가 냄비 뚜껑을 열었다. 흰쌀밥이었다.

"오늘만이야. 네 첫날 밤이니까. 이제 여기가 네 집이야."

13

저녁을 먹고 나서 두 부부는 남녀가 따로 목욕하는 공중목욕탕에 갔다. 목욕탕 손님은 거의 일본인이었고 경희와 선자를 보고도 알은척을 하지 않았다. 예상한 일이었다. 선자는 긴 여행 동안 쌓인 때를 문질러 말끔히 씻고 물에 푹 몸을 담그고 나니 마냥 행복했다. 그들은 깨끗한 속옷 위에 외출복을 입고 집에 돌아왔다. 몸이 깨끗해졌고 잘 준비도 됐다. 요셉은 희망에 차 있는 듯했다. 오사카에서 살기가 쉽지는 않겠지만 다 나아지기 마련이었다. 가진 것이 돌멩이와 쓰디쓴 고난뿐이라도 얼마든지 맛있는 국을 끓여낼 수 있을 것이다. 일본인들이 그들에 대해 제멋대로 생각하겠지만, 살아남아서 성공하면 그런 것은 아무 상관 없었다. 경희는 이제 그들 넷이 여기에 있고 곧 다섯이 될 것이라고 말했다. 함께 있으니 더 강해질 것이다. "맞지?"

경희가 선자와 팔짱을 끼었다. 두 사람은 남자들 뒤에 바싹 붙어 따라갔다.

요셉이 동생에게 경고했다. "정치나 노동조합, 혹은 다른 어리석은 짓에 얽히지 마. 몸을 사리고 묵묵히 일만 해. 독립운동이나 사회주의를 알리는 전단 같은 건 줍지도 받지도 말고. 그런 걸 가지고 있다가 경찰에 걸리면 체포돼서 감옥에 갇힐 거야. 한두 번 본 일이 아니야."

이삭은 너무 어리고 몸이 약해 삼일운동에 참여하지 못했지만, 독립만세운동을 주동한 많은 사람이 이삭의 모교인 평양의 신학교 출신이었다. 신학교의 교수들 대다수가 1919년에 시위행진에 참여했다.

"여기에 독립운동가들이 많아?" 근처에 아무도 없었지만 이삭이 나지막한 목소리로 물었다.

"응, 그런 거 같아. 도쿄에는 더 많고 일부는 만주로 도망쳐서 숨어 있어. 어쨌든 그 사람들은 잡히면 죽어. 운이 좋으면 강제로 추방되기도 하는데 그런 일은 극히 드물어. 내 집에서는 그런 일에 관여할 꿈도 꾸지 마. 그러라고 널 오사카로 부른 게 아니야. 넌 교회에서 일할 거야."

이삭이 목소리를 높이는 요셉을 빤히 바라보았다.

"독립운동가는 단 한 순간도 상대하지 마. 알았지?" 요셉이 엄격하게 말했다. "이제 넌 혼자가 아니야. 네 아내와 아이를 생각해야 해."

평양에 있는 집에서 지내던 시절, 이삭은 오사카까지 갈 수 있을 만큼 기운이 나자 일제의 식민 통치에 맞서 싸우는 애국자들과 접촉하는 것을 진지하게 생각해보았다. 고향의 상황이 점점 나빠지고 있었다. 심지어 부모님도 새로운 토지조사사업으로 부과된 세금을 내려고 땅을 많이 팔고 있었다. 지금 요셉은 부모님에게 돈을 보내고 있었다. 이삭은 억압에 항거하는 것이 기독교도인다운 행동이라고 믿었다. 하지만 몇 달 만에 모든 것이 변했다. 이런 이상주의적인 생각은 자신의 일과 선자에 비하면 부차적인 문제로 여겨졌다. 이삭은 다른 사람들의 안전을 생각해야 했다.

이삭이 아무 대답도 안 하자 요셉은 불안해졌다.

"헌병은 네가 굴복하거나 죽을 때까지 괴롭힐 거야." 요셉이 말했다. "이삭아, 네 건강도 생각해야지. 다시 병에 걸리지 않게 조심해야 해. 여기서 잡혀가는 사람들을 여럿 봤어. 고향과는 달라. 여기 판사는 일본인이야. 경찰도 일본인이야. 법이 명확하지 않아. 그리고 그런 독립 단체의 조선인들을 항상 믿을 수 있는 것도 아니야. 양쪽을 오가는 밀정들이 있어. 시문학회에도 밀정이 있고, 교회에도 있어. 결국에는 독립운동가들 모두 한 나무에 매달려 있는 거야. 그리고 잘 익은 과일을 따듯이 제거하는 거지. 너한테 자백서에 서명하라고 강요할 거야. 알아들었어?" 요셉이 걷는 속도를 늦췄다.

뒤에서 경희가 남편의 옷소매를 잡았다.

"여보, 당신은 걱정이 너무 많아요. 이삭은 그런 일에 얽히지 않을 거예요. 두 사람이 이곳에서 맞는 첫날 밤을 망치지 말자고요."

요셉이 고개를 끄덕였다. 하지만 솟아나는 불안감을 억누를 수가 없었다. 아무리 과잉 반응처럼 보여도 동생에게 경고해야 걱정을 조금이라도 줄일 수 있을 것 같았다.

요셉은 일본이 쳐들어오기 전에 얼마나 살기 좋았는지 생생히 기억했다. 조선이 일제의 식민지가 됐을 때 요셉은 열 살이었다. 그렇지만 큰형 사무엘이 그토록 용감하게 한 일을 자신은 할 수 없었다. 큰형은 독립을 위해 싸우다가 결국 순교자가 됐다. 독립운동은 가족이 없는 젊은이나 하는 것이었다.

"네가 다시 병에 걸리거나 곤경에 빠지면 어머니랑 아버지가 날 죽이려고 하실 거야. 네 양심에 맡기마. 내가 죽길 바라진 않지?"

이삭은 왼손을 형의 어깨에 걸치고 형을 껴안았다.

"형이 더 작아진 것 같은데." 이삭이 방긋이 웃으며 말했다.

"내 말 듣고 있는 거야?" 요셉이 조용히 말했다.

"착하게 굴겠다고 약속할게. 형 말 잘 듣겠다고 약속해. 너무 걱정하지 마. 그러다가 머리가 허옇게 세겠어. 아니면 그나마 남은 머리도 다 빠지거나."

요셉이 만족한 듯 웃었다. 바로 이것이 그에게 필요했다. 동생을 곁에 두는 것 말이다. 이렇게 자신을 잘 알고 심지어 놀리기까지 하는 사람과 함께 있으니 좋았다. 아내는 보물처럼 소중한 사람이었지만, 태어날 때부터 알아온 친동생과 함께 있는 것과는 달랐다. 혼탁한 정치판에 이삭을 빼앗긴다는 생각만으로도 두려워서 오사카에 온 첫날 밤인데도 동생에게 잔소리를 늘어놓고 말았다.

"진짜 일본식 목욕탕이었어. 아주 멋지네." 이삭이 말했다. "그게 이 나라의 좋은 점이야. 그렇지?"

요셉이 고개를 끄덕이면서, 이삭이 어떤 해도 입지 않게 해달라고 속으로 기도했다. 동생이 도착하면서 느낀 기쁨은 오래가지 못했다. 이런 식으로 다른 사람을 걱정하는 것이 얼마나 속 타는 일인지 예전에는 미처 몰랐다.

집에 가는 길에 경희는 이삭과 선자에게 기차역 근처에 유명한 국숫집이 있으니 다음에 데리고 가겠다고 약속했다. 집에 돌아와 경희가 불을 켜자 선자는 이제 자기가 살 곳이 여기임을 새삼 명심했다. 바깥 거리는 조용하고 어두웠으며, 작은 판잣집은 깨끗하고 밝고 온기로 가득했다. 이삭과 선자는 자신들의 방으로 갔고, 경희가 잘 자라고 인사하고 문을 닫아주었다.

창문이 없는 방은 요 한 채와 옷장으로 쓰는 납작하고 넓은 트렁크 하나만으로 꽉 찰 정도의 크기였다. 나지막한 벽은 깨끗하게 도배돼 있었다. 다다미는 쓸고 닦여 있었다. 경희가 누비이불에 새 솜을 넣어 폭신하게 해놓았다. 경희와 요셉이 자는 안방에 있는 것보다 좋은 등유 난로도 있었다. 난로가 일정하게 내는 웅웅 소리가 마음을 차분하게 해주었다.

이삭과 선자는 이제 한 요에서 자야 했다. 선자가 집을 떠나기 전에 어머니는 선자가 첫 경험인 것처럼 잠자리에 대해 이야기해주었다. 어머니는 남편이 무엇을 기대하는지 설명했다. 임신 중에 부부 관계를 해도 된다고 말했다. '남편을 기쁘게 할 수 있는 것을 하래이. 남자들한테는 잠자리가 필요한 법이다.'

천장에 달린 전구 하나가 방을 은은하게 밝혔다. 선자가 전구를 흘긋 보니 이삭도 올려다보았다.

"피곤하겠어요." 이삭이 말했다.

"저는 괜찮아예."

선자가 개어놓은 요와 누비이불을 바닥에 펴려고 쪼그리고 앉았다. 이제 남편이 된 이삭 옆에서 자는 것은 어떤 기분일까? 이부자리는 빠르게 준비됐지만 두 사람은 여전히 외출복을 입고 있었다. 선자는 옷 보따리에서 자리옷을 꺼냈다. 어머니가 낡은 속치마 두 벌로 만든 하얀 광목옷이었다. 어떻게 갈아입어야 할까? 선자는 자리옷을 두 손에 들고 요 옆에 무릎을 꿇었다.

"불을 꺼줄까요?" 이삭이 물었다.

"예."

이삭이 사슬 모양의 줄을 잡아당기자 크게 딸깍 소리를 내며 불이 꺼졌다. 장지문으로 나뉘는 옆방에서 흘러나오는 희미한 불빛이 여전히 방에 깃들었다. 얇은 벽 너머는 길거리였다. 행인들이 시끄럽게 떠들었고, 옆집 돼지들이 간간이 꽥 소리를 냈다. 길거리가 밖이 아니라 안에 있는 것 같았다. 이삭이 입고 자는 속옷은 남겨두고 옷을 벗었다. 몇 달 동안 이삭의 빨래를 한지라 이미 본 적 있는 익숙한 속옷이었다. 선자는 이삭이 구토하고 설사하고 기침하며 피를 토하는 모습을 다 보았다. 갓 혼인한 젊은 아내에게 보이고 싶지 않은 모습이었다. 어떻게 보면 두 사람은 대부분의 신혼부부보다 더 오래 그리고 더 친밀하게 함께 살았고, 서로 바닥까지 떨어진 자신들의 모습을 보여주었다. 이삭은 두 사람이 같이 있으면서 긴장할 필요는 없다고 되뇌었다. 그래도 영 어색했다. 이삭은 여자 옆에서 잔 적이 한 번도 없었다. 무슨 일이 벌어지는지는 알았지만 어떻게 시작해야 하는지 확실히 알 수 없었다.

선자는 외출복을 벗었다. 아까 목욕탕 전깃불 아래에서 골반부터 둥근 가슴 아래까지 세로로 이어진 짙은 임신선을 보고 깜짝 놀랐다. 선자는 자리옷을 입었다.

이삭과 선자는 갓 목욕을 마친 아이들처럼 비누 향을 풍기면서 파란색과 흰색이 섞인 누비이불 속으로 재빨리 들어갔다.

선자는 이삭에게 말을 하고 싶었지만 무슨 말을 해야 할지 몰랐다. 두 사람이 만나자마자 이삭은 아팠고, 선자는 부끄러운 일을 저질렀다가 이삭에게 구원받았다. 두 사람은 여기에서 맞이하는 새로운 삶에서 다시 시작할 수 있을지도 몰랐다. 경희가 두 사람을 위해 준비한 이 방에 눕자 선자의 가슴에 희망이 차올랐다. 자신이 한수에 대한 기억을 자꾸 떠올리는 것으로 한수를 되찾으려 했다는 생각이 문득 들었다. 말도 안 되는 짓이었다. 선자는 이삭과 아이에게 헌신하고 싶었다. 그러려면 한수를 잊어야 했다.

"두 분이 아주 친절하셔예."

"당신이 우리 부모님도 만날 수 있으면 좋을 텐데. 아버지는 형이랑 비슷해요. 온화하고 정직한 분이죠. 어머니는 현명하세요. 내성적으로 보이지만 목숨을 걸고라도 당신을 보호하실 분이에요. 어머니는 경희 형수님이 무엇을 하든 옳다고 생각하셔서 늘 형수님 편을 드세요." 이삭이 조용히 웃었다.

선자가 살며시 고개를 끄덕였고, 문득 어머니를 떠올렸다.

이삭이 선자의 베개에 머리를 가까이 기울이자 선자는 숨을 참았다.

이삭이 선자에게 욕망을 느낄까? 선자는 궁금했다. 어떻게 그게 가능할까?

이삭은 선자가 걱정을 할 때면 더 잘 보려고 애쓰는 것처럼 미간을 찡그린다는 사실을 알아차렸다. 이삭은 선자와 함께 있는 것이 좋았다. 선자는 생활력도 강했고 판단력도 있었다. 선자는 무능력하지 않았고, 그 점이 매력적이었다. 자신도 무능력하지는 않았지만 항상 분별 있는 사람은 아니기 때문이었다. 선자의 수완은 아버지가 한때 지적했던 이삭의 '비현실적인 천성'과 조화를 이루었다. 부산에서 여기까지 오는 여정은 임산부는 물론이고 누구에게나 힘들었을 테지만, 선자는 징징대며 푸념을 늘어놓지도 짜증 섞인 말을 하지도 않았다. 이삭이 식사나 외투를 입는 것을 잊어버릴 때마다, 선자는 꾸짖는 기색 없이 옆에서 챙겨주었다. 이삭은 사람들과 이야기하고 질문하며 상대방의 목소리에 담긴 근심을 경청하는 법을 알았다. 선자는 살아남는 법을 아는 듯했고, 이는 이삭이 잘 모르는 것이었다. 이삭에게는 선자가 필요했다. 남자에게는 아내가 필요했다.

"오늘 몸이 가뿐해요. 가슴이 조이는 느낌이 없어요." 이삭이 말했다.

"목욕을 해서 그런가 봐예. 맛있는 저녁밥도 먹었고예. 그렇게 잘 먹었던 기억이 없십더. 이번 달에 흰쌀밥을 두 번 먹었어예. 꼭 부자가 된 거 같아예."

이삭이 웃었다. "날마다 흰쌀밥을 먹게 해줄 수 있다면 좋으련만." 주님을 섬기는 사람이 먹고 자고 입는 일에 신경을 쓰면 안 되지만, 혼인을 했으니 선자에게 필요한 것에 관심을 가져야겠다고 생각했다.

"아니라예, 아니라예. 그런 뜻이 아닙니더. 그냥 좀 놀랐어예. 그렇게 호사스럽게 먹을 필요는 없어예." 선자는 이삭이 자신을 철없다고 생각하지 않기를 바라며 속으로 자신을 나무랐다.

"나도 흰쌀밥을 좋아해요." 이삭은 먹는 것에 대해 거의 생각하지 않으면서도 이렇게 말했다. 이삭은 선자의 어깨를 어루만지며 달래고 싶었고, 두 사람이 옷을 다 입고 있었다면 망설이지 않았을 터였다. 하지만 너무 가까이 누워 있고 걸친 게 거의 없다 보니 손을 옆에 딱 붙이고 있었다.

선자는 계속 이야기하고 싶었다. 어둠 속에서 이삭에게 속삭이는 것이 훨씬 수월했다. 긴 대화를 나눌 시간이 많았던 연락선이나 기차에서는 막상 말이 잘 나오지 않았다.

"형님이 아주 재미있으십니더. 어머니가 그러는데 형님이 재미있는 이야기를 잘하셔서 아버지가 자주 웃으셨다고……."

"편애하면 안 되지만, 난 형제 중에 늘 요셉 형과 더 가까웠어요. 우리가 어렸을 때 형은 학교에 가기를 싫어해서 야단을 많이 맞았죠. 읽기와 쓰기를 어려워했지만, 사람들과 사이좋게 잘 어울리는 능력이 있고 기억력이 놀라울 정도로 좋아요. 한번 들은 건 절대 잊어버리지 않고 조금만 듣고 나면 대부분의 언어를 알아들어요. 형은 중국어와 영어, 러시아어도 조금씩 알아요. 기계도 잘 다루고요. 우리 마을 사람들 모두가 형을 아주 좋아해서, 형이 일본에 가지 않기를 바랐어요. 아버지는 형이 의사가 되기를 바라셨지만, 가만히 앉아서 공부하는 걸 잘 못 견뎠으니 당연히 그렇게 될 수 없었죠. 학교 선생님들은 열심히 노력하지 않는다고 늘 형을 꾸짖었어요. 형은 자기가 아파서 집에 있길 바라곤 했어요. 학교 선생님들이 집으로 와서 내게 공부를 가르쳐주었는데, 가끔 형은 나한테 숙제를 시켜놓고서 학교를 빼먹고 친구들이랑 낚시나 수영을 갔어요. 형은 아버지랑 싸우지 않으려고 오사카로 온 것 같아요. 형은 돈을 많이 벌고 싶어 했고 결코 의사가 될 수 없다는 것을 알았으니까요. 정직한 조선인들이 날마다 재산을 빼앗기고 있는 판국에 조선에서 돈을 벌 길이 막막했던 거죠."

두 사람은 아무 말도 하지 않고 거리의 소음을 들었다. 여자가 집에 들어오라고 아이들에게 소리를 지르고 있었고, 알딸딸하게 취한 남자들이 음정이 안 맞는 노래를 불렀다. "아리랑, 아리랑, 아라리요……." 곧이어 바로 옆에 누워 있기라도 하는 것처럼 요셉의 코 고는 소리와 경희의 조용하고 고른 숨소리가 들렸다.

이삭이 오른손을 선자의 배에 올렸지만 아기의 움직임이 느껴지지 않았다. 선자는 아기에 대해서 먼저 입에 담지 않았으나 이삭은 아이가 어떻게 커가는지 가끔 궁금했다.

"아이는 주님이 주신 선물이에요." 이삭이 말했다.

"저도 그렇게 생각해예."

"배가 따뜻해요." 이삭이 말했다.

선자의 손바닥은 굳은살이 박였고 거칠었지만, 배는 고운 천처럼 부드럽고 탱탱했다. 이삭은 아내와 함께 있으니 더 자신감을 가져야 했지만, 그러지 못했다. 다리 사이에서 성기가 커졌다. 어렸을 때부터 아침마다 일어나는 일이었지만 이제 여자 옆에 누워 있으니 느낌이 달랐다. 물론 상상은 해보았지만 온기와 가깝게 느껴지는 숨결, 자기를 싫어할지도 모른다는 두려움은 미처 예상하지 못했다. 이삭의 손이 선자의 가슴을 감쌌다. 풍만하고 묵직했다. 선자의 숨소리가 달라졌다.

선자는 긴장을 풀려고 노력했다. 한수는 선자를 이렇게 조심스럽고 다정하게 어루만진 적이 없었다. 바닷가에서 한수를 만날 때면 서둘러서 몸을 섞었다. 급하고 불편한 행위 후에 한수의 얼굴에 떠오르는 쾌감과 고마움의 표정이나, 그러고 나면 차가운 바닷물로 다리를 씻고 싶어지는 것도 선자는 무슨 의미인지 몰랐다. 한수는 선자의 턱선과 목을 두 손으로 쓰다듬곤 했다. 한수는 선자의 머리카락을 쓸어 넘기길 좋아했다. 한번은 땋은 머리를 풀어보라고 해서 풀었다가 집에 돌아가는 시간이 늦어졌다. 한수의 아이가 선자의 몸속에서 자라고 있었지만, 떠나버린 한수는 이를 함께 느낄 수 없을 것이다.

선자가 눈을 떴다. 이삭의 눈도 열렸다. 이삭이 선자를 보고 다정하게 웃으며 손으로 선자의 가슴을 어루만지고 있었다. 선자는 이삭의 손길에 자극을 받았다.

"여보." 이삭이 말했다.

이삭은 남편이었고 선자는 그를 사랑할 것이었다.

14

다음 날 아침 일찍, 이삭은 요셉 형이 고깃간 포장지 조각에 적어준 약도를 보면서 한국장로교회를 찾았다. 상점가에서 몇 걸음 떨어진 이카이노 뒷길에 있는 비스듬히 기운 목조 가옥이었다. 그곳이 교회임을 알아볼 수 있는 표시라고는 갈색 나무 문에 그려진 초라한 흰색 십자가뿐이었다.

유 목사가 키운 젊은 중국인 교회 관리인인 후가 이삭을 교회 사무실로 안내했다. 유 목사는 남매와 상담하고 있었다. 후와 이삭은 사무실 문 옆에서 기다렸다. 젊은 여자가 낮은 소리로 말하고 있었고, 유 목사가 공감한다는 듯이 고개를 끄덕였다.

"나중에 다시 올까요?" 이삭이 후에게 조용히 물었다.

"아닙니다, 목사님."

감정을 드러내지 않는 사람인 후가 새 목사를 유심히 살폈다.

백이삭 목사는 별로 튼튼해 보이지 않았다. 후는 백 목사의 눈에 띄게 잘생긴 용모에 감탄했지만 한창때의 남자라면 체격이 훨씬 건장해야 한다고 생각했다. 유 목사는 한때 몸집이 더 컸고 장거리를 달릴 수 있었으며 축구도 잘했다. 이제 나이가 든 유 목사는 몸집이 작아졌고 백내장과 녹내장으로 고생하고 있었다.

"유 목사님이 아침마다 목사님에게 연락이 왔는지 물으셨습니다. 목사님이 언제 오시는지 몰랐습니다. 어제 도착하실 줄 알았다면 제가 역에 모시러 갔을 겁니다." 후는 스무 살이 넘지 않았다. 일본말과 조선말을 아주 잘했고 언행이 어른스러웠다. 중국식 옷깃이 달린 낡은 흰 셔츠를 갈색 모직 바지 속에 넣어 입었고, 굵은 털실로 짠 짙은 파란색 스웨터는 여기저기 기워져 있었다. 후는 캐나다 선교사들이 가진 게 별로 없는데도 남기고 간 겨울옷을 입고 있었다.

이삭이 몸을 돌리고 기침을 했다.

"얘야, 같이 있는 사람이 누구냐?" 유 목사가 문가에서 들리는 소리에 고개를 돌리고 무거운 뿔테 안경을 얼굴 가까이 추켜올렸다. 그런다고 해서 더 잘 보이지는 않았다. 회백색으로 혼탁해진 눈 너머 표정이 침착하고 확신에 차 있었다. 귀는 아직 밝았다. 문가에 선 형체들을 알아볼 수는 없었지만 둘 중 한 명이 후라는 것은 알았다. 후는 일본 경찰이 교회에 두고 간 만주 출신의 고아였다. 그리고 후와 이야기하고 있는 남자의 목소리는 낯설었다.

"백 목사님입니다." 후가 말했다.

목사 옆 바닥에 앉아 있는 남매가 돌아보고 고개를 숙여 인사했다.

유 목사는 문제가 해결될 기미가 없는 남매와의 상담을 어서 끝내고 싶었다.

"내 쪽으로 오게, 이삭. 내가 자네한테 가기가 쉽지 않다네."

이삭이 시키는 대로 따랐다.

"드디어 왔구먼. 할렐루야." 유 목사가 오른손을 이삭의 머리에 살짝 얹었다.

"주님의 축복이 있기를, 내 사랑하는 형제."

"기다리시게 해서 죄송합니다. 어젯밤에 오사카에 도착했습니다." 이삭이 말했다. 나이 많은 목사의 초점이 맞지 않는 동공 주위가 은백색이었다. 아예 앞을 못 보지는 않았지만 상태가 심각했다. 시력을 거의 잃었는데도 목사는 활기차 보였다. 앉은 자세가 곧고 안정적이었다.

"여보게, 가까이 오게."

이삭이 다가가자 노인이 먼저 이삭의 두 손을 꽉 쥐고 나서 두툼한 손바닥으로 이삭의 얼굴을 부드럽게 감쌌다.

남매가 아무 말 없이 지켜보고 있었다. 후가 문 옆에 무릎을 꿇고 앉아 유 목사의 다음 지시를 기다렸다.

"알다시피 자네는 내게 보내졌다네." 유 목사가 말했다.

"불러주셔서 감사합니다."

"마침내 여기 와줘서 기쁘구먼. 아내를 데려왔나? 후가 자네 편지를 읽어줬다네."

"오늘은 집에 있습니다. 일요일에 함께 올 겁니다."

“그래, 그래.” 노인이 고개를 끄덕였다. “자네가 와서 교인들이 아주 기뻐할 걸세. 아, 이 가족을 소개해야겠구먼!”

남매가 다시 이삭에게 고개 숙여 인사했다. 두 사람은 목사가 그 어느 때보다도 행복해 보인다는 것을 알아차렸다.

“이 남매는 가족 문제를 상담하려고 우리에게 왔다네.” 유 목사가 이삭에게 말하고 나서 남매를 돌아보았다.

여자는 짜증을 숨기려고 하지도 않았다. 남매는 제주의 시골 마을 출신이었고 도시 젊은이들에 비해 격식을 차리지 않았다. 삼단 같은 까만 머리에 살갗이 까무잡잡한 여자는 매초롬했다. 순진해 보이면서도 눈에 띄게 예뻤다. 단추를 깃까지 잠근 흰색 긴팔 셔츠에 남색 몸뻬를 입고 있었다.

“이쪽은 새로 온 백이삭 부목사야. 이분께도 상담을 부탁드릴까?” 유 목사의 어조로 보아 남매가 반대할 여지가 없었다.

이삭이 두 사람을 보고 미소 지었다. 여자는 스무 살 정도로 보였고, 남자는 더 어렸다.

남매의 문제는 복잡했지만 특이하지는 않았다. 남매는 돈 문제로 말다툼을 벌여왔다. 누나는 현재 일하고 있는 직물 공장의 일본인 관리자에게 선물로 돈을 받았다. 아버지보다 나이가 많은 관리자는 자식 다섯이 있는 기혼자였다. 관리자는 누나를 식당에 데려갔고 장신구와 돈을 주었다. 누나는 고향에 있는 가난한 삼촌과 부모님에게 돈을 전부 보냈다. 남동생은 봉급을 제외한 무언가를 받는 것은 옳지 않다고 생각했지만, 누나는 동의하지 않았다.

"그놈이 누나한테 원하는 게 뭐겠어요?" 남동생이 이삭에게 퉁명스럽게 물었다. "누나를 말려야 해요. 이건 죄악이에요."

유 목사가 양보하지 않는 남매의 태도에 지쳐서 고개를 떨궜다.

누나는 여기까지 와서 남동생의 비난을 듣자 몹시 화가 났다. "일본인들이 우리 삼촌 농장을 빼앗았어요. 고향에는 일자리가 없어요. 일본인 남자가 같이 저녁을 먹어주는 대신 나한테 푼돈을 좀 준다고 해가 될 건 없다고 생각해요." 누나가 말했다. "할 수만 있다면 그 돈의 두 배를 받고 싶어요. 그 사람은 그렇게 많이는 주지 않아요."

"그놈은 바라는 게 있어서 그러는 거야. 천박한 사람이라고." 동생이 역겹다는 표정으로 말했다.

"요시카와 상이 날 만지게 두진 않아. 난 그냥 그 사람이 자기 가족이랑 일 이야기를 하는 걸 들어주기만 할 뿐이야." 누나는 남자에게 술을 따라줬고 그가 사준 연지를 발랐다는 말은 하지 않았다. 집에 들어가기 전 입술을 문질러 연지를 지웠다.

"누나랑 놀아나려고 돈을 주는 거야. 창부나 하는 짓이라고." 남동생은 이제 소리를 지르고 있었다. "정숙한 여자는 혼인한 남자랑 식당에 안 가요! 아버지는 우리가 일본에서 일하는 동안 제가 책임지고 누나를 돌보라고 하셨어요. 누나가 저보다 나이가 많다는 게 뭐 대순가요? 누나는 여자고 전 남자예요. 이런 일을 계속 두고 볼 수는 없어요. 전 용납 못 해요!"

동생은 열아홉 살인 누나보다 네 살 어렸다. 남매는 이카이노에 있는 북적이는 집에서 먼 친척과 살고 있었다. 늙은 여인인 그 친척은 나눠 내는 집세를 받기만 하면 남매에게 신경 쓰지 않았다. 교회에 다니지 않아서 유 목사는 그 여자를 몰랐다.

"아버지와 어머니는 집에서 굶고 계셔요. 삼촌은 숙모랑 아이들을 먹여 살리지도 못하시고요. 상황이 이러니 할 수만 있다면 제 손이라도 팔고 싶은 심정이에요. 하나님은 제가 부모님을 공경하기를 바라세요. 부모님을 돌보지 않는 건 죄예요. 제가 수치스러운 일을 당한다 해도……." 누나가 울기 시작했다. "주님이 저희 기도의 응답으로 요시카와 상을 보내주신 게 아닐까요?" 누나가 유 목사를 바라보았다. 유 목사는 누나의 손을 잡고 기도를 하듯 고개를 숙였다.

이런 식의 합리화를 듣는 것이 드문 일은 아니었다. 악행을 선행으로 바꾸고 싶어 하는 간절한 마음에서 그러는 것이었다. 하나님은 그런 식으로 일하지 않으신다는 말을 듣고 싶어 하는 사람은 아무도 없었다. 주님은 젊은 여자가 계명을 따르려고 몸을 파는 것을 결코 원하지 않았다. 결과가 좋다고 해서 죄가 씻어지지는 않는 법이었다.

"아이고." 유 목사가 한숨을 쉬었다. "너희의 작은 어깨에 지워진 이 세상의 무게를 견디기가 얼마나 힘들었을꼬. 부모님은 그 돈이 어디서 났는지 아시느냐?"

"부모님은 제 봉급에서 보낸 돈이라고 생각하세요. 하지만 제 봉급으로는 집세와 생활비도 간신히 내요. 동생은 학교에 가야 하고요. 어머니가 저한테 책임지고 동생이 학교를 마치게 하라고 하셨어요. 동생은 공부를 그만두고 일을 하겠다고 자꾸 우기는데,

멀리 보면 어리석은 결정이에요. 그렇게 되면 우린 언제까지고 변함없이 이런 지독한 일만 하게 될 거예요. 일본어를 읽고 쓸 줄 모르면요."

이삭은 여자의 논리정연한 말에 깜짝 놀랐다. 여자의 생각은 통찰력이 있었다. 이삭은 여자보다 여섯 살 위였지만, 그런 생각을 해본 적이 없었다. 돈을 벌어본 적이 없으니 부모님에게 단 한 푼도 드린 적이 없었다. 고향 교회에서 평신도 목회자로 잠시 활동할 때는 무보수로 일했다. 교회가 봉급을 줄 형편이 아니었고 신도들의 사정도 대단히 어려웠기 때문이다. 여기에서 돈을 벌 수 있을지도 확실하지 않았다. 이 교회에서 일해달라는 연락을 받았을 때, 근무 조건을 논의하지 않았다. 당시 이삭은 자신이 먹고살기에 충분한 보수는 받으리라고 짐작했다. 그런데 이제는 가족이 생겼다. 과거엔 항상 주머니에 돈이 있었고 부모님이나 형에게 부탁하면 더 많은 돈을 쉽게 받곤 했기에 자신의 수입이나 지출을 굳이 계산해본 적이 없었다. 이삭은 이 젊은 사람들 앞에 있자니 자신이 이기적인 바보처럼 느껴졌다.

"목사님, 저희는 목사님께서 결정해주시면 좋겠어요. 누나는 당최 제 말을 듣지 않아요. 누나가 일 끝나고 어디 가는 것을 막을 수도 없는 노릇이고요. 계속 그 호색한을 만나다간 그놈이 끔찍한 짓을 할 테고 누나한테 무슨 일이 생겨도 아무도 도와주지 않을 거예요. 누나가 목사님 말씀은 들을 거예요." 남동생이 조용히 말했다. "들어야 해요."

누나는 계속 고개를 숙이고 있었다. 유 목사가 자신을 나쁘게 생각하지 않기를 바랐다. 일요일 아침은 자신에게 아주 특별했다. 교회는 기분이 좋아지는 유일한 장소였다. 요시카와 상과 나쁜 짓을 하지는 않았지만, 그의 아내는 두 사람의 만남을 꿈에도 모를 것이 분명했다. 그 사람은 종종 손을 잡고 싶어 했는데, 그런다고 해로울 것이야 없지만 순수한 행동으로 보이지도 않았다. 얼마 전에는 요시카와 상이 교토에 있는 근사한 온천에 같이 가자고 했지만 동생의 밥을 챙겨주어야 한다고 거절했다.

"우린 가족을 부양해야 해. 그건 사실이야." 유 목사가 이렇게 말문을 열자, 누나가 눈에 띄게 안심한 기색이었다. "하지만 네 정조도 지켜야 한단다. 그것이 돈보다 훨씬 소중해. 네 몸은 성령이 머무는 신성한 성전이니까. 네 동생이 걱정하는 것도 당연해. 우리 믿음을 제쳐둔다고 해도, 현실적으로 말해서 네가 혼인을 하려면 순결과 평판도 중요하단다. 세상은 부도덕한 여자에게 가혹해. 설사 불의로 당한 일이라 해도 말이야. 잘못된 일이지만, 이 죄 많은 세상은 그렇게 돌아간단다."

"하지만 동생은 학교를 그만두면 안 돼요, 목사님. 어머니한테 약속했는데……."

"네 동생은 어려. 나중에 학교에 다시 갈 수도 있잖아." 유 목사는 그럴 가능성이 별로 없다는 사실을 알면서도 이렇게 반박했다.

이 말에 남동생의 얼굴에 생기가 돌았다. 이런 제안을 들으리라고는 예상하지 못했다. 남동생은 학교가 싫었다. 일본인 선생들은 그가 멍청하다고 생각했고 아이들은 옷차림과 억양을 가지고 날마다 놀려댔다. 남동생은 누나가 공장 대신 다른 곳에서 일하길 바랐고, 제주 집에도 보낼 수 있을 만큼 많은 돈을 벌고 싶었다.

젊은 여자가 흐느꼈다.

유 목사는 침을 삼키고 차분하게 말했다. "네 말이 맞다. 네 동생이 학교에 다니는 게 나을 게야. 읽고 쓸 줄 알도록 1년이나 2년 정도라도. 교육이 제일 중요하단다. 우리나라에는 우리를 이끌어 줄 교육받은 새로운 세대가 필요해."

누나는 목사가 제 편을 들어줄지 모른다고 생각하며 평정을 되찾았다. 좀약 냄새를 풍기는 멍청한 늙은이인 요시카와를 계속 만나고 싶지는 않았지만, 자신이 여기 오사카에 있는 것은 고귀한 목적이 있어서라고 믿었다. 열심히 일하고 동생이 학교에 잘 다니면 두 사람에게 밝은 미래가 펼쳐지리라고 믿었다.

이삭은 유 목사의 말을 감탄하며 들었다. 선배 목사가 어려운 처지를 잘 공감하는 동시에 설득력도 있는 뛰어난 상담자라는 사실을 알게 됐다.

"지금이야 요시카와 상이 함께 있는 것 말고 아무것도 바라지 않아도, 나중에는 다른 요구를 할 수 있단다. 넌 그 사람에게 빚을 졌다고 생각하게 될 거야. 그 사람 말을 거절하기 힘들어지겠지. 네 일자리를 잃을까 봐 두려워질지도 모르고. 그렇게 되면 너무 늦는단다. 네가 그 사람을 이용하고 있다고 생각할지 모르지만, 우리가 그런 사람은 아니지 않니? 우리가 착취당했다고 해서 남을 착취해도 될까, 얘야?"

이삭이 동의하며 고개를 끄덕였고, 목사의 동정심과 지혜에 만족했다.

"이삭, 이 아이들을 위해 축복을 빌어주겠나?" 유 목사가 묻자, 이삭이 남매를 위해 기도하기 시작했다.

남매는 불만 없이 교회를 나섰고, 틀림없이 일요일 아침에 예배를 드리러 올 것이었다.

밖에 있던 후가 커다란 그릇 세 개에 담은 짜장면을 들고 돌아왔다. 세 사람은 먹기 전에 기도를 했다. 그들은 바닥에 책상다리를 하고 앉아 있었고, 버려진 상자로 만든 밥상에 따뜻한 음식이 놓여 있었다. 추운 방 안에는 방석 하나 없었다. 이삭은 자신이 이런 점을 알아차렸다는 사실에 놀랐다. 항상 그런 시시콜콜한 점에 신경 쓰지 않는 사람이라고 생각했는데, 콘크리트 바닥에 앉아 있으니 영 불편했다.

"먹게나. 후가 음식을 잘한다네. 후가 없으면 난 쫄쫄 굶을 거야." 유 목사가 말하고 먹기 시작했다.

"누나가 그 남자를 그만 만날 거라고 생각하세요?" 후가 유 목사에게 물었다.

"그 아이가 임신하기라도 하면 요시카와는 그 아이를 버릴 거야. 그러면 남동생은 학교도 못 다니겠지. 그놈은 어린 여자와 함께 있으면서 자기가 사랑에 빠졌다는 느낌을 즐기고 싶어 하는 낭만적인 늙은 바보들 중 하나일 뿐이야. 조만간 그 아이와 동침하려고 할 테고, 그러고 나면 결국 흥미를 잃게 될 테지. 남녀 문제는 이해하기가 그리 어렵지 않아." 유 목사가 말했다. "그 아이는 관리자를 그만 만나야 하고, 남동생은 일자리를 구해야 해. 여자애는 당장 직장을 옮겨야겠지. 둘이 같이 벌면 생활비와 부모에게 보낼 돈이 충분히 생길 거야."

이삭은 목사의 달라진 어조에 놀랐다. 냉정하다 못해 거의 오만하게 들릴 지경이었다.

후가 고개를 끄덕이고 이 문제를 곰곰이 생각하는 듯이 조용히 짜장면을 먹었다.

유 목사가 이삭 쪽으로 고개를 돌렸다. "이런 일을 많이 봤다네. 이런 남자들이 워낙 나긋나긋하게 구니 여자애들은 자기가 주도권을 쥐고 있다고 생각하지. 실상은 자기가 저지른 실수로 결국 혹독한 대가를 치르는 건 여자애들인데도. 주님께서는 용서하시지만, 세상은 용서하지 않는다네."

"네." 이삭이 웅얼거렸다.

"아내는 잘 적응하고 있나? 자네 형 집에 두 사람이 지낼 공간은 충분하고?"

"네. 형님 집에 비는 방이 있어서요. 아내가 임신 중입니다."

"이렇게 빠르게! 참 잘됐구먼." 유 목사가 기쁘게 말했다.

"정말 잘됐네요." 후가 흥분해서 말했다. 처음으로 나이에 맞게 보였다. 후는 교회를 돌보면서 교회 뒤편에서 뛰어노는 아이들을 보는 것을 가장 좋아했다.

후는 일본에 오기 전에 큰 고아원에서 살았고 아이들 목소리를 듣기를 좋아했다.

"자네 형은 어디 사나?"

"여기에서 몇 분 안 걸리는 곳입니다. 좋은 집을 찾기가 어려운 것 같네요."

유 목사가 소리 내어 웃었다. "아무도 조선인들에게 집을 빌려주지 않지. 목사로 있다 보면 조선인들이 여기에서 어떻게 사는지 알게 될 걸세. 상상도 못 할 거야. 두 사람이면 족할 방 한 칸에서 열댓 명이 살면서 남자들과 가족들이 돌아가면서 잠을 자. 돼지와 닭을 집 안에서 키우고. 수돗물이 안 나오고 난방도 안 되는 집이 허다하지. 일본인은 조선인이 지독히도 더럽다고 생각하지만, 불결한 생활을 할 수밖에 없으니 어쩌겠나. 경성에서 온 양반들이 비참하게 사는 것도 봤다네. 목욕탕에 갈 돈이 없어 넝마를 걸치고 신발도 없이 다니니 시장에서 짐꾼 일도 얻지 못해. 그 사람들은 갈 곳이 없네. 일자리와 돈이 있는 사람들조차 살 곳을 찾지 못해. 일부는 남의 땅에서 불법으로 거주한다네."

"일본 회사에서 여기로 데려온 사람들은 집을 제공받지 않나요?"

"홋카이도 같은 곳에 있는 탄광이나 더 큰 공장에 딸려 있는 막사가 있네만, 그런 막사에서는 가족과 지낼 수 없어. 막사라고 해도 별반 낫지 않아. 비참한 상태야." 유 목사가 감정 없이 말했다. 또다시 유 목사의 어조가 냉정하게 들려서 이삭은 놀랐다. 남매가 여기 있을 때 유 목사는 그들이 고생한다고 염려하는 것처럼 보였다.

"어디에서 사시나요?" 이삭이 물었다.

"사무실에서 잔다네. 저 구석에서." 유 목사가 난로 옆자리를 가리켰다. "후는 그쪽 구석에서 자고."

"요나 이불이 없는데요……."

"벽장 안에 있네. 후가 밤마다 잠자리를 펴고 아침에 개어서 넣어놔. 자네가 여기 머물러야 한다면 자네와 가족이 지낼 자리를 마련해줄 수 있네. 자네 보수에 그것도 포함된다네."

"고맙습니다, 목사님. 하지만 지금은 괜찮은 것 같습니다."

후는 아기가 같이 살면 좋겠다고 생각하면서도 고개를 끄덕였다. 교회 건물은 아이가 지내기에는 외풍이 너무 심했다.

"식사는 어떻게 하시나요?"

"후가 집 뒤에 있는 화로로 우리 밥을 해. 수돗물이 나오는 개수대가 있어. 변소는 뒤쪽에 있지. 고맙게도 선교사들이 만들어놨다네."

"가족은 없으신가요?" 이삭이 유 목사에게 물었다.

"여기 오고 2년 후에 아내가 세상을 떴다네. 15년 전 일이야. 아이는 없어." 유 목사가 덧붙여 말했다. "하지만 후가 나에게 아들이나 마찬가지야. 후는 나에게 축복 같은 존재라네. 그리고 이제 자네가 우리 둘을 축복해주러 왔고."

후는 자기 이야기가 나오자 기뻐하며 얼굴을 붉혔다.

"금전 사정은 좀 어떤가?" 유 목사가 물었다.

"그렇지 않아도 말씀을 드리려고 했습니다." 이삭은 후 앞에서 이런 일을 상의해도 되나 싶었지만 후가 목사의 눈 역할을 하니 이 자리에 있어야 함을 깨달았다.

유 목사가 고개를 들고 비정한 상인처럼 단호히 말했다.

"자네 봉급은 한 달에 15엔이네. 한 사람이 먹고살기에도 부족한 돈이지. 후와 난 봉급을 받지 않는다네. 생활비만 쓰고 있지. 게다가 한 달에 15엔을 준다고 보장할 수도 없다네. 캐나다 교회에서 지원금을 조금 보내주고 있지만 일정하지 않고, 우리 교인들은 헌금을 많이 하지 않아. 그래도 괜찮겠나?"

이삭은 무슨 말을 해야 할지 몰랐다. 형 집에 살면서 나눠서 부담해야 되는 돈이 얼마나 될지 감이 안 왔다. 자신과 아내와 아이를 부양해달라고 형에게 부탁하는 것은 상상도 할 수 없는 일이었다.

"가족에게 도움을 받을 수 있나?" 유 목사가 이삭을 고용한 데는 이런 계산도 있었다. 이 청년의 가족은 평양에 땅을 가지고 있다. 평양에서 온 이삭의 추천서에 여유 있는 집안이라는 언급이 있었으니, 봉급이 그리 중요하지 않을 것 같았다. 이삭은 평신도 목회자로 활동할 때 봉급을 받지 않았다고 했다. 이삭은 병약해서 고용하기 알맞은 사람은 아니었다. 유 목사는 이삭의 가족이 교회에 재정적인 지원을 해주기를 기대하고 있었다.

"전…… 전 형님에게 도와달라고 할 수 없습니다, 목사님."

"아, 그런가?"

"그리고 지금은 부모님의 도움을 받지 못합니다."

"알겠네."

후는 당혹스럽고 수치스러운 듯한 젊은 목사가 안쓰러웠다.

"부모님은 세금을 내려고 땅을 팔고 계셔서 지금 상황이 어렵습니다. 형님이 부모님께 돈을 보내고 있어서 그럭저럭 지내십니다만, 형님이 형수님 가족도 부양하고 있는 것 같습니다."

유 목사가 고개를 끄덕였다. 예상하지 못한 일이었다. 물론 이해는 됐다. 이삭의 가족 역시 총독부가 토지에 터무니없이 과도하게 부과한 세금에 힘이 드는 것은 다른 사람들과 다를 바 없을 것이다. 그간 유 목사는 이삭이 알아서 생계를 꾸릴 수 있으리라고 기대했다. 시력이 크게 떨어져서, 현지 관리들과 행정 문제를 다룰 뿐만 아니라 설교문 작성을 도와줄 조선어와 일본어를 사용하는 목사가 필요했다.

"헌금으로는 부족하겠군요……." 이삭이 말했다.

"그렇지." 유 목사가 힘차게 고개를 저었다. 주일 아침 예배에 꾸준히 참석하는 신도는 75명에서 80명이었지만 헌금을 내는 신도는 사실 부유한 대여섯 명이었다. 나머지 사람들은 하루에 두 끼를 때울 형편도 안 됐다.

후가 상에서 빈 그릇들을 거두었다.

"주님께서 항상 부족함 없이 채워주셨습니다, 목사님." 후가 말했다.

"맞다, 아들아. 잘 말했다." 유 목사는 젊은이를 보고 조용히 웃으면서 교육을 받게 해줬으면 좋았을 것이라고 안타까워했다. 후는 타고난 머리가 좋았고 재능이 뛰어났다. 훌륭한 학자만이 아니라 목사도 될 수 있는 아이였다.

"방법을 찾게 될 걸세." 유 목사가 말했다. "이렇게 돼서 아주 실망스럽겠구먼." 조금 전에 누나에게 말할 때 같은 어조로 들렸다.

"이 일을 주셔서 감사합니다, 목사님. 가족에게 봉급 이야기를 해보겠습니다. 후의 말이 맞습니다. 주님께서 채워주실 겁니다."

이삭이 말했다.

"일용할 모든 것 내려주시니. 오 신실하신 주, 나의 구주!" 유 목사가 풍성하고 우렁찬 목소리로 찬송가를 불렀다. "주님께서 우리 교회를 위해 자네를 보내주셨어. 분명히 우리에게 필요한 물질적인 것들도 돌봐주실 걸세."

15

여름이 빨리 왔다. 오사카의 햇살은 고향의 햇살보다 더 뜨거웠고, 인정사정없이 높은 습도 탓에 임신으로 몸이 무거워진 선자의 움직임이 둔해졌다. 그래도 일은 수월했다. 아이를 낳을 때까지 선자와 경희는 저녁 늦게 들어오는 남편들만 돌보면 됐다. 이삭은 신도들이 늘어나면서 밤낮으로 교회에서 오랫동안 일했다. 요셉은 낮에는 비스킷 공장을 관리하고 저녁에는 이카이노의 여러 공장에서 기계를 수리하며 돈을 더 벌었다. 날마다 네 사람 몫의 음식과 빨래와 청소를 하는 일은 하숙집 살림만큼 힘들지는 않았다. 선자는 영도에서의 예전 생활에 비해서 아주 편안하게 느껴졌다.

선자는 경희를 언니라고 불렀고, 둘이서 하루를 보내는 것이 좋았다. 두 달이라는 짧은 시간에 두 사람 사이의 정이 두터워졌다. 행복을 크게 기대하지도 요구하지도 않던 두 여자에게 이런 우정은 뜻밖의 선물이었다. 경희는 이제 종일 혼자 집에 있지 않아도 됐고, 요셉은 하숙집 딸을 아내로 데려온 이삭에게 고마웠다.

요셉과 경희는 선자가 임신한 까닭을 이미 오래전에 나름대로 마음속으로 합리화해놓고 있었다. 희생적인 이삭이 강제로 나쁜 일을 당한 죄 없는 선자를 구했으려니 생각했다. 아무도 선자에게 자세히 묻지 않았고, 선자도 그 일을 입에 담지 않았다.

경희와 요셉은 아이를 갖지 못했지만 경희는 단념하지 않았다. 성경에서 아브라함의 아내 사라는 나이가 들어 아이를 가졌다. 경희는 하나님이 자신을 잊지 않았으리라고 믿었다. 독실한 여인인 경희는 교회에서 가난한 어머니들을 도우며 시간을 보냈다. 알뜰하기도 해서 남편이 맡기는 돈을 1센[錢]짜리 동전 한 닢까지 모두 저축했다. 요셉이 영 미심쩍어 하는데도, 요셉의 아버지가 준 돈에 경희의 지참금을 합해서 이카이노에 집을 사자는 것은 경희의 생각이었다. "왜 집주인한테 집세를 내요? 월말이 되면 아무것도 안 남는데." 경희가 알뜰하게 짠 예산에 맞춰서 살림을 했기에 두 사람은 양가 부모에게 돈을 보낼 수 있었다. 두 집안 다 농사 지을 땅을 모두 빼앗긴 상황이었다.

경희의 꿈은 쓰루하시역 근처 지붕이 있는 시장에서 김치와 장아찌를 파는 가게를 여는 것이었는데, 선자가 오면서 마침내 자기 계획을 들어줄 사람이 생겼다. 요셉은 경희가 돈을 벌기 위해 일하는 것을 그리 탐탁지 않게 여겼다. 요셉은 예쁘고 생기 넘치는 아내가 저녁밥을 차려놓고 자신을 맞이하는 집에 오기를 원했다. 그

야말로 남자가 열심히 일하는 이상적인 이유라고 믿었다. 경희와 선자는 날마다 세끼 밥을 꼬박꼬박 만들었다. 뜨거운 국이 있는 정갈한 아침밥, 남자들이 일터에 가지고 가는 도시락, 막 차려낸 따끈따끈한 저녁밥이었다. 냉장고가 없고 평양처럼 추운 날씨도 아니라서 경희는 자칫하면 음식이 상할까 봐 자주 요리해야 했다.

초여름치고는 유별나게 더운 날씨에 집 뒤편 돌화덕에서 국을 끓인다는 생각만으로도 웬만한 주부들은 싫어할 테지만, 경희는 아니었다. 경희는 시장에 가거나 어떤 음식을 만들지 생각하기를 좋아했다. 이카이노에 사는 조선 여자들과 달리, 경희는 품위 있는 일본어를 사용했고 원하는 대로 상인들과 흥정할 수 있었다.

경희와 선자가 고깃간에 들어서자, 키 큰 젊은 주인 다나카 상이 잽싸게 차려 자세를 하고 "어서 오세요!"라고 외치며 두 사람을 맞이했다.

다나카와 직원 고지는 아름다운 조선인과 임신한 동서를 보고 기뻐했다. 두 사람은 큰손님은 아니었고, 사실 돈을 아주 적게 쓰는 편이었지만 꾸준히 오는 손님이었다. 8대째 가게를 운영하는 다나카는 가끔씩 와서 많이 사는 손님보다 매일 꾸준히 조금씩이라도 사는 단골손님이 더 소중하다는 것을 아버지와 할아버지에게 배워서 잘 알았다. 주부들은 이 장사의 근간이었고 조선 여자들은 일본 여자들처럼 까다롭게 굴지 않으니 손님으로서는 더 낫다고 할 수 있었다. 조선인이나 부라쿠민[部落民]*의 피가 흐른

* 전근대 일본 신분제에서 최하층에 있던 천민.

다는 소문이 따라다니는 젊은 고깃간 주인은 아버지와 어머니에게 모든 손님을 공평하게 대하라고 배웠다. 시대가 달라졌다지만 죽은 짐승을 다뤄야 하는 도축업은 여전히 부끄러운 직업이었고, 이는 중매쟁이가 다나카에게 맞선을 주선하기 어렵다고 한 주된 이유였다. 그래서 다나카는 외국인들에게 일종의 동질감을 느낄 수밖에 없었다.

남자들은 경희에게 추파를 던지면서 선자를 완전히 무시하곤 했다. 선자는 이제 둘이 함께 외출할 때마다 보이지 않는 사람 취급을 당하는 것에 익숙해졌다. 경희는 종아리 중간까지 내려오는 치마와 빳빳한 하얀 블라우스 차림이 맵시 있어 보였고, 반듯한 용모로 교사나 상인의 단정한 아내처럼 보였다. 그래서 대부분의 장소에서 환영받았다. 대화해보기 전에는 모두가 경희를 일본인이라고 생각했다. 일본인이 아님을 알게 된 후에도 남자들은 경희에게 상냥하게 대했다. 선자는 생전 처음으로 자신의 못난 외모와 부적절한 옷차림을 의식하게 되었다. 오사카에서는 자신이 못생겼다고 느껴졌다. 낡은 한복은 다름을 보여주는 피할 수 없는 증표였다. 선자는 관심을 끌 의도가 전혀 없었음에도 어김없이 경멸하며 깔보는 시선을 받았다. 동네에도 나이가 많거나 가난한 조선인들은 여전히 한복을 입었다. 이카이노 안에서는 누구도 하얀 한복을 입었다고 빤히 쳐다보지 않았지만, 동네 밖으로 나가 기차역에서 멀어질수록 사람들은 노골적으로 조선인을 무시했다. 서양식 옷이나 몸뻬를 입는 쪽이 더 나았을 테지만, 선자는 지금 새 옷을 짓는 데 돈을 쓸 수 없었다. 경희는 아이를 낳고 나면 새 옷을 만들어주겠다고 약속했다.

경희가 두 남자에게 예의 바르게 고개 숙여 인사했고, 선자는 가게 구석으로 물러났다.

"오늘은 뭘 드릴까요, 보쿠 상?" 다나카 상이 물었다.

두 달이 지났는데도 선자는 일본어로 발음되는 남편의 성을 들을 때면 여전히 깜짝깜짝 놀랐다. 총독부의 강요로 조선인은 적어도 두세 개의 이름을 갖곤 했지만, 고향에서 선자는 신분증명서에 적힌 일본 이름인 '가네다 준코'를 거의 사용하지 않았다. 학교에 다니지 않았고 공무를 볼 일이 없어서였다. 태어나면서부터 선자의 성은 김씨였지만, 여자가 남편의 성을 따르는 일본에서는 '백선자'였고 일본어로는 '보쿠 선자'였다. 신분증명서에서 선자의 일본 이름은 이제 '반도 준코'였다. 조선인이 일본식 성을 택해야 했을 때, 이삭의 아버지는 조선말 '반대'와 소리가 비슷한 '반도'라는 성을 골랐다. 이름을 강제로 일본식으로 바꾸어야 하는 창씨개명을 조롱한 것이었다. 경희는 조만간 이런 이름들이 정상으로 돌아올 것이라고 선자에게 장담했다.

"오늘은 무슨 음식을 할 거예요, 보쿠 상?" 젊은 주인이 물었다.

"정강이뼈와 고기 좀 주실래요? 국을 끓이려고요." 경희가 라디오 진행자 같은 일본어 말투로 말했다. 경희는 억양을 고치려고 일본 라디오 방송을 꼬박꼬박 들었다.

"바로 준비해드리죠." 다나카가 조선인 손님용으로 얼음 상자에 보관해두는 소뼈와 소꼬리 더미에서 커다란 정강이뼈 세 개를 꺼냈다. 일본인은 사 가지 않는 뼈였다. 다나카는 국거리 고기 한 움큼을 쌌다. "이거면 되나요?"

경희가 고개를 끄덕였다.

"36센입니다."

경희가 동전 지갑을 열었다. 요셉이 월급봉투를 가져다줄 때까지 남은 여드레 동안 2엔 60센으로 버텨야 했다.

"죄송합니다만, 정강이뼈만 사면 얼마죠?"

"10센입니다."

"죄송하지만 제가 실수를 했네요. 오늘은 뼈만 가져갈게요. 고기는 다음에 꼭 살게요."

"괜찮아요." 다나카가 고기를 진열장에 다시 넣었다. 손님이 고깃값을 치를 돈이 부족한 것은 종종 있는 일이지만, 다른 손님들과 달리 조선인들은 외상으로 달라고 하지 않았다. 물론 다나카도 외상으로 팔지 않았다.

"국을 끓인다고요?" 다나카는 자기도 식사를 걱정해주고 적은 돈으로 알뜰하게 살림하는 우아한 아내가 있으면 좋겠다고 생각했다. 다나카는 큰아들이었고, 혼인하고 싶은 마음이 간절했지만 어머니와 사는 총각이었다. "어떤 국이요?"

"설렁탕이요." 경희는 설렁탕이 어떤 음식인지 알까 궁금한 듯한 표정으로 다나카를 바라보았다.

"그 국은 어떻게 만들어요?" 다나카가 여유롭게 팔짱을 끼고 진열대에 몸을 기대며 경희의 아름다운 얼굴을 자세히 바라보았다. 다나카는 경희가 미인이고 치아도 가지런하다고 생각했다.

"먼저 뼈를 찬물로 아주 꼼꼼하게 씻어요. 그다음에 초벌로

뼈를 끓이고 그 물을 버려요. 핏물과 불순물이 우러나오는데 그건 국물에 쓰면 안 되거든요. 그러고 나서 다시 깨끗한 찬물을 넣고 끓인 다음에 국물이 두부처럼 뽀얘질 때까지 오래오래 푹 고아요. 그리고 무랑 다진 파랑 소금을 넣어요. 맛있고 몸에도 좋아요."

"고기가 좀 들어가면 더 좋겠네요."

"흰쌀밥과 국수도요! 안 될 거 없잖아요?" 경희가 소리 내어 웃으며 자연스럽게 한 손을 올려 입을 가렸다.

두 남자가 경희의 농담을 이해하고 즐겁게 웃었다. 쌀은 그들에게도 비싸기 때문이었다.

"그 국이랑 같이 김치를 먹나요?" 다나카가 물었다. 경희와 이렇게 오랫동안 대화를 나눈 적은 없었다. 자신의 직원과 경희의 동서가 있는 자리에서는 이야기해도 괜찮을 것 같았다. "나한테 김치는 약간 맵더군요. 그래도 구운 닭고기나 돼지고기랑 먹으면 괜찮더라고요."

"김치는 어떤 음식이랑 먹어도 맛있어요. 다음에 집에서 좀 가져다드릴게요."

다나카는 정강이뼈를 담은 종이 봉지를 다시 펼치고는 조금 전에 진열대에 넣은 고기의 반을 넣었다.

"얼마 되지는 않아요. 그냥 아기가 먹을 정도예요." 다나카가 선자를 보고 빙긋 웃었다. 선자는 고깃간 주인이 자신을 알아차렸다는 사실에 놀랐다. "천황 폐하를 위한 강한 일꾼을 기르려면 엄마가 잘 먹어야 해요."

"공짜로 받을 수는 없어요." 경희가 당황해서 말했다. 경희는 다나카가 정확히 무엇을 하려는지 몰랐지만, 오늘은 정말로 고기를 살 형편이 안 됐다.

선자는 두 사람의 대화에 어리둥절해졌다. 두 사람은 김치에 대해 이야기하고 있는 것 같았다.

"이게 오늘 마수걸이거든요. 나누면 나한테 복이 올 거예요." 다나카는 매력적인 여자에게 가치 있는 것을 줄 수 있는 남자가 된 양 우쭐해졌다.

경희는 진열대 위에 있는 티끌 하나 없는 동전 접시에 10센을 올려놓고 미소 지으며 두 남자에게 고개 숙여 인사하고 나왔다.

가게 밖으로 나오자 선자가 무슨 일이 있었는지 물었다.

"주인이 고깃값을 안 받았어. 고기를 어떻게 돌려줘야 할지 모르겠네."

"그 사람이 언니를 좋아해서 선물로 준 거라예." 선자가 고향 집 식모 자매 중 동생인 덕희가 된 기분을 느끼며 키득거렸다. 덕희는 기회가 있을 때마다 남자에 대한 농담을 했다. 그간 어머니 생각은 자주 했지만, 고향 집 식모 자매를 떠올린 것은 꽤 오랜만이었다. "이제부터 다나카 상을 언니 남자 친구라고 불러야겠네예."

경희가 고개를 절레절레 저으며 장난스럽게 선자를 찰싹 때렸다.

"배 속의 아기한테 주는 거라고 말했어. 아기가 이 나라를 위해 좋은 일꾼으로 자라야 한다면서." 경희가 얼굴을 찌푸렸다. "그리고 다나카 상은 내가 조선인인 걸 알아."

"언제부터 사내들이 그런 거에 신경을 쓴다꼬예? 옆집 김 씨 아지매가 길 끝에 사는 조용한 부인 이야기를 해줬어예. 그 부인은 일본인인데, 집에서 술 담그는 조선인이랑 혼인했다 카대예. 그 사람들 아이들은 반은 일본인이잖아예!" 돼지를 키우는 김 씨 아주머니가 해주는 모든 이야기가 놀라웠지만, 선자는 이 이야기를 처음 들었을 때 깜짝 놀랐다. 요셉은 경희와 선자가 일요일에 교회에 나가지 않는 김 씨 아주머니와 말을 섞지 않기를 바랐다. 그 일본인 아내와도 이야기하지 말라고 했다. 그 여자의 남편이 밀주를 담그다 걸려 수시로 감옥에 드나들어서였다.

"언니가 착한 고깃간 주인하고 도망가면 보고 싶을 거라예." 선자가 말했다.

"설사 내가 혼인하지 않았더라도 그 남자를 고르지는 않을 거야. 그 남자는 웃음이 헤퍼." 경희가 선자에게 한쪽 눈을 깜빡거리며 눈짓했다. "난 항상 무엇을 할지 알려주고 만사에 걱정 많은 괴팍한 우리 남편이 좋아." 경희가 말했다.

"자, 이제 채소를 사야 해. 그래서 고기를 안 샀어. 구워 먹을 감자 좀 찾아보자. 우리 점심으로 딱 좋겠지?"

"언니……."

"응?" 경희가 말했다.

"우리가 집에 아무런 도움이 못 되고 있어예. 양식하고 연료하고 목욕탕값까지……. 그렇게 비싼 값은 생전 처음 봤어예. 고향집서는 텃밭이 있어서 푸성귀를 돈 주고 산 적이 없어예. 그리고 물고깃값도예! 울 어머니가 알았다면 다시는 물고기를 안 먹었을 거라예. 고향 집에서도 아끼고 살았지만 그때는 양식을 참 쉽게 구했던 거네예. 손님들한테 공짜로 물고기를 받아먹었는데, 여기서는 사과 한 알이 부산 소갈비보다 비싸다 아닙니꺼. 우리 어머니는 언니처럼 꼼꼼하게 꼭 써야 할 때만 돈을 썼는데, 어머니라도 언니가 하듯이 빠듯한 돈으로 그리 맛난 음식을 만들지는 못했을 거라예. 남편하고 저는 부족하나마 양식값에라도 보탬이 되게 돈을 드려야 한다고 생각해예."

경희와 요셉이 생활비를 한 푼도 받지 않아서 이삭과 선자는 마음이 불편했지만, 그렇다고 따로 살 집을 세낼 형편도 되지 못했다. 그럴 형편이 된다고 해도, 두 사람이 나가서 산다고 하면 경희가 아주 속상해할 터였다.

"동생은 고향 집에서 훨씬 좋은 음식을 배부르게 먹었겠지." 경희가 슬퍼 보였다.

"아니라예, 그런 말이 아니라예. 엄청나게 나가는 생활비에 보탬이 못 되어서 그냥 우리 맴이 안 좋아예."

"그이와 난 그건 두고 볼 수 없어. 두 사람은 아기를 위해 돈을 모아야 해. 아기 옷이랑 기저귀도 구해야 할 거야. 언젠가 아이가 자라서 학교에 가고 신사가 될 거야. 굉장하지 않아? 아이가 제 아버지처럼 학교를 좋아하고 큰아버지처럼 책을 꺼리지 않았으면 좋겠어!" 경희는 아이와 같이 산다는 생각에 웃음을 지었다. 아이가 자신의 기도에 대한 응답처럼 여겨졌다.

"어머니가 저번 서신에 3엔을 넣어 보냈어예. 그리고 우리가 가져온 돈도 있고 이제 남편이 돈을 벌어 보탤 수 있어예. 언니가 불어난 생활비에 군식구 둘…… 아니 곧 셋까지 먹여 살릴라꼬 김치를 팔지 않으셔도 돼예." 선자가 말했다.

"선자야, 버릇없이 이럴 거야? 난 네 손윗사람이야. 우리가 그럭저럭 꾸려나갈 수 있어. 그리고 내가 돈 벌고 싶다는 소망을 이야기할 때마다 네가 보탬이 되고 싶다는 말로 끼어들면, 쓰루하시역 김치 아줌마가 되고 싶다는 내 꿈을 더는 이야기할 수가 없잖아." 경희가 장난스럽게 웃었다. "착한 동생이 돼주렴. 그리고 내가 장사에 대한 꿈을 마음껏 이야기하게 해줘. 장사로 돈을 아주 많이 벌어서 대궐 같은 집을 사고 네 아이를 도쿄에 있는 의대에 보낼 거야."

"살림하는 아낙이 다른 여인네가 만든 김치를 살까예?"

"안 될 거 없지! 내가 김치를 잘 담그는 것 같지 않아? 우리 집이 평양에서 제일가는 장아찌를 만들었단다." 경희가 턱을 쳐들고 웃음을 터뜨렸다. 즐거운 웃음소리였다. "난 아주 대단한 김치 아줌마가 될 거야. 내가 절인 배추는 깔끔하고 맛있을 테니까."

"왜 지금 시작 못 해예? 배추랑 무 살 돈은 저한테 충분히 있어예. 언니가 김치 담그는 걸 도울 수 있고예. 많이 팔리면 공장에서 일하는 것보다 나을 거라예. 아이가 태어나면 집에서 돌볼 수 있으니까예."

"맞아, 우리가 정말로 잘할 수 있을 테지만 남편이 나를 죽이려고 할 거야. 그이는 절대로 아내에게 일을 시키지 않겠다고 했어. 절대로. 그이는 네가 일하는 것도 싫어할 거야."

"저는 울 어머니, 아버지랑 일하면서 자랐어예. 아주버니도 아십니더. 울 어머니가 손님들 시중을 들고 음식도 다 했어예. 저는 청소랑 설거지를 했꼬예……."

"그이는 구식이야." 경희가 한숨을 쉬었다. "난 아주 좋은 남자랑 혼인했어. 다 내 잘못이지 뭐. 아이만 있어도 이렇게 불안하지 않았을 텐데. 그냥 빈둥거리는 건 싫어. 이건 남편의 잘못이 아니야. 그이처럼 열심히 일하는 사람은 없어. 옛날 같으면 난 아들을 낳지 못한다고 남편한테 쫓겨났을걸." 경희는 어렸을 때 들었던 아이를 못 낳는 여자들의 많은 이야기를 떠올리며 고개를 끄덕였다. 그런 일이 자신에게 일어날 줄은 꿈에도 몰랐다. "남편 말을 잘 따라야지. 그이는 항상 나를 아주 잘 보살펴주니까."

선자는 옳다고 할 수도, 옳지 않다고 할 수도 없어서 장단을 맞추지 않고 잠자코 있었다. 사실 시아주버니인 요셉은 경희 같은 양반가 여인은 집 밖에서 일하면 안 되지만 출신이 보잘것없는 선자는 장에서 일해도 괜찮다고 말하는 셈이었다. 선자는 경희가 많은 면에서 우월한 사람이라고 인정하는지라 그런 구분이 서운하지 않았다. 그렇지만 경희와 살면서 모든 이야기를 솔직히 나누다 보니, 선자는 경희가 가질 수 없는 것에 대해 응어리진 마음이 있다는 사실을 알게 됐다. 그리고 경희가 잘되든 아니든 일단 김치 아줌마 일을 해보면 훨씬 더 행복해지리라는 사실도 알 수 있었다.

어쨌든 선자는 왈가왈부할 입장이 아니었다. 시아주버니는 이런 모든 이야기를 '어리석은 여자들의 말'로 치부할 터였다. 선자는 경희를 위해서 밝은 표정을 지었고 약간 느릿느릿 힘없이 걷는 경희의 팔에 자기 팔을 끼웠다. 두 사람은 팔짱을 끼고 배추와 무를 사러 갔다.

16

경희는 문 앞에 있는 두 남자를 알아보지 못했지만, 두 남자는 경희의 이름을 알고 있었다.

얼굴이 뾰족하고 키가 큰 남자가 더 자주 웃었고, 키가 작은 남자의 표정이 더 친절했다. 두 사람은 짙은 색 바지와 반팔 윗도리를 입은 노동자의 차림새였지만, 둘 다 비싸 보이는 가죽 구두를 신고 있었다. 키 큰 남자의 말씨에는 제주도 억양이 뚜렷이 묻어났다. 그가 바지 뒷주머니에서 접힌 종이 한 장을 꺼냈다.

"댁 남편이 여기 도장을 찍었어요." 키 큰 남자가 공문서처럼 보이는 서류를 경희에게 휙 내보이며 말했다. 일부는 조선어로 적혀 있었지만 대부분이 일본어와 한자로 돼 있었다. 경희는 오른쪽 상단 구석에서 요셉의 이름과 도장을 알아보았다. "돈 받을 날짜가 지나서 말이죠."

"난 이 일에 대해 아무것도 몰라요. 남편은 지금 공장에 있고요."

경희는 울음을 터뜨릴 것 같았고 한 손을 문에 올린 채 남자들이 돌아가기를 바랐다. "나중에 남편이 집에 있을 때 오세요."

선자가 두 손을 배에 올린 채 경희 옆에 붙어 섰다. 선자의 눈에 남자들은 위험해 보이지 않았다. 덩치만 보면 고향 집 하숙인들과 비슷했는데, 경희 언니는 당황한 것 같았다.

"아주버니는 오늘 밤 늦게 들어오실 거라예. 그때 다시 오이소." 선자가 경희보다 훨씬 큰 목소리로 다시 말했다.

"댁이 동서구만, 맞소?" 작은 남자가 선자에게 말했다. 남자가 웃음을 짓자 보조개가 파였다.

선자는 남자가 자신이 누군지 알고 있다는 사실에 놀랐지만, 그런 기색을 보이지 않으려고 애쓰며 아무 말도 하지 않았다.

큰 남자가 경희를 향해 계속 헤벌쭉거리며 웃었다. 커다랗고 네모난 이와 옅은 분홍색 잇몸이 다 보일 지경이었다.

"댁 남편한테는 벌써 이야기했는데 영 반응이 없더라고요. 그래서 댁이랑 이야기를 나눠봐야겠다 싶었죠." 남자는 잠시 멈췄다가 이름을 천천히 말했다. "백경희⋯⋯ 나한테도 경희라는 사촌이 있는데. 댁의 일본 이름이 반도 기미코 맞죠?" 남자가 넓적한 손을 문에 대고 경희 쪽으로 살짝 밀었다. 남자가 선자를 흘끗 보았다. "댁 동서까지 만나게 되니 두 배로 즐겁네. 그렇지?" 두 남자가 함께 크게 웃었다.

다시 경희가 눈앞에 내밀어진 서류를 훑어보려고 했다. "내용을 이해하지 못하겠어요." 경희가 마침내 말했다.

"여기가 중요한 부분이에요. 백요셉이 우리 사장님한테 120엔을 빚졌다고 적혀 있어요." 남자가 두 번째 토막에서 일본식 한자로 적힌 숫자 120을 가리켰다. "댁 남편이 내야 할 돈을 두 차례나 밀렸어요. 댁이 남편한테 오늘 밀린 돈을 내라고 해줬으면 싶은데."

"갚을 돈이 얼마죠?" 경희가 물었다.

"매주 8엔이고 여기에 이자가 붙어요." 작은 남자가 말했다. 경상도 억양이 강했다. "집에 돈 좀 있으면 지금 주시죠?" 남자가 물었다. "합해서 20엔 정도요."

요셉이 마침 2주 치 식비를 준 참이었다. 지금 경희의 지갑에 6엔이 있었다. 그 돈을 주면 양식을 살 돈이 하나도 남지 않았다.

"다 해서 120엔이라꼬예?" 선자가 물었다. 선자도 그 문서를 이해할 수 없었다.

작은 남자가 약간 걱정스러운 표정으로 고개를 저었다.

"이제는 이자까지 합해서 거의 두 배가 됐어요. 왜요? 돈 있어요?"

"오늘 날짜로 총액은 213엔이겠네요." 큰 남자가 말했다. 그는 암산을 잘했다.

"어머!" 경희가 외쳤다. 눈을 감고 문틀에 몸을 기댔다.

선자가 앞으로 나서서 차분히 말했다. "우리가 줄게예." 빤 옷을 언제 입을 수 있냐고 묻는 고향 집 하숙인 뚱보에게 대답하던 식으로, 남자들 쪽을 쳐다보지도 않았다. "세 시간 후에 오이소. 어두워지기 전에예."

"그럼 이따가 봅시다." 큰 남자가 말했다.

동서지간인 두 사람은 쓰루하시역 근처 상점가를 향해 거침없이 걸어갔다. 옷감 가게 창문 앞에서 꾸물거리거나 센베*가판에서 걸음을 멈추지 않았다. 친절한 채소 장수들에게 인사도 하지 않았다. 그저 두 사람은 한 몸처럼 목적지를 향해 움직였다.

"동생이 이러지 않으면 좋겠어." 경희가 말했다.

"아버지한테 이런 사람들 이야기를 들었어예. 빚진 돈을 당장 모두 갚지 않으면 이자가 계속 올라가서 절대 다 못 갚는다꼬예. 결국엔 빌린 돈보다 더 많이 빚지는 처지가 돼뿐다 캤어예. 생각해보이소. 어떻게 120엔이 213엔이 됩니꺼?"

김훈이는 이웃들이 모종이나 농기구를 사려고 적은 돈을 빌렸다가 가산이 거덜 난 것을 직접 보았다. 끝장에 이르면 이웃들은 돈놀이꾼에게 처음 빌린 돈에다가 수확한 곡식까지 다 내놓아야 했다. 선자 아버지는 돈놀이꾼들을 대단히 싫어했고 빚을 지면 위험하니 조심하라고 선자에게 신신당부했다.

"내가 알았다면 우리 부모님에게 돈을 그만 보냈을 텐데." 경희가 혼잣말로 중얼거렸다.

선자는 분주한 길거리에서 두 사람 쪽을 흘낏거리는 누구와도 눈을 마주치지 않고 앞을 똑바로 바라보았다. 선자는 전당포 주인에게 무슨 말을 할지 궁리하느라고 애썼다.

"언니, 조선말로 된 간판을 봤다 캤지예?" 선자가 말했다. "그러면 그 사람이 조선인이겠네예, 맞아예?"

---

* 일본 전통 과자.

"모르겠어. 거기 가본 사람을 아무도 몰라서."

두 여자는 나지막한 벽돌 건물 정면에 달린 조선어 간판들을 따라가다가 2층으로 이어지는 넓은 계단을 올라갔다. 전당포 주인의 사무실 문에는 커튼이 쳐진 창이 있었고, 선자는 문을 조심스럽게 열었다.

바람 한 점 없는 더운 6월이었지만, 책상 뒤에 앉은 늙수그레한 남자는 흰색 셔츠와 갈색 모직 조끼 속에 녹색 비단 스카프를 매고 있었다. 길거리 쪽으로 난 네모난 창문 세 개가 열려 있었고, 사무실 양쪽 구석에서 선풍기 두 대가 조용히 윙윙 돌아가고 있었다. 서로 닮은 통통한 얼굴의 젊은 남자 둘이 가운데 창문 옆에서 카드놀이를 하고 있었다. 그들이 두 여자를 슬쩍 쳐다보며 웃음을 지었다.

"어서 오시오. 어떻게 도와드릴까요?" 전당포 주인이 두 여자에게 조선말로 물었다. 억양으로 봐서는 고향이 어딘지 알아채기 힘들었다. "앉겠소?" 전당포 주인이 의자 쪽으로 손짓을 했고 선자는 서 있는 것이 더 좋다고 말했다. 경희는 선자 옆에 서서 남자들에게 눈길을 주지 않았다.

선자가 손바닥을 펴서 회중시계를 전당포 주인에게 보여주었다.

"이거면 우리한테 얼마나 줄 수 있습니꺼?"

전당포 주인이 흰색 털이 섞인 눈썹을 추켜세우고 책상 서랍에서 작은 확대경을 꺼냈다.

"어디서 났소?"

"울 어머니가 줬십니더. 순은에다가 도금한 거라예." 선자가 말했다.

"어머니가 이거 파는 걸 아오?"

"울 어머니가 팔라고 줬어예. 아이한테 쓰라고예."

"시계를 맡기고 돈을 빌리는 게 더 낫지 않겠소? 시계를 넘기기 싫을 텐데." 전당포 주인이 물었다. 빌린 돈을 다 갚는 일은 드물었고, 전당포 주인은 담보물을 가지고 있을 수 있었다.

선자가 천천히 말했다. "지는 팔고 싶습니더. 사기 싫다 카믄 더는 귀찮게 안 하겠십니더."

전당포 주인은 임신한 어린 여자가 이미 다른 전당포 주인들에게 들렀다 왔는지 궁금해하며 웃음을 지었다. 멀지 않은 곳에 전당포가 셋이나 있었다. 셋 다 조선인이 운영하는 곳은 아니었지만, 이 여자가 일본어를 한다면 시계를 팔기 쉬웠을 것이었다. 임신한 여자와 함께 온 예쁜 여자는 옷차림으로 보아 일본인 같았지만 확실하지는 않았다. 예쁜 여자가 시계 주인이고 전당포 주인과 흥정하려고 임신한 여자를 데리고 왔을 수도 있었다.

"팔아야 한다면 뭐." 전당포 주인이 말했다. "나야 고향 사람을 도우면 늘 기쁘오."

선자는 아무 말도 하지 않았다. 아버지가 장에서는 말을 적게 하라고 가르쳤다.

경희는 그 어느 때보다도 침착해 보이는 선자의 모습에 감탄했다.

전당포 주인은 시계를 꼼꼼하게 검사했다. 은 덮개를 열고 뒷면의 투명한 유리를 통해 보이는 기계 작동을 자세히 살펴보았다. 보기 드물게 훌륭한 회중시계여서 임신한 여자의 어머니가 이런 물건의 주인이라는 사실이 믿기지 않았다. 기껏해야 1년 정도 된 시계였고 흠집 하나 없었다. 전당포 주인은 다시 시계를 정면으로 뒤집어서 책상 위 녹색 가죽판 위에 올려놓았다.

"요즘 젊은이들은 손목시계를 더 좋아한다오. 이게 팔리기나 할지 모르겠구먼."

선자는 전당포 주인이 이 말을 한 다음에 눈을 지나치게 깜박거리는 것을 알아차렸다. 그 전에 선자와 이야기할 때는 한 번도 깜박거리지 않았다.

"살펴주셔서 고맙심더." 선자가 말하고 뒤를 돌아보았다. 경희가 걱정스러운 기색을 드러내지 않으려고 애쓰고 있었다. 선자는 시계를 집어 들고 긴 치마의 뒷자락을 여미며 사무실에서 나갈 준비를 했다. "시간 내주셔서 감사해예."

"내가 돕고 싶소." 전당포 주인이 목소리를 약간 높여 말했다.

선자가 돌아보았다.

"당장 돈이 필요하면 그 몸으로 이 더운 날에 돌아다니느니 여기 파는 게 편할 거요. 내가 도와줄 수 있소. 보아하니 곧 출산하겠구먼. 엄마를 잘 돌볼 사내아이가 태어나면 좋겠구먼." 전당포 주인이 말했다.

"50엔." 전당포 주인이 말했다.

"200." 선자가 말했다. "못해도 300은 나갈 낍니더. 스위스서 만든 신품이라예."

창가의 두 남자가 카드를 내려놓고 의자에서 일어났다. 이렇게 말하는 여자를 본 적이 없었다.

"그렇게 가치가 큰 시계라면 다른 데서 더 비싼 값에 팔지 그러오." 전당포 주인이 여자아이의 건방진 태도에 짜증이 나서 쏘아붙였다. 말대답을 하는 여자를 못 견디는 사람이었다.

선자는 아랫입술 안쪽을 깨물었다. 일본인 전당포 주인에게 시계를 팔면 그 주인이 경찰에 신고할까 봐 두려웠다. 여기서는 거의 모든 사업이 경찰과 관련돼 있다고 한수가 말해주었다.

"고맙심더. 더는 시간을 빼앗지 않겠십니더." 선자가 말했다.

전당포 주인이 껄껄거리며 웃었다.

경희는 불현듯 동서가 믿음직스럽기 그지없었다. 선자는 오사카에 도착했을 때만 해도 혼자서 할 수 있는 게 없어 혹시나 길을 잃어버릴까 봐 일본어로 쓴 이름과 주소를 가지고 다녀야 할 정도였다.

"어머니가 고향에서 무슨 일을 했소?" 전당포 주인이 물었다. "말투가 부산 사람 같구먼."

선자는 물음에 대답해야 하는지 생각하며 잠시 망설였다.

"거기 장에서 일했소?"

"하숙집 주인입니더."

"어머니가 똑똑한 사업가인가 보구먼." 전당포 주인은 여자의 어머니가 창부이거나 총독부에 부역하는 상인이 틀림없다고 생각했다. 시계도 훔친 물건일 수 있었다. 말씨나 옷으로 보아 임신한 여자는 부잣집 딸이 아니었다. "아가씨, 어머니가 이 시계를 팔라고 준 게 확실하다 그거죠. 문제가 생길지 모르니 그쪽 이름과 주소가 필요하다는 거 알고 있고."

선자가 고개를 끄덕였다.

"그럼 좋소. 125엔."

"200." 선자는 이만큼 받을 수 있을지 알 수 없었지만 전당포 주인이 욕심이 많은 사람이라고 확신했다. 그런 사람이 순순히 50엔에서 125엔까지 값을 올려 부를 정도라면 분명히 일본인 전당포 주인도 시계가 가치 있다고 생각할 것이었다.

전당포 주인이 웃음을 터뜨렸다. 이제 젊은 남자들은 책상 옆에 서 있었고 그들도 껄껄대며 웃었다. 두 남자 중 동생이 말했다. "당신이 여기서 일해야겠네요."

전당포 주인이 가슴 앞으로 팔짱을 꼈다. 시계를 손에 넣고 싶었다. 시계를 살 만한 사람이 누구인지 정확히 알고 있었다.

"아버지, 저 어린 엄마가 부르는 대로 줘야겠어요. 저렇게 끈질기니까요!" 둘째 아들은 아버지가 거래를 놓치기 싫어한다는 사실을 눈치챘고 약간 구슬릴 필요가 있겠다 싶었다. 얼굴이 부은 여자가 안쓰러웠다. 난처한 일이 생길 때마다 금가락지를 팔러 오는 여느 여자들과 달랐다.

"여기 온 걸 남편이 알아요?" 둘째 아들이 물었다.

"예." 선자가 대답했다.

"남편이 술꾼이거나 도박꾼이에요?" 전당포 주인의 둘째 아들은 절박한 여자들을 여럿 보았고 그들의 사연은 늘 비슷했다.

"둘 다 아닙니더." 선자가 더 이상 묻지 말라고 경고하듯 단호한 목소리로 말했다.

"175엔." 전당포 주인이 말했다.

"200." 따뜻하고 매끄러운 금속이 손바닥에 느껴졌다. 한수라면 본인이 부른 값을 끝까지 밀고 나갔을 것이다.

전당포 주인이 반박했다. "시계가 팔릴지 내가 어떻게 알겠소?"

"아버지." 전당포 주인의 큰아들이 빙긋 웃으며 말했다. "고향땅에서 온 어린 엄마를 도우실 거잖아요."

전당포 주인의 책상은 처음 보는 나무로 만들어져 있었다. 그윽한 짙은 갈색이었고 아이 손 크기만 한 눈물방울 모양의 소용돌이무늬가 있었다. 선자는 책상 표면에서 소용돌이무늬 세 개를 세었다. 한수와 버섯을 따러 갔을 때 수많은 종류의 나무가 있었다. 숲속에 융단처럼 푹신하게 깔려 있던 젖은 나뭇잎의 퀴퀴한 냄새, 버섯으로 가득 찬 바구니, 그 사람과 누웠을 때 느꼈던 날카로운 통증. 이런 기억들은 떠나지 않고 계속 남아 있었다. 선자는 한수에게서 벗어나야 했다. 잊고 싶은 한 사람을 이렇게 끝없이 돌이켜 생각하는 짓을 멈추어야 했다.

선자는 숨을 깊이 들이마셨다. 경희는 양손을 비틀 듯 단단히 쥐고 있었다.

"안 사고 싶다 해도 괜찮십니더." 선자가 조용히 말하고 나가려고 몸을 돌렸다.

전당포 주인이 한 손을 들어 기다리라는 신호를 하고는 금고를 보관하는 뒷방으로 갔다.

두 남자가 돈을 받으러 다시 돌아왔을 때 여자들은 문가에 서서 그들을 집 안으로 들이지 않았다.

"지가 돈을 주면 빚이 다 없어진다는 걸 어떻게 압니꺼?" 선자가 큰 남자에게 물었다.

"우리가 돈을 가져가면 사장님이 차용증에 줄을 긋고 서명해주실 거요." 남자가 말했다. "댁한테 돈이 있다는 걸 내가 어떻게 알죠?"

"그쪽 사장님이 여기로 올 수 있습니꺼?" 선자가 물었다.

"정신이 나갔나 보네." 큰 남자가 선자의 요구에 놀라서 말했다.

선자는 이 남자들에게 돈을 주면 안 된다고 직감했다. 선자가 경희와 이야기하기 위해 문을 닫으려고 했지만, 남자가 발을 밀어 넣어 문을 다시 열었다.

"진짜 돈이 있다면 우리랑 같이 가면 돼요. 당장 데려다드리죠."

"어디로요?" 경희가 떨리는 목소리로 크게 말했다.

"사케 가게 옆이에요. 별로 안 멀어요."

사장은 성실해 보이는 젊은 조선인이었고, 경희보다 나이가 그다지 많아 보이지 않았다. 의사나 교사처럼 보였다. 낡은 정장 차림에 금테 안경을 썼고 검은 머리를 단정히 빗어 넘겼으며 생각에 잠긴 표정을 짓고 있었다. 누구도 이 사람이 대부업자라고 생각하지 못할 터였다. 남자의 사무실은 전당포 주인의 사무실 크기 정도였고, 문 맞은편 벽 선반에 일본어와 조선어로 된 책이 줄지어 있었다. 편안해 보이는 의자들 옆에 전기 램프들이 켜져 있었다. 한 사내아이가 도자기 잔에 담긴 뜨거운 겐마이차*를 여자들에

* 일본식 현미녹차.

게 가져다주었다. 경희는 남편이 왜 이 남자에게 돈을 빌렸는지 알 것 같았다.

경희가 돈을 다 건네자 대부업자는 고맙다고 말하고 차용증에 줄을 그은 다음에 붉은 도장을 찍었다.

"제가 도울 일이 있으면 언제든 말씀하세요." 대부업자가 경희를 보며 말했다. "고국에서 머나먼 땅에 있는 동안 서로 돕고 살아야죠. 제가 도움이 돼드리겠습니다."

"언제, 언제 남편이 이 돈을 빌렸나요?" 경희가 대부업자에게 물었다.

"2월에 부탁했습니다. 우리는 친구 사이이니 당연히 부탁을 들어드렸죠."

여자들은 요셉이 이삭과 선자의 입국에 필요한 비용을 마련하느라 돈을 빌렸으리라 짐작하고 고개를 끄덕였다.

"고맙습니다, 선생님. 다시는 귀찮게 하지 않을 거예요." 경희가 말했다.

"문제가 다 해결돼서 부군이 아주 기뻐하시겠어요." 대부업자는 여자들이 어떻게 돈을 그렇게 빨리 마련했는지 궁금해하며 말했다.

여자들은 아무 대답도 않고 저녁밥을 하러 집으로 돌아갔다.

17

"돈이 어디서 난 거야?" 요셉이 효력이 없어진 차용증을 움켜쥐고 소리쳤다.

"선자가 어머니에게 받은 시계를 팔았어요." 경희가 대답했다.

길거리에서는 매일 밤 누군가 고함을 지르거나 아이가 울었지만, 이 집 밖으로 시끄러운 소리가 새어 나간 적은 한 번도 없었다. 화를 잘 내지 않는 요셉이 몹시 분노했다. 선자는 거실 안쪽 구석에 서서 고개를 푹 숙이고 있었다. 한마디도 못 하고 바위처럼 굳어 있었다. 붉어진 뺨 위로 눈물이 줄줄 흘렀다. 이삭은 아직 교회에서 돌아오지 않았다.

"200엔이 넘는 회중시계를 가지고 있었어? 이삭이 이 일을 알아?" 요셉이 선자에게 소리쳤다.

경희가 두 손을 들어 올리고 요셉과 선자 사이로 들어갔다.

"어머니가 시계를 줬대요. 팔아서 아이한테 쓰라고요."

선자가 더 이상 서 있을 수가 없어서 벽을 타고 주르륵 미끄러져 내려갔다. 골반과 등에 찢기듯 날카로운 통증이 퍼졌다. 선자는 눈을 감고 팔뚝으로 머리를 감쌌다.

"시계를 어디에 팔았어?"

"채소 가판 옆 전당포에 팔았어요." 경희가 말했다.

"정신 나갔어? 도대체 어떤 여자들이 전당포에 간단 말이야?" 요셉이 선자를 노려보며 소리 질렀다. "어떻게 여자가 그런 짓을 할 수 있지?"

선자가 바닥에서 요셉을 올려다보며 애원했다. "언니 잘못이 아니라예……."

"제수씨는 전당포에 가도 되는지 남편한테 물어봤어?"

"왜 그렇게 화를 내요? 선자는 그저 우리를 도우려 한 건데요. 임신 중이잖아요. 좀 내버려둬요." 경희가 요셉에게 말대꾸를 하지 않으려고 애쓰며 눈을 돌렸다. 요셉은 선자가 이삭에게 말하지 않았다는 사실을 잘 알고 있었다. 왜 꼭 요셉이 모든 비용을 떠안아야만 할까? 왜 요셉이 모든 돈을 관리해야 하지? 경희와 요셉은 얼마 전에 경희가 공장에서 일하겠다고 했을 때 크게 말다툼을 벌였다.

"선자는 우리가 걱정돼서 그런 거예요. 난 선자가 그 아름다운 시계를 팔아야 해서 정말 속상해요. 이해하려고 해봐요, 여보." 경희가 한 손을 요셉의 팔뚝에 부드럽게 올렸다.

"어리석은 여자들 같으니라고! 길거리에서 그 남자들을 마주칠 때마다 무슨 낯으로 보라는 거야? 바보 같은 여자들이 내 빚을 갚았다는 것을 그놈들이 다 아는데. 불알값도 못 하는 놈이라고 할 거 아냐!"

요셉이 이렇게 저속한 말을 쓴 것은 처음이었고, 경희는 요셉이 선자를 모욕하고 있다는 사실을 알아차렸다. 선자에게 어리석고 바보 같다고 하고 있었다. 선자를 내버려둔 경희도 함께 비난하고 있었다. 하지만 빚을 갚는 것이 더 현명한 일이었다. 요셉이 일자리를 얻겠다는 경희를 말리지만 않았어도, 모아놓은 돈이 있었을 터였다.

선자는 울음을 그칠 수 없었다. 아랫배의 통증이 더 심해졌고, 무슨 말을 해야 할지 몰랐다. 자기 몸에 무슨 일이 생기고 있는지 확실하지 않았다.

"여보, 제발, 제발 이해해줘요." 경희가 말했다.

요셉은 아무 말도 하지 않았다. 선자의 두 다리가 길거리의 술주정뱅이처럼 바닥에 쩍 벌어져 있었고, 퉁퉁 부은 양손은 엄청나게 부푼 배를 받치고 있었다. 요셉은 애초에 선자를 집에 들이지 말았어야 했다고 생각했다. 어떻게 선자 어머니가 금으로 된 회중시계를 갖고 있었단 말인가? 수년 전이지만 요셉은 선자의 어머니와 아버지를 둘 다 만나보았다. 김훈이는 협소한 땅의 목조집에 세 들어 살며 하숙을 치던 몸도 성치 않은 남자였다. 훈이의 아내가 어디에서 그런 값비싼 물건을 구했을까? 하숙인들은 주로 어부이거나 어시장에서 일하는 사람들이었다. 선자가 어머니에게 30엔이나 40엔짜리 금반지를 몇 개 받았다면 그런가 보다 했을 것이다. 10엔짜리 옥반지를 하나 받았다고 해도 그러려니 했을 터였다. 선자가 시계를 훔쳤을까? 요셉은 혼란스러웠다. 이삭이 도둑이나 창부와 혼인한 것일까? 요셉은 차마 이런 생각을 입 밖에 내놓을 수 없어서 골이 진 함석 문을 박차고 나갔다.

집에 돌아온 이삭은 흐느끼고 있는 여자들을 보고 당황했다. 두 사람이 더 조리 있게 말할 수 있도록 진정시키려고 애썼다. 드문드문 끊어지는 두 사람의 설명을 열심히 들었다.

"그럼 형은 어디 갔어요?" 이삭이 물었다.

"모르겠어요. 평소에는 퇴근하면 다시 안 나가거든요. 미처 몰랐어요. 그이가 이렇게……." 경희는 선자를 더 이상 속상하게 하고 싶지 않아서 말을 멈췄다.

"형은 괜찮을 거예요." 이삭이 말하고 선자를 돌아보았다.

"당신이 고향에서 그렇게 값진 물건을 가져왔는지 몰랐어요. 어머니한테 받았어요?" 이삭이 머뭇거리며 물었다.

선자는 여전히 울고 있었고 경희가 대신 고개를 끄덕였다.

"그래요?" 이삭이 다시 선자를 바라보았다.

"어머니는 그걸 어디서 얻었어요?" 이삭이 물었다.

"안 물어봤어예. 누가 어머니한테 돈을 빌렸겠지예."

"알겠어요." 이삭이 이 일을 어떻게 해야 할지 모른 채 고개를 끄덕였다.

경희가 열이 나는 선자의 머리를 쓰다듬었다. "남편한테 잘 설명해줄래요?" 경희가 이삭에게 물었다. "우리가 왜 그랬는지 이해하잖아요, 그렇죠?"

"네, 그럼요. 형이 나를 도우려고 돈을 빌렸어요. 선자가 그 빚을 갚으려고 시계를 팔았으니, 사실 우리가 여기에 올 수 있도록 도운 셈이죠. 도항증*을 받는 데 큰돈이 필요했을 텐데 형이 그 많은 돈을 어찌 그리 빠르게 다 마련했겠어요? 진즉 깊이 생각해 봤어야 했어요. 제가 너무 순진하고 어린애 같았어요. 선자가 시계를 팔게 돼서 안타깝지만 우리 빚은 우리가 갚는 게 옳아요. 형한테 이렇게 다 말할게요, 형수님. 걱정하지 말아요." 이삭이 여자들에게 말했다.

경희가 마침내 기분이 조금 나아져서 고개를 끄덕였다.

선자는 옆구리에서 갑자기 경련이 일어나 뒤로 넘어질 뻔했다.

"으으. 으으!"

"설마? 설마 지금……?"

따뜻한 물이 선자의 다리를 타고 흘러내렸다.

"산파를 데려올까요?" 이삭이 물었다.

"옥자 언니…… 우리 쪽 길 아래로 세 집 건너에 살아요." 경희가 말하자 이삭이 집에서 뛰어나갔다.

"괜찮아, 괜찮아." 경희가 선자의 손을 잡고 다정하게 속삭였다. "넌 엄마의 일을 하고 있는 거야. 여자들에게는 고난이 주어져. 그렇지? 아, 세상에 우리 선자. 네가 아프니까 정말 속상해." 경희가 선자를 위해 기도했다. "주님, 사랑하는 주님, 부디 자비를 베풀어

---

* 배를 타고 국외로 나가는 것을 허가하는 증명서.

주소서……."

선자가 비명을 지르지 않으려고 치마 천을 움켜쥐고 입에 집어넣었다. 마치 거듭해서 칼에 찔리는 듯했다. 선자는 거친 천을 꽉 물었다. "엄마, 엄마." 선자가 울부짖었다.

산파인 옥자 언니는 제주 출신인 쉰 살의 조선인이었고 이 빈민가에서 아이들 대부분을 받았다. 고모에게 잘 배운 옥자는 산파 일과 간호 일, 아이를 봐주는 일을 해서 자기 자식들을 먹여 살렸다. 여섯 아이의 아버지인 남편은 죽은 사람이나 마찬가지였다. 멀쩡히 옥자의 집에 살고 있었지만 허구한 날 술에 취해 인사불성이었다. 옥자는 아이를 받지 않을 때는 공장과 시장에서 일하는 동네 여자들의 아이들을 봐주었다.

이번 출산은 하나도 어렵지 않았다. 사내아이는 길쭉하고 잘생겼다. 초산인 산모야 많이 무서웠겠지만 산고는 짧게 끝난 편이었다. 산파에게는 다행스럽게도 갓난아기가 한밤중에 태어나지는 않았지만 하필이면 저녁밥 짓는 시간을 딱 맞추었다. 옥자는 함께 사는 며느리가 보리밥을 또 태우지 않았기를 바랐다.

"쉿, 쉿. 아주 잘했네." 옥자가 아직도 어머니를 부르며 울고 있는 어린 여자에게 말했다. "아들내미가 아주 튼튼하고 잘생겼구먼. 저 복슬복슬한 검은 머리 좀 보소! 이제 자네는 좀 쉬어야 하네. 곧 아기한테 젖을 먹여야 할 거야." 옥자가 돌아가려고 일어서기 전에 말했다.

"아이고, 요 망할 놈의 무르팍." 옥자는 이 집 식구들이 돈을 찾아올 시간을 충분히 주려고 무릎과 정강이를 문지르면서 찬찬히 일어났다.

경희가 지갑을 가져와 옥자에게 3엔을 주었다.

옥자는 무덤덤하게 돈을 받으며 말했다. "물어볼 게 있으면 날 불러."

경희가 옥자에게 감사하다고 말했다. 꼭 자신이 엄마가 된 기분이었다. 아이는 아름다웠다. 아이의 작은 얼굴을 보니 가슴이 저렸다. 숱 많은 새까만 머리카락과 짙은 남빛이 어린 눈동자. 경희의 머리에 성경에 나오는 인물인 삼손이 떠올랐다.

경희는 배추를 절일 때 쓰는 찌그러진 대야에서 아이를 목욕시킨 후 깨끗한 수건에 싸서 이삭에게 건넸다.

"아버지가 됐네요." 경희가 미소 지으며 말했다. "아주 잘생겼죠?"

이삭은 상상했던 것보다 훨씬 큰 기쁨을 느끼며 고개를 끄덕거렸다.

"어머, 선자가 먹을 국을 끓여야 하는데. 곧바로 국을 먹여야 해요." 경희가 아이를 이삭에게 맡겨두고 선자를 살피러 가니 선자는 이미 잠들어 있었다. 부엌으로 간 경희는 건미역을 찬물에 담그고 남편이 어서 집에 오게 해달라고 기도했다.

다음 날 아침, 집 안 분위기가 평소와 다르게 느껴졌다. 경희는 한숨도 자지 못했다. 요셉이 전날 밤에 집에 돌아오지 않은 탓이었다. 이삭도 깨어 있으려고 했지만, 경희가 자러 가라고 들여보냈다. 아침에 설교를 해야 하고 일요일은 온종일 교회에서 일하는 날이기 때문이었다. 선자는 아주 깊이 잠들어서 코까지 골았고 젖을 줄 때만 깨어났다. 아기는 선자의 가슴에서 떨어지려 하지 않았고 칭얼거리지도 않았다. 경희는 요셉을 기다리는 동안 부엌을 청소하고 아침 식사를 준비했으며 갓난아기에게 입힐 배냇저고리를 바느질했다. 경희는 몇 분마다 창문을 흘긋 쳐다보았다.

이삭이 아침밥을 다 먹었을 때 요셉이 담배 냄새를 풍기며 집에 들어왔다. 안경에 얼룩이 져 있었고 얼굴에 까칠한 수염이 나 있었다. 경희는 요셉을 보자마자 아침밥을 준비하려고 부엌으로 갔다.

"형." 이삭이 일어났다. "괜찮아?"

요셉이 고개를 끄덕였다.

"아기가 태어났어. 사내아이야." 이삭이 빙긋이 웃으며 말했다.

요셉이 나지막한 아까시나무 밥상 옆 바닥에 앉았다. 고향에서 가져온 몇 안 되는 물건 중 하나였다. 요셉은 밥상을 어루만지며 부모님을 생각했다.

경희가 요셉 앞에 아침상을 차리기 시작했다.

"당신이 나한테 화난 건 알지만 그래도 먹고 쉬어야 해요." 경희가 요셉의 등을 토닥거렸다.

이삭이 말했다. "형, 그런 일이 생겨서 정말 미안해. 선자는 아직 어리고 우리를 걱정해서 그랬던 거야. 사실 그 빚은 내가 진 거고……"

"우리 가족은 내가 보살필 수 있어." 요셉이 말했다.

"맞는 말이야. 하지만 나 때문에 형이 예상치 못한 짐을 지게 됐잖아. 내가 형을 이런 상황에 빠뜨렸어. 내 잘못이야. 선자는 도와주려고 한 거야."

요셉은 두 손을 기도하듯 맞잡았다. 이삭의 말에 반대하거나 이삭에게 화를 낼 수도 없었다. 동생의 슬픈 얼굴을 보기가 힘들었다. 이삭은 섬세한 도자기처럼 보호받아야 하는 사람이었다. 요셉은 조선인들이 자주 가는 기차역 근처의 술집에서 밤새 도부로쿠* 한 병을 마시면서, 병약한 이삭을 오사카로 부르지 말았어야 했는지 고민했다. 이삭이 얼마나 오래 살 수 있을까? 알고 보니 선자가 좋은 여자가 아니라면 이삭은 어떻게 될까? 경희는 이미 선자에게 정이 흠뻑 들었고 갓난아기까지 태어나면 요셉이 책임져야 하는 사람이 하나 더 늘어날 것이었다. 요셉과 경희의 부모님은 요셉에게 의지하고 있었다. 북적이는 술집에서 남자들이 술을 마시고 농담을 하고 있었다. 그러나 마른 오징어의 탄내와 술 냄새를 풍기는 그 지저분한 가게에서 돈 걱정 하지 않는 사람은 없을 것이었다. 이 낯설고 고달픈 땅에서 어떻게 가족을 돌봐야 할지 두려움에 막막해지지 않은 사람도 없을 것이었다.

요셉이 두 손으로 얼굴을 덮었다.

"형, 형은 아주 좋은 사람이야." 이삭이 말했다. "형이 얼마나 열심히 일하는지 알아."

요셉이 흐느꼈다.

"선자를 용서해줄래? 형한테 먼저 이야기하지 않은 것을 용서해

---

* 막걸리와 비슷한 일본 전통주.

주겠어? 형에게 무거운 빚을 지운 날 용서해줄래? 우리를 용서해줄 수 있어?"

요셉은 아무 말도 하지 않았다. 대부업자는 요셉을 공장에서 힘들게 일하거나 다른 집 식모로 일하는 아내에게 빌붙어 사는 다른 남자들과 마찬가지라고 생각할 것이 분명했다. 요셉의 아내와 임신한 제수씨가 훔친 것일지도 모르는 시계로 그의 빚을 갚았다. 이제 어떻게 해야 하는 것일까?

"일하러 가야지?" 요셉이 물었다. "일요일이잖아."

"응, 형수님이 집에서 선자와 아기 옆에 있겠다고 했어."

"가자." 요셉이 말했다.

요셉은 결국 용서할 것이었다. 다른 길을 택하기에는 너무 늦어버렸다.

두 남자가 집 밖으로 나오자 요셉이 동생의 손을 잡았다.

"그럼 이제 넌 아버지가 됐구나."

"응." 이삭이 빙긋이 웃었다.

"잘됐어." 요셉이 말했다.

"형이 아이 이름을 지어주면 좋겠어." 이삭이 말했다. "아버지한테 편지를 보내고 기다리자면 시간이 오래 걸리잖아. 여기서는 형이 우리 집 가장이니까……."

"내가 지으면 안 되지."

"형이 지어야 해."

요셉이 숨을 깊게 들이마시고 텅 빈 거리를 마주 보았다. 문득 이름이 떠올랐다.

“노아.”

“노아.” 이삭이 따라 부르며 웃었다. “그래. 아주 멋져.”

“노아…… 그가 주님께 순종했고 주님의 뜻에 따랐으니까. 노아는 믿음을 갖기 어려울 때도 믿음을 가졌으니까.”

“오늘 설교는 형이 해야겠는걸.” 이삭이 형의 등을 두드리며 말했다.

형제는 서로 바싹 붙어서 교회를 향해 씩씩하게 걸었다. 한 사람은 키가 크고 허약하면서도 신념이 강했고, 다른 한 사람은 작지만 강인하고 영민했다.

2부

모국

MOTHERLAND

1939–1962

아무리 고개를 넘고 내를 건너도 조선 땅이고

조선 사람밖에 없는 줄 알았다.

박완서

1

1939년, 오사카

요셉은 숨을 깊게 들이쉬고 문턱에 두 발을 버티고 섰다. 일주일 내내 사탕을 기다렸을 여섯 살배기 사내아이가 몸을 던져 달려들 것에 대비해서 마음을 단단히 먹고 현관문을 열었다.

하지만 아무 일도 일어나지 않았다.

거실에 아무도 없었다. 요셉이 싱긋 웃었다. 노아가 숨어 있는 것이 분명했다.

"여보. 나 왔어." 요셉이 부엌을 향해 소리쳤다.

요셉이 등 뒤로 문을 닫았다.

외투 주머니에서 사탕 봉지를 꺼내며 과장되게 말했다. "흠, 노아가 어디 갔지? 집에 없나 보네. 그럼 노아 주려고 가져온 사탕은 내가 먹어야겠네. 아니면 노아 동생 줄까? 오늘 우리 아기 모자수가 운이 좋은 날이네, 생전 처음 사탕을 맛보게 됐으니. 아무리 어려도 사탕은 먹을 수 있지! 벌써 태어난 지 한 달이나 됐잖아. 순식간에 커서 노아처럼 모자수도 나랑 씨름을 할 수 있겠어. 모자수가 더 튼튼해지게 호박 사탕을 좀 먹여야겠다." 아무 소리도 들리지 않자 과장된 동작으로 쪼글쪼글한 종이 포장지를 벗기고 사탕을 입에 넣는 척했다.

"와, 돼지 아줌마가 만든 것 중에 제일 맛난 호박 사탕인걸! 여보." 요셉이 소리쳤다. "이리 나와봐. 당신도 좀 먹어봐! 진짜 맛있어!" 요셉이 평소에 노아가 숨는 장소인 옷장과 장지문 뒤를 살펴보면서 사탕을 씹는 소리를 냈다.

노아는 젖먹이 남동생 모자수 말만 들어도 숨어 있는 곳에서 황급히 뛰어나올 터였다. 평소에 얌전한 아이인데 요즘 틈만 나면 동생을 꼬집는 탓에 집에서 꾸지람을 듣고 있었다.

부엌을 살폈지만 아무도 없었다. 만져보니 화로가 차가웠고 반찬이 문 옆 작은 상에 놓여 있었다. 밥솥은 비어 있었다. 요셉이 집에 돌아올 즈음이면 늘 저녁밥이 준비돼 있었다. 국 냄비에는 반쯤 부어놓은 물에 숭숭 썰어놓은 감자와 양파가 들어 있어 불에 올릴 준비가 돼 있었다. 토요일 저녁 식사는 요셉이 가장 좋아하는 시간이었다. 일요일에는 일을 하지 않기 때문이었다. 토요일이면 느긋하게 저녁을 먹고 나서 온 식구가 함께 공중목욕탕에 갔다. 그러나 아직 만들어놓은 음식이 하나도 없었다. 요셉이 부엌 뒷문을 열고 고개를 내밀어봤지만 지독하게 더러운 홈통의 앞면만 보였다. 옆집 돼지 아주머니의 큰딸은 식구들 먹일 저녁밥을 하느라고 열린 창문으로 내다보지도 않았다.

요셉은 다 함께 시장에 갔나 보다 하고 짐작했다. 거실 바닥에 방석을 깔고 앉아 여러 종류의 신문 중 하나를 펼쳤다. 세로쓰기가 된 전쟁 기사가 눈에 들어왔다. '일본이 농촌 경제에 기술 발전을 일으켜 중국을 구제할 것이다. 일본이 아시아의 빈곤을 종식하고 번성하게 할 것이다. 일본이 서구 제국주의의 파괴적인 손아귀에서 아시아를 보호할 것이다. 일본의 진정하고 용감무쌍한 동맹국인 독일만이 서구의 해악과 싸우고 있다.' 요셉은 이런 기사를 전혀 믿지 않았지만 선전 공세를 피할 수는 없었다. 요셉은 빠지고 겹친 내용에서 진실을 그러모으려고 날마다 신문 서너 종을 읽었다. 오늘 밤은 모든 신문들이 사실상 똑같은 내용을 되풀이하고 있었다. 어젯밤 검열관들이 유난히 열심히 일한 게 분명했다.

집 안이 너무나 고요하자 요셉은 점점 초조해졌고 저녁밥을 먹고 싶었다. 설사 경희가 시장에 갔다고 한들 선자와 노아, 갓난아기까지 데려갔을 이유가 없었다. 틀림없이 이삭은 교회에서 바쁘게 일하고 있을 것이었다. 요셉은 신발을 신었다.

이웃들 중 누구도 아내가 어디에 있는지 몰랐고, 교회에 도착하니 동생이 없었다. 뒤쪽 사무실에는 평소처럼 바닥에 앉아 고개를 숙이고 기도를 중얼거리고 있는 여자들뿐이었다.

요셉은 여자들이 고개를 들 때까지 한참을 기다렸다.

"방해해서 죄송합니다만 백 목사님이나 유 목사님 보셨어요?"

거의 매일 저녁에 기도하러 교회에 오는 중년 아주머니들이 백 목사의 형인 요셉을 알아보았다.

"백 목사님이 잡혀갔어요." 나이가 제일 많은 여자가 소리쳤다.

"유 목사님이랑 후도요. 그분들을 도와주셔야 해요……."

"뭐라고요?"

"오늘 아침에 순사한테 잡혀갔어요. 다 같이 신사에 참배를 하러 갔을 때요. 천황에게 충성 맹세를 하는 순서에 후가 소리 없이 주기도문을 외우고 있다가 마을 유지 중 한 명에게 들켰어요. 감시하고 있던 순사가 추궁했는데, 후가 이런 의식은 우상숭배라면서 더 이상 안 하겠다고 하는 거예요. 유 목사님은 아이가 잘 모르고 하는 소리고 진심으로 한 말이 아니라고 해명했지만, 후가 유 목사님 말을 순순히 수긍하지 않았어요. 백 목사님도 설명하려고 했는데, 후가 기꺼이 풀무불로 걸어 들어가겠노라고 말했어요. 사드락과 메삭, 아벳느고처럼요.* 그 이야기는 아시죠?"

"네, 네." 요셉은 종교적 희열에 차 있는 그들의 모습에 짜증이 났다. "그럼 지금 경찰서에 있나요?"

여자들이 고개를 끄덕였다.

요셉이 밖으로 뛰어나갔다.

노아가 잠든 동생을 안고 경찰서 계단에 앉아 있었다.

"큰아버지." 안심한 노아가 방긋 웃으며 소곤거렸다. "모자수가 너무 무거워요."

"넌 참 좋은 형이야, 노아야." 요셉이 말했다. "큰어머니는 어디 계시니?"

---

* 구약성서의 〈다니엘서〉에 나오는 우상숭배를 거부하여 풀무불 속에 던져진 세 인물.

"저 안에요." 손을 사용할 수 없는 노아가 경찰서 쪽으로 고개를 까딱했다. "큰아버지, 모자수 좀 안아주세요. 팔이 아파요."

"조금만 더 여기서 기다릴래? 큰아버지가 금방 돌아올게. 아니면 네 엄마를 보낼게."

"엄마가 모자수 안 꼬집고 가만히 데리고 있으면 맛있는 거 준댔어요. 애들은 안에 못 들어간대요." 노아가 차분히 말했다. "근데 이제 배고파요. 여기 진짜 오래오래 있었어요."

"큰아버지도 맛있는 거 사줄게, 노아야. 금방 갔다 올게." 요셉이 말했다.

"근데 큰아버지…… 모자수가……."

"그래, 노아야. 그래도 넌 아주 힘이 세잖아."

노아가 어깨를 쫙 펴고 똑바로 앉았다. 제일 좋아하는 큰아버지를 실망시키고 싶지 않았다.

요셉이 경찰서 문을 막 열려던 참에 노아의 목소리를 듣고 돌아보았다.

"큰아버지, 모자수가 울면 어떡해요?"

"왔다 갔다 걸으면서 노래를 불러주렴. 네가 어릴 때 큰아버지가 해준 것처럼. 기억나지?"

"아뇨, 기억 안 나요." 노아가 울먹이는 표정으로 말했다.

"큰아버지가 금방 나올게."

경찰은 이삭을 만나게 해주지 않았다. 여자들은 경찰서 안에서 기다리는 중이었고, 선자는 노아와 모자수를 살피려고 몇 분마다 밖으로 나갔다. 아이들은 경찰서에 들어올 수 없어서 둘 중 일본어를 할 줄 아는 경희가 접수계 근처에 남아 있었다. 요셉이 대기실로 들어가자 경희가 헉 소리를 냈다가 숨을 내쉬었다. 옆에 앉은 선자는 몸을 구부린 채 흐느끼고 있었다.

"이삭이 잡혀 있어?" 요셉이 물었다.

경희가 고개를 끄덕였다.

"조용히 말해야 해요." 경희가 계속 선자의 등을 토닥거리며 말했다. "누가 듣고 있을지 몰라요."

요셉이 나지막한 목소리로 가만가만 이야기했다. "교회 아주머니들이 무슨 일이 있었는지 말해줬어. 그 애는 참배하는 걸로 왜 그런 난리를 쳤대?" 조선에서 총독부는 기독교인들을 모아놓고 아침마다 신사참배를 시켰지만, 여기서는 자진해서 나선 지역 유지들과 일주일에 한두 번만 신사참배를 하면 됐다. "벌금을 내면 될까?"

"아닌 거 같아요." 경희가 말했다. "경찰이 우리한테 집에 가라고 했는데 우리가 기다렸어요. 이삭을 풀어줄지도 모르니까……."

"이삭은 감옥에서 견디지 못할 거야." 요셉이 침울하게 말했다. "절대 못 해."

요셉이 접수계에서 어깨를 늘어뜨리고 허리를 깊이 숙여 인사했다.

"경관님, 제 동생은 건강이 좋지 않습니다. 어렸을 때부터 그랬습니다. 감옥에 있기가 힘들 겁니다. 결핵이 나은 지도 얼마 되지 않았습니다. 제 동생이 집에 갔다가 내일 다시 경찰서에 와서 조사를 받으면 안 될까요?" 요셉이 깍듯한 일본어로 물었다.

경찰은 이런 호소에 무관심한 얼굴로 정중히 고개를 저었다. 감방마다 조선인과 중국인으로 가득 차 있었고, 가족들의 말에 의하면 거의 모두가 감옥살이를 할 수 없을 정도로 건강 상태가 좋지 않았다. 경찰은 불량한 동생을 위해 간청하는 남자가 안쓰러웠지만 해줄 수 있는 일이 없었다. 그 목사는 아주 오랫동안 갇혀 있을 모양이었다. 이런 종교 운동가들은 항상 그랬다. 전시에는 국가 안보를 위해 말썽꾼들을 엄중히 단속해야 했다. 그렇지만 이런 말을 해봤자 소용없었다. 조선인들은 항상 말썽을 일으키고 난 다음에 변명을 했다.

"여자들과 함께 집으로 돌아가시오. 목사는 신문을 받고 있고, 그 사람을 만날 수 없을 거요. 시간 낭비일 뿐이오."

"저기요, 경관님, 제 동생은 천황 폐하나 정부에 어떤 식으로든 반대하지 않습니다. 그런 활동에 관여한 적이 한 번도 없습니다." 요셉이 말했다. "제 동생은 정치에 관심이 없습니다. 장담컨대 제 동생은……."

"면회가 금지돼 있소. 당신 동생이 모든 혐의를 벗으면 풀려나서 집에 보내질 거요." 경찰이 정중히 웃음을 지었다. "죄 없는 이를 여기에 가둬두려는 사람은 없소." 경찰은 일본 정부가 공정하고 합리적이라고 믿고 있었다.

"제가 할 수 있는 일이 있을까요?" 요셉이 지갑이 들어 있는 주머니를 두드리며 나지막한 목소리로 말했다.

"당신이나 내가 할 수 있는 일은 아무것도 없소." 경찰이 짜증을 내며 말했다. "뇌물을 주겠다는 뜻이 아니길 바라오. 그런 시도를 했다가는 동생의 죄가 가중될 뿐이오. 당신 동생과 동료들은 천황 폐하께 충성을 표하지 않으려 했소. 이건 무거운 죄요."

"무례를 범할 생각은 아니었습니다. 제 어리석은 말을 부디 용서해주세요. 경관님을 모욕할 생각은 추호도 없었습니다." 요셉은 이삭을 풀어주기만 한다면 경찰서 바닥에 엎드려 기어다닐 수도 있었다. 용감한 사무엘 형이라면 대담하고 품위 있게 경찰들에게 맞섰겠지만, 요셉은 자신이 영웅이 아니라는 사실을 잘 알고 있었다. 경찰에게 뇌물을 줘서 이삭이 풀려나기만 한다면 요셉은 돈을 더 빌리고 판잣집까지 팔 수 있었다. 요셉은 조국이나 대의를 위한 죽음은 의미가 없다고 여겼다. 살아남는 것과 가족을 지키는 것만이 중요했다.

경찰이 안경을 고쳐 쓰고는 아무도 서 있지 않는데도 요셉의 어깨 너머를 바라보았다. "여자들을 데리고 집에 가지 그러오? 여기는 여자들이 있을 곳이 아니오. 남자아이와 갓난아기도 밖에 있잖소. 당신네들은 항상 저녁에도 아이들을 길거리에서 놀게 두던데, 아이들은 집에 있어야지. 아이들을 돌보지 않으면 언젠가 걔네들은 감옥에 갇히게 될 거요." 경찰은 지쳐 보였다. "당신 동생은 오늘 밤 여기 있을 거요. 알아들었소?"

"네, 경관님. 고맙습니다. 귀찮게 해서 죄송합니다. 오늘 밤에 제 동생 물건을 가져와도 될까요?"

경찰이 참을성 있게 대답했다. "내일 아침에 오시오. 옷과 음식은 괜찮지만 종교 서적은 금지요. 읽을거리는 다 일본어로 돼 있어야 하오." 경찰의 어조는 침착하고 사려 깊었다. "안타깝게도 면회는 할 수 없소. 그 점은 유감이오."

요셉은 제복을 입은 이 남자가 나쁜 사람은 아니라고 믿고 싶었다. 그저 내키지 않은 일을 하고 있는 사람일 뿐이고 주말이라서 피곤한 것이다. 어쩌면 그도 저녁밥을 먹고 목욕을 하고 싶을지도 몰랐다. 요셉은 자신이 합리적인 사람이라고 여겼고, 모든 일본 경찰이 악랄하다고 믿는 것은 분명히 지나치게 단순한 생각이었다. 요셉은 동생을 보살펴줄 좋은 사람들이 있다고 믿어야 했다. 그렇지 않다면 견딜 수 없었다.

"그러면 제 동생 물건을 내일 아침에 가져오겠습니다." 요셉이 경찰의 경계하는 듯한 눈을 똑바로 쳐다보며 말했다. "고맙습니다, 경관님."

"그래요."

남자가 슬쩍 고갯짓을 했다.

노아는 사탕을 다 먹어도 되고 밖에서 놀아도 된다고 허락을 받았다. 선자가 부엌에서 저녁밥을 하는 동안 요셉은 경희의 질문에 대답하고 있었다. 경희는 폭이 좁은 천으로 모자수를 등에 업고 서 있었다.

"누군가한테 연락할 수 있어요?" 경희가 조용히 물었다.

"누구한테?"

"캐나다 선교사들요." 경희가 제안했다. "몇 년 전에 만났잖아요. 기억나요? 아주 좋은 사람들이었어요. 이삭은 선교사들이 교회를 지원하려고 정기적으로 돈을 보낸다고 했어요. 그들이 경찰에게 설명해줄 수 있을지도 몰라요. 목사들이 아무 잘못도 하지 않았다고요." 경희가 작은 원을 그리며 돌자 모자수가 만족스러워하며 옹알이를 했다.

"그 선교사들한테 어떻게 연락하지?"

"편지로요?"

"조선말로 편지를 써도 될까? 그 사람들한테 답장을 받으려면 얼마나 걸릴까? 이삭이 그 안에서 얼마나 오래 버틸 수……."

선자가 방에 들어와 경희의 등에서 모자수를 풀어 젖을 먹이려고 부엌으로 데려갔다. 갓 지은 보리밥 냄새가 작은 집 안에 가득 찼다.

"선교사들은 조선말을 못할 거예요. 일본어로 편지를 쓰게 도와줄 사람을 구할 수 있어요?" 경희가 물었다.

요셉은 아무 말도 하지 않았다. 어떻게든 선교사들에게 편지를 쓸 수야 있겠지만, 전쟁이 벌어지고 있는 마당에 경찰이 캐나다 선교사가 하는 말에 관심을 가질 리 없었다. 더구나 편지를 받으려면 적어도 한 달은 걸릴 것이다.

선자가 모자수를 데리고 왔다.

"그이한테 필요한 거를 좀 쌌어예. 제가 내일 아침에 가져가도 될까예?" 선자가 물었다.

"내가 가져갈게." 요셉이 말했다. "일하러 가기 전에."

"당신 사장한테 도와달라고 부탁해볼래요? 일본 사람이 하는 말은 들을지도 모르잖아요?" 경희가 말했다.

"시마무라 상은 감옥에 있는 사람을 절대 돕지 않을 거야. 그 사람은 기독교인들이 반역자라고 생각해. 삼일운동을 이끈 사람들은 기독교인들이야. 모든 일본인이 그걸 알고 있고, 난 교회에 다닌다는 말조차 하지 않아. 그 사람한테는 아무것도 말하면 안 돼. 독립운동에 연루됐다 싶으면 바로 나를 해고할 거야. 그럼 우리는 어떡하겠어? 나 같은 사람한테는 일자리를 주지 않아."

그 후로 아무도 말을 하지 않았다. 선자는 길에서 노아를 불러들였다. 노아가 밥을 먹을 시간이었다.

2

선자는 아침마다 경찰서로 가서 보리와 기장으로 만든 주먹밥 세 개를 건네주었다. 달걀을 살 여윳돈이 있으면 삶아서 껍질을 벗긴 후 신맛이 나는 왜간장에 푹 담가뒀다가 이삭의 빈약한 도시락에 보태어 넣었다. 음식이 이삭에게 전해지는지 아무도 확신하지 못했지만 그렇지 않다는 증거도 없었다. 동네 사람들은 아는 사람이 감옥에 있었다며, 천차만별로 얘기해댔다. 약간 고생한 정도라는 사람도 있었고 최악의 경우는 끔찍할 지경이었다고 하는 이도 있었다. 요셉은 이삭 이야기를 꺼내지 않으려 했지만, 이삭이 체포되면서 사람이 완전히 변해버렸다. 새까맣던 머리카락이 희끗희끗하게 셌고 극심한 위경련에 시달렸다. 요셉은 이삭의 소식을 전할 수 없어서 부모님에게 편지를 쓰지 못했다. 경희가 대신 편지를 써서 변명을 늘어놓았다. 밥을 먹을 때면 요셉은 옆에 조용히 앉아 있는 노아에게 자기 음식을 대부분 덜어주었다. 요셉과 노아는 이삭의 빈자리로 생긴 이루 말할 수 없는 슬픔을 함께 나누었다.

가족들이 따로 찾아가서 여러 차례 간청했지만 아무도 이삭을 면회하지 못했다. 하지만 경찰이 다른 말을 하지 않았기 때문에 가족은 이삭이 살아 있다고 믿었다. 늙은 목사와 교회 관리인도 계속 감옥에 있었다. 죄수들이 어떻게 수감돼 있는지 아무도 몰랐지만 가족들은 세 사람이 어떻게든 서로 의지하며 버티기를 바랐다. 이삭이 체포된 다음 날, 경찰이 집에 와서 이삭의 많지 않은 책과 서류를 압수했다. 가족들이 들고 나는 것도 감시했고, 형사가 몇 주마다 한 번씩 집에 와서 이것저것 캐물었다. 경찰은 교회를 자물쇠로 잠그고 출입을 금지했지만, 신도들은 교회 어른들의 인솔 아래 작은 무리로 비밀스럽게 만났다. 경희와 선자, 요셉은 교구민을 위험에 빠뜨릴까 두려워서 절대로 그들을 만나지 않았다. 이제 조선과 일본에 있던 외국인 선교사들은 대부분 자기 나라로 돌아갔다. 오사카에서 백인이 거의 보이지 않았다. 요셉이 캐나다 선교사들에게 편지를 써서 이삭의 상황을 전했지만 답장은 오지 않았다.

국교 수장인 천황이 살아 있는 신으로 받들리는데도, 장로교회의 의사결정기구는 강압에 못 이겨 의무적인 신사참배를 종교의식이 아닌 시민의 의무로 간주했다. 독실하고 현실적인 성직자인 유 목사는 주민이 모여서 의식을 치르는 신사참배가 사실은 애국심을 고취시키려고 대대적으로 선동하는 이교도 의식이라고 생각했다. 우상에게 절하는 행동은 당연히 주님을 거스르는 짓이었다. 그럼에도 유 목사는 대의를 위해 이삭과 후, 교구민들에게 신사참배에 참여하라고 권했다. 유 목사는 새로 신앙을 갖게 된 교구민들이 희생되기를 원하지 않았다. 일본 정부의 명령에 따르지 않으면 결국 감옥에 갇혀 죽음을 맞게 될 뿐이었다. 유 목사는 사도 바울의 편지에서 그런 생각을 뒷받침하는 구절을 찾았다. 그래서 가까운 신사에서 신사참배가 있으면 필요할 경우 유 목사와 이삭, 후는 교회에 나와 있는 신도들과 참석했다. 하지만 눈이 어두운 늙은 목사는 관리인 후가 신사참배를 할 때마다 다른 사람들처럼 절을 하고 물을 뿌리고 박수를 치면서도 입 모양으로 주기도문을 끊임없이 읊조리고 있다는 사실을 몰랐다. 물론 이삭은 이를 알아챘지만 아무 말도 하지 않았다. 오히려 이삭은 후의 신앙과 저항의 몸짓을 존경했다.

이삭이 체포되면서 선자는 생각지도 못한 일이 일어나면 어떻게 해야 할지 깊이 고민해볼 수밖에 없었다. 요셉이 아이들을 데리고 집을 나가라고 하면 어떻게 하나? 어디로, 어떻게 가야 할까? 혼자서 아이들을 무슨 수로 돌보나? 경희야 떠나라고 하지 않겠지만 그래봤자…… 경희는 요셉의 아내일 뿐이었다. 선자는 아들들과 고향의 어머니에게 돌아가야 할 상황에 대비해서 계획을 세우고 돈을 모아야 했다.

선자는 일자리를 찾아야 했다. 행상이 될 참이었다. 선자의 어머니는 남편과 함께 하숙집을 하며 돈을 벌었지만, 젊은 여자가 탁 트인 시장에서 목이 쉴 때까지 소리를 지르며 낯선 사람들에게 음식을 파는 것과는 완전히 다른 일이었다. 요셉은 선자가 일하지 못하게 말렸지만 선자는 그 말을 따를 수 없었다. 이삭도 아들들을 학교에 보내기 위해 선자가 돈을 벌기를 바랄 것이라고 울면서 요셉을 설득했다. 요셉은 이 말에 결국 항복했다. 그렇지만 요셉은 경희한테는 밖에서 일하지 말라고 했고 경희는 그에 따랐다. 경희는 선자와 함께 장아찌를 담그는 것은 허락됐지만 직접 나가서 팔아서는 안 됐다. 살림살이에 돈이 절실히 필요한지라 요셉도 극구 반대할 수만은 없었다. 두 여자는 요셉의 뜻을 거스르지 않으려고 애썼지만 한 사람이 감당하기에는 재정적 부담이 점점 커졌다.

이삭이 감옥에 갇히고 일주일 후, 선자는 장사를 시작했다. 이삭의 밥을 감옥에 전해주고 나서 커다란 김치 항아리를 실은 나무 수레를 시장으로 밀고 갔다. 이카이노에 있는 노천 시장에는 가정용품, 옷, 다다미, 전기용품을 파는 작은 가게들이 들어서 있었고, 길에는 선자 같은 행상들이 집에서 만든 파전, 김밥, 된장을 팔며 모여 있었다.

경희는 집에서 모자수를 돌봤다. 선자는 고추장과 된장을 파는 행상들 옆에서 튀긴 통밀과자를 팔고 있는 젊은 조선 여자 두 명을 발견했다. 과자 좌판과 된장을 파는 아주머니 사이로 비집고 들어가 자리를 잡을 수 있기를 바라며 그들을 향해 수레를 밀었다.

"우리 자리에 냄새 풍기지 마라." 나이가 더 많아 보이는 여자가 말했다. "다른 데로 가." 여자가 생선을 파는 구역을 손가락으로 가리켰다.

선자가 마른멸치와 미역을 파는 여자들에게 다가가자 나이 많은 조선 여자들은 이전 여자들보다 더 탐탁지 않아 했다. "그 같잖은 수레를 당장 치우지 않으면 우리 아들들 시켜서 그 항아리에다가 오줌을 갈길 줄 알아. 알아들었어, 이 촌뜨기야?" 머리에 하얀 수건을 두른 키 큰 여자가 말했다.

선자는 너무 놀라서 말문이 막혔다. 그들 중 아무도 김치를 팔지 않았고, 된장 냄새도 김치 못지않게 코를 찔렀다.

선자는 아주머니들이 보이지 않을 때까지 계속 걷다가 기차역 출입구 근처 생닭을 파는 곳까지 왔다. 짐승 사체의 강한 악취가 밀려왔다. 돼지 도축업자와 생닭을 파는 곳 사이에 수레가 들어갈 만한 자리가 있었다.

일본인 도축업자가 거대한 칼을 휘둘러 어린아이 크기만 한 돼지를 자르고 있었다. 돼지 피가 가득한 커다란 양동이가 도축업자 발 옆에 있었다. 돼지머리 두 개가 가판대 앞에 놓여 있었다. 도축업자는 나이가 많고 점잖은 사람이었으며, 근육질의 강한 팔에는 굵은 핏줄이 도드라져 있었다. 남자는 땀을 뻘뻘 흘리며 선자를 보고 친절한 웃음을 띠었다.

선자는 남자의 좌판 옆 빈자리에 수레를 세웠다. 기차가 멈추려고 점점 속도를 줄일 때마다 조리를 신은 발밑에 진동이 느껴졌다. 기차에서 내린 승객들이 근처 출입구에서 나와 많이들 시장으로 향했지만 아무도 선자의 수레 앞에서 걸음을 멈추지 않았다. 선자는 울지 않으려고 기를 썼다. 젖이 불어서 가슴이 묵직했고, 경희랑 모자수와 함께 집에 있던 때가 그리웠다. 선자는 옷소매로 얼굴을 훔치며 고향에서 제일 장사를 잘하는 시장 아주머니들이 어떻게 했는지 기억하려고 애썼다.

"김치! 맛있는 김치! 이 맛있는 김치를 먹어보시고 이제 다시는 집에서 김치를 담그지 마이소!" 선자가 외쳤다. 행인들이 고개를 돌려 선자를 바라보자 선자는 창피해서 얼굴을 돌렸다. 사는 사람이 아무도 없었다. 돼지를 다 자른 도축업자가 손을 씻은 후 25센을 선자에게 주었고, 선자는 그릇에 김치를 담아주었다. 도축업자는 선자가 일본어를 못해도 신경 쓰지 않는 듯했다. 돼지머리 옆에 김치 그릇을 내려놓더니 좌판 뒤로 손을 뻗어 도시락을 꺼냈다. 선자 앞에서 김치 한 조각을 젓가락으로 집어 흰쌀밥 위에 가지런히 놓고 밥과 김치를 한 입 먹었다.

"오이시! 오이시네! 혼토 오이시.*" 도축업자가 웃으며 말했다.

선자는 도축업자에게 꾸벅 고개를 숙여 인사했다.

점심시간에 경희가 젖을 먹이라고 모자수를 데려왔고, 선자는 배추와 무, 양념에 든 돈을 되찾아야 한다는 생각이 들었다. 하루가 끝날 즈음에는 쓴 돈보다 많은 돈을 벌었다는 것을 보여줘야 했다.

선자가 벽 쪽으로 몸을 돌리고 아기에게 젖을 먹이는 동안 경희가 수레를 지켜보았다.

---

* '맛있어! 맛있네요! 정말 맛있어'라는 뜻의 일본어.

"나라면 겁났을 거야." 경희가 말했다. "알다시피 내가 김치 아줌마가 되고 싶다고 자주 말했잖아? 여기 서 있으면 어떤 기분일지 미처 생각하지 못했어. 동생은 참 용감해."

"다른 수가 없다 아닙니꺼?" 선자가 예쁜 아기를 내려다보며 말했다.

"내가 여기 계속 있을까? 동생이랑 같이 기다릴까?"

"언니가 난처해질 거라예." 선자가 말했다. "노아가 학교에서 올 때 언니가 집에 있어야지예. 저녁밥도 해야 하고예. 못 도와줘가 미안해예, 언니."

"내가 해야 하는 일은 다 쉬운 것들인걸." 경희가 말했다.

거의 오후 2시가 됐고, 해를 등지고 있어서 공기가 더 서늘하게 느껴졌다.

"항아리에 있는 김치를 다 팔 때까지 집에 안 갈 거라예."

"진짜?"

선자가 고개를 끄덕였다. 아기 모자수는 이삭을 닮았다. 황갈색 피부에 숱이 많고 윤기가 흐르는 머리카락을 가진 노아와 닮은 구석이 없었다. 노아는 초롱초롱한 눈으로 모든 것을 바라보았다. 입 모양을 제외하면 노아는 젊은 한수와 거의 똑같았다. 노아는 학교에서 수업 시간에 얌전했고 자기 차례를 기다릴 줄 알았고 훌륭한 학생이라고 칭찬을 받았다. 노아는 손이 많이 가지 않는 아이였고, 모자수 역시 낯선 사람의 팔에 안겨도 낯을 가리지 않는 해맑은 아기였다. 선자는 자신이 아이들을 얼마나 사랑하는지 생각할 때면 부모님이 떠올랐다. 어머니와 아버지에게서 너무 멀리 떨어져 있는 느낌이 들었다. 지금 선자는 덜커덩거리는 소리가 나는 기차역 밖에 서서 김치를 팔려고 애를 쓰고 있었다. 부끄러운 일은 아니었지만 부모님이 바라던 일은 아니었을 것이다. 그렇지만 지금 같은 상황이라면 부모님도 선자가 돈을 벌기를 바랄 것 같았다.

선자가 젖을 다 먹이자 경희가 둥글게 말린 달콤한 빵 두 개와 전지분유를 타 넣은 병을 수레에 올려놓았다. "먹어야 해, 선자야. 수유를 해야 하잖아. 그건 쉽지 않은 일이야, 그렇지? 물이랑 우유를 많이 마셔야 해."

경희가 몸을 돌리자 선자가 경희의 등에 두른 포대기에 모자수를 넣어주었다. 경희는 아이가 떨어지지 않게 단단히 동여맸다.

"집에 가서 노아를 기다리고 저녁밥을 할게. 동생도 곧 돌아와, 알겠지? 우리는 좋은 한패야."

모자수의 작은 머리가 경희의 가는 어깨 사이에 놓여 있었다. 선자는 두 사람이 가는 모습을 지켜보았다. 소리가 들리지 않을 만큼 두 사람이 멀어지자, 선자는 크게 외쳤다. "김치! 맛있는 김치 있어예! 김치! 맛있는 김치 있어예! 오이시데스! 오이시 김치!"

이 소리가, 자신이 내는 소리가 익숙하게 느껴졌다. 자기 목소리라서가 아니라 어렸을 적에 장에 다니던 시절이 떠올랐기 때문이었다. 처음에는 아버지와 함께, 아가씨가 돼서는 혼자, 그다음에는 사랑하는 사람의 눈길을 간절히 바라는 여인으로 갔다. 그 시절 큰 소리로 물건을 팔던 여자들의 소리가 항상 선자의 주위에서 들렸고, 이제는 선자도 그 여자들처럼 소리를 지르고 있었다.

"김치! 김치 있어예! 집에서 만든 김치 있어예! 이카이노에서 제일 맛있는 김치! 손님 할머니가 만든 것보다 맛있는 김치! 오이시데스, 오이시!" 선자는 활발한 목소리를 내려고 노력했다. 고향에서도 항상 제일 친절한 아주머니들한테 사곤 했기 때문이었다. 행인들이 선자 쪽을 흘끗 보면 선자는 고개를 꾸벅 숙이고 그들에게 웃음을 지었다. "오이시! 오이시!"

돼지 도축업자가 진열대에서 고개를 들어 쳐다보며 대견한 듯 웃었다.

그날 저녁, 선자는 김치 항아리가 바닥을 드러낼 때까지 집에 가지 않았다.

선자는 이제 경희와 어떤 김치든 만들어 팔 수 있었고, 이런 장사 솜씨 덕분에 힘이 솟았다. 김치를 더 만들 수 있다면 더 팔 수 있겠다는 자신감이 생겼다. 그러나 김치가 익으려면 시간이 걸렸고 적절한 재료를 항상 찾을 수 있는 것도 아니었다. 이문이 괜찮게 남았다가도 그다음 주에는 배춧값이 치솟거나 아예 배추를 구할 수 없었다. 배추가 시장에 없으면 두 사람은 무나 오이, 마늘과 쪽파로 장아찌를 담갔다. 이따금 경희는 마늘과 고추장을 넣지 않고 당근이나 가지를 식초와 간장에 절였다. 일본인들이 이런 절임을 더 좋아해서였다. 땅이 있으면 좋겠다는 생각이 선자의 머리를 떠나지 않았다. 어머니가 집 뒤에 가꾼 작은 텃밭 덕에 숙박료의 두 배 양을 먹는 하숙집 손님들에게도 음식을 내놓을 수 있었다. 채솟값이 계속 올라가고 있었고 노동자들은 제일 기본적인 양식을 구할 형편도 되지 못했다. 최근에 몇몇 손님들이 김치 한 단지를 살 여유가 없어서 한 종지만 살 수 있느냐고 물어보기도 했다.

선자는 팔 김치나 장아찌가 없으면 다른 것을 팔았다. 고구마와 밤을 구웠고 옥수수를 삶았다. 이제는 수레가 두 개로 늘어서 기차 칸처럼 서로 연결했다. 수레 하나에는 임시변통으로 만든 석탄 화로를 실었고 다른 하나에는 장아찌만 실었다. 수레 두 개가 부엌의 대부분을 차지했다. 누가 훔쳐갈까 걱정돼서 집 안에 두어야 했기 때문이었다. 선자는 번 돈을 경희와 반씩 나누어 가졌고, 아이들의 학비와 고향에 돌아갈 비용을 마련하려고 잔돈 한 푼까지 모아두었다.

모자수가 태어난 지 다섯 달이 됐을 때 선자는 시장에서 사탕도 팔기 시작했다. 농작물이 갈수록 귀해져서 구하기가 힘들던 차에 경희가 우연히 조선인 식품점 주인한테 도매로 파는 흑설탕 두 봉지를 구했다. 일본인 처남이 군대에서 일하면서 구해준 것이라고 했다.

선자는 돼지 도축업자 좌판 옆 평소의 자리에서 설탕을 녹이는 데 쓰는 양푼 밑으로 불을 피웠다. 화로로 쓰는 네모난 양철통이 줄곧 애를 먹였다. 형편이 되면 즉시 수레에 들어맞는 제대로 된 화로를 마련할 작정이었다. 소매를 걷어 올리고 공기가 잘 통하도록 석탄을 이리저리 뒤적여 불길을 세게 키웠다.

"아가씨, 오늘 김치 있어요?"

남자 목소리가 들려 선자가 고개를 들었다. 이삭 또래인 남자는 요셉처럼 옷을 입었다. 지나친 관심을 끌지 않으면서도 단정한 차림이었다. 말끔하게 면도한 얼굴에 손톱도 깔끔했다. 두꺼운 안경알과 묵직한 안경테 때문에 이목구비의 잘생김이 반감됐다.

"아니라예, 손님. 오늘은 김치가 없어예. 사탕만 있는데 그것도 아직 준비가 안 됐십니더."

"아. 김치는 언제쯤 살 수 있을까요?"

"확실히는 말 못 해예. 배추 구하기가 어렵고 저번에 담근 김치는 아직 안 익어갖고예." 선자가 말하고 다시 석탄을 뒤적였다.

"하루나 이틀이면 될까요? 일주일?"

선자는 남자의 끈질김에 놀라며 다시 올려다보았다.

"김치는 사흘 정도면 익을 겁니더. 날씨가 더 따뜻해지면 이틀이면 될 거라예, 손님. 아무래도 그리 빨리는 안 되지 싶어예." 선자는 사탕을 만들수 있게 내버려두기를 바라며 단호하게 말했다. 이 시간 즈음이면 가끔 기차에서 내리는 젊은 여자들에게 사탕 몇 봉지를 팔 수 있었다.

"익으면 팔 김치가 얼마나 많이 있을까요?"

"손님한테 팔 양은 충분할 겁니더. 얼마나 사실라꼬예? 우리 손님들은 대부분 담아갈 그릇을 직접 가져와예. 어느 정도 필요합니꺼?" 선자의 손님들은 공장에서 일하느라 반찬을 만들 시간이 없는 조선 여자들이었다. 사탕을 사는 손님들은 어린아이들과 젊은 여자들이었다. "사흘 후에 들러보이소. 그릇을 가져오시면……."

젊은 남자가 소리 내어 웃었다.

"음, 만드는 김치를 모두 저한테 팔았으면 하는데요."

남자가 안경을 올려 바르게 썼다.

"김치를 그리 많이는 못 드실 긴데! 남은 걸 어떻게 안 상하게 보관하실라꼬예?" 선자가 남자의 어리석음에 고개를 절레절레 저으며 대답했다. "이제 두어 달만 있으면 여름이다 아닙니꺼. 그리고 여기는 벌써 덥십니더."

"미안합니다. 미리 설명을 했어야 했는데. 내 이름은 김창호고 쓰루하시역 바로 옆에 있는 야키니쿠* 식당을 운영합니다. 여기 김치가 아주 맛있다는 소문이 멀리까지 퍼졌어요."

선자가 뜨거운 석탄에 시선을 고정한 채, 누빈 면 조끼 위에 걸친 앞치마에 양손을 닦았다.

"부엌일을 잘 아는 사람은 우리 형님이라예. 저는 그냥 김치를 팔고 형님이 만드는 걸 돕기만 합니더."

"그래요, 그래요. 그 이야기도 들었어요. 음, 식당에서 쓸 김치와 반찬을 만들어줄 여자들을 구하고 있어요. 내가 배추를 구할 수 있고……."

"어디서예? 어디서 배추를 구합니꺼? 우리가 사방을 찾았다녔어예. 우리 형님이 아침 일찍 시장에 가는데도 여태……."

"난 구할 수 있어요." 남자가 빙긋이 웃으며 말했다.

선자는 무슨 말을 해야 할지 몰랐다. 사탕을 만드는 양푼은 이미 뜨겁게 달궈져 있었고 설탕과 물을 넣어야 할 차례였지만 지금 시작하고 싶지 않았다. 이 사람이 하는 말이 진심이라면 말을

* 일본어로 숯불구이라는 뜻.

끝까지 듣는 것이 중요했다. 기차가 도착하는 소리가 들렸다. 첫 손님들은 이미 놓친 셈이었다.

"손님 식당이 어디 있다 캤지예?"

"기차역 뒤쪽 골목에 있는 큰 식당이에요. 약국이 있는 길 쪽에…… 깡마른 일본인 약사 오카다 상이 하는 약국 알죠? 나처럼 검은 테 안경을 쓴 사람이요." 남자가 안경을 코 위로 다시 추켜올리고 사내아이처럼 웃었다.

"아, 약국이 어데 있는지 알아예."

그 약국은 조선인들이 너무 아파서 좋은 약에 돈을 써야 할 때 가는 곳이었다. 오카다는 상냥한 사람은 아니었지만 정직했다. 많은 병을 치료할 수 있는 약사라는 평판이 자자했다.

이 젊은 남자는 선자를 이용하려고 드는 사람처럼 보이지 않았지만 확신할 수는 없었다. 선자는 몇 달이라는 짧은 기간 동안 행상으로 일하면서 손님 몇 명한테 외상을 주었다가 돈을 받지 못했다. 사람들은 사소한 일을 가지고 천연덕스럽게 거짓말을 했고 남의 이익은 안중에 없었다.

김창호가 선자에게 명함을 주었다. "여기 주소가 있어요. 김치가 다 되면 가져다줄래요? 전부 가져와요. 값을 현금으로 치르고 배추를 더 구해줄게요."

선자가 아무 말도 없이 고개를 끄덕였다. 한 손님이 김치를 모두 사간다면, 다른 상품들을 만들 시간이 더 생길 터였다. 그동안 배추를 구하기가 제일 힘들었다. 그러니 이 남자가 배추를 구할 수 있다면 일이 훨씬 수월해지게 생겼다. 경희는 이 귀한 재료를 찾아내려고 모자수를 업고 시장을 샅샅이 뒤지고 다녔지만 대부분 빈 장바구니로 집에 돌아왔다. 선자는 만들어놓은 김치를 가져다주겠다고 남자에게 약속했다.

식당은 기차역과 나란히 뻗은 짧은 골목에서 가장 큰 가게였다. 근처 다른 가게들과 달리 전문 간판 제작자가 멋지게 만든 간판이 걸려 있었다. 경희와 선자는 넓은 목판에 크고 검게 새겨진 글자를 보고 감탄했다. 그 글자가 무슨 뜻인지 궁금했다. 조선 갈빗집인 것은 분명했다. 불에 구운 고기 냄새가 두 구역이 떨어진 곳까지 풍겼다. 하지만 간판에 새겨진 어려운 일본 글자는 두 사람 다 읽을 수 없었다. 선자는 지난 몇 주 동안 보관해둔 김치를 전부 수레 두 개에 싣고 손잡이를 움켜쥔 채 숨을 깊게 쉬었다. 김치를 식당에 꾸준히 팔게 된다면 정기적으로 수입이 들어올 터였다. 그렇게 되면 이삭과 노아가 먹을 달걀을 더 자주 살 수 있었고, 요셉과 노아의 새 외투를 지어주고 싶어 하는 경희에게 두툼한 모직 옷감을 사줄 수 있었다.

요셉은 부엌에 흩어져 있는 김치 재료가 보기 싫고 냄새를 맡기도 싫다고 불평하면서 집을 자주 비웠다. 요셉은 김치 공장에서 살고 싶지 않았다. 이런 요셉의 불만 때문에 두 여자는 사탕을 만들어 파는 것을 더 좋아했지만, 설탕은 배추나 고구마보다도 구하기가 더 어려웠다. 노아는 투덜거리지는 않았지만 김치 냄새 때문에 제일 많은 피해를 보았다. 노아는 학교에서 다른 조선 아이들처럼 놀림받고 괴롭힘당했는데, 이제는 깨끗해 보이는 옷에서 양파와 고추와 마늘과 새우젓 냄새가 끊임없이 풍기니 교사마저 노아에게 교실 뒷자리에 앉으라고 했다. 엄마들이 집 안에서 돼지를 키우는 조선 아이들 무리의 바로 옆이었다. 학교에서 모두가 돼지들과 함께 사는 아이들을 부타*라고 불렀다. 일본 이름이 노부오인 노아는 부타 아이들과 앉았고 마늘똥이라고 불렸다.

노아는 아이들에게 괴롭힘을 당하고 싶지 않아서, 마늘이 들어가지 않은 간식과 음식을 달라고 큰어머니에게 부탁했다. 경희가 이유를 묻자 노아는 사실대로 말했다. 경희는 돈이 훨씬 많이 들어도 노아의 아침밥으로 빵집에서 커다란 우유빵을 샀고 도시락으로 감자 고로케와 야키소바를 싸주었다.

아이들이 잔인하게 굴었지만 노아는 그 아이들과 싸우지 않았다. 오히려 공부를 더 열심히 했고 2학년 학급에서 1, 2등을 차지해서 교사들을 놀라게 했다. 노아는 학교에 친구가 없었고, 길에서 노는 조선 아이들과도 어울리지 않았다. 노아가 보고 싶어서 기다리는 유일한 사람은 큰아버지였으나 요즘 요셉은 어쩌다 집에 있을 때에도 평소와 달랐다.

경희와 선자는 선뜻 들어가지 못하고 식당 앞에 조용히 서 있었다. 문이 약간 열려 있었지만 아직 영업시간이 아니었다. 경희는 김치를 더 팔 수 있게 됐다는 말에 처음에는 신났지만, 그 제안에 타당한 의심을 품었고 잘 모르는 곳에 선자를 혼자 보내지 않으

---

* 일본어로 돼지라는 뜻.

려 했다. 모자수를 들쳐 업고 따라나서겠다고 고집을 부렸다. 두 사람은 요셉에게 여기 온다는 말을 하지 않았지만, 일단 만나본 후에 모두 털어놓을 계획이었다.

"난 밖에서 수레를 지키고 있을게." 경희가 일정한 장단에 맞춰 오른손으로 모자수를 토닥거리며 말했다. 아기는 포대기에 싸여 경희의 등에 기댄 채 가만히 쉬고 있었다.

"제가 김치를 가지고 들어가야 하지 않을까예?" 선자가 말했다.

"그 사람한테 밖으로 나오라고 하지 그래?"

"둘 다 들어가면 되잖아예."

"난 밖에서 기다릴래. 하지만 동생이 금방 안 나오면 내가 들어갈 거야, 괜찮지?"

"언니 혼자 수레를 어떻게 밀라꼬예. 그리고……."

"밀 수 있어. 모자수도 괜찮고." 이제 아기는 머리를 경희의 등에 기대어 꾸벅꾸벅 졸고 있었고, 경희는 안정적으로 몸을 좌우로 계속 흔들고 있었다.

"들어가. 난 기다릴게. 그냥 그 사람한테 여기로 나오라고 해. 안에서 그 사람하고 계속 이야기하지 말고, 알았지?"

"지는 우리가 함께 그 사람하고 이야기하는 줄 알았어예."

선자가 어떻게 해야 할지 모른 채 경희를 물끄러미 쳐다보다가 경희가 식당에 들어가기를 두려워한다는 사실을 문득 깨달았다. 남편이 무슨 일이 있었는지 묻는다면 경희는 내내 밖에 있었다고 정직하게 말할 수 있었다.

3

1940년 4월

선자가 살면서 식당에 들어가본 것은 이번이 두 번째였다. 식당 안은 부산에서 이삭과 함께 갔던 우동 가게보다 거의 다섯 배는 컸다. 전날 밤의 고기 탄내와 퀴퀴한 담배 냄새가 남아 있어서 목이 따가웠다. 바닥보다 높여 만든 널찍한 자리에 다다미가 깔려 있었고 밥상이 두 줄로 놓여 있었다. 그 밑에는 손님들이 신발을 벗어놓는 공간이 있었다. 탁 트인 부엌에서 하얀 메리야스를 입은 10대 사내아이가 맥주잔을 한 번에 두 개씩 씻고 있었다. 물이 흐르는 소리와 잔이 부딪치는 소리가 요란해서 사내아이는 선자가 식당에 들어오는 기척을 듣지 못했다. 사내아이가 설거지에 집중하고 있는 동안 선자는 자기를 알아차리기를 바라며 윤곽이 뚜렷한 사내아이의 옆모습을 가만히 바라보았다.

시장에 찾아왔던 남자는 김치를 정확히 몇 시에 가져오라고 말하지 않았고, 선자도 오전이나 오후 중에 언제 들러야 할지 미처 물어보지 못했다. 김창호는 어디에도 보이지 않았다. 그 사람이 오늘 들어오지 않거나, 오후나 저녁에 출근하면 어떻게 하지? 선자가 누구와도 말하지 못하고 나간다면 경희도 어떻게 할지 모를 터였다. 경희는 작은 일에도 끝없이 걱정했고 선자는 그런 경희를 애먹이고 싶지 않았다.

개수대에서 흐르던 물이 멈췄다. 밤부터 아침까지 근무하느라 지쳐 진이 빠진 사내아이가 목을 좌우로 쭉 늘였다. 그러다가 젊은 여자를 보고 화들짝 놀랐다. 여자는 일본식 바지와 오래 입어서 빛깔이 바랜 푸른 누비 조끼를 입고 있었다.

"아가씨, 지금은 영업시간이 아니에요." 사내아이가 조선말로 말했다. 여자는 손님이 아니었지만 거지도 아니었다.

"실례합니더. 방해해서 미안하지만 김창호 씨가 어디 있는지 압니꺼? 나한테 김치를 가져오라 했어예. 언제 와야 했는지 모르지만……."

"아! 아가씨가 그 사람이에요?" 사내아이가 안심하며 활짝 웃었다. "바로 저 길 아래에 가셨어요. 지배인님이 오늘 아가씨가 들르면 데리러 오라고 하셨어요. 여기 앉아서 기다리세요. 김치 가져왔어요? 손님들이 몇 주 내내 반찬 가지고 불평했어요. 아가씨도 여기서 일할 거예요? 저기, 그나저나 몇 살이에요?" 사내아이가 손을 닦고 뒤에 난 부엌문을 열었다. 새로 온 아가씨가 귀엽게 생겼다고 생각했다. 저번 김치 아주머니는 별 이유도 없이 자기에게 소리를 질러대는 이가 빠진 할머니였다. 그 할머니는 술을 너무 많이 마셔서 해고됐는데, 이번 아가씨는 자기보다 어려 보였다.

선자는 어리둥절했다. "잠깐만예, 김창호 씨는 여기 안 계셔예?"

"잠깐만 앉아 있어요. 금방 돌아올게요!"

사내아이가 문 밖으로 황급히 달려 나갔다.

선자는 주위를 둘러보다가 문득 식당 안에 혼자 있다는 것을 깨닫고 밖으로 나갔다.

경희가 나지막한 목소리로 말했다. "아기가 이제 잠들었어."

경희는 평소에 수레 옆에 걸어놓는 뭉툭한 시장 의자에 앉아 있었다. 밝은 햇살 아래 산들바람이 살랑살랑 불어와 모자수의 복슬복슬한 머리카락과 매끈한 이마를 스치고 지나갔다. 이른 아침이었고 길거리에 지나다니는 사람이 거의 없었다. 약국은 아직 문도 열지 않았다.

"언니, 그 사람이 오고 있어예. 아직도 밖에서 기달리고 싶어예?" 선자가 물었다.

"난 여기 있어도 괜찮아. 들어가면 내가 볼 수 있게 창가에서 기다려. 하지만 그 사람이 오면 나와야 한다, 알았지?"

식당으로 돌아온 선자는 앉아 있기가 무서워서 문에서 한 발짝 떨어진 자리에 서 있었다. 이 김치를 오늘 시장에서 팔 수도 있었다. 여기 온 이유는 그 남자가 배추를 구할 수 있다고 해서였다. 그것만으로도 그 남자를 기다릴 이유가 충분했다. 배추가 없으면 장사도 할 수 없었다.

"다시 만나서 반가워요!" 김창호가 부엌문으로 들어오면서 외쳤다. "김치 가져왔어요?"

"형님이 밖에서 수레를 지키고 있어예. 많이 가져왔십니더."

"더 많이 만들 수 있으면 좋겠네요."

"아직 맛도 안 보셨잖아예." 선자가 열렬한 반응에 얼떨떨해하며 조용히 말했다.

"걱정 안 해요. 나도 알아봤거든요. 오사카에서 제일 맛있는 김치라고 들었어요." 남자가 선자를 향해 힘차게 걸어오며 말했다. "자, 그럼 나가봅시다."

경희는 창호를 보자마자 말 없이 고개를 숙여 인사했다.

"안녕하세요. 저는 김창호라고 해요." 창호가 경희의 아름다운 외모에 약간 놀라며 말했다. 여자가 몇 살인지는 알 수 없었지만 태어난 지 6개월이 채 안 돼 보이는 아기를 업고 있었다.

경희는 아무 말도 하지 않았다. 그 모습이 아름다우면서도, 불안해하는 말 못하는 아이 같았다.

"당신 아기예요?" 창호가 물었다.

경희가 고개를 저으며 선자를 슬쩍 보았다. 살림에 필요한 식료품과 물건을 사려고 일본인 상인과 말해야 하는 것과는 상황이 달랐다. 돈과 거래는 남자들의 일이라는 말을 요셉에게서 수없이 들은 경희는 갑자기 아무 말도 나오지 않았다. 여기 오기 전에는 선자를 도와 흥정할 생각이었는데, 지금은 조금이라도 말을 거들면 도움도 안 되고 아예 일이 틀어질 것 같았다.

선자가 물었다. "김치를 얼마나 살 건가예? 그러니까 꾸준히 사실 양예. 이 김치를 다 먹어보고서 주문하실랍니꺼?"

"두 분이 만들 수 있는 양은 다 살게요. 여기 와서 김치를 만들면 더 좋겠어요. 여기는 냉장고가 있고 아주 서늘한 지하실도 있어서 김치를 담그기에 좋을 거예요."

"부엌에서예? 저기서 배추를 절이라꼬예?" 선자가 식당 문을 가리키며 물었다.

"네." 창호가 싱긋 웃었다. "아침에 여기로 와서 김치와 반찬을 만들면 돼요. 오후에 고기를 자르고 양념을 하는 조리사가 두 명 오는데, 그 사람들은 김치와 반찬은 못 만들어요. 그건 아무나 못 하죠. 손님들은 집에서 만든 것 같은 절임을 먹고 싶어 해요. 양념된 고기는 바보라도 구울 수 있지만, 손님들이 왕처럼 먹는 기분이 들게 하려면 반찬이 걸게 나가야 해요. 안 그래요?"

김창호는 두 사람이 식당 부엌에서 일한다는 점을 여전히 불편해한다는 사실을 눈치챘다.

"게다가 내가 그 많은 배추와 채소 상자를 집으로 가져다주는 것도 영 내키지 않겠죠? 그렇게 되면 아주 불편할 거예요."

경희가 선자에게 소곤거렸다. "우린 식당에서 일할 수 없어. 집에서 김치를 만들어서 여기로 가져오면 되잖아. 우리가 김치를 다 나를 수 없으면 저 사내아이가 김치를 실어 가면 돼."

"잘 이해를 못 하셨군요. 두 분이 전에 만든 양보다 훨씬, 훨씬 많이 필요해요. 난 김치와 반찬이 필요한 식당을 두 개 더 운영해요. 여기가 본점이라서 부엌이 제일 크기는 하지만요. 내가 재료를 전부 제공할게요. 그러니까 필요한 걸 말만 하면 돼요. 봉급도 넉넉하게 받게 될 거예요."

경희와 선자는 무슨 말인지 이해하지 못하고 김창호를 바라보았다.

"주당 35엔. 두 분이 같은 금액을 받게 될 거예요. 합해서 70엔이에요."

선자가 깜짝 놀라서 입을 떡 벌렸다. 요셉은 한 주에 40엔을 벌었다.

"그리고 가끔 고기를 집에 가져갈 수 있어요." 창호가 살짝 웃으며 말했다. "두 분이 여기에서 즐겁게 일하려면 우리가 뭘 해드려야 할지 앞으로 의논해보죠. 개인적으로 식자재를 써야 되면 원가에 줄게요. 그런 건 다음에 생각해봐요."

선자와 경희가 재료비를 제하고 행상으로 올리는 순이익은 대략 일주일에 10엔에서 12엔이었다. 두 사람이 일주일에 70엔을 번다면 앞으로 돈 걱정을 할 필요가 없었다. 지난 여섯 달 동안 식구들에게 닭고기나 생선 요리를 해주지 못했다. 소고기나 돼지고기는 아예 엄두도 못 냈다. 매주 두 사람은 여전히 국을 끓일 사골을 샀고 가끔 남자들이 먹을 달걀에는 돈을 아끼지 않았지만, 선자는 아들들과 이삭, 요셉에게 감자와 기장 말고도 다른 음식을 먹이고 싶었다. 그렇게 많은 돈을 벌 수 있다면, 힘들게 살고 계실 시부모님에게도 더 많은 돈을 보낼 수 있었다.

"그러면 우리 큰아들 노아가 집에 올 때쯤엔 일이 끝날까예?" 선자는 자기도 모르게 불쑥 말했다.

"그럼요, 물론이죠." 창호가 마치 미리 생각해놓았다는 듯이 대답했다. "일을 마치면 바로 돌아가도 돼요. 점심시간이 되기 전에 끝날 것 같은데요."

"우리 아기는예?" 선자가 경희 등에 업혀 잠들어 있는 모자수를 가리켰다. "아기를 데려와도 될까예? 우리랑 부엌에 있으면 됩니더." 일하는 여자들의 아이들을 봐주느라 버거워하는 동네 할머니에게 모자수를 맡길 수 없었다. 집에 아이들을 봐줄 사람이 없거나 할머니에게 돈을 낼 형편이 안 되는 여자들은 아주 어린 아이들을 시장에 데리고 와서 수레에 밧줄로 묶어놓았다. 몸통에 밧줄이 묶인 아이들은 엄마 곁에서 돌아다니거나 싸구려 장난감을 가지고 놀 수 있어서 행복해 보였다.

"아이가 별로 말썽을 안 부려예." 선자가 말했다.

"안 될 거 없겠죠? 일만 제때 마무리되면 상관없어요. 두 분은 손님이 없는 시간에 일할 테니까 방해가 안 될 거예요." 창호가 말했다. "두 분이 늦게까지 있어야 하고 큰아들이 학교 끝나고 여기 오고 싶어 한다면 그것도 괜찮아요. 저녁 식사 시간까지는 손님이 없으니까요."

선자가 고개를 끄덕였다. 추운 겨울에 노아와 모자수를 걱정하면서 밖에서 손님들을 기다릴 필요가 없어진 것이다.

모든 것을 바꾸어놓을 김창호의 제안에 기뻐하기보다는 불안해하는 경희를 본 선자가 말했다. "일단 물어봐야 해예. 허락을 받아야 해서……."

저녁상을 치운 후, 경희는 남편에게 보리차 한 잔과 재떨이를 가져다주었다. 큰아버지 가까이에 책상다리를 하고 앉은 노아는 요셉이 사준 밝은색 팽이를 가지고 놀고 있었다. 아이는 빠르게

도는 팽이를 보느라 넋을 놓고 있었다. 양팔에 모자수를 안은 선자는 놀고 있는 노아를 지켜보면서 이삭이 어떻게 지내고 있는지 궁금했다. 이삭이 체포된 후로 성격이 완전히 바뀌어버린 요셉의 화를 돋울까 봐 선자는 집에서 거의 말을 하지 않았다. 요셉은 화가 나면 집에서 나가버리곤 했고 때로는 아주 늦게까지 들어오지 않았다. 여자들은 자신들이 식당에서 일하겠다고 하면 요셉이 반대하리라는 것을 알았다.

요셉이 담배에 불을 붙이고 나자 경희가 일자리 이야기를 꺼냈다. 경희는 '돈' 대신에 '일'이라는 말을 사용해, 일이 필요하다고 말했다.

"정신이 나갔어? 기차역 다리 밑에서 판다고 음식을 만들더니, 이제는 둘 다 남자들이 술 마시고 도박하는 식당에서 일하겠다고? 어떤 여자들이 그런 곳에서 일하는지 알아? 뭐, 다음에는 술을 따르고 있을 건가……?" 피우지 않은 담배가 요셉의 떨리는 손가락 사이에서 흔들렸다. 요셉은 폭력적인 사람이 아니었지만 더 이상 참을 수 없었다.

"식당 안에 직접 들어갔어?" 요셉이 물었다. 이런 대화를 한다는 것 자체를 믿을 수 없었다.

"아니요." 경희가 대답했다. "난 아기랑 밖에 있었어요. 하지만 크고 깨끗한 곳이었어요. 창문으로 들여다봤거든요. 거기가 좋은 곳이 아닐 수도 있어서 같이 간 거예요. 선자 혼자 가게 할 순 없으니까요. 김창호라는 지배인은 말씨가 점잖은 젊은 남자였어요. 당신도 그 사람을 만나봐야 해요. 당신이 허락하지 않으면 우리는 거기 가지 않을 거예요. 여보……." 경희의 눈에 요셉이 얼마나 화났는지 보였고, 그래서 속상했다. 경희는 누구보다도 요셉을 존경했다. 여자들은 툭하면 남편에 대해 불평했지만, 경희의 남편은 흠잡을 데가 하나도 없었다. 요셉은 약속을 지키는 진실한 사람이었다. 요셉은 있는 힘껏 노력했고, 훌륭한 사람이었다. 요셉은 가족을 돌보려고 최선을 다했다.

요셉이 담배를 껐다. 노아는 팽이 돌리기를 멈췄고 겁을 먹은 듯했다.

"당신이 그 사람을 만나보면……." 경희는 이 일자리를 잡아야 한다는 사실을 알았지만 그렇게 되면 남편이 모욕감을 느끼리라는 것도 알았다. 혼인해 사는 동안 요셉은 경희가 돈을 벌지 못하게 했지만 그 외에는 경희가 하고 싶어 하는 걸 반대한 적이 없었다. 요셉은 열심히 일하는 남자는 혼자 힘으로 가족을 돌볼 수 있어야 하고 여자는 집에 있어야 한다고 생각했다.

"우리 대신 당신이 그 사람한테 돈을 받아도 돼요. 그저 이삭네 아이들을 위해 저축하고 부모님에게 돈을 더 보내려는 거예요. 이삭에게 더 나은 음식과 옷도 보내줄 수 있어요. 이삭이 언제 어떻게 될지……." 경희가 말을 멈췄다. 노아가 큰아버지 눈치를 살피며 요셉한테 가만가만 다가가 있었다. 노아는 넘어지거나 학교에서 일어난 일로 주눅이 들었을 때 큰아버지가 등을 토닥여주었듯이 요셉의 다리를 토닥였다.

머릿속에는 다툴 말이 가득 차 있었지만 요셉은 아무 말도 할 수 없었다. 요셉은 두 군데서 정규직으로 일하고 있었다. 시마무라 상 밑에서 공장 두 개를 관리하면서 일본인 작업반장 봉급의 절반만 받았다. 최근에는 퇴근 후에 조선인 사장이 운영하는 공장에서 고장 난 금속 압연기들을 수리했지만 수입이 꾸준하지 않았다. 요셉은 최근에 시작한 이 일을 아내에게 말하지 않았다. 아내가 자신을 정비공이 아니라 관리자로 생각해주었으면 했기 때문이었다. 요셉은 집에 가기 전에 손톱 밑에 낀 기계기름 얼룩을 지우려고 희석한 잿물로 씻고 뻣뻣한 솔로 양손을 사정없이 문질렀다. 아무리 열심히 일해도 늘 돈이 부족했다. 주머니에 구멍이라도 난 양 지폐와 동전이 주머니에서 빠져나갔다.

일본은 곤경에 처해 있었다. 일본 정부는 이 사실을 알고 있었지만 패배를 절대 인정하지 않으려 했다. 중국에서 벌어지고 있는 전쟁이 끝나지 않고 계속됐다. 시마무라의 아들들은 일본을 위해 전쟁에 나가 싸웠다. 만주로 파견된 큰아들은 작년에 한쪽 다리를 잃었다가 괴저로 죽었다. 둘째 아들은 형을 대신해서 난징으로 보내졌다. 시마무라 상은 지나가는 말로 일본이 중국을 안정시키고 평화를 전파하려고 중국에 주둔해 있다고 말했지만, 말투로 봐서는 본인도 그런 말을 전혀 믿지 않는 것 같았다. 일본인들이 아시아 곳곳에서 전쟁을 벌이고 있었고, 유럽에서 벌어지는 전쟁에서 곧 독일과 동맹할 것이라는 소문이 돌았다.

이런 문제가 요셉과 무슨 상관이 있을까? 일본인 사장이 전쟁 이야기를 하면 요셉은 적절한 때에 고개를 끄덕였고 간간이 장단을 맞추며 추임새를 넣었다. 사장이 이야기를 하면 직원은 고개를 끄덕이는 것이 마땅해서였다. 그렇지만 요셉이 아는 모든 조선인은 아시아에서 일어나는 일본의 영토 확장 전쟁이 무분별하다고 여겼다. 중국은 조선이 아니었고, 대만이 아니었다. 중국은 백만 명을 잃고도 계속 버틸 수 있었다. 중국은 일부 지역이 함락된다 해도 여전히 엄청나게 거대한 나라였다. 사람 수와 의지만으로도 버틸 수 있는 나라였다. 조선인들이 일본이 승리하기를 바랄까? 얼토당토않은 소리였다. 하지만 일본의 적이 이기면 조선인들에게 무슨 일이 벌어질까? 조선인들이 스스로를 구할 수 있을까? 결코 아닐 것이다. 그렇다면 각자 살 방도를 궁리해야 한다는 것이 조선인들이 마음속에 품은 생각이었다. 가족을 지켜라. 자기 배를 채워라. 정신 바짝 차리고, 지도자들을 믿지 마라. 조선의 민족주의자들이 나라를 되찾지 못한다면, 아이들에게 일본어를 가르쳐 출세하게 해라. 적응해라. 지극히 간단하지 않은가? 조선 독립을 위해 싸우는 애국자들이나 일본 편에 선 재수 없는 조선 놈들이 있는가 하면, 이곳에서나 또 다른 곳에서 그저 먹고살려고 발버둥 치고 있는 수많은 동포가 있었다. 결국 배고픔 앞에 장사 없는 법이었다.

요셉은 날마다 시도 때도 없이 돈 걱정을 했다. 요셉이 갑자기 죽기라도 하면 어떻게 될까? 도대체 어떤 남자가 아내를 식당에서 일하게 둔다는 말인가? 요셉은 그 갈빗집을 알았다. 하긴 누가 모를까? 그 갈빗집은 세 군데에 있었고 본점은 기차역 옆에 있었다. 폭력배들이 거기서 밤늦게 밥을 먹었다. 사장들은 일반인이나 일본 사람들이 오지 못하게 하려고 음식값을 높게 정했다. 요셉은 이삭과 선자의 도항증을 발급받는 데 필요한 돈을 그곳에서 빌렸다. 아내가 대부업자들 밑에서 일하는 것과 요셉이 그들에게 빚을 지는 것 중에서 무엇이 더 나쁠까? 조선 남자에게 선택이란 항상 엿 같은 일이었다.

4

1942년 5월

백노아는 동네의 다른 여덟 살배기들과 달랐다. 엄마가 가르쳐 준 대로, 매일 아침 학교에 가기 전에 볼이 분홍색이 될 때까지 얼굴을 문질러 씻었고 검은 머리카락에 기름 세 방울을 매끈하게 바른 뒤에 이마 위로 빗질을 했다. 보리로 만든 죽과 된장국으로 아침을 먹은 다음에 입을 헹구고 개수대 옆에 있는 작은 동그란 손거울로 이를 점검했다. 엄마는 아무리 피곤해도 전날 밤에 노아의 셔츠를 다림질했다. 깨끗하고 잘 다려진 옷을 입은 노아는 오사카의 잘사는 지역에 사는 중산층 일본 아이처럼 보였다. 노아네 동네의 씻지도 않는 빈민가 아이들과 비슷한 구석이 전혀 없었다.

노아는 학교에서 산수와 쓰기를 둘 다 잘했으며, 뛰어난 운동 신경과 달리기 실력으로 체육 교사를 놀라게 했다. 수업이 끝나면 시키지 않아도 교실 책장을 정리하고 바닥을 빗자루로 쓴 다음에 지나친 관심을 끌지 않으려고 애쓰며 혼자 집에 갔다. 방해받지 않고 조용히 혼자 있으려고 거리를 두면서도, 거친 아이들을 두려워하는 것 같지 않았다. 저녁밥을 먹을 때까지 동네 아이들과 길에서 놀며 꾸물거리지 않고, 곧바로 집에 들어가서 숙제를 했다.

엄마와 큰어머니가 식당에 가서 김치를 담그기 시작한 이후로는 집에서 끊임없이 풍기던 김치와 장아찌 냄새가 더 이상 나지 않았다. 노아는 마늘똥이라는 소리를 이제 그만 듣고 싶었다. 요즘에는 엄마와 큰어머니가 식당에서 식구들 먹일 음식을 해서 가져왔기 때문에 오히려 다른 집들보다 음식 냄새가 덜 났다. 일주일에 한 번씩 노아는 식당에서 가져오는 구운 고기와 흰쌀밥을 먹게 됐다.

다른 모든 아이들처럼 노아도 비밀을 간직하고 있었지만 노아의 비밀은 평범하지 않았다. 학교에서 노아는 백노아가 아니라 일본 이름인 '보쿠 노부오'로 통했다. 같은 반 아이들은 일본식으로 쓴 낯선 성씨를 보고 노아가 조선인이라는 사실을 알아챘지만, 이를 모르는 사람을 만나면 노아는 그 사실을 먼저 이야기하지 않았다. 노아는 대부분의 본토 아이들보다 일본어를 더 잘 말하고 잘 썼다. 수업 시간에 부모님이 태어난 반도 이야기가 나올까 봐서 두려웠고, 선생님이 조선 식민지를 조금이라도 언급하면 교과서만 내려다보았다. 노아한테는 다른 비밀도 있었다. 개신교 목사인 노아의 아버지가 감옥에 갇혀 있고 2년 넘게 집에 오지 못하고 있다는 것이었다.

아이는 아버지의 얼굴을 떠올리려고 했지만 기억나지 않았다. 학교 숙제로 가족 이야기를 해야 하면 아버지가 비스킷 공장에서 작업반장으로 일한다고 말했고, 몇몇 아이들이 큰아버지인 요셉을 노아의 아버지로 짐작하면 굳이 바로잡지 않았다. 하지만 엄마와 큰어머니, 가장 좋아하는 큰아버지한테도 숨기는 큰 비밀은 노아가 더 이상 하나님을 믿지 않는다는 것이었다. 하나님은 아무 잘못도 하지 않은 온화하고 다정한 아버지가 감옥에 가게 두었다. 아버지가 하나님은 아이들의 기도를 아주 꼼꼼하게 듣는다고 말했는데도, 하나님은 2년 동안 노아의 기도에 응답하지 않았다. 그러나 노아가 말할 수 없는 가장 큰 비밀이 있었다. 일본인이 되고 싶다는 것이었다. 노아의 꿈은 이카이노를 떠나서 다시는 돌아오지 않는 것이었다.

어느 늦봄 오후였다. 노아가 학교에서 집에 돌아오니 엄마가 일하러 가기 전에 두고 간 간식이 있었다. 식구들이 밥을 먹거나 노아가 숙제를 하는 나지막한 밥상 위에 차려져 있었다. 노아는 목이 말라서 물을 가지러 부엌에 갔다가 나오면서 외마디 소리를 질렀다. 문 옆 바닥에 몹시 야위고 지독하게 더러운 남자가 쓰러져 있었다.

일어서지 못하는 남자는 왼쪽 팔꿈치를 바닥에 대고 일어나 앉으려고 애를 썼지만 그마저 하지 못했다.

다시 소리를 질러야 하나? 노아는 고민했다. 누가 자기를 도와줄까? 엄마와 큰어머니, 큰아버지는 일터에 있었고, 처음에 소리를 지를 때 아무도 듣지 못한 것 같았다. 이 거지는 위험해 보이지 않았다. 아프고 더러워 보였지만, 도둑일지도 몰랐다. 큰아버지는 노아에게 음식이나 귀중품을 훔쳐가려고 집에 들어오는 강도와 도둑을 조심하라고 신신당부했다. 노아의 바지 주머니에 50센이 들어 있었다. 삽화가 있는 활쏘기 책을 사려고 모아온 돈이었다.

이제 남자는 흐느껴 울고 있었고 노아는 남자가 불쌍했다. 이 동네 길거리에는 가난한 사람들이 많았지만, 아무도 이 남자처럼 안돼 보이지 않았다. 거지의 얼굴은 상처와 검은 딱지로 덮여 있었다. 노아가 주머니에 손을 넣어 동전을 꺼냈다. 남자가 다리를 움켜잡을까 봐서 겁이 난 노아가 남자의 손 근처 바닥에 동전을 놓을 수 있을 만큼만 다가갔다. 노아는 부엌으로 뒷걸음질을 쳐서 뒷문으로 달려 나가 도움을 구하려다, 남자의 울음소리에 멈춰 서서 머뭇거렸다.

아이는 흰 수염이 난 남자의 얼굴을 조심스레 바라보았다. 찢어지고 때가 묻은 옷이었지만 학교에서 교장선생님이 입는 짙은 색 정장과 비슷했다.

"아빠야." 남자가 말했다.

노아가 헉 소리를 내고는 아니라고 고개를 절레절레 저었다.

"엄마는 어디 계시니, 아가?"

아버지 목소리였다. 노아가 한 발짝 앞으로 갔다.

"엄마는 식당에 있어요." 노아가 대답했다.

"어디라고?"

이삭은 혼란스러웠다.

"제가 지금 갈게요. 엄마 데려올게요. 괜찮아요?" 아이는 정확히 무엇을 해야 할지 몰랐다. 아직 겁이 났다. 그래도 분명히 아버지였다. 튀어나온 광대뼈와 벗겨진 살갗 아래 순한 눈이 똑같았다. 아버지가 배고픈지도 몰랐다. 옷 아래 어깨뼈와 팔꿈치가 뾰족한 나뭇가지 같았다. "뭐 좀 드실래요?"

노아는 엄마가 차려놓고 간 간식을 가리켰다. 보리와 기장으로 만든 주먹밥 두 덩어리였다.

이삭이 아이의 걱정에 웃음을 지으며 고개를 저었다.

"아가…… 물 좀 가져다줄래?"

노아가 부엌에서 차가운 물 한 잔을 가지고 오니 이삭은 두 눈을 감은 채 바닥에 푹 쓰러져 있었다.

"아빠! 아빠! 일어나세요! 물 가져왔어요! 물 드세요, 아빠." 노아가 외쳤다.

이삭의 눈이 떨리며 열렸다. 이삭은 아이를 보고 미소 지었다.

"아빠가 피곤하네, 노아야. 아빠 잘게."

"아빠, 물 드세요." 아이가 잔을 내밀었다.

이삭이 고개를 들고 물을 죽 들이켠 다음에 다시 눈을 감았다.

노아가 몸을 숙이고 이삭의 입에 가까이 다가가 숨을 쉬는지 확인했다. 노아는 자기 베개를 가져와 이삭의 덥수룩한 흰머리 아래로 밀어 넣었다. 두꺼운 누비이불을 아버지에게 덮어주고 나와 조용히 현관문을 닫았다. 노아는 전속력으로 식당을 향해 달려갔다.

노아가 식당으로 뛰어 들어갔지만 앞쪽에 있는 누구도 노아에게 눈길을 주지 않았다. 식당에서 일하는 어른들 중에서 '예, 아니요'라는 말 외에는 별말을 하지 않는 이 예의 바른 사내아이를 언짢게 여기는 사람은 한 명도 없었다. 동생 모자수는 창고에서 자고 있었다. 이 두 살배기 아이는 잠에서 깨면 식당 구석구석을 쉬지 않고 돌아다녔지만, 잠들어 있을 때는 천사 같았다. 지배인인 김창호는 한 번도 선자의 아이들에 대해 불평하지 않았다. 김창호는 아이들에게 장난감과 만화책을 사주었고 이따금 뒤쪽 사무실에서 일하는 동안 모자수를 봐주기도 했다.

"어머." 경희가 부엌에서 일하던 중 고개를 들었다가 숨을 헐떡이는 창백한 노아를 보고 깜짝 놀랐다. "땀을 흘리잖아. 괜찮아? 일이 금방 끝날 거야. 배고프니?" 쪼그리고 앉아 있던 경희는 먹을 것을 챙겨주려고 일어났다. 노아가 혼자 있으려니 외로워서 왔다고 생각했다.

"아빠가 집에 왔어요. 아파 보여요. 집 바닥에서 자고 있어요."

아무 말 없이 노아가 말하기를 기다리고 있던 선자가 앞치마에 젖은 손을 닦았다. "가봐도 될까예? 우리가 지금 가도 될까예?" 지금까지 선자는 일을 마치기 전에 돌아간 적이 없었다.

"내가 남아서 마저 끝낼게. 동생은 서둘러 가봐. 나도 일 끝내고 바로 갈게."

선자가 손을 뻗어 노아의 손을 잡았다.

길을 따라 절반쯤 가다가 선자가 "모자수!"라고 소리치자 노아가 선자를 올려다보았다.

"엄마, 큰어머니가 모자수를 집에 데려올 거예요." 노아가 차분하게 말했다.

선자가 노아의 손을 더욱 꽉 움켜잡고 집을 향해 빠르게 걸었다.

"니가 엄마를 달랜데이, 노아야. 니가 엄마를 달래."

주변에 아무도 없었기에 아들을 다정하게 대할 수 있었다. 부모가 자식을 칭찬하면 안 되고, 그랬다가는 화를 불러올 뿐이라는 것을 선자는 잘 알고 있었다. 하지만 아버지는 선자가 잘한 일이 있으면 항상 칭찬했다. 선자가 아무것도 하지 않을 때조차 아버지는 습관처럼 선자의 정수리를 쓰다듬거나 등을 토닥거렸다. 다른 부모였다면 딸을 응석받이로 키운다고 동네 사람들이 수군거렸을 것이다. 그러나 불구인 아버지가 자식의 멀쩡한 이목구비와 팔다리에 감탄하는 것에는 아무도 뭐라고 할 수 없었다. 아버지는 선자가 걷고 말하고 간단한 암산을 하는 모습을 보는 것만으로도 기뻐했다. 아버지가 돌아가신 지금 선자는 아버지의 따뜻하고 다정한 말을 반짝이는 보석처럼 소중히 여기며 의지했다. 누구도 칭찬을 바라서는 안 되고, 특히 여자는 더 그러했다. 아버지는 어렸을 적 선자를 아주 애지중지하며 길렀다. 선자는 아버지의 기쁨이었다. 선자는 노아도 그렇게 사랑받는 기분을 느끼게 하고 싶었고, 아들들을 보내준 하나님에게 온 마음을 다해 감사했다. 남편의 형 집에서는 하루도 더 못 살겠다 싶은 날들이 있었다. 늦은 밤까지 하루 종일 힘들게 일하고, 해가 뜨기도 전에 일어나 감옥에 가서 남편 밥을 건네주는 일이 반복되었다. 그럴 때면 선자는 단 한 번도 자기에게 언성을 높이지 않은 아버지를 떠올렸다. 아버지는 아이들이 기쁨이라는 것을, 아들들이 선자의 기쁨이라는 것을 상기시켜주었다.

"아빠가 많이 아파 보이시드나?" 선자가 물었다.

"아빠인 줄도 몰랐어요. 아빠는 늘 아주 깔끔하고 멋지게 옷을 입었잖아요, 그렇죠?"

오래전부터 최악의 상황을 각오하자고 되뇌어온 선자가 고개를 끄덕였다. 교회 어른들은 대체로 죽기 직전에야 조선인 죄수들을 집에 보낸다고 미리 주의를 주었다. 감옥에서 죽지 않게 하려는 것이었다. 조선인 죄수들은 구타당하고 굶고 입을 것을 얻지 못해 점점 쇠약해진다고 했다. 바로 그날 아침에도 선자는 감옥에 가서 음식과 그 주에 입을 깨끗한 속옷을 두고 왔다. 그렇다면 어른들의 말이 맞았다. 남편은 그동안 넣어준 음식과 옷을 하나도 받지 못한 것이 분명했다. 선자가 오가는 많은 사람을 의식하지도 못한 채 노아와 함께 붐비는 거리를 걸어가다가, 문득 이삭이 돌아오면 어떻게 될지 아들에게 마음의 준비를 시키지 않았다는 생각이 떠올랐다. 오히려 선자는 이삭의 죽음에 대비해 일하고 돈을 모으느라 너무 바쁜 나머지 아버지가 돌아오거나, 최악의 경우 아버지가 죽었을 때 아들이 이를 어떻게 받아들일지 미처 생각하지 못했다. 무슨 일이 생길지 아들에게 알려주지 않은 게 너무 미안했다. 노아가 엄청난 충격을 받았을 것이 분명했다.

"오늘 간식 묵었나?" 선자가 달리 무슨 말을 해야 할지 몰라 노아에게 물었다.

"아빠 드시라고 두고 왔어요."

두 사람은 행복하게 사탕을 먹으면서 과자점에서 나오는 교복 차림의 학생들을 지나쳤다. 노아는 고개를 푹 숙였으나 엄마 손을 놓지는 않았다. 노아는 그 아이들과 아는 사이였지만 친구는 아니었다.

"숙제 있나?"

"예, 근데 집에 가서 할 거예요, 엄마."

"니는 엄마 속을 안 썩인데이." 선자가 손을 잡은 아들의 온전한 다섯 손가락을 느끼며 말했다. 아들의 단단함이 고마웠다.

선자가 천천히 문을 열었다. 이삭이 바닥에서 잠들어 있었다. 선자가 이삭의 머리맡에 무릎을 꿇었다. 양쪽 눈구멍과 툭 튀어나온 광대뼈를 가로질러 살갗이 꺼멓고 얼룩덜룩했다. 머리카락과 수염이 거의 하얗게 세어 있었다. 형인 요셉보다 몇 년은 나이 들어 보였다. 이삭은 더 이상 선자를 치욕스러운 나락에서 구해준 아름다운 젊은이가 아니었다. 선자는 이삭의 신발을 벗기고 구멍 난 양말을 벗겼다. 살갗이 갈라지고 벗겨진 발바닥이 마른 피딱지로 뒤덮여 있었다. 왼발 새끼발가락이 검게 변해 있었다.

"엄마." 노아가 말했다.

"응." 선자가 노아를 돌아보았다.

"큰아버지를 데려올까요?"

"그래라." 선자가 울음을 꾹 눌러 참으면서 고개를 끄덕였다. "시마무라 상이 큰아버지를 일찍 보내주지 않을지도 모른데이, 노아야. 큰아버지가 오실 수 없으면 엄마가 아빠 옆에 있나꼬 말씀드려라. 큰아버지가 공장에서 난처해지시면 안 된데이. 알겠나?"

노아가 미처 문을 꽉 닫지도 못하고 집에서 달려 나갔고 밖에서 들어오는 산들바람에 이삭이 깨어났다. 이삭이 눈을 뜨고 옆에 앉아 있는 아내를 보았다.

"여보." 이삭이 말했다.

선자가 고개를 끄덕였다. "집에 돌아오셨네예. 당신이 집에 와서 우리는 아주 기뻐예."

이삭이 미소 지었다. 한때 고르고 희던 이가 새카맣거나 빠지고 없었다. 아랫니는 완전히 부러져 있었다.

"억수로 고생 많으셨어예."

"후와 목사님이 어제 세상을 떠났어요. 나도 진즉 죽었어야 했는데."

선자는 말이 나오지 않아서 고개만 저었다.

"내가 집에 왔네요. 날마다 이런 상상을 했어요. 매 순간. 그래서 여기 있나 봐요. 그동안 당신이 아주 힘들었겠어요." 이삭이 선자를 다정하게 바라보며 말했다.

선자가 아니라고 고개를 저으며 소맷자락으로 얼굴을 훔쳤다.

공장에서 일하는 조선인과 중국인 여자아이들이 노아를 보고 싱긋 웃었다. 갓 구운 밀 비스킷의 맛있는 향기가 노아를 반겼다. 문 옆에서 비스킷 상자를 포장하고 있는 여자아이가 노아의 키가 훌쩍 컸다고 조선말로 소곤거렸다. 그 여자아이가 뒤돌아 있는 큰아버지의 등을 가리켰다. 요셉은 비스킷 기계 모터 위로 몸을 구부리고 있었다. 일꾼들이 제대로 일하고 있는지 지켜보기 쉽게 널따란 굴처럼 만들어놓은 작업장은 길고 좁았다. 사장은 거대한 비스킷 기계를 자기 사무실 옆에 설치해놓았고 컨베이어 벨트가 나란히 쭉 늘어선 일꾼들을 향해 움직였다. 요셉은 작업용 보호 안경을 쓴 채 펜치를 들고 계기판 안을 쑤석거리고 있었다. 요셉은 작업반장이자 공장 정비공이었다.

묵직한 기계 소음 때문에 웬만한 말소리는 들리지 않았다. 여자아이들은 작업장에서 이야기를 하지 못하게 돼 있었지만, 소곤거리거나 얼굴 표정으로 슬쩍 표시하는 것까지 잡아내기란 불가능했다. 손놀림이 날래고 정돈을 잘한다고 고용된 마흔 명의 소녀들이 얇은 밀 비스킷을 나무 상자에 스무 개씩 포장했다. 포장된 비스킷은 중국에 있는 일본군 장교들에게 운송됐다. 비스킷 두 개가 부서질 때마다 벌금으로 봉급에서 1센씩 제했기 때문에, 빠르면서도 조심스럽게 일할 수밖에 없었다. 비스킷에서 부서진 조각이라도 먹다가 들키면 그 자리에서 해고됐다. 일이 끝나면 가장 어린 여자아이가 천을 댄 바구니에 부서진 비스킷을 모아서 작은 봉지에 포장했고 시장에서 싼값으로 팔았다. 시장에서 팔리지 않으면 시마무라는 실수 없이 상자를 제일 많이 포장한 여자아이들에게 얼마 안 되는 값에 팔았다. 요셉은 절대로 부서진 비스킷을 집에 가져가지 않았다. 워낙 돈을 적게 버는 여자아이들에게는 비스킷 부스러기라도 아주 큰 의미가 있기 때문이었다.

사장인 시마무라가 다용도실 크기만 한 유리로 된 사무실 안에 앉아 있었다. 유리창을 통해 여자아이들의 작업을 감시할 수 있었다. 시마무라는 조금이라도 잘못이 보이면 요셉을 불러서 그 여자아이에게 경고를 주라고 말했다. 경고를 두 번 받으면 엿새를 일하고도 돈 한 푼 받지 못하고 집으로 쫓겨났다. 시마무라는 파란 천을 씌운 장부에 보기 좋은 손 글씨로 여자아이들의 이름을 적고 그 옆에 경고 횟수를 기록했다. 작업반장인 요셉은 여자아이들에게 벌을 주는 것을 싫어했고 시마무라는 이를 조선인이 약하다는 또 다른 증거라고 생각했다. 사장은 모든 아시아 국가가 일본식 효율성과 장인정신, 수준 높은 조직 운영력을 갖춘다면 아시아 전체가 번영하고 부흥할 수 있고, 파렴치한 서구를 물리칠 수 있다고 믿었다. 시마무라는 자신이 마음씨 좋고 공정한 사람이라서, 친구들과 달리 외국인들을 고용한다고 여겼다. 친구들이 일을 대충대충 하는 외국인들의 천성을 지적하면, 시마무라는 일본인이 그들에게 무능과 나태를 혐오하도록 가르쳐야 그들도 배울 수 있지 않겠냐고 큰소리쳤다. 또한 시마무라는 후대를 위해 규범을 지켜야 한다고 여겼다.

딱 한 번 노아가 공장에 들어왔는데 그때 시마무라는 탐탁지 않아 했다. 대략 1년 전에 경희가 열이 펄펄 나서 시장에서 실신하자, 노아가 요셉을 데리러 왔다. 시마무라는 마지못해 요셉이 아내를 돌보러 가는 것을 허락했다. 다음 날 아침, 시마무라는 다시는 이런 일이 일어나면 안 된다고 요셉에게 일러두었다. 유능한 정비공이 없으면 기계가 돌아가는 공장 두 곳을 어떻게 운영하겠느냐고 말했다. 아내가 다시 병이 나면 이웃이나 다른 식구들에게 의지해야 하고, 한참 일하는 중에는 공장을 비워서는 안 된다고 했다. 비스킷은 군수품이었고 시간을 정확하게 엄수해야 했다. 남자들이 조국을 위해 목숨을 바쳐 싸우고 있으니, 가족들도 마땅히 희생을 해야 했다.

그래서 시마무라는 하고 싶지 않던 그 불편한 이야기를 한 지 겨우 1년이 지났을 뿐인데 그 남자아이를 다시 보자 몹시 화가 났다. 시마무라는 제 큰아버지의 등 아래 부분을 두드리는 남자아이를 못 본 척하며 신문을 쫙 펼쳐 들었다.

요셉은 노아의 가벼운 손길에 깜짝 놀라서 돌아보았다.

"세상에, 노아야, 여긴 웬일이야?"

"아빠가 집에 왔어요."

"정말이야?"

"지금 집에 같이 갈 수 있어요?" 노아가 물었다. 노아의 입술이 작고 붉은 동그라미 모양으로 오므라졌다.

요셉이 보호안경을 벗고 한숨을 쉬었다.

노아는 입을 다물고 아래를 내려다보았다. 큰아버지는 허락을 받아야 했다. 엄마가 큰어머니나 김 지배인 아저씨에게 허락을 받아야 하듯이, 노아가 선생님에게 화장실에 가도 되냐고 물어봐야 하듯이. 때때로 바깥 날씨가 화창하면 노아는 아무한테도 말하지 않고 오사카만(灣)에 가는 상상을 했다. 아주 어렸을 때 어느 토요일 오후에 아버지랑 딱 한 번 가보았고, 다시 가면 좋겠다고 항상 생각했다.

"아빠는 괜찮니?" 요셉이 노아의 표정을 유심히 살폈다.

"아빠 머리카락이 하얗게 변했어요. 그리고 엄청나게 더러워요.

엄마가 아빠랑 있으니까 오지 않으셔도 괜찮대요. 큰아버지한테 아빠가 이제 집에 돌아왔다고 알려드리라고 했어요."

"그래, 기쁜 소식을 알려줘서 고맙구나."

요셉이 시마무라를 흘끗 보았다. 신문을 높이 쳐들고 읽는 척하고 있지만 분명히 요셉을 주의 깊게 지켜보고 있었다. 사장은 지금 요셉이 집에 가는 것을 절대 허락하지 않을 터였다. 게다가 경희가 실신했을 때와 달리 시마무라는 교회 관리인이 신사참배를 거부해서 이삭이 감옥에 간 사실을 알고 있었다. 경찰이 주기적으로 와서 요셉에게 캐물었을 뿐만 아니라 시마무라와도 이야기를 나눴다. 시마무라는 경찰에게 요셉이 모범적인 조선인이라고 두둔했다. 지금 요셉이 집에 간다면 일자리를 잃을 것이 뻔했고, 경찰이 요셉을 신문하려고 체포하면 신원 보증을 해줄 사람이 없어질 것이다.

"잘 들어, 노아야. 세 시간도 안 돼서 일이 끝나. 큰아버지가 서둘러서 집에 갈게. 일을 끝내지도 않고 지금 가버리면 무책임한 거야. 큰아버지가 일을 마치자마자 너보다 훨씬 빠르게 집으로 달려갈게. 엄마한테 큰아버지가 바로 갈 거라고 말해. 그리고 아빠가 물어보면 형이 곧 곁에 있을 거라고 얘기해줘."

노아는 큰아버지가 왜 울고 있는지 이해하지 못한 채 고개를 끄덕였다.

"큰아버지는 일을 끝내야 해, 노아야. 그러니까 넌 집으로 뛰어가. 알겠지?" 요셉이 보호안경을 쓰고 돌아섰다.

노아가 입구를 향해 빠르게 움직였다. 비스킷의 달콤한 향기가 문 밖으로 퍼졌다. 노아는 비스킷을 먹어본 적이 없었고, 하나 달라고 한 적도 없었다.

5

노아가 문을 벌컥 열어젖히며 뛰어 들어왔다. 숨 가쁘게 달려오느라 머리와 가슴이 쿵쾅거렸다. 숨을 한껏 들이쉬고 나서 엄마에게 말했다. “큰아버지가 지금은 못 나온대요.”

그럴 줄 예상하고 있었던 선자가 고개를 끄덕였다. 선자는 젖은 수건으로 이삭의 몸을 씻기고 있었다.

이삭의 눈이 감겨 있었지만 가슴이 약하게 오르락내리락했고 이따금 고통스러운 기침이 연속으로 터져 나왔다. 얇은 이불이 이삭의 긴 다리에 덮여 있었다. 양쪽 어깨와 거무스름하게 변색된 몸통에 우툴두툴한 흉터들이 대각선으로 돋아서 마름모꼴 모양이 마구잡이로 생겨 있었다. 이삭이 기침을 할 때마다 목이 붉어졌다.

노아가 조용히 아버지에게 다가왔다.

"안 된다, 안 돼. 뒤로 가래이." 선자가 엄하게 말했다. "아빠가 많이 아프시다. 호되게 감기에 걸리셨데이."

선자는 아직 이삭을 다 씻기지 못했지만 이삭의 어깨까지 이불을 끌어 올렸다. 대야 물을 여러 번 갈아가며 향이 강한 비누로 씻겼는데도 이삭의 몸에서 시큼한 악취가 풍겼다. 서캐가 머리카락과 수염에 붙어 있었다.

이삭은 발작 같은 심한 기침 때문에 깨어난 후 잠깐 동안 정신이 또렷했지만, 지금은 눈을 떠도 아무 말을 하지 않았고 선자를 봐도 알아보는 것 같지 않았다.

선자는 열이 나는 이삭의 머리에 올려놓은 물수건을 새로 갈았다. 제일 가까운 병원도 전차를 타고 한참을 가야 했고, 선자가 혼자 이삭을 옮길 수 있다고 한들 밤새 기다려도 의사가 이삭을 진료해준다는 보장이 없었다. 이삭을 김치 수레에 실어서 전차 정거장까지 밀고 간다면 전차에 태울 수 있을지도 모르지만, 그러고 나면 수레를 어떻게 한단 말인가? 수레가 전차 문에 들어가지 않을 것이다. 노아가 수레를 밀고 집에 돌아올 수 있을지 모르지만, 그러고 나면 선자가 수레 없이 정거장에서 병원까지 이삭을 어떻게 데리고 간단 말인가? 게다가 전차 운전사가 선자와 이삭을 태워주지 않으면? 선자는 전차 운전사가 아픈 여자나 남자한테 내리라고 하는 것을 여러 번 보았다.

노아는 아버지의 기침을 피해서 이삭의 다리 옆에 앉았다. 삐죽 나온 아버지의 무릎뼈를 너무나 쓰다듬고 싶었다. 아버지를 어루만지고 싶었고 진짜 아버지인지 확인하고 싶었다. 아이는 숙제를 하려고 책가방에서 공책을 꺼내면서 이삭이 숨을 쉬는지 계속 지켜보았다.

"노아야, 다시 신발 신어야겠데이. 약국에 가서 공 약사님한테 와달라 캐라. 중요한 일이라고…… 엄마가 값을 두 배로 쳐드린다고 말할 수 있겠나?" 선자는 조선인 약사가 오지 않겠다고 하면, 영 가망은 없겠지만 일본인 약사에게 간청해보자고 경희한테 부탁하기로 마음을 먹었다.

아이가 불평 한마디 없이 벌떡 일어나서 나갔다. 침착하고 빠르게 발을 디디며 거리로 뛰어가는 소리가 선자에게 들렸다.

선자는 이삭을 씻기던 작은 수건을 놋대야 위에 대고 짰다. 최근에 맞아서 부어오른 자국들과 오래된 수많은 흉터가 이삭의 넓고 앙상한 등에 뒤덮여 있었다. 시커멓게 멍이 든 이삭의 몸을 씻기면서 선자의 속이 울렁거렸다. 세상에 이삭처럼 좋은 사람은 없었다. 이삭은 선자를 이해하려고 노력했고, 선자의 감정을 존중하려고 노력했다. 이삭은 선자의 수치스러운 일을 한 번도 입에 올리지 않았다. 선자가 노아와 모자수 사이에 몇 번 유산을 했을 때 이삭은 한결같이 선자를 위로했다. 마침내 선자가 두 사람의 아들을 낳았을 때 이삭은 날아갈 듯 기뻐했지만 선자는 적은 돈으로 어떻게 먹고살지 걱정하느라 이삭이 느끼는 행복감에 함께할 겨를이 없었다. 이제 이삭이 다 죽게 돼 집에 돌아왔는데 그깟 돈이 무슨 소용이란 말인가? 이삭에게 더 잘했어야 했다. 이삭이 선자에 대해 알려고 애썼던 것처럼 이삭에 대해 알려고 노력했어야 했다. 이제는 다 끝나버렸다. 상처투성이에 수척해진 몸이었지만 이삭은 대단히 아름다웠다. 이삭은 정말로 선자와 정반대였다. 선자는 몸집이 다부지고 키가 작았지만 이삭은 몸이 가늘고 팔다리가 길었다. 찢어진 발마저 모양이 보기 좋았다. 선자의 작은 눈에 불안의 빛이 서려 있다면 이삭의 커다란 눈에는 포용의 빛이 가득했다. 대야의 물이 잿빛이 되자 선자는 다시 물을 갈려고 자리에서 일어났다.

이삭이 깨어났다. 이삭은 통 넓은 몸뻬 차림으로 멀어지는 선자를 보았다. 이삭이 "여보"라고 선자를 불렀지만 선자는 돌아보지 않았다. 이삭은 목소리를 크게 내는 방법을 잊어버린 것 같았다. 정신은 살아 있는데 목소리는 죽어가는 것 같았다.

"여보." 이삭이 중얼거리며 선자를 향해 손을 뻗었지만, 이미 선자는 부엌에 거의 다다라 있었다. 이삭은 오사카에 있는 요셉의 집에 있었다. 현실이 분명했다. 어릴 적 꿈을 꾸다가 깨어났기 때문이었다. 꿈속에서 어린 시절 정원에 있던 밤나무의 낮은 가지에 앉아 있었다. 밤꽃 향기가 여전히 코에 감돌았다. 감옥에서 꾸던 많은 꿈처럼, 꿈을 꾸면서도 현실이 아니라는 사실을 알고 있었다. 현실에서는 나무에 올라가본 적이 없었다. 어렸을 때 집안 동산바치가 바람을 쐬도록 이삭을 데리고 나가서 그 밤나무 바로 아래에서 떠받쳐준 적이 있었다. 하지만 이삭은 요셉처럼 나무를 타고 올라갈 만큼 힘이 세지 못했다. 동산바치는 요셉을 '원숭이'라고 부르곤 했다. 꿈에서 이삭은 짙은 녹색 나뭇잎들과 진분홍색을 품은 하얀색 꽃송이들 속에서 나오고 싶지 않아서 두꺼운 나뭇가지를 꽉 끌어안고 있었다. 집에서 이삭을 부르는 여자들의 쾌활한 목소리가 들렸다. 이삭은 옛 보모와 누나를 보고 싶었다. 여러 해 전에 세상을 떠났는데도 꿈에서 두 사람은 소녀들처럼 소리 내어 웃고 있었다.

"여보……."

"오메." 선자가 대야를 부엌 문지방에 놓고 서둘러 이삭에게 돌아왔다. "괜찮아예? 뭐 좀 드릴까예?"

"내 아내." 이삭이 천천히 말했다. "어떻게 지냈어요?" 이삭은 졸리고 몽롱했지만 안심했다. 선자의 얼굴은 기억하던 모습과 달랐다. 조금 더 나이 들었고 훨씬 지쳐 보였다. "여기서 고생이 아주 많았겠어요. 정말 미안해요."

"쉿…… 쉬셔야 해예." 선자가 말했다.

"노아." 이삭이 뭔가 좋은 것을 기억하듯이 아이의 이름을 불렀다. "노아는 어디 갔어요? 아까 여기 있었는데."

"약사를 데리러 갔어예."

"아이가 아주 건강해 보여요. 그리고 밝고요." 이삭은 말을 제대로 하기 힘들었지만, 갑자기 정신이 또렷해졌다. 선자에게 말하려고 담아둔 이야기들을 다 하고 싶었다.

"지금 식당에서 일한다면서요? 거기서 음식을 해요?" 이삭이 기침을 하기 시작했고 멈추지 못했다. 핏방울이 선자의 윗도리에 점점이 튀었고, 선자가 수건으로 이삭의 입을 닦았다.

이삭이 일어나 앉으려 했다. 하지만 이삭이 다칠까 봐서 겁이 난 선자는 왼손을 이삭의 머리 밑에 받치고 오른손을 이삭의 가슴에 올려놓고 진정시켰다. 기침을 하느라 이삭의 몸이 고통스러워졌다. 이불 위로 이삭의 피부가 뜨거운 것이 느껴졌다.

"제발 쉬셔예. 이따가예. 우리 이야기는 이따가 하믄 됩니더."

이삭이 고개를 저었다.

"아니에요, 아니에요. 난…… 난 당신한테 할 말이 있어요."

선자는 양손을 무릎에 올렸다.

"내 삶은 하찮았어요." 이삭이 고통과 피곤이 가득한 선자의 눈을 읽으려고 노력하며 말했다. 자신을 기다려줘서, 가족을 돌봐줘서 얼마나 고마운지 선자에게 알려야 했다. 자신이 식구를 부양하지 못할 때 선자가 일을 하고 돈을 벌었다고 생각하니 낯을 들 수 없이 부끄러웠다. 남편도 없고 전쟁으로 물가까지 폭등했으니 돈이 빠듯했을 것이 틀림없었다. 간수들은 물건값이 줄기차게 올라간다고 불평했다. 그들은 먹을 것이 충분한 사람이 아무도 없다며 말했다. '귀리죽에 벌레가 있다고 불평하지 마.' 이삭은 식구들에게 양식을 내려달라고 끊임없이 기도했다. "내가 당신을 여기로 데리고 와서 당신 삶이 힘들어졌어요."

선자가 어떻게 말해야 할지 모른 채 이삭을 바라보며 조용히 미소를 지었다. '당신이 나를 구했어예.' 이 말 대신에 선자는 말했다. "어서 나으셔야지예." 선자는 더 두꺼운 이불을 이삭에게 덮어주었다. 이삭은 몸이 펄펄 끓는데도 오들오들 떨었다. "아들내미들을 위해서라도 나으시소." '당신 없이 나 혼자 아이들을 어떻게 키웁니꺼?'

"모자수…… 아기는 어디 있어요?"

"언니랑 식당에 있어예. 지배인이 우리가 일하는 동안 아이를 거기 있게 해줬어예."

마치 모든 통증이 사라진 양 이삭의 정신이 맑아 보였고 주의를 기울이는 듯했다. 이삭은 아들들에 대해서 더 알고 싶었다.

"모자수." 이삭이 빙긋이 웃으며 말했다. "그는 이스라엘 민족을 노예에서 해방시켰죠……." 머리가 너무 심하게 욱신거려서 다시 눈을 감아야 했다. 두 아들이 자라서 학교를 마치고 혼인하는 모습을 보고 싶었다. 이렇게 간절하게 살고 싶었던 적이 없었는데, 오래오래 살고 싶어진 지금에서야 죽음을 앞두고 집에 보내졌다. "나한테 두 아들이 있어요." 이삭이 말했다. "나한테 두 아들이 있어요. 노아와 모자수가. 우리 아들들에게 주님의 은총이 있기를."

선자는 이삭을 조심스럽게 지켜보았다. 이삭의 얼굴이 낯설면서도 평온해 보였다. 선자는 달리 무엇을 해야 할지 몰라서 계속 말했다.

"모자수가 많이 컸어예. 늘 밝고 낯도 안 가려예. 웃는 게 억수로 이쁩니더. 아주 사방을 뛰어댕겨예. 엄청 빨라예!" 선자는 양팔을 흔들며 아기가 아장아장 뛰는 흉내를 내다가, 어느새 자기도 모르게 웃음이 터졌고 이삭도 소리 내어 웃었다. 그 순간, 모자수가 얼마나 잘 자라고 있는지 듣고 싶어 하는 사람이 세상에 자신 외에도 단 한 사람 더 존재한다는 것을 깨달았다. 지금까지 선자는 아이들에 대한 자랑스럽고 기쁜 마음을 표현할 수 있다는 사실을 잊고 있었다. 요셉과 경희가 두 아이를 예뻐했지만 선자는 아이가 없는 두 사람의 슬픔을 모른 척할 수 없었다. 때때로 선자는 자랑하는 것처럼 보일까 두려워서 자신의 기쁨을 두 사람에게 숨겼다. 고향에서는 건강하고 착한 두 아들을 가진 것이 어마어마한 부자가 된 것에 버금가는 일이었다. 선자에게는 집도 돈도 없었지만 노아와 모자수가 있었다.

이삭이 눈을 뜨고 천장을 쳐다보았다. "제 아이들을 볼 때까지는 갈 수 없습니다, 주님. 제 아이들을 보고 축복해줄 때까지는요. 주님, 저를 아직 데려가지 마시옵소서……."

선자도 고개를 숙이고 기도했다.

이삭이 다시 눈을 감았고 어깨가 고통으로 움찔거렸다.

선자가 끊어질 듯 약한 숨결을 확인하려고 오른손을 이삭의 가슴에 놓았다.

문이 열렸고 예상대로 노아가 혼자 돌아왔다. 약사가 지금은 올 수 없지만 밤에 오겠다고 약속했다고 했다. 노아는 이삭의 발치에 자기 자리로 돌아가 아버지가 자는 동안 산수 숙제를 했다. 노아는 이삭에게 학교 숙제를 보여주고 싶었다. 노아의 학년에서 가장 엄한 호시 선생님도 노아가 글씨를 잘 쓴다고 말했고 문맹인 노아의 민족을 발전시키기 위해 열심히 노력해야 한다고 말했다. "근면한 조선인 한 명이 조선인 만 명의 게으른 천성을 고칠 수 있다!"

이삭은 계속 잠을 잤고 노아는 숙제에 몰두했다.

나중에 경희가 모자수를 데리고 집에 오자 이삭이 체포된 후 처음으로 집에 활기가 돌았다. 이삭은 모자수를 보느라고 잠시 동안 깨어 있었다. 모자수는 피골이 상접한 남자를 보고도 울지 않았다. 모자수가 이삭을 "아빠"라고 부르고는 자기가 좋아하는 사람에게 하듯이 두 손으로 이삭의 얼굴을 토닥거렸다. 모자수는 하얗고 포동포동한 두 손으로 이삭의 홀쭉한 양 볼을 토닥토닥 두드렸다. 아이는 이삭의 앞에 잠깐 가만히 앉아 있었지만, 경희는 이삭이 눈을 감자마자 아이한테 병이 옮지 않게 하려고 아이를 데리고 갔다.

요셉이 집에 돌아오자 집 안 분위기가 다시 침울해졌다. 요셉이 눈에 빤히 보이는 모습을 못 본 척하고 넘어가지 못해서였다.

"어떻게 사람한테 이런 짓을 할 수가 있어?" 요셉이 이삭의 몸을 뚫어지게 보며 말했다.

"이 녀석아, 그냥 그 사람들이 듣고 싶어 하는 말을 할 순 없었어? 사실이 아니라도 그냥 천황을 숭배한다고 말할 수는 없었냐고? 목숨을 부지하는 게 제일 중요하다는 걸 몰라?"

이삭이 눈을 떴지만 아무 말도 하지 않고 다시 눈을 감았다. 눈꺼풀이 너무 무거워서 눈을 뜨고 있기가 고통스러웠다. 요셉과 이야기를 하고 싶었지만 말이 나오지 않았다.

경희가 남편에게 가위와 긴 면도날, 기름 한 잔과 식초 한 대야를 가져다주었다.

"서캐와 이가 죽지 않을 거예요. 머리카락과 수염을 다 밀어야 해요. 이삭의 몸이 아주 가려울 거예요." 경희의 눈에 눈물이 글썽였다.

요셉은 할 일을 준 아내에게 고마워하며 소매를 걷어 올린 다음에 기름 잔을 이삭의 머리에 붓고 두피에 스며들게 문질렀다.

"이삭아, 움직이지 마." 요셉이 평소처럼 말하려고 애쓰며 말했다. "널 가렵게 하는 이 못된 놈들을 형이 다 없애줄게."

요셉은 이삭의 머리 위로 면도날을 노련하게 쓱쓱 움직여 잘린 머리카락을 놋대야에 던졌다.

"야…… 이삭아." 요셉이 추억을 떠올리며 빙긋 웃었다. "어렸을 때 동산바치 아저씨가 우리 머리를 어떻게 잘라줬는지 기억나? 난 미친 동물처럼 소리를 질러댔는데 넌 절대 안 그랬어. 넌 동자승처럼 차분하고 평온하게 앉아서 한 번도 투덜거리지 않았지." 요셉의 목소리가 점점 잦아들었다. 눈앞에 보이는 모습이 현실이 아니기를 바랐다. "이삭아, 내가 왜 너를 이 지옥에 불러들였을까? 네가 너무 그리워서 그랬어. 널 여기로 부른 건 내 잘못이야. 이제 내 이기심 때문에 내가 벌을 받는구나." 요셉이 대야에 면도날을 담갔다.

"네가 죽으면 난 못 견딜 거야. 알았어? 죽으면 안 돼, 이 녀석아. 이삭아, 제발 죽지 마. 나보고 어떻게 살라고 그래? 부모님께 뭐라고 말하겠냐고?"

이삭은 자신을 둘러싼 가족을 알아차리지 못한 채 계속 잠을 잤다.

요셉이 눈물을 훔치고 닫은 입을 악물었다. 다시 면도날을 들고 머리에 조금 남아 있는 흰 머리카락을 밀었다. 요셉은 동생의 머리가 매끈해지자 수염 위로 기름을 부었다.

남은 저녁 시간 내내 요셉과 경희와 선자는 이삭의 몸에서 서캐와 이를 잡아 등유 병에 떨어뜨리다가, 아이들을 재울 때에만 잠시 멈췄다. 나중에 약사가 와서 이미 식구들이 알고 있는 것을 말했다. 이제는 병원이나 의사가 어떻게 손쓸 도리가 없었다.

다음 날 새벽, 요셉은 다시 일하러 갔다. 선자는 이삭과 남아 있었고, 경희는 식당에 갔다. 요셉은 경희가 혼자 일하러 간다고 해도 싫은 소리를 하지 않았다. 요셉은 너무 피곤해서 말다툼을 할 기력이 없었고 식당에서 받는 봉급이 절실하게 필요했다. 집 바깥 거리는 아침에 일터를 향해 가는 남자와 여자, 학교로 달려가는 아이들로 부산했다. 이삭은 거실에서 잠들어 있었고 숨소리가 빠르고 얕았다. 몸의 털을 다 민 이삭은 젖먹이처럼 깨끗하고 매끈했다.

노아는 아침밥을 먹고 나서 젓가락을 가지런히 내려놓고 엄마를 올려다보았다.

"엄마, 나 집에 있어도 돼요?" 학교에서 심한 괴롭힘을 받을 때조차 그런 부탁을 할 엄두를 못 내던 노아가 물었다.

선자가 바느질을 하다가 놀라서 고개를 들었다.

"어디 아프나?"

노아가 고개를 저었다.

이삭이 비몽사몽 중에 아이의 부탁을 들었다.

"노아야……."

"예, 아빠."

"네가 공부를 잘한다고 엄마한테 들었단다."

아이가 활짝 웃었지만 이내 습관적으로 발을 내려다보았다.

노아는 학교에서 좋은 점수를 받으면 제일 먼저 아버지를 떠올렸다.

요셉은 아버지가 가정교사에게 가르침을 조금 받았지만 조선어와 한문, 일본어를 책으로 독학한 신동이었다고 여러 번 말했다. 이삭은 신학교에 갈 무렵에 이미 성경을 수차례 통독한 후였다.

노아는 학교생활이 힘들게 느껴질 때면 아버지가 배운 사람이었다는 사실을 떠올리며 더 열심히 공부하겠다고 결심하곤 했다.

"노아야."

"예, 아빠?"

"오늘 학교에 가야 해. 어릴 때 아빠는 다른 아이들과 학교에 몹시 가고 싶었단다."

아버지에 대한 이런 자세한 이야기를 이미 들어 알고 있는 아이가 고개를 끄덕였다.

"우리가 끈기 있게 버티는 것 말고 뭘 할 수 있겠니, 아가? 우린 각자가 지닌 달란트를 키워나가야 한단다. 네가 지금까지 해온 것처럼 잘한다면 아빠는 매우 기쁠 거야. 네가 어디를 가든 우리 가족을 대표하는 것이니 훌륭한 사람이 돼야 해. 학교에서도, 시내에서도, 세상에서도. 누가 뭐라고 하든. 혹은 누가 무슨 짓을 하든." 이삭이 말을 멈추고 기침을 했다. 이삭은 아이가 일본 학교에 다니기가 아주 힘드리라는 것을 잘 알고 있었다.

"겸손한 마음을 가지고 부지런한 사람이 돼야 해. 모든 사람에게 연민을 가져라. 네 적까지도. 이해하겠니, 노아야? 인간은 불공정할지 몰라도, 주님은 공정하시단다. 너도 알게 될 거야. 알게 될 거야." 진이 다 빠진 목소리가 점점 작아졌다.

"예, 아빠." 호시 선생님도 노아에게는 조선인들에 대한 의무가 있다고 말했다. 언젠가 조선인 사회에 기여하고 조선인을 자애로운 천황의 착한 자식들로 만들어야 한다고 했다. 새로 빡빡 깎은 아버지의 머리를 빤히 바라보았다. 머리카락이 없는 정수리가 거무죽죽하게 움푹 들어간 볼과 대조적으로 새하얬다. 아버지는 갓 태어난 아기처럼 보이기도 했고 굉장히 늙은 것처럼 보이기도 했다.

선자는 아이가 안쓰러웠다. 아이는 다른 사람 없이 부모랑 셋이서 단 하루도 보낸 적이 없었다. 선자가 자랄 때는 주변에 다른 사람들이 있었어도 늘 세 사람만이 함께했다. 아버지와 어머니와 선자는 눈에 보이지 않는 삼각형으로 묶여 있는 것 같았다. 선자가 고향에서의 삶을 회상할 때 그리운 것은 그 친밀한 관계였다. 학교에 가야 한다는 이삭의 말도 옳았지만, 시간이 별로 없었다. 머지않아 이삭은 떠날 터였다. 선자는 아버지를 다시 볼 수 있다면 무엇이든 내놓을 수 있었다. 하지만 자신이 어떻게 이삭의 뜻을 거스를 수 있겠는가? 선자는 책가방을 들어 풀이 죽은 아이에게 건넸다.

"학교가 끝나면 바로 집으로 오렴, 노아야. 우린 여기 있을게." 이삭이 말했다.

노아는 자기 자리에서 꼼짝도 않고 있었다. 아버지가 사라질까 두려워서 눈을 뗄 수 없었다. 아버지가 돌아오기 전에는 얼마나 많이 보고 싶어 했는지 깨닫지 못했다. 아버지를 잃었을 때의 아픔이 아이의 작고 오목한 가슴속에 차올랐고, 다시 돌아올 것이 분명한 그 고통 때문에 불안했다. 자기가 집에 있으면 아버지가 괜찮을 것이 분명했다. 아버지랑 이야기하지 않고 가만히 있기만 해도 좋았다. 왜 자기는 아버지가 그랬듯이 집에서 공부를 하면 안 될까? 노아는 이렇게 물어보고 싶었지만 자기 고집을 내세우는 것은 노아의 성격과 거리가 멀었다.

하지만 이삭은 노아에게 이런 모습을 더 이상 보이고 싶지 않았다. 아이는 이미 두려워하고 있었고, 안 그래도 고통스러운 아이를 더 고통스럽게 만들 필요가 없었다. 이삭은 삶에 대해, 배움에 대해, 하나님과 이야기하는 방법에 대해 아이에게 아직 하지 못한 말이 많았다.

"학교에서 많이 힘드니?" 이삭이 물었다.

선자가 아이의 얼굴을 돌아보았다. 선자는 아이에게 그렇게 물어볼 생각을 한 번도 하지 못했다.

노아가 어깨를 으쓱했다. 공부는 할 만했다. 노아가 동경하는 우등생들은 모두 일본인이었고 그 아이들은 노아한테 말을 걸지 않았다. 노아를 쳐다보지도 않았다. 노아는 자기가 평범한 사람이고 조선인이 아니었다면 학교를 즐겁게 다녔을 것이라고 생각했지만 이런 말을 아버지나 다른 사람에게 할 수는 없었다. 자신은 결코 평범한 일본인이 될 수 없을 것이 분명해서였다. 큰아버지는 그들이 언젠가 조선으로 돌아갈 것이라고 말했다. 노아는 조선에서 사는 것이 더 나으리라고 생각했다.

책가방과 도시락을 든 노아가 거실에서 미적거리며 아버지의 다정한 얼굴을 머릿속에 새겼다.

"아가, 이리 오렴." 이삭이 말했다.

노아가 이삭에게 다가가 무릎을 꿇고 앉았다. '제발 하나님, 제발. 아빠를 낫게 해주세요. 한 번만 더 부탁드릴게요. 제발.' 노아가 두 눈을 꼭 감았다.

이삭이 노아의 손을 잡고 꽉 쥐었다.

"너는 아주 용감해, 노아야. 나보다 훨씬, 훨씬 더 용감해. 너를 한 사람으로 인정하지 않으려는 사람들 속에서 하루하루 살아가는 것은 큰 용기가 필요한 일이야."

노아가 아랫입술을 깨물면서 아무 말도 하지 않았다. 노아가 한 손으로 코를 닦았다.

"내 아가." 이삭은 말하고는 아들의 손을 놓았다. "사랑하는 내 아들. 내 축복."

6

1944년 12월

팔 것이 하나도 없는 대부분의 오사카 가게들이 그렇듯 식당은 자주 문을 닫았다. 그런데도 직원 셋은 일주일에 엿새를 출근했다. 양식은 사실상 시장에서 사라졌다. 배급이 나와서 한나절 동안 줄을 서도 배급품이 심하게 부족했고 질도 떨어졌다. 생선을 받으려고 여섯 시간을 기다려봤자 한 움큼도 안 되는 마른멸치를 가지고 집에 돌아갔고 더 심하면 아무것도 얻지 못했다. 군 고위직과 연줄이 있으면 그나마 필요한 것을 조금 구할 수 있었다. 물론 돈이 많으면 어느 때고 암시장을 이용할 수 있었다. 도시 아이들은 할머니의 기모노를 달걀이나 감자 한 알로 바꾸려고 기차를 타고 시골에 심부름을 갔다. 식재료 조달을 담당하는 김창호는 창고 두 곳을 관리했다. 한 곳은 지역자치회 수장들이 식당 부엌에 불시에 들이닥쳐 조사를 해도 안전한 곳이었고, 다른 한 곳은 지하실 가벽 뒤에 숨겨놓은 곳으로 암시장에서 산 식재료를 보관해놓고 있었다. 때로는 손님들이 자기들이 먹을 고기와 술을 직접 식당에 가지고 왔는데 대체로 오사카의 부유한 사업가들과 해외에서 온 여행자들이었다. 저녁에 음식을 담당하던 남자 조리사들은 이제 없었다. 김창호가 저녁 장사를 혼자서 도맡아 했다. 가끔 오는 손님들을 위해 고기를 굽고, 설거지를 하는 것까지 전부 창호의 몫이었다.

이제 한 해의 마지막 달인 12월이었고 포근한 겨울 아침이었다. 선자와 경희가 일하러 오자 창호가 부엌 바깥벽으로 밀어놓은 네모난 탁자에 앉으라고 했다. 그들이 평소에 밥을 먹기도 하고 쉬기도 하는 곳이었다. 창호가 이미 찻주전자를 탁자 위에 준비해 놓았다. 자리에 앉자 경희가 잔에 차를 따랐다.

"내일 식당 문을 닫을 거예요." 창호가 말했다.

"얼마나 오래예?" 선자가 물었다.

"전쟁이 끝날 때까지요. 오늘 아침에 마지막 식기들을 넘겼어요. 이제 부엌이 거의 비어 있어요. 쇠 밥그릇, 대야, 솥, 조리도구, 쇠젓가락까지 압수됐어요. 내가 새 물건을 찾아내서 식당을 계속 연다고 해도, 경찰이 우리가 물건을 숨겨놓은 것을 알아내서 몰수할 거예요. 일본 정부는 몰수한 물건값을 치르지도 않아요. 빼앗긴 것을 계속 대체할 순 없어서……." 창호가 차를 한 모금 마셨다. "음, 그래서 어쩔 수 없어요."

선자는 심란해 보이는 창호를 안쓰러워하며 고개를 끄덕였다.

창호가 잠시 경희를 흘끗 보았다.

"이제 뭘 할 거예요?" 경희가 창호에게 물었다.

이삭보다 젊은 김창호는 경희를 누님이라고 불렀다. 최근에 창호는 검문을 당할 때 민간인 신분임을 증명하려고 시장에 갈 때 경희를 데리고 다녔다. 경찰과 지역자치회 수장들이 군복을 입지 않은 모든 남자들을 병역 기피자로 의심해 정기적으로 검문했기 때문이다. 창호는 그들을 피하려고 길에서는 맹인처럼 검은 안경을 쓰고 다녔다.

"다른 일자리를 찾을 수 있어요?" 경희가 물었다.

"내 걱정은 하지 말아요. 적어도 난 전쟁터에 나가서 싸우지 않아도 되잖아요." 창호가 안경을 만지작거리며 소리 내어 웃었다. 다른 조선인들이 징병될 때 창호는 시력이 나빠서 전쟁터나 광산에 징집되지 않았다. "잘된 일이죠. 난 겁쟁이니까요."

경희가 고개를 저었다.

창호가 자리에서 일어났다.

"오늘 밤에 홋카이도에서 오는 손님이 몇 명 있어요. 요리할 냄비 두 개랑 음식을 담을 그릇 몇 개를 숨겨놨어요. 그걸 쓰면 돼요. 누님, 나랑 같이 시장에 갈 수 있을까요?" 창호가 말하고 선자를 돌아보았다. "선자 씨는 여기 남아서 술 배달원이 오길 기다려줄래요? 술 한 상자를 가져오기로 했어요. 아, 한 손님이 오늘 밤에 선자 씨가 만든 도라지무침을 내달라고 하더라고요. 말린 도라지 한 묶음을 아래층 찬장에 남겨놨어요. 거기에 다른 재료들도 있어요."

선자는 김창호가 말린 도라지와 참기름을 어떻게 구했는지 궁금해하며 고개를 끄덕였다.

경희가 일어나서 스웨터와 몸뻬 위에 낡은 파란색 외투를 입었다. 티 없는 피부에 날씬한 경희는 여전히 아름다웠지만, 이제는 웃을 때 눈 주위에 잔주름이 잡혔고 양쪽 입꼬리에서 볼을 따라 골이 패었다. 힘든 부엌일로 한때 보드랍고 하얗던 손이 거칠어졌지만 경희는 신경 쓰지 않았다. 경희의 작은 오른손을 잡고 자는 요셉은 아내가 매일 채소를 절이느라 손바닥이 벌겋게 부르튼 것을 알아차리지 못했다. 이삭이 죽은 후, 요셉은 완전히 다른 사람이 됐다. 시무룩했고 음울했으며 일 외에는 무엇에도 무관심했다. 요셉의 변화는 가정과 혼인 생활도 바꾸어놓았다. 경희는 남편의 기운을 북돋우려 애썼지만, 요셉의 우울과 침묵을 떨쳐버리기란 쉽지 않았다. 집에서 아이들을 빼고 아무도 말을 하지 않았다. 이제 요셉에게는 경희가 소녀 시절에 사랑했던 소년의 모습이 남아 있지 않았다. 요셉은 냉소적이고 낙심한 남자가 됐다. 경희가 전혀 예상하지 못한 모습이었다. 그래서 경희는 식당에서만 자연스럽게 행동할 수 있었다. 여기에서 경희는 창호를 남동생처럼 놀렸고 음식을 하면서 선자와 키득거렸다. 그런데 이제는 이곳마저 없어지게 생겼다.

창호와 경희가 시장에 간 후 선자는 문을 닫았다. 부엌을 향해 돌아서는데 문을 두드리는 소리가 들렸다.

"뭐 잊어뿌렀어예?" 선자가 문을 열며 물었다.

한수가 회색 모직 정장에 검은 외투 차림으로 눈앞에 서 있었다. 머리카락은 여전히 검었고 턱선이 약간 두툼해졌을 뿐 얼굴은 거의 그대로였다. 반사적으로 선자는 한수가 오래전에 신던 하얀 가죽 구두를 신고 있는지 확인하려고 내려다보았다. 한수는 끈을 매는 검은 가죽 구두를 신고 있었다.

"오랜만이야." 한수가 식당으로 들어오면서 차분하게 말했다. 선자가 몇 걸음 물러나 한수에게서 멀어졌다.

"여기는 어쩐 일입니꺼?"

"여기 내 식당이야. 김창호가 내 밑에서 일해."

선자는 정신이 아뜩해져서 제일 가까운 방석에 털썩 주저앉았다.

한수는 11년 전 선자가 자기가 준 회중시계를 전당포에 맡겼을 때 선자를 찾아냈다. 전당포 주인이 그 시계를 한수에게 팔려고 했고, 나머지 정보는 흥신소에서 간단히 알아냈다. 그때부터 한수는 선자의 일상을 지켜봐왔다. 이삭이 감옥에 간 후 한수는 선자에게 돈이 필요하다는 사실을 알고 선자를 위해 이 일자리를 만들었다. 선자는 요셉에게 돈을 빌려줬던 대부업자가 한수 밑에서 일하는 사람이란 것을 알게 됐다. 사실 한수의 아내는 간사이에서 영향력 있는 일본인 대부업자의 큰딸이었고, 한수는 장인인 모리모토에게 법적으로 입양됐다. 모리모토에게 아들이 없어서였다. 법적 이름이 모리모토 하루인 고한수는 아내랑 세 딸과 함께 오사카 외곽의 거대한 저택에 살았다.

몇 분 전에 창호와 경희가 앉아 있었던 부엌 뒤편의 탁자로 한수가 선자를 이끌었다.

"차 좀 마시자. 넌 여기 있어. 내가 잔을 가져올게. 나를 보고 당황한 모양이네."

물건이 어디에 있는지 잘 아는 듯 한수가 부엌에서 찻잔 하나를 가지고 바로 돌아왔다.

선자는 여전히 아무 말도 하지 못하고 한수를 빤히 쳐다보았다.

"노아는 아주 똑똑한 아이야." 한수가 자랑스럽게 말했다. "잘생긴 데다 뜀박질도 아주 잘해."

선자는 두려운 기색을 보이지 않으려고 애썼다. 한수는 어떻게 그런 것들을 알고 있을까? 선자는 아이들에 대해서 창호와 나눈 대화를 모두 돌이켜보았다. 노아가 학교 수업이 없을 때면 모자수와 함께 식당에 수없이 많이 와 있었다.

"용건이 뭡니꺼?" 마침내 선자가 마음과 달리 차분해 보이려고 애를 쓰며 물었다.

"당장 오사카를 떠나야 해. 너희 형님과 아주버니를 설득해. 아이들의 안전을 위해서야. 두 사람이 가지 않겠다고 하면 어쩔 수 없어. 너와 아이들이 머물 곳을 마련해놨어."

"와예?"

"곧 여기에 대대적인 폭격이 시작될 테니까."

"그게 뭔 소립니꺼?"

"미군이 며칠 내로 오사카를 폭격할 거야. B-29*가 중국에 있어. 이제는 제도**에 있는 일본군 기지들이 더 많이 발각됐어. 일

* 히로시마와 나가사키에 원자폭탄을 투하한 미국의 전략 폭격기.

** 사이판, 티니언 등이 있는 북마리아나제도.

본은 전쟁에서 지고 있어. 일본 정부는 전쟁에서 이길 수 없다는 걸 알면서도 인정하지 않으려 해. 미국은 일본군을 막아야 한다는 걸 알아. 일본군은 자기들의 잘못을 인정하느니 일본의 남자아이들을 모두 죽이고 말 거야. 다행히 노아가 징병되기 전에 전쟁이 끝날 거야."

"모두 일본이 더 잘 싸우고 있다고 하던데예."

"동네 사람들이 하는 말이나 신문에서 떠드는 소리를 믿으면 안 돼. 그들은 아무것도 몰라."

"쉿……." 선자가 본능적으로 유리창과 앞문을 둘러보았다. 그런 위험한 말을 하다가 누구한테 들키면 한수가 감옥에 갈 수 있었다. 선자는 아이들에게 일본이나 전쟁에 대해 안 좋은 말을 하면 안 된다고 누누이 말했다. "그런 이야기를 하면 안 됩니더. 벌을 받을 수 있어예……."

"아무도 우리 이야기를 못 들어."

선자는 아랫입술을 깨물었고 여전히 눈앞에 한수가 있다는 것을 믿을 수 없어서 빤히 쳐다보았다. 12년이 흘렀다. 그때와 똑같은 얼굴이 여기 있었다. 자신이 몹시 사랑했던 그 얼굴이었다. 선자는 밝은 달빛과 차갑고 푸른 바닷물을 사랑했듯이 한수의 얼굴을 사랑했다. 한수가 맞은편에 앉아 있었고, 선자의 눈길에 다정한 눈빛으로 응했다. 하지만 한수는 여전히 침착했고 신중하게 내뱉은 모든 말은 확신에 차 있었다. 한수는 언제나처럼 조금도 주저하지 않았다. 한수는 선자 아버지나 이삭, 요셉과 창호와도 달랐다. 한수는 선자가 아는 다른 어떤 남자와도 달랐다.

"선자야, 오사카를 떠나야 해. 고민할 시간이 없어. 너한테 이 말을 하려고 왔어. 폭탄이 이 도시를 파괴할 거야."

왜 한수는 더 빨리 오지 않았을까? 왜 한수는 선자의 생활을 그림자처럼 지켜보며 거리를 두고 있었을까? 선자가 모르는 사이 한수는 얼마나 오랫동안 선자를 지켜봐온 것일까?

선자는 한수를 향한 분노가 치솟아 깜짝 놀랐다. "두 사람은 안 떠날라꼬 할 겁니더. 두 사람을 두고 갈 수는……."

"너희 아주버니 말하는 거구나. 그 사람이 바보라고 해도 네가 신경 쓸 문제가 아니야. 네가 말하면 너희 형님은 갈 거야. 이 도시는 나무와 종이로 만들어졌어. 성냥 한 개비면 온 도시가 불에 타 없어질 거야. 미군이 폭격을 하면 어떻게 될지 생각해봐." 한수가 잠시 말을 멈췄다. "네 아들들이 죽을 거야. 그렇게 되길 바라는 거야? 난 이미 오래전에 내 딸들을 다른 데로 보냈어. 부모는 결단력이 있어야 해. 아이는 제 몸을 보호할 수 없잖아."

선자는 그제야 이해했다. 한수는 노아를 걱정하고 있었다. 한수한테는 일본인 아내와 세 딸이 있었다. 아들은 없었다.

"어떻게 압니꺼? 뭔 일이 날지 어떻게 알아예?"

"네가 일을 해야 하는 걸 내가 어떻게 알았냐고? 노아가 어느 학교에 다니고, 노아네 수학 선생이 일본인인 척하는 조선인이고, 네 남편이 제때 감옥에서 나오지 못해서 죽었고, 네가 세상천지에 혼자라는 걸 내가 어떻게 알았냐고? 내 가족을 안전하게 보호하는 방법을 어떻게 알았는지 말해줄까? 다른 사람이 모르는 일을 아는 게 내 일이야. 넌 김치를 만들어서 길거리에서 팔면 돈을 벌 수 있다는 것을 어떻게 알았어? 넌 살고 싶었기 때문에 그걸 알게 된 거야. 나도 살고 싶어. 그리고 내가 살고 싶으면 다른 사람들은 모르는 일을 알아야 해. 지금 난 너한테 귀중한 정보를 말하고 있어. 네가 아이들의 목숨을 구하게 하려고. 이 정보를 헛되게 하지 마. 세상이 지옥으로 변하겠지만 넌 네 아이들을 보호해야 해."

"우리 아주버니는 집을 버리지 않을 겁니더."

한수가 소리 내어 웃었다. "그 집은 잿더미가 될 거야. 집이 없어져도 일본은 그의 고통에 대한 대가로 1센도 주지 않아."

"동네 사람들이 전쟁이 곧 끝날 거라 캤십니더."

"전쟁이 곧 끝날 테지만, 그 사람들이 생각하는 식으로는 아니야. 부유한 일본인들은 이미 가족을 시골로 보냈어. 그들은 이미 현금을 금으로 바꾸었어. 부자들은 정치에 관심 없어. 그들은 무사히 빠져나가려고 무슨 말이든 할 거야. 넌 부자가 아니지만 영리해. 오늘 당장 떠나는 게 좋을 거야."

"어떻게 떠나예?"

"김창호가 너와 아주버니, 형님이랑 아이들을 오사카 외곽에 있는 농장으로 데려갈 거야. 고구마 농사를 짓는 사람이 나한테 신세 진 게 있어. 거기에 넓은 거처가 있고 식량도 넉넉할 거야. 전쟁이 끝날 때까지 너희 식구 모두 그 사람 밑에서 일해야 하지만, 잘 곳이 있고 배부르게 먹을 수 있을 거야. 다마구치 상한테는 아이가 없어. 너희 식구에게 해를 끼치지 않을 거야."

"왜 왔습니꺼?" 선자가 울기 시작했다.

"그런 이야기를 하고 있을 때가 아니야. 제발 어리석은 여자처럼 굴지 마. 넌 그보다는 영리하잖아. 움직여야 할 때야. 이 식당도 파괴될 거야." 한수가 빠르게 말했다. "이 건물은 나무와 벽돌 몇 개로 지었어. 너희 아주버니는 더 멍청한 사람한테 당장 집을 팔고 나와야 해. 아니면 적어도 집문서를 가지고 가거나. 곧 사람들이 쥐새끼처럼 여기에서 달아날 거야. 그러니까 너무 늦기 전에 당장 떠나야 해. 미국이 이 바보 같은 전쟁을 끝낼 거야. 당장 오늘 밤이 될 수도 있고, 몇 주 뒤가 될 수도 있어. 어쨌든 미국은 이 말도 안 되는 전쟁을 그리 오래 끌지는 않을 거야. 독일도 지고 있어."

선자는 자신의 양손을 맞잡았다. 전쟁이 너무 오랫동안 계속됐다. 모두가 전쟁에 신물이 났다. 이 식당이 아니었으면 모두가 일을 하고 돈을 벌어도 식구가 굶주렸을 터였다. 옷이 낡아서 올이 다 드러나고 구멍이 뚫렸다. 옷감과 실과 바늘을 구할 수 없었다. 누구도 구두약을 구할 수 없었는데 한수의 구두는 어떻게 저리 광이 날까? 선자와 경희는 지역자치회의 끝없는 회의를 아주 싫어했지만, 그들이 참석하지 않으면 식량 배급을 끊으며 분풀이를 할 것이 뻔했다. 최근에는 군사 훈련이 도를 넘었다. 일요일 아침마다 할머니들과 어린아이들까지 뾰족하게 깎은 죽창으로 적을 찌르는 훈련에 참여해야 했다. 일본인들은 미군들이 여자들과 여자아이들을 겁탈했고 그런 야만인들에게 굴복하느니 자결하는 것이 낫다고 말했다. 식당 사무실 안쪽에 미군이 상륙할 때를 대비해서 일꾼들과 손님들이 쓸 죽창을 숨겨놓는 곳이 있었다. 창호는 책상 서랍에 사냥용 칼 두 자루를 넣어놓았다.

"고향으로 돌아가도 됩니꺼? 부산으로예?"

"거기는 먹을 게 하나도 없고 너한테 안전하지 않아. 작은 마을마다 여자들이 대대적으로 끌려가고 있어."

선자가 어리둥절한 표정을 지었다.

"내가 전에 말했잖아. 중국이나 다른 식민지에 좋은 공장 일자리가 있다고 이야기하는 사람들 말을 듣지 말라고. 그런 일자리는 없어. 내 말 알아들었어?" 한수의 표정이 엄해졌다.

"울 어머니는 괜찮아예?"

"너희 어머니는 젊지 않으니까 끌고 가지는 않을 거야. 내가 찾아볼게."

"고맙십니더." 선자가 조용히 말했다.

선자는 아이들 걱정을 하느라고 어머니가 잘 살고 있는지 별로 신경을 쓰지 못했다. 양진은 학교 선생이 대신 써준 편지를 드문드문 보냈고, 자신은 잘 지내고 있다면서 선자와 손주들 걱정을 더 많이 했다. 선자는 한수를 보지 못한 세월만큼 어머니를 보지 못했다.

"오늘 밤에 떠날 준비를 할 수 있어?"

"우리 아주버니가 제 말을 왜 듣겠습니꺼? 제가 어떻게 설명해야 할지……."

"김창호가 오늘 떠나야 한다고 말하더라고 전해. 지금 김창호가 네 형님한테도 이야기하고 있어. 이 기밀을 가게 사장한테 듣고 말해줬다고 너희 아주버니한테 말해. 내가 김창호를 너희 집에 보내서 이야기하게 해도 되고."

선자는 아무 말도 하지 않았다. 선자는 그 누구도 요셉을 떠나라고 설득하지 못하리라고 생각했다.

"망설이면 안 돼. 아이들을 보호해야지."

"그렇지만 언니가……."

"그 여자가 뭐 어떻다고? 내 말을 들어. 누구보다도 네 아이들을 먼저 선택해야 해. 이제 알 때도 됐잖아?"

선자가 고개를 끄덕였다.

"해 질 녘에 모두 데리고 여기로 와. 김창호가 식당을 열어놓을 거야. 너희가 어디로 가는지 아무도 알아선 안 돼. 사람들이 한꺼번에 여기에서 벗어나려고 하기 전에 떠나는 게 좋아." 한수가 자리에서 일어나서 냉정한 표정으로 선자를 바라보았다.

"어쩔 수 없다면 다른 사람들은 두고 와."

7
1945년

한수가 선자에게 아이들을 데리고 시골로 가라고 말한 날, 요셉은 일자리를 제안받았다. 그날 오후 일찍 친구의 친구가 요셉의 비스킷 공장에 들러 그 일자리 이야기를 했다. 나가사키에 있는 제철 공장에서 조선인 일꾼들을 관리할 작업반장이 필요하다고 했다. 숙식을 제공하는 남자용 합숙소가 있었지만, 가족을 데리고 갈 수 없었다. 지금 봉급보다 거의 세 배가 많았다. 한동안 식구들과 떨어져 있어야 했다. 요셉이 일자리 제안에 들뜬 마음으로 집에 돌아오자 경희와 선자도 새로운 소식을 전했다. 한수의 손이 미치지 않는 곳은 없었다 하지만 선자가 무슨 말을 할 수 있단 말인가?

해가 질 무렵 김창호가 여자들과 아이들을 다마구치의 농장으로 데려갔다. 다음 날 아침, 요셉은 공장 일을 그만뒀고 짐 가방

하나를 꾸린 후, 집 대문을 잠갔다. 그날 오후, 요셉은 나가사키를 향해 가면서 오사카에 오려고 평양을 떠났던 때를 회상했다. 마지막으로 홀로 떠난 때였다.

몇 달이 지나지 않아 폭격이 시작됐는데, 일단 폭격이 시작되자 여름 내내 끊이지 않고 계속됐다. 한수가 폭격 시기를 잘못 짚기는 했지만 그 동네가 잿더미가 되리라는 예측은 딱 들어맞았다.

쉰여덟 살의 고구마 농장 주인인 다마구치는 군식구가 늘어나는 것에 신경 쓰지 않았다. 정규직 일꾼들과 계절에 따라 고용하던 일꾼들은 몇 년 전에 모두 징병됐고, 그들을 대신해서 일할 몸성한 남자가 한 명도 없었다. 이전 일꾼들 중에서 몇 명은 이미 만주에서 죽었고, 둘은 전투에서 심한 부상을 입어 불구가 됐으며, 다른 사람들은 싱가포르와 필리핀으로 보내졌다는 소식이 드문드문 들렸다. 다마구치는 아침에 일어날 때마다 나이가 들면서 생긴 고질적인 통증에 시달렸다. 하지만 바보 같은 전쟁에 나가서 싸우지 않아도 되니 늙었다는 것이 오히려 다행이었다. 하필이면 고구마 수요가 갈수록 늘어나고 있는 마당에 남자들이 부족해서 농장을 키우려던 원대한 포부가 주춤한 상태였다. 다마구치는 불법이지만 원하는 대로 값을 올릴 수 있었다. 또한 귀중품을 농장 땅속 여기저기에 숨겨놓아야 할 정도로 돈맛을 보고 나니, 이 국난 속에서 모든 단물을 빨아먹기 위해서 필요한 일은 무엇이든 마다하지 않고 있었다.

다마구치는 밤낮으로 고구마순을 기르고 땅을 갈아서 심었다. 남자들이 없으니 밭일이 끝나지 않았다. 어쩔 수 없이 거둔 아내의 두 여동생과 혼례를 올릴 신랑감도 없었다. 처제들은 몸이 튼튼하지 않아 일도 시킬 수 없는 도시 아가씨들이었다. 처제들이 수다를 떨어대고 꾀병을 부리는 바람에 다마구치의 아내가 일에 몰두할 수가 없었고, 다마구치는 처제들을 너무 오랫동안 떠맡지 않기를 바랐다. 그나마 다행인 것은 아내의 부모가 죽고 없다는 것이었다. 다마구치는 일손이 더 필요한 계절에는 마을 노인들과 여자들을 고용했지만 그들은 더운 날씨에 순을 심고 추운 날씨에 수확을 해야 해서 힘들다고 끊임없이 불평을 했다.

피난처를 찾는 도시의 일본인들을 수없이 외면해온 다마구치는 조선인들을 고용하거나 농장에서 숙식을 제공하게 되리라고는 꿈에도 생각하지 못했다. 그러나 고한수의 말을 거절할 수는 없었다.

다마구치와 과로에 지친 아내 교코는 한수의 전보를 받자마자 오사카에서 오는 조선인 가족이 살 수 있도록 헛간을 개조했다. 하지만 그들이 도착하고 며칠도 되지 않아서, 다마구치는 이 거래에서 더 이익을 본 사람이 자신이라는 것을 깨달았다. 한수가 요리와 청소와 밭일을 할 수 있는 튼튼한 여자 둘, 눈이 잘 안 보이지만 고구마를 캐고 나를 수 있는 젊은 남자, 시키는 대로 잘 따르는 영리한 사내아이 둘을 보낸 것이다. 이 조선인들은 많이 먹었지만, 밥값을 충분히 했고 아무도 귀찮게 하지 않았다. 불평하는 법도 없었다.

다마구치는 첫날부터 노아와 모자수에게 소 세 마리와 돼지 여덟 마리, 닭 서른 마리에게 먹이를 주고, 소젖을 짜고, 달걀을 모으고, 닭장을 치우는 일을 맡겼다. 두 사내아이가 일본어를 모국어처럼 하는지라, 다마구치는 물건 파는 일을 도우라며 시장에 아이들을 데리고 갔다. 형은 계산을 대단히 잘했고 장부를 써도 될 만큼 글씨를 가지런하게 잘 썼다. 동서지간인 두 조선 여자들은 집에서는 괜찮은 식모였고 바깥에서는 튼튼한 일꾼이었다. 남편이 있는 마른 여자는 젊지 않았지만 아주 예뻤고 일본어를 썩 잘해서 교코가 음식과 빨래, 옷 수선을 맡겼다. 조용하고 작은 여자는 과부였는데 텃밭을 능숙하게 돌보았고 젊은 남자와 함께 밭에서 일했다. 두 사람은 황소 두 마리처럼 일했다. 다마구치는 몇 년 만에 처음으로 편안해졌다. 아내조차 짜증이 줄었고 다마구치와 처제들을 닦달하는 일이 평소보다 줄어들었다.

조선인들이 온 지 넉 달이 지난 후, 어느 해 질 무렵에 한수의 트럭이 농장으로 들어왔다. 한수가 트럭에서 내렸고 나이 든 조선 여자와 함께 있었다. 다마구치가 서둘러 한수를 맞이하러 나갔다. 보통 한수의 부하들이 도시에서 파는 농작물을 가지러 저녁에 왔는데, 사장이 직접 오는 일은 드물었다.

"다마구치 상." 한수가 고개를 숙여 인사했다. 나이 든 여인은 허리를 숙여 다마구치에게 인사했다. 여인은 한복을 입고 있었고 양손에 보따리를 하나씩 들고 있었다.

"고 상." 다마구치가 고개 숙여 인사하고 나이 든 여인을 보며 친절하게 웃었다. 가까이에서 보니 그 여자가 별로 늙지 않았다는 것을 알 수 있었다. 사실 여자는 다마구치보다 젊을지도 몰랐다. 갈색 얼굴이 핼쑥했고 영양이 부족해 보였다.

"이분은 선자의 어머니인 김양진 씨예요." 한수가 말했다. "오늘 일찍 부산에서 도착했습니다."

"기무 양진 상." 새 손님이 생겼다는 사실을 깨달은 농장주가 양진의 이름을 한 자 한 자 천천히 말했다. 다마구치는 여인의 얼굴을 훑어보면서 두 사내아이의 엄마인 젊은 과부와 닮은 점이 있는지 살폈다. 입과 턱 주변이 조금 비슷했다. 손마디가 굵은 여인의 갈색 손은 남자 손처럼 강했다. 다마구치는 여인이 괜찮은 일꾼이 되겠다고 생각했다. "선자 상의 어머니라고요? 환영해요, 환영해요." 다마구치가 웃으면서 말했다.

눈을 내리뜬 양진은 두려워하는 것 같았다. 아주 지쳐 보이기도 했다.

한수가 목청을 가다듬었다.

"아이들은 어떻게 지내나요? 다마구치 상을 귀찮게 하지 않아야 할 텐데요."

"아니요, 아니요. 전혀 그렇지 않아요. 훌륭한 일꾼들이에요! 아주 착한 아이들이에요." 진심으로 하는 말이었다. 그 아이들이 그렇게 일을 잘하리라고 예상하지 못했다. 자식이 없는 다마구치는 으레 도시 아이들은 처제들처럼 버릇이 없고 게으르려니 했다. 마을의 부유한 농장주들이 바보 같은 아들들을 두고 항상 불평을 하는지라 자식이 없는 다마구치와 아내는 그들을 그다지 부러워하지 않았다. 게다가 다마구치는 조선인들이 어떤 사람들인지 전혀 몰랐다. 다마구치는 별로 편견이 심한 사람이 아니었지만, 개인적으로 아는 유일한 조선인은 고한수였고 전쟁과 함께 시작된

두 사람의 관계는 평범하지 않았다. 공공연한 비밀이지만 큰 농장들은 고한수를 통해 도시의 암시장에 농작물을 팔았고, 아무도 그런 일을 대놓고 말하지 않았다. 외국인과 야쿠자가 암시장을 지배했고, 농작물 판매에 큰 영향을 미쳤다. 고한수를 돕는 것은 영광스러운 일이었다. 호의에는 의무가 따랐고, 이 농장주는 고한수를 위해서 무엇이든 할 작정이었다.

"고 상, 집에 들어가서 차 한잔하세요. 목마르시겠어요. 오늘 날씨가 아주 덥네요." 다마구치가 집 안으로 들어가서 자기 신발을 벗기도 전에 손님들에게 실내화를 내놓았다. 오래되고 우람한 미루나무의 그늘 덕분에 커다란 농가 안은 기분 좋게 시원했다. 새로 짠 다다미에서 풍기는 싱그러운 풀냄새가 손님들을 맞았다. 삼나무판을 벽에 댄 안방에서 다마구치의 아내 교코가 푸른 비단 방석에 앉아 남편의 윗도리를 바느질하고 있었다. 아내의 두 여동생은 발목을 엇갈리고 엎드린 채 너무 많이 봐서 외울 지경인 오래된 영화 잡지를 휙휙 넘기고 있었다. 딱히 누구에게 잘 보이려는 것은 아니지만 유난히 잘 차려입은 세 여자는 농가와 어울리지 않았다. 옷감 배급량이 제한돼 있었지만 농장주의 아내와 여동생들은 부족함이 없었다. 교코는 도쿄 상인의 아내에 더 어울릴 법한 우아한 면 기모노를 입고 있었고, 여동생들은 세련된 질은 청색 치마와 면 블라우스를 입어 미국 영화에 나오는 대학생들 같아 보였다.

자매가 누가 집에 들어오는지 보려고 턱을 들자 유행에 맞게 자른 단발머리의 긴 앞머리 아래로 창백하고 예쁜 얼굴이 드러났다. 전쟁이 시작되면서 값을 매길 수 없는 보물들이 다마구치의 집에 쌓였다. 귀한 두루마리 족자, 여러 필의 옷감, 세 여자가 다 입을 수 없을 정도로 많은 기모노, 옻칠한 장롱, 보석, 도자기 같은 것들이었다. 고구마 한 자루나 닭 한 마리와 바꾸려고 도시 주민들이 아낌없이 내놓은 집안 가보들이었다. 하지만 자매는 새 영화, 간사이 상점들, 깜빡거리지 않는 전깃불이 있는 도시 생활을 동경했다. 그들은 전쟁과 끝없이 펼쳐진 녹색 들판, 농장 생활 전체가 지긋지긋했다. 좋은 집에서 풍족하게 살고 있는 자매는 램프 기름 냄새, 시끄러운 가축, 항상 물건값 이야기를 하는 시골뜨기 형부를 경멸했다. 미군의 폭격으로 영화관과 백화점, 그들이 좋아하는 과자점이 불에 타서 무너졌지만, 화려한 도시 생활의 즐거움을 생각하며 점점 불만을 키우고 있었다. 날마다 자매는 소박하고 희생적인 큰언니에게 불평을 늘어놓았다. 예전에 자매는 큰언니가 먼 친척인 시골뜨기와 혼인한다고 비웃었는데, 지금 그 시골뜨기 형부는 금과 기모노를 자신들의 지참금으로 준비해놓았다.

다마구치가 목청을 가다듬자 여자들이 일어나 앉아 바쁜 척했다. 그들은 한수를 보고 고개를 끄덕이고는 조선 여자의 더러운 치맛단을 빤히 쳐다보며 저도 모르게 오만상을 찌푸렸다.

양진이 깊게 허리를 숙여 세 여자에게 인사하고 나서, 문가에 그대로 서 있었다. 역시나 아무도 양진에게 들어오라고 하지 않았다. 양진이 서 있는 자리에서 부엌에서 일하는 여자의 구부린 등이 얼핏 보였지만 선자 같지는 않았다.

한수도 부엌에 있는 여자를 발견하고 다마구치의 아내에게 물었다. "부엌에 있는 사람이 선자 상인가요?"

교코가 다시 한수에게 고개를 숙였다. 이 조선인은 교코의 눈에는 지나치게 자신만만해 보였지만, 남편한테 이 남자가 그 어느 때보다도 필요하다는 사실을 알고 있었다.

"고 상, 어서 오세요. 이렇게 봬서 반갑습니다." 교코가 자리에서 일어나며 말했다. 교코가 동생들에게 꾸짖는 눈초리를 보내자, 동생들이 냉큼 일어나서 손님에게 인사했다.

"부엌에 있는 여자는 경희 상이에요. 선자 상은 밭에서 고구마를 심고 있어요. 어서 앉으세요. 시원하게 마실 것을 내올게요." 교코가 두 동생 중 더 어린 우메 짱을 돌아보자, 우메가 시원한 우롱차를 가지러 부엌으로 터덜터덜 갔다.

한수가 짜증을 드러내지 않으려고 애쓰며 고개를 끄덕였다. 한수는 선자가 일을 할 것이라고 예상했지만 밭일을 하게 될 줄은 미처 몰랐다.

교코가 남자의 불쾌감을 알아차렸다. "당연히 따님을 보고 싶겠군요, 아주머니. 다코 짱, 손님을 따님에게 데려다드리렴."

세 자매 중 가운데인 다코는 어쩔 수 없이 그 말에 따랐다. 며칠 동안이나 입을 꽉 다물고 삐져 있기도 하는 교코에게 반항하는 것은 무의미했다. 한수는 선자에게 데려다줄 테니 저 여자아이를 따라가라고 양진에게 조선어로 말했다. 다코는 돌이 깔린 현관에서 신발을 신다가 늙은 여자한테서 나는 시큼하고 이상한 냄새를 맡았다. 이틀 동안 먼 길을 오느라 더 심해진 냄새였다. 다코는 아주 더럽다고 생각했다. 다코는 앞장서면서 두 사람 사이에 최대한 거리를 두고 빠르게 걸었다.

교코는 우메가 부엌에서 가져온 차를 따라준 후 방을 나갔고, 남자들만 거실에 남아 이야기를 했다. 농장주가 한수에게 전쟁 소식을 물었다.

"그다지 오래가지 않을 거예요. 독일이 참패하고 있고, 미국이 이제 본격적으로 뛰어들었어요. 일본은 이 전쟁에서 질 거예요. 순전히 시간문제입니다." 한수가 애석함이나 기쁨의 기색이 전혀 없이 말했다. "착한 사내아이들이 더 죽기 전에 이 미친 짓을 하루빨리 끝내는 게 나아요, 안 그래요?"

"네, 네. 그렇겠죠?" 다마구치가 기가 죽어서 나지막이 소곤거렸다. 물론 다마구치는 일본이 이기기를 바랐으나, 틀림없이 한수는 현실을 잘 알고 있을 터였다. 하지만 이 농장주는 일본이 이기지 못하더라도 아직은 전쟁이 끝나지 않기를 바랐다. 발효한 고구마를 비행기 연료로 쓴다는 소문이 있었다. 그렇게 되면 정부가 고구맛값을 아주 조금만 쳐주든, 전혀 안 주든, 암시장에서 더 높은 값에 고구마를 팔 수 있을 것이다. 도시에서 식량과 술을 간절하게 원하기 때문이었다. 한두 번만 더 수확하면 옆에 있는 넓은 땅 두 곳을 살 수 있는 충분한 금이 생긴다. 그 땅의 주인은 나이가 들수록 일에 흥미를 잃고 있었다. 이 지역의 남쪽 땅을 통째로 갖는 것이 다마구치의 할아버지가 품었던 간절한 소망이었다.

한수가 농장주의 공상에 끼어들었다.

"그래서 좀 어떤가요? 그 사람들이 여기 있으니?"

다마구치가 호의적으로 고개를 끄덕였다. "아주 큰 도움이 됩니다. 그 사람들이 그렇게 일을 많이 하지 않아도 되면 좋겠지만, 아시다시피 일꾼들이 부족해서요……."

"그 사람들도 일을 하려고 왔어요." 한수가 안심시키듯 고개를 끄덕였다. 한수는 농장주가 숙식을 제공하는 것보다 훨씬 큰 이득을 올리고 있다는 사실을 분명히 알고 있었지만, 선자와 선자 가족이 부당한 대우만 받지 않으면 상관없었다.

"오늘 밤에 여기서 머무실 건가요?" 다마구치가 물었다. "길을 떠나기에는 너무 늦었고, 저희와 저녁을 함께 드시죠. 경희 상이 음식을 아주 잘합니다."

다코는 늙은 여자를 멀리까지 데려다줄 필요가 없었다. 양진은 넓고 어두운 밭에서 허리를 숙이고 있는 딸을 발견하자마자 긴 치맛자락을 잡아 올려 몸에 두르고 딸이 있는 쪽으로 힘껏 달려갔다.

급히 내달리는 발소리를 들은 선자가 고구마를 심다가 고개를 들었다. 황백색 한복을 입은 작은 여인이 자신을 향해 달려오고 있었다. 선자가 괭이를 떨어뜨렸다. 작은 어깨, 목덜미에 모아서 쪽을 찐 희끗희끗한 머리, 부드럽고 네모나게 단정히 매듭지은 짧은 저고리의 옷고름. 어머니였다. 어떻게 이런 일이 가능할까? 선자는 심어놓은 고구마순을 짓밟으며 양진을 향해 갔다.

"아이고, 내 새끼. 내 새끼. 아이고, 내 새끼."

선자가 어머니를 꼭 끌어안았다. 저고리 천 아래 삐죽 튀어나온 양진의 빗장뼈가 고스란히 느껴졌다. 어머니가 몹시 수척해져 있었다.

한수는 저녁을 빠르게 먹고 나서 다른 사람들과 이야기하러 헛간에 갔다. 그저 그들과 앉아 있고 싶었을 뿐, 자신 때문에 지나친 부담을 느끼지 않기를 바랐다. 선자랑 선자 가족과 밥을 먹었으면 더 좋았겠지만, 다마구치의 기분을 상하게 하고 싶지 않았다. 한수는 밥을 먹으면서 선자와 그 사내아이만 생각했다. 그들은 함께 밥을 먹은 적이 없었다. 스스로도 설명하기 힘들지만, 그들과 함께 있고 싶은 마음이 간절했다. 헛간에 가서야 경희가 다마구치의 부엌에서 두 종류의 저녁을 준비했다는 사실을 알아차렸다. 다마구치 가족이 먹은 것은 일본식이었고 다른 사람들이 먹은 것은 조선식이었다. 헛간에서 조선인들은 밥상에 둘러앉아 밥을 먹었다. 창호가 남은 나무 기둥을 다듬어 기름을 먹여 만든 것이었다. 선자가 그릇을 막 치우고 있었다. 한수가 들어가자 모두 올려다보았다.

가축들은 저녁에 조용해졌지만, 아예 소리를 안 내지는 않았다. 한수가 기억하는 것보다 냄새가 지독했지만 그 악취에 곧 익숙해지리라는 것을 알았다. 조선인들은 헛간 안쪽에서 지냈고, 가축들은 앞쪽 가까이에 있었다. 그 사이에 건초 더미가 쌓여 있었다. 창호가 나무로 만든 칸막이를 사이에 두고 창호와 사내아이들이 같이 잤고 여자들은 다른 쪽에서 잤다.

양옆에 손주들을 두고 바닥에 앉아 있던 양진이 벌떡 일어나서 한수에게 고개 숙여 인사했다. 농장에 오는 동안 양진은 여러 차례 한수에게 고맙다고 했는데, 이제 식구를 다시 만난 양진은 부끄러워하는 손주들을 부여잡고 또다시 고맙다는 말을 반복했다. 양진은 늙은 조선 여자들이 하듯이 큰 소리로 울었다.

경희는 아직 농가 부엌에서 저녁 설거지를 하고 있었다. 설거지가 끝나면 한수가 머물 손님방을 준비할 터였다. 창호는 헛간 뒤편 몸을 씻는 작은 창고에서 모두가 목욕할 물을 데우느라고 바빴다. 경희와 창호는 선자가 어머니와 있게 해주려고 선자의 저녁 일거리를 대신 맡았다. 아무도 한수가 조선에서 양진을 데려오는 수고를 아끼지 않은 이유를 눈치채지 못했다. 양진이 흐느껴 우는 동안, 선자는 한수를 가만히 쳐다보았다. 자신의 삶을 결코 떠난 적 없는 이 남자를 선자는 이해할 수 없었다.

한수가 사내아이들 맞은편 두둑이 쌓인 건초 더미 위에 앉았다.

"저녁밥은 배부르게 먹었어?" 한수가 평범한 조선말로 물었다.

사내아이들은 한수가 조선말을 아주 잘해서 깜짝 놀라며 올려다보았다. 아이들은 할머니를 데려온 남자가 일본인일 것이라고 생각했다. 몹시 잘 차려입었고 다마구치 상이 대단히 깍듯이 대해서였다.

"네가 노아구나." 한수가 아이의 얼굴을 자세히 살피며 말했다. "열두 살이겠네."

"예, 선생님." 노아가 대답했다. 남자는 고급스러운 옷과 아름다운 가죽 구두를 신고 있었다. 판사나 영화 포스터에서 본 중요한 사람처럼 보였다.

"농장에서 사는 건 마음에 들어?"

"괜찮아요, 선생님."

"난 이제 여섯 살이에요." 모자수가 끼어들었다. 형이 말할 때마다 습관적으로 하는 짓이었다. "우린 여기서 쌀밥 먹어요. 난 쌀밥을 몇 그릇씩 먹고 또 먹을 수 있어요. 다마구치 상이 잘 먹어야 키가 큰댔어요. 고구마 먹지 말고 밥 먹으래요! 선생님도 밥 좋아해요?" 아이가 한수에게 물었다. "노아 형이랑 난 오늘 밤에 목욕할 건데. 오사카에서는 목욕을 자주 못 했어요. 물을 데울 수가 없어서요. 난 농장에서 목욕하는 게 더 좋아요. 욕조는 공중목욕탕에 있는 것보다 작거든요. 목욕 좋아해요? 물이 엄청 뜨거워요. 근데 좀 있으면 괜찮아져요. 물에서 오래오래 안 나오면 손가락 끝이 할아버지처럼 쭈글쭈글해져요." 모자수가 눈을 크게 떴다. "근데 내 얼굴에는 주름 없어요. 난 어리니까요."

한수가 소리 내어 웃었다. 동생은 노아처럼 격식을 차리지 않았다. 훨씬 자유분방해 보였다.

"너희가 여기서 잘 먹고 있다니 기쁘구나. 참 다행이야. 다마구치 상이 너희가 아주 훌륭한 일꾼이라고 하더구나."

"고마워요, 선생님." 모자수가 말했다. 남자에게 더 많이 물어보고 싶었지만 남자가 형에게 말을 거는 바람에 꾹 참았다.

"노아야, 너는 무슨 일을 해?"

"여기 가축우리를 청소하고, 먹이를 주고, 닭을 돌봐요. 다마구치 상과 시장에 갈 때 옆에서 장부를 기록하기도 하고요."

"학교가 그립니?"

노아는 대답하지 않았다. 노아는 산수 문제를 풀고 일본어 쓰기를 하던 것이 그리웠다. 숙제할 때의 고요함이, 숙제할 때 아무도 방해하지 않는 그 시간이 그리웠다. 농장에서는 글을 읽을 틈이 전혀 없었고 자기 책도 없었다.

"네가 아주 우수한 학생이라고 들었단다."

"작년에는 학교에 별로 못 갔어요."

집에 살았을 때는 학교 수업이 자주 취소됐다. 다른 아이들과 달리 노아는 총검 훈련과 무의미한 공습 훈련을 싫어했다. 노아는 큰아버지와 떨어져 있고 싶지 않았지만, 농장이 도시보다는 나았다. 여기에서는 안전하다는 느낌이 들어서였다. 농장에서는 비행기 소리가 들리지 않았고, 방공호 대피 훈련이 훨씬 드물었다. 음식이 풍부했고 맛있었다. 날마다 달걀을 먹었고 갓 짠 우유를 마셨다. 푹 잤고 기운차게 깨어났다.

"전쟁이 끝나면 학교에 다시 다니겠구나. 그러고 싶어?" 한수가 물었다.

노아가 고개를 끄덕였다.

선자는 그때가 되면 어떻게 먹고살아야 할지 알 수 없었다. 전쟁이 끝나면 영도로 돌아갈 계획이었는데, 어머니는 거기에 아무것도 남지 않았다고 말해주었다. 총독부가 하숙집을 세준 주인에게 세금을 부과했고, 그 주인은 일본인에게 하숙집을 팔아버렸다. 식모 자매는 만주에 있는 공장에 일하러 간다고 했고 그 후로 소식이 없었다. 한수가 양진을 찾아냈을 때 양진은 부산에 있는 일본 상인의 가정부로 일하면서 창고에서 잤다.

한수가 윗도리 주머니에서 만화책 두 권을 꺼냈다.

"자, 여기."

노아는 어머니가 가르쳐준 대로 두 손으로 받았다. 조선어로 적혀 있었다.

"고맙습니다, 선생님."

"조선어 읽을 줄 알아?"

"아뇨, 선생님."

"배우면 돼." 한수가 말했다.

"큰어머니가 이거 읽는 거 도와줄 수 있어요." 모자수가 말했다. "큰아버지는 여기 없어요. 근데 다음에 우리가 큰아버지를 만나면 깜짝 놀라게 해줄 거예요."

"너희는 조선어를 읽을 줄 알아야 해. 언젠가 조선으로 돌아갈지도 몰라." 한수가 말했다.

"예, 선생님." 노아는 조선이 자신도 평범한 사람이 될 수 있는 평화로운 곳일 거라고 상상했다. 아버지는 어린 시절 자랐던 평양이 아름다운 도시라고 했고, 엄마 고향인 영도는 청록색 바다에 물고기가 많은 고요한 섬이라고 했다.

"선생님은 어디에서 오셨나요?" 노아가 물었다.

"제주란다. 네 엄마 고향인 부산에서 별로 멀지 않아. 제주는 화산섬이야. 귤이 자란단다. 제주 사람은 신의 자손이야." 한수가 한쪽 눈을 찡긋했다. "다음에 널 거기 데리고 갈게."

"난 조선에서 살기 싫어요!" 모자수가 소리쳤다. "난 여기 농장에 있고 싶은데!"

선자가 모자수의 등을 토닥거렸다.

"엄마, 우린 농장에서 오래오래 살아야 해요. 큰아버지도 곧 여기 올 거예요, 그렇죠?" 모자수가 물었다.

그때 일을 다 마친 경희가 들어왔다. 모자수가 만화책을 들고 경희에게 달려갔다.

"이거 읽어주실래요?"

모자수가 그들이 의자로 사용하는, 개어서 차곡차곡 쌓아놓은 요로 경희를 데리고 갔다.

경희가 고개를 끄덕였다.

"노아야, 이리 오렴. 이 책 읽어줄게."

노아가 한수에게 재빨리 인사하고 경희와 모자수에게 다가갔다. 양진이 선자를 밥상 앞에 남겨두고 노아를 따라갔다. 선자가 일어나려고 하자 한수가 앉으라고 손짓했다.

"여기 있어." 한수가 진지한 표정을 지었다. "잠깐만 여기 있어. 네가 어떻게 지내는지 알고 싶어."

"지는 잘 지냅니더. 고맙십니더." 선자의 목소리가 떨렸다. "울 어머니를 여기로 데려와주셔서 고맙십니더." 선자가 말했다. 해야 할 말이 더 있었지만 말을 꺼내기가 힘들었다.

"네가 너희 어머니 소식을 물어봤잖아. 너희 어머니가 여기 오는 게 더 낫겠다 싶더라고. 일본 사정이 아주 안 좋지만, 지금 조선 사정은 더 심각해. 전쟁이 끝나면 좀 나아지겠지만 안정되기 전에는 더 힘들 거야."

"그게 무슨 말입니꺼?"

"미국이 승리하면, 일본이 어떻게 할지 몰라. 일본이 조선에서 빠져나가면 누가 조선을 맡게 될까? 일본인을 떠받들던 그 모든 조선인에게 무슨 일이 생길까? 혼란이 일어날 거야. 더 많은 피를 보게 되겠지. 넌 그 주변에 있으면 안 돼. 네 아이들이 거기에 있게 하면 안 돼."

"어쩌실랍니꺼?" 선자가 물었다.

한수가 선자를 똑바로 바라보았다.

"내 자신과 내 사람들을 돌볼 거야. 내가 목숨을 정치인들한테 맡길 거라고 생각해? 높은 자리에 있는 사람들은 아무것도 몰라. 그리고 그들은 다른 사람을 신경 쓰지 않아."

선자는 그 문제를 생각해보았다. 어쩌면 맞는 말일 수도 있지만, 왜 자신이 이 사람을 믿어야 한단 말인가? 선자는 양손으로 바닥을 짚고 일어났지만, 한수가 고개를 저었다.

"나랑 이야기하기가 그렇게 힘들어? 제발 앉아."

선자가 앉았다.

"지는 아이들을 돌봐야 합니더. 이해해주이소."

아이들은 만화책을 열심히 들여다보고 있었다. 경희가 감정을 넣어서 대사를 읽고 있었고, 등장인물들이 말하는 우스갯소리에 글을 읽을 줄 모르는 양진마저 어느새 아이들과 함께 소리 내어 웃고 있었다. 그들은 만화책에 푹 빠져 있었고 마음이 평온한 듯 얼굴이 더 부드러워 보였다.

"내가 널 도울게." 한수가 말했다. "아무 걱정할 필요 없어. 돈이

든…….”

“지금도 우리를 돕고 있다 아닙니꺼. 지한테는 다른 수가 없으니까예. 전쟁이 끝나면 일을 해서 아이들을 돌볼 낍니더. 지금도 우리 밥값을 할라꼬 일하고…….”

“전쟁이 끝나면 내가 너한테 집을 마련해주고 아이들을 돌볼 돈을 줄 거야. 아이들은 소똥이나 치울 게 아니라 학교에 가야 해. 너희 어머니랑 형님도 같이 지내면 돼. 너희 아주버니한테 좋은 일자리를 구해줄 수 있어.”

“우리 식구한테 그쪽 이야기를 할 수는 없십니더.” 선자가 말했다. 선자는 늘 거짓말을 하고 있는 기분이 들었다. 한수는 무슨 생각을 하고 있는 것일까? 선자는 궁금했다. 한수가 더 이상 자신을 원할 리 없었다. 선자는 먹이고 가르쳐야 하는 어린 자식 둘이나 딸린 스물아홉 살짜리 과부였다. 나이를 많이 먹은 것은 아니지만, 지금 자신을 원하는 남자가 있다는 것은 상상도 할 수 없었다. 예전에도 그다지 아름답지 않았는데 이제는 매력도 없었다. 햇빛을 많이 받아 살갗이 얼룩덜룩해졌고 주름이 생긴 촌스럽고 못생긴 여자였다. 몸은 강하고 튼튼했고 처녀 때보다 덩치가 커졌다. 살면서 두 남자가 선자에게 욕정을 느꼈다. 그런 일이 다시 일어난다는 것은 말도 안 됐다. 때로는 자신이 지금은 쓸 만해도 언젠가 쓸모가 없어질 가축처럼 느껴졌다. 그런 날이 오기 전에, 자신이 세상을 떴을 때 아이들이 잘 살 수 있게 준비해놓아야 했다.

“자식들이 있다 캤지예?”

“딸 셋이 있어.”

"그러면 딸애들이 지에 대해 뭐라 하겠어예? 우리에 대해서는예?" 선자가 소곤거렸다.

"내 가족은 너랑 아무 상관없어."

"알겠십니더." 선자는 입이 바싹 말라 침을 삼켰다. "이런 기회를 주셔서 감사합니더…… 이렇게 일을 하고 안전하게 있게 해주셔서예. 그래도 전쟁이 끝나면 다른 일자리를 구해서 아들내미들이랑 울 어머니를 제가 돌볼 거라예. 더 이상 일할 수 없을 때까지 일할 거라예."

선자가 바닥에서 일어나서 몸뻬에 붙은 건초를 털었다.

제대로 숨을 쉴 수가 없어서 한수를 외면하고 황소들을 빤히 바라보았다. 황소의 커다란 짙은 눈에 끝없는 고통이 서려 있었다. 다른 사람들이 그들이 하는 말을 들었을까? 모두 만화책에 집중하고 있는 듯했다. 선자는 왼손을 오른손으로 가렸다. 손을 씻었는데도 흙이 낀 손톱 주변이 여전히 갈색이었다.

8

이번에도 한수의 말이 옳았다. 한수의 예상보다 빨리 전쟁이 끝났지만, 한수조차 마지막 폭격은 상상도 하지 못한 일이었다. 벙커 덕분에 요셉은 최악의 상황을 피했다. 그렇지만 마침내 거리로 기어 나왔을 때 근처에서 불에 타고 있던 목재 창고의 벽이 요셉의 오른쪽으로 무너지면서 붉고 푸른 화염이 그를 집어삼켰다. 요셉을 알던 공장 사람이 발견해 불을 껐고, 한수의 부하들이 나가사키에 있는 형편없는 병원에서 요셉을 찾아냈다.

매미가 울어대는 유난히 긴 계절이 지나고, 숨 막힐 정도로 조용하고 별이 총총한 저녁이었다. 한수가 요셉을 미군 트럭에 태워 다마구치의 농장으로 데려왔다. 모자수가 제일 먼저 트럭을 발견했고, 작고 재빠른 아이는 죽창을 가지러 돼지우리로 달려갔다. 식구들은 반쯤 열린 헛간 문 옆에 서서 다가오는 트럭을 지켜보았다.

"여기요." 모자수가 엄마와 할머니, 형, 큰어머니에게 덜커덕거리는 속 빈 죽창을 건네고 나머지 두 개를 가지고 있었다. 창호는 목욕을 하는 중이었다. 모자수가 형한테 소곤거렸다. "형이 가서 아저씨 데려와야 해. 아저씨한테 무기를 갖다줘." 아이는 창호에게 줄 창을 노아에게 건넸다. 모자수는 창을 단단히 움켜쥐고 공격할 준비를 했다. 노아한테 물려받은 구멍 난 스웨터가 밀가루 포대로 만든 모자수의 몸뻬 위로 헐렁하게 내려와 있었다. 모자수는 여섯 살치고는 큰 편이었다.

"전쟁은 끝났어." 노아가 모자수에게 단호하게 되새겨주었다. "한수 아저씨 부하들일 거야. 다치기 전에 그거 내려놔."

트럭이 멈췄고 한수 밑에서 일하는 조선인 둘이 요셉이 누워 있는 들것을 꺼냈다. 요셉은 붕대를 둘둘 감고 있었고 진정제를 잔뜩 투여받은 상태였다.

경희는 들고 있던 창을 땅에 떨어뜨렸고, 비틀거리지 않으려고 모자수의 어깨에 한 손을 올렸다.

한수가 조수석에서 내렸고, 연한 적갈색 머리의 미군 운전사는 차에 그대로 있었다. 모자수는 군인을 살짝살짝 훔쳐보았다. 운전사의 흰 피부에 주근깨가 있었고 노란빛이 도는 붉은 머리카락은 불꽃 같았다. 운전사는 나쁜 사람처럼 보이지 않았고, 한수 아저씨도 두려워하지 않는 듯했다. 오사카에 살 때 식량 배급을 제일 자주 담당하던 지역자치회 수장인 하루 상이 미군들은 마구잡이로 사람을 죽이니까 미군이 보이면 바로 도망가라고 동네 아이들에게 주의를 주었다. 잡히느니 자결하는 것이 낫다고 했다. 운전사가 자기를 보고 있는 모자수를 발견하고는 고르고 흰 이를 보이며 손을 흔들었다.

경희가 천천히 들것으로 다가갔다. 경희는 화상 자국을 보자 양손으로 입을 막았다. 폭격에 대한 끔찍한 보도를 들었지만 경희는 요셉이 살아 있다고, 자신에게 알리지도 않고 죽을 리 없다고 믿었다. 경희는 요셉을 위해 끊임없이 기도했고 마침내 요셉이 집에 돌아온 것이었다. 경희는 털썩 무릎을 꿇고 고개를 숙였다. 경희가 일어날 때까지 모두가 조용했다. 창호까지 울고 있었다.

한수가 울고 있는 경희를 향해 고개를 까딱하고는 종이로 싼 커다란 꾸러미와 군용 튜브에 든 미제 화상 연고를 주었다.

"그 안에 약이 있어요. 작은 숟가락 정도의 가루를 물이나 우유에 섞어서 밤에 남편한테 줘요. 잠들 수 있을 거예요. 약이 다 떨어지면, 더는 구할 수 없어요. 그러니까 조금씩 약을 끊게 해야 해요. 남편이 더 달라고 애원하겠지만 아껴야 오래 쓴다고 말해요."

"이게 뭔가요?" 경희가 물었다. 선자는 경희 옆에 서서 아무 말도 하지 않았다.

"이 사람한테 필요한 겁니다. 통증에 필요하지만 오래 쓰면 안 좋아요. 중독성이 있으니까요. 붕대를 자주 갈아주세요. 붕대는 사용하기 전에 끓는 물에 삶아서 소독해야 합니다. 이 안에 더 있어요. 갈수록 살갗이 당길 테니 그 연고가 필요할 겁니다. 말한 대로 할 수 있겠어요?"

경희가 여전히 요셉을 바라보며 고개를 끄덕였다. 짐승한테 먹히기라도 한 것처럼 요셉의 입과 볼이 절반이나 사라져 있었다. 요셉은 식구들을 위해 할 수 있는 모든 것을 한 남자였다. 요셉이 일하러 떠나야 했기 때문에 이런 일을 당한 것이었다.

"고맙습니다, 선생님. 우리를 위해 해주신 모든 일에 감사드려요." 경희가 한수에게 말했고, 한수는 고개를 저으며 아무 말도 하지 않았다. 한수는 농장주와 이야기하러 갔다. 목욕을 마치고 이미 돌아와 있던 김창호가 농장주의 집으로 가는 한수를 따라갔다.

여자들과 아이들은 들것을 들고 있는 남자들을 헛간 안으로 데리고 가서 빈 마구간에 자리를 만들었다. 경희가 자기의 요를 그곳으로 옮겼다.

잠시 후, 한수와 남자들이 작별 인사도 하지 않고 차를 타고 떠났다.

농장주는 자기 땅에 조선인이 한 명 더 늘어났다고 불평하지 않았다. 다른 조선인들이 각자의 몫은 물론이고 요셉의 몫까지 일했기 때문이었다. 수확 철이 다가오고 있어서 다마구치는 그들이 필요했다. 아무도 거론하지 않았지만 다마구치는 머지않아 그들이 떠나겠다며 품삯을 달라고 할 것임을 감지했고, 그들이 집으로 떠나기 전에 될 수 있는 대로 많은 일을 시키기로 했다. 그들에게 있고 싶은 만큼 얼마든지 머물러도 된다고 말했고, 이 말은 진심이었다. 전역한 군인들에게 사소한 일자리를 줘봤는데 그들은 지저분한 일이라고 투덜거렸고 외국인들과 함께 일하는 것을 대놓고 거부했다. 게다가 조선인들을 모두 일본인 전역 군인들로 대체할 수 있다고 할지라도 여전히 시장에 고구마를 유통해줄 한수가 필요했다. 그러니 그 조선인들이 다 여기 머물러도 괜찮았다.

운송 트럭이 정기적으로 돌아왔지만, 한수는 몇 주 동안 오지 않았다. 요셉은 고통에 시달렸다. 오른쪽 청각을 잃었고, 분노에 차서 소리를 지르거나 괴로움에 울부짖었다. 가루약을 다 썼지만 요셉의 상태는 그다지 호전되지 않았다. 저녁이 되면 요셉은 아이처럼 울었고, 그 누구도 도와줄 수가 없었다. 낮 동안 요셉은 농기구를 수리하거나 고구마를 분류하면서 농장 일을 도우려고 했지만, 통증이 너무 심해서 일을 할 수 없었다. 술을 혐오하는 다마구치이지만 불쌍한 마음에 명절에 쓰는 사케를 가끔 요셉에게 주었다. 하지만 경희가 날마다 더 달라고 간청하자, 다마구치는 더 내줄 수 없다고 말했다. 다마구치가 인색한 사람이라서가 아니라 자기 땅에 술꾼을 둘 수 없어서였다.

한 달 후, 한수가 돌아왔다. 오후의 햇살이 조금 약해졌고, 일꾼들은 점심을 먹고 나서 오후 일을 시작하려고 막 밭으로 다시 간 참이었다. 요셉은 싸늘한 헛간에서 짚을 채운 돗짚자리에 혼자 누워 있었다.

요셉은 발소리가 들리자 고개를 들었다가 다시 짚베개에 고개를 내려놓았다.

한수가 커다란 상자 두 개를 요셉 앞에 내려놓고 나서 돗짚자리 옆에 놓인, 의자로 쓰는 두꺼운 나무판 위에 앉았다. 잘 재단된 정장과 광이 나고 무늬가 새겨진 가죽 구두 차림인데도 한수는 헛간에서 편안해 보였고 지독한 악취와 차가운 공기에도 신경 쓰지 않았다.

요셉이 말했다. "당신이 아이 아버지군요. 아닙니까?"

한수는 흉터가 생긴 남자의 얼굴을 살폈다. 한때 날렵하게 뻗어 있던 턱선 가장자리가 우둘투둘했다. 요셉의 오른쪽 귀는 이제 안으로 오므라들어 꽉 다문 꽃봉오리 같았다.

"그래서 이 모든 일을 하는 거겠죠." 요셉이 말했다.

"노아는 내 아들이야." 한수가 말했다.

"우린 당신한테 빚을 졌습니다…… 결코 다 갚을 수 없는 빚을."

한수가 눈썹을 추켜세웠지만 아무 말도 하지 않았다. 언제든 말이 적은 편이 나았다.

"하지만 당신은 아이 옆에 있을 자격이 없어요. 내 동생이 아이에게 성을 물려줬습니다. 아이는 아무것도 몰라야 해요."

"나도 아이에게 성을 줄 수 있어."

"이미 성이 있는 아이입니다. 아이에게 그런 짓을 하는 건 잘못된 일입니다."

요셉이 얼굴을 찡그렸다. 그런 작은 움직임에도 아팠다. 노아는 요셉의 동생 이삭과 같은 버릇을 가지고 있었다. 이삭처럼 신중한 어조로 말했고 밥을 먹을 때는 적당한 양을 입에 넣고 단정하게 씹었다. 노아는 딱 이삭처럼 행동했다. 아무도 시키지 않는데도 노아는 남는 시간이 있을 때마다 학교에서 쓰던 연습장을 꺼내 쓰기 연습을 했다. 노아의 얼굴 윗부분이 한수와 거울처럼 닮지 않았다면, 이 야쿠자가 노아의 친부라는 사실을 믿지 않았으리라. 시간이 지나면 노아도 알아차릴 터였다. 요셉은 경희에게 이 말을 꺼내지 않았다. 그러나 경희가 이를 눈치챘더라도 친자매보다 가까워진 선자를 보호하려고 요셉에게 말하지 않았을 것이었다.

"당신한테 아들이 없군요." 요셉이 또 다른 추측을 했다.

"당신 동생이 선자를 도운 것은 친절한 일이지만, 원래 내가 선자와 내 아들을 돌보려고 했어."

"제수씨가 그걸 원하지 않은 모양입니다."

"내가 돌보겠다고 했지만 선자는 조선에서 내 처가 되고 싶어하지 않았어. 오사카에 일본인 아내가 있으니까."

바닥에 누워 있는 요셉은 헛간 지붕을 쳐다보았다. 지붕 기둥들 사이로 들쭉날쭉한 빛줄기가 쏟아져 내렸다. 드리운 빛살에 은빛 먼지가 비스듬히 떠다녔다. 화상을 입기 전에 요셉은 이런 사소한 것들을 알아차리지 못했다. 누군가를 싫어하지도 않았다. 그래서는 안 되겠지만 요셉은 이 남자가 싫었다. 남자의 비싼 옷, 화려한 구두, 온몸에 드러나는 자신감, 지독하게 뿜어내는 난공불락의 강인함. 고통에 시달리지 않는 이 남자가 싫었다. 이 남자한테는 동생의 아이를 데려갈 권리가 없었다.

한수는 요셉의 분노를 눈치챘다.

"선자는 내가 떠나기를 바랐지. 그래서 다시 돌아올 계획으로 일단 떠났어. 돌아왔더니 선자가 없더군. 이미 혼인했다더라고. 당신 동생과."

요셉은 무엇을 믿어야 할지 알 수 없었다. 이삭이 선자에 대해 말해준 것이 거의 없었다. 이삭은 노아의 출생에 대해 잊는 것이 최선이라고 믿었던 듯했다.

"당신은 노아를 그냥 내버려둬야 해. 노아한테는 가족이 있어. 전쟁이 끝난 후에 우린 당신에게 빚을 갚기 위해 뭐든 할 거야."

한수가 가슴 앞으로 팔짱을 끼더니 말하기 전에 빙긋 웃었다.

"이 개새끼야, 내가 값을 치렀어. 내가 네 목숨을 구하려고 값을 치렀다고. 모두의 목숨을 구하려고 말이야. 내가 아니었다면 다 죽었어."

요셉이 몸을 약간 옆으로 돌리다가 통증이 밀려와 움찔했다. 때때로 여전히 불에 타고 있는 듯한 느낌이 들었다.

"선자가 당신한테 말했나?" 한수가 물었다.

"아이 얼굴만 봐도 알아. 아무 상관도 없는 사람이 이런 온갖 수고를 감내하는 것도 말이 안 되고, 난 당신이 성인군자가 아니라는 걸 알아. 난 당신 정체를……."

한수가 큰 소리로 웃었다. 요셉의 솔직함에 감탄한 듯한 웃음이었다.

"우린 고국으로 돌아갈 거야." 요셉이 말하고 눈을 감았다.

"평양은 소련이 장악했고, 부산은 미국이 점령했어. 그런 곳으로 돌아가고 싶어?"

"영원히 그렇지는 않겠지." 요셉이 말했다.

"당신은 거기서 굶어 죽을 거야."

"일본은 지긋지긋해."

"그래서 평양이나 부산으로 어떻게 돌아갈 건데? 이 농장을 걸어 다닐 수조차 없잖아."

"회사에 받아야 할 봉급이 있어. 몸이 좋아지면, 봉급을 받으러 나가사키로 돌아갈 거야."

"마지막으로 신문을 읽은 때가 언제야?" 한수가 창호를 주려고 가져온 조선 신문과 일본 신문 묶음을 상자에서 꺼냈다. 한수는 그 꾸러미를 요셉의 돗짚자리 옆에 놓았다.

요셉이 신문을 흘끗 보았지만 들어 올리지 않았다.

"당신한테 줄 돈은 없어." 한수는 요셉이 아이라도 되는 양 천천히 말했다. "회사는 절대 당신한테 지불하지 않을 거야. 절대로. 당신이 일한 기록이 없고, 당신은 일했다는 사실을 증명할 수 없어. 가난한 조선인이 모두 고국으로 귀환하는 것이야말로 일본 정부가 바라는 거지. 하지만 일본 정부는 뱃삯이든 당신의 고통에 대한 보상금이든 단 1센도 주지 않을 거라고. 하."

"무슨 말이야? 당신이 어떻게 알아?" 요셉이 물었다.

"난 알아. 난 일본을 알아." 한수가 내심 실망한 표정으로 말했다. 한수는 성인이 된 후로 줄곧 일본인들 사이에서 살았다. 장인은 반박의 여지 없이 간사이에서 제일 영향력 있는 일본인 대부업자였다. 한수는 일본인들이 작정하면 병적일 정도로 다루기 힘든 사람들이 된다고 자신 있게 말할 수 있었다. 그런 면에서 조선인과 아주 흡사하지만 일본인의 고집은 더 조용했고 알아채기가 더 어려웠다.

"일본인들한테 돈을 받아내기가 얼마나 어려운지 알아? 그들이 당신에게 돈을 주고 싶어 하지 않는다면 결코 받아낼 수 없을 거야. 시간 낭비만 하게 되겠지."

요셉은 몸이 간지럽고 열이 오르는 것이 느껴졌다.

"날마다 조선으로 가는 배에는 고향으로 가고 싶어 하는 바보들로 가득 차 있어. 그보다 두 배는 많은 배가 피란민들로 꽉 차서 일본으로 돌아와. 조선에는 먹을 게 없으니까. 지금 조선에서 오는 사람들은 당신보다 더 절박해. 일주일 지난 빵이라도 구하려고 일할 거야. 여자들은 이틀 동안 굶주리고 나면 돈을 받고 몸을 팔겠지. 먹여 살려야 하는 아이들이 있는 여자라면 하루 만에 그렇게 될 거고. 당신은 더 이상 존재하지 않는 고향을 꿈꾸며 살고 있어."

"우리 부모님이 거기 계셔."

"아니, 그렇지 않아."

요셉이 고개를 돌려 한수의 눈을 바라보았다.

"내가 왜 선자 어머니만 데려왔을 것 같아? 정말로 내가 당신 부모님과 처가 부모님을 못 찾았을까?"

"그분들에게 무슨 일이 일어났는지 모르잖아." 요셉도 경희도 1년 넘게 부모님 소식을 듣지 못했다.

"그 사람들은 총에 맞았어. 멍청하게도 떠나지 않고 남아 있던 모든 지주들이 총살됐지. 공산주의자들은 사람을 단순하게 분류하니까."

요셉이 눈물을 흘리며 두 눈을 가렸다.

한수는 거짓말을 해야만 했고, 일말의 거리낌도 없었다. 요셉과 경희의 부모가 이미 죽지 않았더라도, 굶어 죽거나 결국 늙어서 죽을 판이었다. 그들이 총에 맞았을 가능성도 다분했다. 공산주의자가 점령한 북쪽 상황은 끔찍했다. 많은 지주가 붙잡혀서 살해당했고 다른 사람들의 시신과 함께 구덩이만 판 묘에 던져졌다. 한수는 요셉의 부모가 살아 있는지 아닌지 확실히 알지 못했다. 한수가 부하들에게 위험을 무릅쓰고 찾으라고 했다면 알아낼 수 있었겠지만, 굳이 그럴 필요는 없었다. 그들의 목숨은 자신의 목적에 아무 이익이 되지 않았다. 선자의 어머니를 찾기는 쉬웠다. 부하 한 명이 이틀도 안 돼 찾았다. 요셉과 경희가 부모를 잃었다고 생각하는 편이 더 좋았다. 선자가 터무니없는 의무감에 무턱대고 그들을 따라갈 것이기 때문이었다. 어차피 요셉과 경희도 당분간은 일본에 있는 편이 나았다. 한수는 결코 자신의 아들을 평양에 보내지 않을 작정이었다.

한수는 꾸러미 중 하나를 열어 커다란 소주병을 꺼냈다. 소주병을 열어 요셉에게 건넨 다음에 다마구치와 지불 문제를 논의하러 헛간을 나섰다.

선자가 일을 끝내고 헛간으로 돌아오니 한수가 선자를 기다리고 있었다. 한수는 헛간 끝에 있는 먹이통 옆에 혼자 앉아 있었다. 책을 읽고 있는 아이들과 멀찌감치 떨어진 곳이었다. 요셉은 깊이 잠들어 있었다. 창호는 추운 창고에서 고구마 자루를 쌓고 있었고, 경희와 양진은 농장에서 저녁밥을 짓고 있었다. 한수가 먼저 선자에게 인사하며 자기 쪽으로 오라고 손짓했다. 더 이상 조심스럽게 행동할 필요를 느끼지 않았다.

선자가 한수 맞은편 의자 옆에 섰다.

"앉아, 앉아." 한수가 고집했지만 선자는 거절했다.

"다마구치가 네 아이들을 입양하고 싶다더라." 한수가 웃으며 조용히 말했다.

"뭐라꼬예?"

"내가 넌 절대로 아이들을 보내지 않을 거라고 말했어. 다마구치가 둘 중 한 명이라도 괜찮다더군. 불쌍한 사람 같으니라고. 걱정 마. 그 사람은 네 아이들을 데려가지 못해."

"우린 곧 평양에 갈 겁니더." 선자가 말했다.

"아니. 그런 일은 일어나지 않을 거야."

"무슨 소립니꺼?"

"거기 있는 사람들은 다 죽었어. 네 시부모도 형님네 부모도. 모두 땅을 가졌다는 이유로 총살당했어. 정부가 바뀌면 이런 일이 일어나기 마련이야. 적을 제거해야 하니까. 그곳에서 지주는 노동자의 적일 뿐이야." 한수가 말했다.

"오메." 결국 선자가 주저앉았다.

"그래, 슬픈 일이지. 하지만 아무것도 할 수 없어."

선자는 현실적인 여자였지만, 그런 선자조차 한수가 잔인한 사람이라고 생각했다. 선자는 이 남자를 알면 알수록, 어릴 때 사랑했던 남자는 자기 마음속으로 만들어낸 허상이었다는 사실을 깨닫고 있었다. 증명되지 않은 감정일 뿐이었다.

"넌 노아의 교육을 생각해야 해. 노아가 대학 입학시험 공부를 할 책을 몇 권 가져왔어."

"그렇지만……."

"넌 고향에 돌아가지 못해. 상황이 안정될 때까지 기다려야 해."

"그쪽이 결정할 일이 아니라예. 제 아이들은 여기서 미래가 없어예. 지금 고향에 못 돌아간다면 안전해질 때, 그때 돌아갈 낍니더."

목소리가 떨렸지만 선자는 해야 할 말을 했다.

한수는 잠시 묵묵히 있었다.

"네가 나중에 어떤 결정을 하든지, 그동안 노아는 공부를 하고 있어야 해. 노아는 대학에 가야 하고, 벌써 열두 살이야."

선자는 노아의 교육에 대해 생각해왔지만 어떻게 노아를 도울지 알지 못했다. 게다가 학비를 어떻게 댄단 말인가? 고향에 돌아가는 데 필요한 돈조차 부족했다. 세 여자는 요셉한테 들리지 않게 이 문제를 늘 의논했다. 일단 오사카로 돌아가서 다시 돈을 벌 방법을 찾아야 했다.

"노아는 이 나라에 있는 동안 공부를 해야 해. 조선은 오랫동안 혼란 상태일 거야. 더구나 노아는 이미 우수한 일본 학생이야. 조선으로 돌아갈 때 노아는 좋은 일본 대학의 학위를 갖게 되겠지. 어쨌든 부유한 조선인들이 다 그렇게 해. 자식들을 다른 나라로 보낸다고. 노아가 대학에 들어가면 학비는 내가 낼게. 모자수의 학비도 내가 낼게. 아이들이 돌아가면 좋은 가정교사도 구해 줄 수……."

"아닙니더." 선자가 큰 소리로 말했다. "아니라꼬예."

선자가 워낙 고집이 센지라 한수는 선자와 싸우지 않기로 했다. 한수는 이 사실을 경험으로 알았다. 한수는 요셉의 돗짚자리에 놓인 상자를 가리켰다.

"고기랑 말린 생선을 가져왔어. 미국에서 건너온 과일 통조림이랑 초콜릿도 있어. 다마구치 가족에게도 같은 걸 사줬어. 그러니까 너희 것을 그 사람들한테 줄 필요 없어. 상자 바닥에 옷감이 있어. 모두에게 옷이 필요한 것 같으니까. 가위랑 실이랑 바늘도 있어." 한수가 이 물건들을 가져온 것을 자랑스러워하며 덧붙였다. "다음에는 모직을 가져올게."

선자는 어떻게 해야 할지 더 이상 알 수 없었다. 자신이 배은망덕해서가 아니었다. 그저 자신의 삶이, 자신의 무력함이 수치스러웠다. 햇볕에 까맣게 탄 손과 지저분한 손톱으로 빗지 않은 머리카락을 매만졌다. 이런 모습을 한수에게 보이기 싫었다. 다시는 매력적인 여자로 보이지 않을 것이라는 생각이 문득 들었다.

"신문 좀 가져왔어. 사람들한테 읽어달라고 해. 신문에 나온 이야기는 다 똑같아. 지금은 돌아갈 수 없어. 아이들에게 끔찍한 일이 될 거야."

선자가 한수를 마주 보았다.

"그쪽이 그런 식으로 해서 저를 여기로 오게 했지예. 이번에도 그런 식으로 해서 저를 일본에 머물게 할라꼬 하고예. 그쪽이 아이들한테 더 나을 거라 해서 제가 농장으로 아이들도 데려왔어예."

"내 말이 틀리지 않았잖아."

"지는 그쪽을 안 믿어예."

"나한테 상처를 주려는 거구나, 선자야. 말도 안 되는 소리야." 한수가 고개를 저었다. "명심해. 네 남편은 아들들이 학교에 다니기를 바랐을 거야. 나도 아이들과 네가 잘되기를 바라니까 이러는 거야, 선자야. 너랑 난…… 우린 좋은 친구야." 한수가 차분히 말했다. "우린 항상 좋은 친구일 거야. 우리한테는 항상 노아가 있을 거야."

한수는 선자의 말을 기다렸지만, 선자의 얼굴은 닫힌 문 같았다. "그리고 네 아주버니가 알아. 노아 일을. 내가 말한 건 아니야. 그 사람이 그렇게 짐작했어."

선자가 한 손으로 입을 막았다.

"걱정할 필요 없어. 다 잘될 거야. 네가 오사카로 돌아가고 싶다면 김창호가 알아서 주선해줄 거야. 내 도움을 거절하는 건 이기적인 짓이야. 아이들이 모든 혜택을 받게 해줘야지. 난 네 아들 둘 다한테 많은 걸 줄 수 있어."

선자가 입을 열기도 전에 창호가 헛간으로 돌아왔다. 창호는 여전히 책에 푹 빠져 있는 아이들을 지나쳤다.

"사장님." 창호가 말했다. "이렇게 뵈니 반갑네요. 마실 것 좀 드릴까요?"

한수가 괜찮다고 말했다.

선자는 한수에게 아무것도 권하지 않았다는 것을 뒤늦게 깨달았다.

"그럼, 오사카로 돌아갈 준비가 됐나?" 한수가 창호에게 물었다.

"네, 사장님." 창호가 빙긋이 웃으며 말했다. 선자가 괴로워 보였지만 일단은 선자에게 아무 말도 하지 않았다.

"얘들아." 한수가 헛간 건너편을 향해 소리쳤다. "책은 어때?"

창호가 아이들에게 가까이 오라고 손짓하자 아이들이 뛰어왔다.

"노아야, 다시 학교 가고 싶어?" 한수가 물었다.

"예, 선생님. 하지만……."

"네가 다시 학교에 다니고 싶다면 당장 오사카로 돌아가야 해."

"농장은요? 그리고 조선은요?" 노아가 등을 쭉 펴며 물었다.

"당분간은 조선으로 돌아갈 수 없단다. 그 사이에 네 머리가 텅 비게 두면 안 되지." 한수가 빙긋 웃으며 말했다. "내가 너한테 갖다준 문제집은 어떤 것 같아? 어려워?"

"예, 선생님. 그래도 배우고 싶어요. 사전이 필요할 것 같아요."

"사전을 구해주마." 한수가 자랑스럽게 말했다. "네가 공부를 하겠다면 내가 학교에 보내줄게. 아이는 학비 걱정을 할 필요가 없단다. 조선인 어른으로서 어린 조선인의 교육을 도와야지. 우리가 아이들을 뒷바라지하지 않으면 어떻게 위대한 나라가 될 수 있겠어?"

노아가 활짝 웃었고, 선자는 아무 말도 할 수 없었다.

"근데 난 농장에서 살고 싶은데요." 모자수가 끼어들었다. "불공평해요. 난 학교 안 갈래요. 난 학교 싫단 말이에요."

한수와 창호가 껄껄대며 웃었다.

노아가 모자수를 자기 쪽으로 잡아당기고 고개 숙여 인사했다. 아이들은 헛간의 다른 쪽으로 갔다.

어른들과 멀찌감치 떨어지자 모자수가 노아에게 말했다. "다마구치 상이 우리가 여기서 영원히 살아도 된댔어. 우리가 꼭 아저씨 아들들 같대."

"모자수, 우린 계속 헛간에서 살 수 없어."

"난 닭이 좋아. 오늘 아침에 달걀 꺼낼 때는 닭한테 한 번도 안 쪼였어. 헛간은 잠자기도 좋은데. 큰어머니가 건초로 이불도 만들어줬으니까."

"응, 근데 더 나이가 들면 생각이 달라질걸." 노아가 두꺼운 문제집들을 양팔로 안으며 말했다. "아빠는 우리가 대학에 들어가서 교육받은 사람이 되길 바랐을 거야."

"난 책 싫어." 모자수가 잔뜩 찌푸린 얼굴로 말했다.

"형은 책이 정말 좋아. 하루 종일 아무것도 안 하고 책만 읽을 수도 있어. 아빠도 책 읽는 걸 아주 좋아했어."

모자수가 몸 씨름을 벌이려고 노아에게 달려들자, 노아가 소리 내어 웃었다.

"형, 아빠는 어떤 사람이었어?" 모자수가 똑바로 앉으며 형을 진지하게 바라보았다.

"아빠는 키가 컸어. 그리고 너처럼 살빛이 하얬어. 나처럼 안경을 썼고. 아빠는 학교에서 아주 공부를 잘했고 혼자서 책을 보고도 잘 익혔대. 배우는 걸 진짜 좋아했어. 책을 읽을 때 행복했고. 아빠가 나한테 그렇게 말했어."

노아가 빙긋이 웃었다.

"꼭 형 같네." 모자수가 말했다. "나랑은 달라. 난 만화가 좋아."

"그건 진짜 책이 아니야."

모자수가 어깨를 으쓱했다.

"아빠는 항상 엄마랑 나한테 다정했어. 자주 큰아버지를 놀리고 웃게 하기도 했어. 아빠가 나한테 편지 쓰는 거랑 구구단 외우는 걸 가르쳐줬어. 내가 우리 학교에서 일등으로 구구단을 다 외웠지."

"아빠가 부자였어?"

"아니. 목사는 부자가 못 돼."

"난 부자가 되고 싶어." 모자수가 말했다. "커다란 트럭이랑 운전사가 있으면 좋겠어."

"헛간에서 살고 싶다고 한 것 같은데." 노아가 싱긋 웃었다. "아침마다 달걀을 모으면서."

"한수 아저씨처럼 트럭이 있는 게 더 좋아."

"형은 아빠처럼 교육을 받은 사람이 되고 싶어."

"난 아니야." 모자수가 말했다. "난 돈을 많이 벌고 싶어. 그럼 엄마랑 큰어머니가 일을 안 해도 되잖아."

9

1949년, 오사카

온 가족이 오사카로 돌아온 후, 한수는 창호에게 쓰루하시 시장의 상점 주인들에게 자릿세를 거두는 일을 맡겼다. 자릿세를 받는 대신에 한수의 회사에서 그들을 보호하고 지원했다. 적지 않은 금액을 내고 싶어 하는 사람은 당연히 없었지만 이 문제에 관해서는 선택의 여지가 거의 없었다. 드물게 돈이 없다고 아우성치거나 어리석게도 내지 않겠다고 하는 사람이 있으면 한수는 창호가 아닌 다른 부하들을 보내 상황을 정리했다. 상점 주인이 자릿세를 내는 것은 오랜 관행이었다. 장사를 하다 보면 발생하는 부가 비용일 뿐이었다.

한수의 대리인은 더 큰 조직의 일원에 걸맞게 보여야 했고, 일본인이든 조선인이든 한수 밑에서 일하는 사람들은 불필요하게 주목을 끌지 않도록 눈에 띄지 않게 각별히 조심했다. 근시를 교정하기 위한 두꺼운 안경을 제외하면 창호는 호감이 가는 외모였다. 겸손했고 부지런한 데다 말씨도 세련됐다. 창호가 유능하고 변함없이 정중했기 때문에, 한수는 창호한테 수금을 맡기기를 좋아했다. 김창호는 지저분한 짓을 덮는 깔끔한 포장지였다.

토요일 저녁이었고 김창호가 그 주의 자릿세를 막 거둔 참이었다. 예순 개가 넘는 돈뭉치는 각각 깨끗한 종이로 싸여 상점 이름이 적혀 있었다. 아무도 자릿세 지불을 미루지 않았다. 창호는 주차된 한수의 세단에 다가갔고 차에서 내리는 사장한테 인사했다. 운전사가 나중에 두 사람을 태우러 올 터였다.

"한잔하자." 한수가 창호의 등을 두드리며 말했다. 두 사람은 시장 쪽으로 걸었다. 길을 걷는 동안 사람들이 끊임없이 한수에게 인사했고, 한수는 고개를 까닥이며 인사를 받았다. 하지만 누구 앞에서도 멈추지 않았다.

"널 새로운 곳으로 데려갈 거야. 거기 예쁜 여자들이 있어. 헛간에서 그리 오래 살았으니 여자가 필요하겠지."

창호가 놀라서 웃음을 터뜨렸다. 사장은 평소에 이런 이야기를 잘 하지 않았다.

"너 그 부인을 좋아하잖아." 한수가 말했다. "나도 알아."

창호는 차마 대답하지 못하고 계속 걸었다.

"선자의 형님 말이야." 한수가 좁은 시장 거리를 걸어가면서 앞을 똑바로 바라본 채 말했다. "여전히 곱더군. 남편은 잠자리를 더 이상 못 할 거야. 술을 갈수록 많이 마시고 있겠지. 안 그래?"

창호가 안경을 벗어 손수건으로 안경알을 닦았다. 창호는 요셉을 좋아했고 그를 두둔할 수 없어 속상했다. 요셉은 술을 많이 마셨지만 나쁜 사람이 아니었다. 분명히 동네 사람들은 여전히 요셉을 존경하고 있었다. 요셉은 몸이 괜찮을 때면 집에서 아이들의 학교 숙제를 돕고 조선어를 가르쳤다. 가끔 아는 공장에 기계를 고쳐주러 가기도 했지만 그 몸 상태로는 정기적인 일을 할 수 없었다.

"집은 어때?" 한수가 물었다.

"이렇게 잘 살아본 적이 없습니다."

창호의 말은 사실이었다. "음식이 아주 맛있습니다. 집이 아주 깨끗하고요."

"그 여자들을 지켜줄 일꾼이 필요해. 그런데 그 부인을 향한 네 마음이 너무 커진 것 같아서 걱정이군."

"사장님, 고국으로 돌아가는 문제를 요즘 더 많이 생각 중입니다. 대구가 아니라 북쪽으로요."

"또 그 소리야? 안 돼. 더 이상 왈가왈부하지 마. 네가 그 사회주의자 모임에 나간다고 해도 상관은 없는데, 고국으로 돌아가니 어쩌니 하면서 해대는 그 허튼소리는 아예 믿지 마. 민단* 지도자들도 나을 게 없어. 넌 북쪽에 가면 살해될 거고 남쪽에 가면 굶주릴 거야. 그들은 일본에서 살았던 조선인들을 싫어해. 난 잘 알아. 네가 간다면 난 너를 도와주지 않을 거야. 절대로."

"김일성 지도자가 일제에 맞서 싸웠고……."

---

* 우익 재일조선인을 중심으로 구성된 재일본대한민국거류민단의 약칭.

"난 그 무리를 알아. 몇몇은 진짜로 그 이념을 믿을지 모르지만, 대부분은 그저 매주 봉급 봉투를 챙기려는 사람들이야. 여기에 사는 지도자들은 절대 고국으로 돌아가지 않아. 두고 보라고."

"하지만 우리가 나라를 위해 뭔가 해야 한다고 생각하지 않으세요? 외세에 나라가 갈라지고 있는데……."

한수가 양손을 창호의 어깨에 올리고 정면으로 마주 보았다.

"네가 너무 오랫동안 여자를 안지 않아서 똑바로 생각하지 못하는 거야." 한수가 싱긋 웃고 나서 다시 진지한 표정을 지었다. "잘 들어. 난 조련*과 민단의 지도자들을 다 알아." 한수가 코웃음을 쳤다. "난 그 사람들을 아주, 아주 잘 알아……."

"하지만 민단은 미국의 꼭두각시일 뿐……."

한수가 젊은이의 진심에 즐거워하며 미소 지었다.

"내 밑에서 일한 지 얼마나 됐지?"

"사장님이 일자리를 주셨을 때 제가 열두 살인가 열세 살인가 그랬습니다."

"내가 너랑 정치 이야기를 진지하게 한 게 몇 번이나 되지?"

창호는 기억을 더듬느라 애를 썼다.

"전혀 없어. 그런 이야기는 안 한다고. 난 사업가야. 난 너도 사업가가 되면 좋겠어. 그리고 네가 그런 모임에 갈 때마다 남한테 휘둘리지 않고 네 머리로 생각하고, 반드시 네 이익을 챙기면 좋겠어. 일본인이든 조선인이든, 단체 생각에만 빠져 깝죽대는 놈들

---

* 좌익 재일조선인 계열로 구성된 재일본조선인연맹의 약칭.

은 끝장나게 돼 있어. 진실은 자애로운 지도자 따위는 없다는 거야. 네가 날 위해서 일하니까 난 널 보호하지. 네가 바보처럼 굴면서 나한테 득이 되지 않는 짓을 하면, 난 널 보호하지 않아. 그런 조선인 단체들 이야기를 하자면, 거기 지도자들도 그저 인간일 뿐이라는 사실을 명심해야 해. 돼지와 다를 바 없이 멍청한 인간들이야. 그리고 우리는 돼지를 먹지. 넌 전시에 굶주리고 있는 일본인들에게 터무니없는 값을 받고 고구마를 파는 농장주 다마구치와 살았잖아. 그 사람은 전시 규정을 어겼고 난 그 사람을 도왔어. 그 사람은 돈을 벌고 싶어 했고 나도 마찬가지니까. 그 사람은 자기가 예의 바르고 착실한 일본인이라거나 자랑스러운 민족주의자라고 생각하겠지. 다 그렇지 않아? 그 사람은 형편없는 일본인이지만 영리한 사업가야. 난 좋은 조선인도 아니고 일본인도 아니야. 난 돈을 아주 잘 벌어. 모두가 사무라이 어쩌고 하는 헛소리나 믿는다면 이 나라는 결딴날 거야. 천황도 다른 사람 따위 신경이나 쓸 것 같아? 그러니까 난 너한테 그런 모임에 가지 말라거나 단체에 가입하지 말라고는 하지 않을 거야. 하지만 이건 알아둬. 그 공산주의자들은 너 따위엔 신경 안 써. 그들은 아무한테도 신경 쓰지 않아. 그들이 조선을 신경 쓴다고 생각한다면 넌 미친 거야."

"이따금 제 고향이 그립습니다." 창호가 조용히 말했다.

"우리 같은 사람한테 고향은 없어." 한수가 담배 한 개비를 꺼내자 창호가 서둘러 불을 붙여주었다.

김창호는 스무 해 넘게 고향에 돌아가지 못했다. 창호가 아장

아장 걸어 다니는 아기일 때 어머니가 죽었고 얼마 지나서 소작농인 아버지도 죽었다. 누나는 온 힘을 다해 창호를 키웠지만 결국 혼인한 후 이어서 종적을 감추는 바람에 창호는 길에서 구걸하는 신세가 됐다. 창호는 북에 가서 나라를 다시 하나로 만들기 위해 힘을 보태고 싶었으나, 대구에도 가고 싶었다. 부모의 묘를 찾아가서 돌보고 이제는 제사도 제대로 지내고 싶었다.

한수가 담배를 길게 빨아들였다.

"내가 여기를 좋아하는 거 같지? 아니야, 난 여기가 싫어. 하지만 난 여기서는 무엇을 해야 할지 알아. 너 가난해지기 싫잖아. 창호야, 넌 내 밑에서 일하면서 잘 먹고 잘 벌었어. 그래서 이런저런 이념에 대해 생각하기 시작했지. 당연한 일이야. 애국심은 그저 이념이야. 자본주의나 공산주의도 마찬가지고. 하지만 이념에 빠진 사람은 자신의 이익을 잊게 돼. 그리고 높은 자리에 있는 지도자들은 그 이념에 지나치게 심취한 사람을 이용하지. 넌 조선을 바로잡을 수 없어. 너 같은 사람들이나 나 같은 사람이 백 명이 있어도 조선을 바로잡을 수 없어. 일본이 빠져나가고, 이제 소련과 중국과 미국이 거지같이 작은 우리나라를 차지하려고 싸우고 있어. 네가 그들과 싸울 수 있을 것 같아? 조선은 잊어버려. 네가 가질 수 있는 것에 집중해. 그 부인을 원해? 좋아. 그럼 그 남편을 없애버리거나 그 사람이 죽을 때까지 기다려. 그게 네가 할 수 있는 일이야."

"경희 씨는 남편을 떠나지 않을 겁니다."

"그 남자는 패배자야."

"아니요, 아니에요. 그렇지 않습니다." 김창호가 진지하게 말했다. "그리고 경희 씨는 그런 여자가 아니……." 창호는 이 이야기를 더 이상 할 수 없었다. 요셉이 죽을 때까지 기다릴 수는 있지만, 사람이 죽기를 바라는 것은 잘못된 일이었다. 창호는 아내가 남편에게 충실해야 한다는 것을 비롯해 많은 신념이 있었다. 경희가 낙심한 남자를 버리고 떠난다면, 자신이 지극한 애정을 쏟을 가치가 있는 사람이 아닐 것이었다.

한수는 길거리 끝에서 걸음을 멈추고 평범해 보이는 술집 쪽으로 고개를 까딱했다.

"지금 여자를 안을래? 아니면 집으로 돌아가서 다른 남자의 아내나 원할래?"

창호는 문손잡이를 빤히 쳐다보다가 잡아당겨 문을 열고 사장이 먼저 들어가기를 기다렸다가 그 뒤를 따라 안으로 들어갔다.

오사카에 지은 새 집은 예전 집보다 다다미 2조 정도 더 넓었고 타일과 원목, 벽돌로 지어 더 견고했다. 한수가 예상했던 대로, 예전 집은 폭격으로 완전히 파괴됐다. 경희는 집문서를 외투 안감 속에 넣어 꿰매놓았고, 때가 되자 한수의 변호사는 지방 관청에서 요셉의 재산권을 인정받을 수 있도록 도와주었다. 농장을 떠날 때 다마구치가 준 격려금으로 요셉과 경희는 예전 집 인근에 빈 땅을 샀다. 그리고 한수네 건설 회사의 도움을 받아 집을 다시 지었다. 이번에도 요셉은 이웃 사람들에게 자신이 집주인이라고 말하지 않았다. 항상 실제보다 가난해 보이는 편이 현명했다. 집의 외관은 이카이노 거리의 다른 집들과 거의 비슷했다. 가족들은 창호가 같이 살아야 한다고 뜻을 모았고, 요셉의 청을 창호는 거절하지 않았다. 여자들은 질이 좋은 벽지를 발랐고, 작은 창문에 쓸 튼튼하고 두꺼운 유리를 샀다. 따뜻한 누비이불과 방석을 만들 천에 돈을 조금 더 써서 좋은 것으로 골랐고, 밥 먹을 때와 아이들이 숙제를 할 때 사용할 나지막한 조선 밥상을 샀다.

집 정면에서는 널찍한 판잣집 정도로만 보였지만, 안은 대단히 깨끗하고 잘 정리된 집이었고, 음식을 나르는 수레 두 개를 밤새 보관할 수 있을 만큼 넓은 부엌이 있었다. 부엌문을 열고 나가면 바로 변소가 있었다. 양진과 선자, 아이들은 낮에 안방으로 쓰는 가운데 방에서 잤다. 요셉과 경희는 부엌 옆에 있는 넓은 창고 방에서 잤고, 창호는 종이를 바른 장지문으로 양쪽 벽을 막아놓은 아주 작은 거실에서 잤다. 가족 3대와 친구 한 명으로 구성된 이 일곱 명 모두가 이카이노에서 한집에 살았다. 그래도 이웃의 사정을 고려하면, 그들의 거처는 아주 편안한 편이었다.

김창호가 저녁 늦게 술집에서 집으로 돌아왔을 때는 모두가 잠들어 있었다. 한수가 대단히 매력적인 조선 여자를 사주었고, 창호는 그 여자와 뒷방으로 갔다. 끝내고 나서 공중목욕탕에 가고 싶었지만 집에서 가까운 곳은 그날 밤에 문을 닫았다. 창호는 변소 옆 세면대에서 최대한 깨끗하게 씻었지만 여전히 여자의 반짝거리는 분홍색 립스틱의 밀랍 맛이 입에 남아 있었다.

여자는 어렸고 기껏해야 스무 살이었다. 뒷방에 있지 않을 때는 종업원으로 일했다. 전쟁과 미군 점령을 거치면서, 그 술집에서 일하는 다른 여자들과 마찬가지로 그 여자는 더 강인해졌다. 예쁜 외모 때문에 인기가 많았을 것 같았다. 그 여자는 진아라는 이름으로 통했다.

돈을 내는 손님을 위해 따로 비워둔 뒷방에서, 진아는 문을 닫고 바로 꽃무늬 원피스를 벗었다. 속옷을 입지 않고 있었고, 몸이 길고 가늘었다. 브래지어가 필요 없는 젊은 여자의 가슴은 둥글고 봉긋 솟아 있었고, 다리는 굶주린 시골 사람처럼 삐쩍 말라 있었다. 진아는 창호의 무릎에 앉아 부드럽게 비비는 몸짓을 하면서 그를 흥분시킨 다음에 바닥에 깔린 적갈색 요로 조심스럽게 그를 이끌었다. 창호의 옷을 벗기고 따뜻한 물수건으로 아랫도리를 능숙하게 닦아준 다음에 립스틱을 바른 입으로 고무로 된 피임 기구를 끼워주었다. 여자와 잠자리를 한 지 아주 오래됐다. 창부들하고만 잠자리를 해봤지만, 이 여자의 얼굴과 몸매가 제일 예뻤다. 이번에는 직접 돈을 내지 않았지만, 몸값이 왜 그렇게 비싼지 이해가 갔다. 진아는 그를 오빠라고 불렀고, 지금 하고 싶은지 물었다. 창호는 고개를 끄덕였고 여자의 능란한 기술에 깜짝 놀랐다. 매력적이면서 동시에 전문적이었다. 그를 부드럽게 밀쳐 눕히더니 위로 올라와 단번에 자신의 몸속으로 그를 밀어 넣었다. 그의 이마와 머리카락에 입을 맞추고 관계를 갖는 동안 그의 머리를 가슴 사이에 파묻었다. 시늉만 냈는지도 모르겠지만, 다른 창부들과 달리 자기가 하는 일을 좋아하는 것처럼 보였다. 거짓으로 거부하는 척하지 않았다. 창호는 대단히 흥분해서 곧바로 절정에 도달했다. 진아는 잠시 동안 그의 품속에 누워 있다가 일어나서 수건을 가지러 갔다. 진아는 그의 몸을 닦으면서 잘생긴 오빠라고 불렀고, 그가 생각날 거라면서 곧 다시 자기를 보러 오라고 했다. 창호는 밤새 머물면서 다시 진아를 안고 싶었지만, 한수가 바에서 기다리고 있었다. 그래서 다시 오겠다고 약속했다.

방에 들어오니 누군가 벌써 요를 펴서 잠자리를 준비해놓았다. 깨끗하게 풀을 먹인 요에 누워 자신이 누워 있는 이불을 매만지는 경희의 가느다란 손가락을 떠올렸고, 늘 그렇듯이 경희와 몸을 섞는 상상을 했다. 혼인한 여자한테 성관계는 놀랄 일이 아니겠지만, 경희가 진아처럼 성관계를 즐길 수 있을지 궁금했다. 경희가 그런다면 자신은 경희를 어떻게 생각하게 될까? 헛간에서 지낼 때 항상 창호는 여자들보다 먼저 잠들었고, 그런 순서에 감사했다. 요셉이 경희의 몸 위로 올라간다는 생각만으로도 견딜 수 없어서였다. 다행히 아무 소리도 듣지 못했고, 이 집에서도 그런 소리가 들리지 않았다. 창호는 요셉이 더 이상 아내와 잠자리를 하지 않는다고 확신했고, 그렇게 생각하니 경희를 사랑하면서도 요셉을 미워하지 않게 됐다. 이런 식으로 경희는 자신의 것이기도 했다. 창호의 감정이 분명히 드러났기 때문에 한수가 알아차렸다. 경희의 부드러운 얼굴과 우아하고 조용한 움직임에 저절로 눈길이 가는 것을 어쩔 수 없었다. 창호는 경희와 함께할 수만 있다면 죽을 수도 있다고 생각했다. 밤마다 경희와 함께할 수 있다면 기분이 어떨까? 식당에서 둘이 나란히 서서 일했을 때, 농장에서 경희와 단둘이 있었을 때, 경희의 몸을 꼭 끌어안고 싶은 충동을 억누르느라고 미칠 것 같았다. 그런 마음을 참은 것은 경희가 그에게 반응을 보이지 않으리라는 것을 알아서였다. 경희는 남편을 사랑했고, 자신이 믿는 신인 예수 그리스도를 사랑했다. 창호는 믿지 않는, 배우자가 아닌 사람과 간음하지 말라고 가르친 예수 그리스도를 경희는 믿었다.

창호는 눈을 감은 채 경희가 얇은 장지문을 열기를 바랐다. 그 창부처럼 경희가 옷을 스르르 풀어 내릴지도 몰랐다. 경희를 들어 올려 품속에 꽉 안을 터였다. 경희와 사랑을 나눈다면 그대로 죽어도 좋을 것 같았다. 그 순간 자신의 삶이 더없이 완벽해질 것이기 때문이었다. 경희의 작은 젖가슴과 하얀 배와 다리, 불두덩의 그림자를 마음속에 그렸다. 몸이 다시 달아올랐다. 한없이 하고 또 할 수 있을 것 같았고 그래도 만족하지 못할 것 같았다. 창호는 오늘 밤 자신이 꼭 사내아이 같다고 생각하면서 조용히 웃었다. 예쁜 창부와 자면 경희 생각을 지울 수 있으리라는 한수의 생각은 틀렸다. 오히려 지금 그 어느 때보다 강하게 그녀를 원하고 있었다. 오늘 밤 달콤한 맛을 보고 나니 이제 그 맛을 한없이 한가득 느끼고 싶었다. 그 쾌락에 몸을 깊이 담그고 싶었다.

창호는 자위를 하고 나서 안경을 쓴 채로 잠들었다.

아침이 되자, 창호는 다른 사람들보다 먼저 일어나서 아침밥을 먹지 않고 일하러 갔다. 저녁에 집에 돌아오다가 길에서 사탕 수레를 밀고 가는 가냘픈 어깨를 알아보았다. 창호는 경희를 따라잡으려고 재빨리 뛰어갔다.

"내가 할게요."

"아, 안녕하세요." 경희가 안도한 웃음을 지었다. "그렇지 않아도 아침에 없어서 우리가 걱정했어요. 어젯밤에도 못 봤잖아요. 밥은 먹었어요?"

"난 괜찮아요. 내 걱정은 할 필요 없어요."

사탕을 담아놓은 봉지가 하나도 남지 않은 것을 알아차렸다. "봉지가 동났네요. 오늘 장사가 잘됐어요?"

경희가 다시 웃으며 고개를 끄덕였다. "다 팔았어요. 하지만 흑설탕값이 다시 올랐어요. 젤리를 만들어볼까 봐요. 설탕이 덜 들어가니까요. 새 조리법을 좀 찾아봐야겠어요." 경희가 걸음을 멈추고 손등으로 이마를 훔쳤다.

창호가 수레를 건네받아 밀었다.

"선자 씨는 벌써 집에 갔어요?" 창호가 물었다.

경희가 걱정스러운 표정으로 고개를 끄덕였다.

"무슨 일 있어요, 누님?"

"오늘 밤에 싸움이 안 났으면 좋겠어요. 남편이 요즘 모두에게 너무 모질게 굴어요. 게다가 남편이……." 경희는 더 이상 말하고 싶지 않았다. 요셉의 건강이 급작스럽게 안 좋아지고 있었지만, 안타깝게도 화상과 부상의 끔찍한 통증을 느낄 만한 정신은 있었다. 사소한 일 하나하나에 마음이 상했고 이제는 화가 나면 참지 않았다. 귀가 잘 안 들리니 크게 소리를 질렀는데, 전쟁 전에는 절대 안 보이던 모습이었다.

"아이들 학교 때문에요. 알다시피요."

창호가 고개를 끄덕였다. 요셉은 가족이 고국으로 돌아갈 준비를 해야 하니 아이들을 동네에 있는 조선 학교에 보내야 한다고, 아이들이 조선어를 배워야 한다고 선자에게 거듭 말해왔다. 한수는 선자에게 정반대로 말하고 있었다. 선자는 아무 말도 할 수 없었지만, 지금은 돌아가기에 지독히 좋지 않은 때라는 사실을 모두가 알았다.

집으로 이어지는 도로가 텅 비어 있었다. 해가 지면서 부드러운 회색빛과 분홍빛 황혼이 드리웠다.

"조용하니 참 좋네요." 경희가 말했다.

"네." 창호가 손잡이를 조금 더 꽉 움켜쥐었다.

경희가 올려 묶은 머리에서 흘러내린 머리카락을 귀 뒤로 쓸어 넘겼다. 하루 종일 일하고 난 다음인데도 경희의 표정에는 깨끗하고 밝은 면이 있었다. 더럽혀질 수 없는 것이었다.

"어젯밤에 남편이 또 학교 문제로 선자한테 소리를 질렀어요. 남편은 좋은 뜻으로 그러는 거예요. 통증이 아주 심하기도 하고요. 노아는 일본 학교에 가고 싶어 해요. 와세다대학교에 가고 싶대요. 상상이 돼요? 그렇게 대단한 학교를!" 경희는 아이의 큰 꿈이 대견해서 빙긋 웃었다. "그리고, 음, 모자수는 아예 학교에 안 가려고 해요." 경희가 소리 내어 웃었다. "물론 지금은 우리가 언제 돌아갈 수 있을지 분명하지 않지만 아이들은 읽고 쓰는 법을 배워야 해요. 그렇지 않아요?" 경희는 자기도 모르게 울고 있었지만 이유를 설명할 수 없었다.

창호가 안경을 닦을 때 쓰는 손수건을 외투 주머니에서 꺼내 경희에게 건넸다.

“우리가 어떻게 할 수 없는 일들이 너무 많아요.” 창호가 말했다.

경희가 고개를 끄덕였다.

“고향에 가고 싶어요?”

경희는 창호의 얼굴을 보지 않고 말했다. “우리 부모님이 돌아가셨다니 못 믿겠어요. 꿈속에서는 두 분이 살아 계시는 것 같은데. 부모님을 만나고 싶어요.”

“하지만 지금은 돌아갈 수 없어요. 위험해요. 상황이 더 좋아지면…….”

“곧 그런 날이 올까요?”

“음, 우리가 어떤지 알잖아요.”

“무슨 뜻이에요?” 경희가 물었다.

“우리 조선인이요. 우리는 서로 다투고 있어요. 하나같이 자기가 더 똑똑하다고 생각하죠. 누가 지도자가 되든 자기 권력을 지키려고 격렬하게 싸울 거예요.” 창호는 한수가 자기한테 한 말을 그대로 따라했다. 특히 인간의 가장 추악한 면을 보는 일이라면 한수가 늘 옳아서였다. 이런 면에서 한수는 항상 정확했다.

“그럼 창호 씨는 공산주의자가 아니에요?” 경희가 물었다.

“네?”

“정치 모임에 가잖아요. 난 창호 씨가 그런 데 간다면 그 사람들이 그렇게 나쁜 사람들이 아닐 거라고 생각했어요. 그들은 일본 정부에게 반기를 들고 조선을 다시 하나로 만들고 싶어 하잖아요, 그렇죠? 무슨 말이냐면, 미국이 조선을 갈라놓으려고 하는 거 아니에요? 시장에서 사람들한테 여러 이야기를 들었는데 뭘 믿어야 할지 잘 모르겠어요. 남편은 공산주의자들이 나쁜 무리라고 했어요. 그들이 우리 부모님을 죽인 사람들이라고요. 있잖아요, 우리 아버지는 모든 사람들에게 웃음을 지었어요. 항상 좋은 일을 하셨어요."

경희는 왜 부모님이 살해당했는지 이해할 수 없었다. 아버지는 셋째 아들이어서 가진 땅이 아주 적었다. 공산주의자가 모든 지주를 죽였을까? 별로 많지 않은 땅을 가진 사람들까지? 경희는 창호가 좋은 사람이었고 세상일을 많이 알았기 때문에 그가 어떻게 생각하는지도 궁금했다.

창호는 수레에 기댄 채 경희를 유심히 바라보았다. 경희를 위로하고 싶었다. 창호는 경희가 자신에게 조언을 구하고 있다는 것을 알았고 그래서 자신이 중요한 사람이 된 기분이 들었다. 이런 여자와 함께라면 더 이상 정치에 관심이나 둘지 알 수 없었다.

"다른 종류의 공산주의자도 있나요?" 경희가 물었다.

"그럴 거예요. 내가 공산주의자인지 나도 모르겠어요. 난 일본이 조선을 다시 넘겨받는 것에 반대해요. 소련과 중국이 조선을 통치하는 것도 원하지 않아요. 미국이 차지하는 것도 싫고요. 왜 조선을 그냥 내버려두지 않는지 모르겠어요."

"하지만 창호 씨가 방금 말했듯이 우리는 서로 싸우고 있잖아요. 꼭 할머니 둘이 말다툼을 하는데 마을 사람들이 상대방의 못된 점을 할머니들 귀에 대고 계속 속삭이면서 부추기고 있는 것 같아요. 할머니들이 화해하고 싶다면 다른 모든 사람들 말은 무시하고 두 사람이 한때 친구였다는 사실을 기억해야 하는데."

"아무래도 누님을 지도자로 올려야겠는데요." 창호가 집을 향해 수레를 밀면서 말했다. 잠깐 걷는 길이었지만 경희와 같이 있어서 행복했다. 하지만 그렇기 때문에 더욱더 원하게 됐다. 때로 경희 옆에 있기가 너무 버거워서 그런 모임에 나갔다. 한편으로는 날마다 경희를 볼 수 있기에 그 집에서 살고 있었다. 창호는 경희를 사랑했다. 이 마음이 절대 바뀌지 않을 것이라고 생각했다. 참 난감한 상황이었다.

집까지 몇 걸음밖에 남지 않자 두 사람은 느릿느릿 걸으면서 그날 하루 일어난 이런저런 일을 소곤거렸다. 마음이 퍽 흡족했고 수줍음이 조금 줄었다. 김창호는 계속 사랑의 고통을 겪게 될 터였다.

10

1953년 1월, 오사카

돈 걱정에 뒤척이던 선자는 내다 팔 사탕을 만들려고 한밤중에 일어났다. 양진은 딸이 잠자리에 없는 것을 알아차리고 부엌으로 갔다.

"니 요새 잠을 통 안 자더라." 양진이 말했다. "그렇게 안 자면 몸에 탈 난데이."

"엄마, 지는 괜찮아예. 엄마는 다시 주무이소."

"내는 늙었다 아이가. 많이 안 자도 된다." 양진이 앞치마를 두르며 말했다.

선자는 노아의 과외비를 마련하려고 애쓰는 중이었다. 노아는 와세다대학교 입학 시험에 몇 점 차이로 떨어졌고, 수학 과외를 받는다면 다음 시험에는 합격할 수 있다고 확신했다. 과외비는 터무니없이 비쌌다. 여자들은 노아가 경리 일을 그만두고 공부에만 몰두할 수 있도록 돈을 더 벌려고 노력했지만, 노아의 봉급과 여자들이 음식을 팔아서 번 돈으로는 생활비와 요셉의 치료비를 감당하기도 힘들었다. 창호는 매주 숙식비를 주었다. 창호는 노아의 과외비에 돈을 보태려고 했지만, 요셉은 여자들에게 적정한 값 이상의 돈을 받지 말라고 했다. 요셉은 선자가 한수한테 노아의 학비를 받는 것도 허락하지 않았다.

"어젯밤에 좀 자기는 했나?" 양진이 물었다.

선자가 절구와 절굿공이 소리를 죽이려고 커다란 흑설탕 덩어리에 깨끗한 천을 덮으면서 고개를 끄덕였다.

양진은 지칠 대로 지쳤다. 3년만 지나면 예순이었다. 어렸을 때는 어떤 상황에서든 누구보다 열심히 일할 수 있다고 생각했지만 이제는 그렇지 않았다. 요즘 들어 부쩍 피곤했고 쉽게 짜증이 났다. 사소한 일로도 속을 끓였다. 나이가 들면 참을성이 더 많아지는 법이라 했는데 양진은 노여움이 더 늘었다. 이따금 손님이 음식 양이 적다고 불평하면 양진은 냅다 호통을 치고 싶었다. 요즘에는 굳게 입을 다문 딸 때문에 더욱 속상하고 견디기 힘들었다. 양진은 딸을 붙잡고 마구 흔들고 싶었다.

부엌은 집에서 가장 따뜻했고, 전등이 깜박거림 없이 빛을 비추었다. 갓 없는 백열전구 두 개가 전선줄로 천장에 매달려 있었고, 잎사귀가 다 떨어진 덩굴에 박 두 개가 쓸쓸하게 달린 것마냥 벽에 삭막한 그림자를 드리웠다.

"아직도 우리 기집애들이 생각난데이." 양진이 말했다.

"덕희 언니랑 복희 언니예? 중국서 일자리를 구했다 안 했어예?"

"말을 번드르르하게 하는 그 경성에서 온 아낙네한테 그 애들을 보내지 말았어야 했데이. 한데 그 애들이 만주 가서 돈 번다꼬 아주 신났는데 우짜겠노. 하숙집을 살 만치 돈을 벌면 돌아온다꼬 약속했데이. 참 착한 애들이었다 아이가."

선자가 자매의 상냥한 성품을 떠올리며 고개를 끄덕였다. 선자는 그렇게 착하고 좋은 사람들을 더 이상 만나지 못했다. 일제의 점령과 전쟁이 모든 사람을 바꾸어놓은 것 같았고, 이제 조선에서 벌어지고 있는 전쟁으로 상황이 더 나빠지고 있었다. 한때 마음씨 곱던 사람들은 경계심이 강해졌고 거칠어졌다. 순수함은 어린아이들한테만 남아 있었다.

"공장서 일한다꼬 간 기집애들이 다른 데로 끌려갔단 말을 장에서 들었데이. 일본 군인들한테 아주아주 무서운 일을 당했다 카더라." 양진이 혼란스러운 마음에 말을 멈췄다. "그게 사실인 거 같나?"

선자도 같은 이야기를 들었다. 한수는 사람들을 모으러 다니는 조선인들을 조심하라고 여러 번 경고했다. 그들은 일본군을 위해 일하면서 좋은 일자리가 있다고 거짓으로 약속한다고 했다. 하지만 선자는 어머니가 더 이상 걱정하지 않았으면 했다. 선자는 설탕을 최대한 곱게 으깼다.

"그 애들이 끌려갔으면 우짜노? 그런 일을 당하는 곳에?" 양진이 물었다.

"엄마, 우리야 알 수 없지예." 선자가 나지막한 목소리로 말했다. 선자는 화로에 불을 붙이고 냄비에 설탕과 물을 부었다.

"암만해도 그 사달이 난 기라. 그냥 내 느낌이 그렇다." 양진이 고개를 주억였다. "니 아버지가…… 우리가 하숙집을 잃은 걸 알면 니 아버지가 억수로 슬퍼했을 기다. 아이고, 이제 고향서 싸움까지 났으니. 군대에서 노아랑 모자수랑 델꼬 갈까 봐 우리가 돌아가지도 못한다 아이가. 안 그렇나?"

선자가 고개를 끄덕였다. 선자는 아들들이 군대에 끌려가게 둘 수 없었다.

양진이 몸을 떨었다. 부엌 창틈으로 들어온 차가운 바람에 양진의 건조한 갈색 살갗이 따가웠다. 양진은 창틀 주위로 수건을 밀어 넣었다. 자리옷 위에 덧입은 낡은 면 조끼를 단단히 여몄다. 선자가 약한 불 위에서 부글부글 거품이 이는 냄비를 지켜보고 있는 동안 양진은 그다음에 녹일 설탕을 쨓기 시작했다.

선자는 설탕이 냄비에서 녹아 졸아드는 동안 계속 저었다. 부산과 오사카의 삶을 비교하면 생판 다른 생처럼 느껴졌다. 20년 동안이나 돌아가지 못했지만, 그들의 작은 바위섬 영도는 선자의 기억 속에서 더할 나위 없이 생생하고 환하게 남아 있었다. 이삭이 천국을 설명하려고 했을 때, 선자가 마음속으로 그린 천국의 모습은 고향이었다. 투명하고 빛나는 아름다움 그 자체였다. 고향 땅의 달과 별에 대한 기억도 이곳의 차가운 달과 별하고는 사뭇 다른 것 같았다. 고국의 상황이 나쁘다고 사람들이 아무리 불평해도, 선자는 유리처럼 반짝거리는 초록빛 바다 옆에 아버지가 아주 잘 관리한 밝고 튼튼한 집, 수박과 상추와 호박을 내주던 풍성한 텃밭, 맛난 것들이 떨어지는 법이 없었던 시장에 대한 추억만

이 떠올랐다. 그곳에서 살 때는 그곳을 충분히 사랑하지 못했다.

고국에서 전해져오는 소식들은 끔찍했다. 콜레라가 창궐했고 굶주림에 허덕였으며 아주 어린 남자아이들까지 억지로 군인으로 징집해 간다고 했다. 그에 비하면 오사카에서 근근이 목구멍에 풀칠하는 그들의 생활과 노아의 학비를 긁어모으려는 애처로운 노력이 편안하게 여겨질 지경이었다. 적어도 그들은 함께 있었다. 적어도 더 나은 삶을 얻고자 일할 수 있었다. 조선에서 전쟁이 일어나면서 일본의 경제가 살아났고, 일자리가 더 늘어났다. 적어도 이곳은 여전히 미국이 점령하고 있어서 필요한 설탕과 밀을 구할 수 있었다. 요셉은 선자가 한수에게서 돈을 받지 못하게 했지만, 창호가 연줄을 통해 귀한 재료를 구해 오면 여자들은 그에 대해 너무 자세히 묻거나 요셉에게 말하지 않아야 한다는 것 정도는 알았다.

양은 냄비에서 설탕이 식자마자 여자들은 재빨리 반듯한 네모 모양으로 사탕을 잘랐다.

"덕희 언니는 지가 양파 써는 게 영 어설프다꼬 자꾸 놀렸어예." 선자가 빙긋 웃으며 말했다. "그리고 가마솥을 어찌나 느리게 씻는지 두고 볼 수가 없다 캤지예. 아침마다 지가 바닥 청소를 하면 덕희 언니가 어김없이 말했어예. '항상 걸레 두 개로 바닥을 청소해야 된다카이. 먼저 쓸고 그다음에 깨끗한 걸레로 닦고 나서 새 걸레로 다시 닦아야 한다꼬!' 덕희 언니는 지가 만난 사람 중에 제일로 깔끔한 사람이었어예." 말을 하다 보니 가르치면서 점점 엄해지는 덕희의 동그랗고 수수한 얼굴이 떠올랐다. 덕희의 표정과 버릇과 목소리도 생생하게 기억났다. 기도를 자주 하지 않는 선자였지만 두 자매를 위해 마음속으로 하나님에게 기도했다. 선자는 두 사람이 군인들에게 끌려가지 않았기만을 빌었다. 이삭은 왜 어떤 이들은 다른 이들보다 더 고통받는지 우리는 알 수 없다고 말하곤 했다. 이삭은 다른 이들이 고통받을 때 결코 섣불리 판단하면 안 된다고 말했다. 왜 선자는 고통을 피했는데 그들은 그렇지 못했을까? 선자는 이해할 수 없었다. 왜 수많은 사람이 고국에서 굶주리고 있을 때 선자는 이렇게 어머니와 함께 부엌에 있을까? 이삭은 하나님에게 계획이 있다고 말하곤 했고, 선자는 그럴 수 있다고 믿었다. 하지만 이제 두 자매 생각을 하니 그 말이 별로 위로가 되지 않았다. 두 자매는 선자의 아이들이 아주 어렸을 때보다도 더 천진난만했다.

선자가 고개를 드니 어머니가 울고 있었다.

"그 애들은 어머니를 잃었고 또 아버지도 잃었데이. 내가 그 애들한테 더 잘해줬어야 했다. 혼인시킬라꼬 애썼어야 했는데 우리한테 돈이 없었다. 여인네는 고생할 팔자를 타고났데이. 우리네는 고생할 수밖에 없데이."

선자는 두 자매가 속아서 끌려갔다는 어머니의 생각이 옳다고 직감했다. 지금쯤 두 사람이 죽었을 공산이 컸다. 선자는 한 손을 어머니의 어깨에 올렸다. 어머니의 머리카락은 거의 백발이었고, 낮에는 옛날식으로 뒤통수에 쪽을 찌었다. 지금은 밤이라 숱 없는 흰 머리채를 하나로 땋아 등 뒤로 늘어뜨리고 있었다. 오랜 세월 바깥일을 해서 갸름한 갈색 얼굴에 주름이 졌고 이마와 입 주변에 깊은 골이 팼다. 선자가 기억하는 한 어머니는 제일 먼저 일어났고 제일 나중에 잠들었다. 두 자매가 같이 일할 때에도 어머니는 자매 중 동생인 덕희만큼 열심히 일했다. 어머니는 말수가 적은 사람이었는데 나이가 들면서 말이 많아졌다. 하지만 선자는 어머니에게 무슨 말을 해야 할지 영영 알 수 없을 것 같았다.

"엄마, 아빠랑 감자 캐던 거 기억나예? 아빠가 키운 예쁜 감자예. 토실토실하고 하얗고 엄마가 잿더미에 묻어서 구우면 억수로 맛났다 아닙니꺼. 그때 이후로 그래 맛난 감자를 먹은 적이 없어서……."

양진이 빙긋이 웃었다. 더 행복했던 시절이 있었다. 양진의 딸은 훌륭한 아버지였던 훈이를 잊지 않았다. 많은 아이를 잃었지만, 양진과 훈이에게는 선자가 있었다. 양진에게는 여전히 선자가 있었다.

"그나마 니 아들들은 안전하다 아이가. 그래서 우리가 여기 있는 갑다. 그래, 그라제." 양진이 말을 잠시 멈췄다. "그래서 우리가 여기 있는 갑제." 양진의 얼굴이 밝아졌다. "봐라, 모자수가 아주 웃기는 애데이. 어제 개가 미국서 살면서 영화에 나오는 거 같은 정장을 입고 모자를 쓰고 싶다 카더라. 아들 다섯을 낳고 싶다 카더라꼬!"

딱 모자수다운 소리라서 선자가 웃음을 터뜨렸다.

"미국이라꼬예? 그래서 엄마는 뭐라 캤어예?"

"아들내미 다섯 데리고 내를 보러 오기만 하면 괜찮다 캤다!"

부엌에 설탕을 졸여 만든 사탕 향이 풍겼고, 여자들은 햇살이 집 안 가득 퍼질 때까지 분주하게 일했다.

학교생활은 괴로웠다. 모자수는 열세 살이었고 나이에 비해 키가 컸다. 어깨가 떡 벌어지고 팔 근육이 잘 발달해서 몇몇 교사들보다 훨씬 남자다워 보였다. 노아가 일본식 한자를 가르치려고 엄청나게 노력했지만, 모자수는 제 학년 수준의 글을 읽거나 쓰지 못해서 열 살짜리들이 모인 반에 들어갔다. 일본말은 또래만큼 잘했다. 오히려 말솜씨가 뛰어나서 나이 많은 아이들과의 싸움에서 톡톡히 덕을 보았다. 산수는 수업을 따라갈 수준은 되었지만, 일본어 쓰기와 읽기는 형편없었다. 교사들은 모자수를 조선 멍청이라고 불렀고, 모자수는 이 지옥에서 벗어날 기회만 엿보고 있었다. 전쟁이 일어난 데다가 학업에 열중하기 힘든 상황이었는데도 노아는 고등학교를 마쳤고, 일하지 않을 때는 늘 대학 입학시험 공부를 했다. 책방에서 산 수험서와 낡은 영어 소설을 늘 지니고 다녔다.

노아는 그 동네 집을 대부분 소유한 쾌활한 일본인 호지 상 밑에서 일주일에 엿새씩 일했다. 호지 상이 부라쿠민의 피가 흐르거나 조선인이라는 소문이 있었다. 하지만 호지 상은 모든 사람의 집주인이었기에 아무도 그의 수치스러운 핏줄 이야기를 떠들어대지 않았다. 호지 상이 순수한 일본인이 아니라는 악의적인 소문은 불만이 있는 세입자한테서 나왔을 가능성이 있었지만, 호지 상은 신경 쓰지 않는 듯했다. 노아는 호지 상의 경리이자 비서로 일하면서 장부를 일목요연하게 작성했고 호지 상을 대신해서 몇

진 일본어로 여러 관청에 서신을 썼다. 호지 상은 항상 웃었고 농담을 했지만 집세를 받을 때만큼은 무자비했다. 노아에게도 봉급을 아주 적게 주었지만 노아는 불평하지 않았다. 노아가 파친코 가게나 야키니쿠 식당을 운영하는 조선인 밑에서 일했다면 돈을 더 벌 수 있었겠지만 그러고 싶지 않았다. 일본인 사무실에서 문서를 다루는 일을 하고 싶었다. 대부분의 일본인 사업가처럼 호지 상도 평소에 조선인을 고용하지 않았지만, 호지 상의 조카가 노아의 고등학교 교사였고 싸고 좋은 것을 알아보는 데 일가견이 있는 호지 상은 조카의 제일 우수한 제자를 고용했다.

노아가 저녁에 모자수의 공부를 도왔지만 두 사람 다 이것이 쓸데없는 짓이라는 사실을 알았다. 모자수는 한자를 외우는 데 영 흥미가 없었기 때문이었다. 노아는 모자수의 가정교사가 되어 동생이 간단한 계산 문제와 기본적인 쓰기만큼은 할 수 있도록 가르치려고 했다. 모자수가 시험에서 형편없는 점수를 받아 와도 노아는 놀라운 참을성을 발휘해서 절대로 화내지 않았다. 노아는 조선인들이 학교에서 어떤 취급을 받는지 알고 있었다. 대부분이 중도에 학교를 그만두었는데, 모자수에게 그런 일이 생기기를 바라지 않아서 시험 점수에 연연하지 않았다. 큰아버지와 엄마에게 모자수의 성적표를 가지고 화내지 말아달라고 부탁하기까지 했다. 노아는 모자수가 일꾼으로서 평균보다 나은 기술을 갖게 하는 것이 목표라고 두 사람에게 말했다. 노아가 그렇게 열심히 가르치지 않았다면, 모자수는 학교를 그만둔 동네의 조선인 사내아이들이 하는 일을 했을 터였다. 그 아이들은 돈을 벌려고 고철을 줍거나, 집에서 기르는 돼지 먹이를 구하려고 썩은 음식을 찾아 다니거나, 더 심하면 자잘한 범죄를 저질러 경찰서에 들락거렸다.

언제나 공부를 게을리하지 않는 노아는 모자수의 공부를 봐준 후 사전과 문법책으로 영어를 익혔다. 이때는 일본어나 조선어보다 영어에 더 흥미가 있는 모자수가 형한테 영어 단어와 숙어를 반복해서 연습시켜 새로운 어휘를 익히게 도와주었다.

모자수는 지긋지긋한 학교에서 점심시간과 쉬는 시간마다 교실 뒤쪽에 혼자 있었다. 같은 반에 조선인이 네 명 더 있었지만, 그 아이들은 모두 일본 이름으로 통했고 특히 다른 조선인 앞에서 자신들의 출신에 대해 이야기하지 않으려 했다. 모자수는 조선인 아이들이 누구인지 정확히 알았다. 같은 동네에 살았고 그 아이들의 가족을 알아서였다. 같은 학년의 조선인 아이들은 모두 열 살배기여서 모자수보다 작았고, 모자수는 경멸과 동정을 동시에 느끼면서 그 아이들과 거리를 두었다.

일본에 사는 조선인은 대부분 적어도 이름 세 개를 가지고 있었다. 모자수는 백모세를 일본식으로 바꾼 '보쿠 모자수'라는 이름으로 통했고, 학교 서류와 거주 허가증에 올라 있는 창씨개명한 성인 반도를 거의 사용하지 않았다. 서양 종교에서 따서 지은 이름과 조선인임이 명백한 성에 빈민가 주소까지 더해져서, 누구나 모자수가 어디 출신인지 알았다. 그러니 그것을 부정해봤자 소용없는 짓이었다. 일본인 아이들은 모자수와 조금도 어울리려고 하지 않았지만, 모자수는 더 이상 신경 쓰지 않았다. 더 어렸을 때는 따돌림을 당하는 것이 괴로웠지만, 노아보다는 괴롭힘이 덜한 편이었다. 그나마 노아는 같은 반 학생들보다 공부와 운동을 훨씬 잘해서 어느 정도는 위안이 되었다. 날마다 학교 수업이 시작되기 전후에 덩치 큰 아이들이 모자수에게 "조선으로 돌아가, 이 냄새나는 개자식아"라고 말했다. 그 아이들이 무리를 지어 있으면 모자수는 그냥 무시하고 계속 걸어갔다. 하지만 그 패거리 중에 한두 놈만 있으면 피를 볼 때까지 있는 힘껏 패주었다.

모자수는 자신이 이른바 불량한 조선인이 되고 있다는 것을 알았다. 경찰들은 종종 도둑질을 하거나 집에서 술을 빚었다고 조선인들을 체포했다. 매주 같은 동네에 사는 누군가가 경찰에게 조사를 받았다. 노아는 일부 조선인들이 법을 어겼기 때문에 모든 조선인이 욕을 먹는다고 말했다. 이카이노의 전 구역에 아내를 때리는 남자가 있었고 술집에서 일하며 돈을 받고 몸을 파는 어린 여자들이 있었다. 노아는 조선인들이 더 열심히 일하고 행실을 올바르게 해서 높은 지위로 올라가야 한다고 말했다. 모자수는 못된 말을 하는 사람들을 그냥 다 두들겨 패고 싶었다. 이카이노에는 욕을 해대는 심술궂은 할머니들과 인사불성으로 취해서 자기 집 밖에서 자는 남자들이 있었다. 일본인들은 조선인들이 자기들 근처에서 사는 것을 싫어했다. 더럽고, 돼지와 살아 냄새가 나며, 아이들한테 이가 있다는 이유였다. 적어도 부라쿠민은 일본 핏줄이기 때문에 조선인들이 부라쿠민보다 더 천하다고 말하기도 했다. 노아는 예전 교사들이 자신한테 선량한 조선인이라고 했다고 모자수에게 말했다. 모자수는 그 교사들이 나쁜 성적과 버릇없는 행실 때문에 자신을 불량한 조선인이라고 생각하리라는 것을 알았다.

뭐 그럼 어때서? 열 살배기 애들이 모자수가 멍청하다고 생각해도 상관없었다. 난폭하다고 생각해도 상관없었다. 모자수는 필요하다면 그 아이들의 이를 몽땅 뽑아버리는 것도 두렵지 않았다. 너희가 나를 짐승 취급한다면 진짜 짐승이 돼서 너희를 해칠 거야, 모자수는 그렇게 생각했다. 모자수는 선량한 조선인이 될 뜻이 없었다. 그게 다 무슨 소용이란 말인가.

봄이 오기 전, 조선에서 전쟁이 끝나기 몇 달 전에 교토에서 한 남자아이가 모자수의 반으로 전학을 왔다. 그 아이는 열한 살이었고 곧 열두 살이 될 참이었다. 소토야마 하루키는 낡은 교복과 허름한 신발로 보아 분명히 가난한 아이였다. 마른 몸에 시력이 나빴다. 얼굴은 작고 세모형이었다. 다른 아이들에게 쉽게 받아들여질 수도 있었을 텐데 안타깝게도 누군가가 그 아이가 조선인 빈민가와 일본인 빈곤층 거주지 사이 경계 지역에 산다는 말을 흘렸다. 사실이 아닌데도 하루키가 부라쿠민이라는 소문이 빠르게 퍼졌다. 곧이어 하루키에게 머리가 찌그러진 여름 참외처럼 생긴 남동생이 있다는 사실이 알려졌다. 하루키의 엄마는 일본인인데도 더 나은 거처를 찾기가 힘들었다. 집주인들이 그 가족이 저주받았다고 생각해서였다. 하루키한테는 아버지가 없었다. 전쟁터에서 죽은 군인이라면 이해할 만했겠지만, 사실은 하루키의 남동생이 태어나자 아기를 한 번 보고는 바로 떠나버린 것이었다.

하루키는 모자수와 달리 아이들과 어울려 지내려고 몹시 신경을 썼고 열심히 노력했지만, 가장 보잘것없는 무리의 아이들조차 하루키에게 틈을 주지 않았다. 하루키는 병든 짐승 취급을 받았다. 대장 노릇을 하는 학생들의 귀띔에 교사들도 하루키와 거리를 두었다. 새로 전학 온 아이는 이 학교가 교토의 예전 학교와 다르기를 바랐지만 여기에서도 아무런 기회가 없다는 사실을 알아챘다.

점심시간이 되면 하루키는 긴 탁자 끝에 앉았는데 보이지 않는 괄호가 쳐진 것처럼 주변에 두 자리씩 비어 있었다. 짙은 색 모직 교복을 입은 다른 아이들이 촘촘하게 줄지어 박힌 검은 옥수수 알갱이들처럼 붙어 앉아 있는 것과 대조되었다. 그 탁자에서 멀지 않은 곳에 항상 혼자 앉아 있던 모자수는 가끔씩 아이들에게 말을 걸어보려고 애쓰는 새로 온 아이를 지켜보았다. 물론 하루키에게 대답해주는 아이는 한 명도 없었다.

이렇게 한 달이 흐른 후, 마침내 모자수는 화장실에서 하루키에게 말을 건넸다.

"왜 걔들 마음에 들려고 애써?" 모자수가 물었다.

"다른 수가 없잖아?" 하루키가 대답했다.

"걔들한테 꺼져버리라고 하고 너 좋을 대로 살면 되잖아."

"그럼 넌 어떻게 사는데?" 하루키가 물었다. 무례하게 굴려는 뜻이 아니라, 그저 다른 방법이 있는지 알고 싶을 뿐이었다.

"잘 들어, 사람들이 널 좋아하지 않는다고 해서 그게 늘 네 잘못은 아니야. 우리 형이 나한테 그렇게 말했어."

"형이 있어?"

"어. 우리 형은 호지 상 밑에서 일해. 있잖아, 그 집주인."

"너희 형이 안경 쓴 그 젊은 사람이야?" 하루키가 물었다. 호지상은 하루키네 집주인이기도 했다.

모자수가 싱긋 웃으며 고개를 끄덕였다. 모자수는 동네에서 두각을 드러내는 노아가 자랑스러웠다. 모두가 노아를 존경했다.

"교실로 돌아가야겠어." 하루키가 말했다. "늦으면 혼날 거야."

"넌 겁쟁이구나." 모자수가 말했다. "선생님이 너한테 소리칠까 봐 그렇게 신경 쓰여? 가라 선생님은 너보다도 더 겁쟁이야."

하루키가 놀라서 침을 꿀꺽 삼켰다.

"네가 괜찮다면 쉬는 시간에 나랑 같이 앉아도 돼." 모자수는 이런 제안을 한 적이 한 번도 없었지만, 하루키가 그 개자식들한테 다시 한번 말을 걸려고 애쓰다가 거부당하면 도저히 참을 수 없을 것 같았다. 이상하게도 하루키가 노력하는 모습을 보는 것만으로도 괴로웠고 곤혹스러웠다.

"정말이야?" 하루키가 미소 지으며 말했다.

모자수가 고개를 끄덕였다. 두 사람은 어른이 돼서도 처음에 어떻게 친구가 됐는지 결코 잊지 않았다.

2권에서 계속

옮긴이 **신승미**

조선대학교 국어국문학과를 졸업하고 잡지 기자로 일했다. 국문학에 대한 이해와 지식을 바탕으로 소설, 인문, 에세이 등 다양한 분야의 책을 우리말로 옮기며 전문 번역가로 활동하고 있다. 《파친코》로 제17회 유영번역상을 수상했다. 옮긴 책으로 《진홍빛 하늘 아래》《인형의 집》《언브로큰》《삶, 죽음, 그리고 세상에서 가장 신비로운 물고기》《여보세요, 제가 지금 죽고 싶은데요》《몽키 마인드》《나는 나부터 사랑하기로 했다》《살며 사랑하며 글을 쓴다는 것》 등이 있다.

파친코 1

초판 1쇄 2022년 7월 27일
초판 13쇄 2024년 8월 5일

지은이 | 이민진
옮긴이 | 신승미

발행인 | 문태진
본부장 | 서금선
책임편집 | 허문선 편집 3팀 | 이준환

기획편집팀 | 한성수 임은선 임선아 최지인 송은하 송현경 이은지 장서원 원지연
마케팅팀 | 김동준 이재성 박병국 문무현 김윤희 김은지 이지현 조용환 전지혜
디자인팀 | 김현철 손성규 저작권팀 | 정선주
경영지원팀 | 노강희 윤현성 정헌준 조샘 이지연 조희연 김기현
강연팀 | 장진항 조은빛 신유리 김수연 송해인

펴낸곳 | ㈜인플루엔셜
출판신고 | 2012년 5월 18일 제300-2012-1043호
주소 | (06619) 서울특별시 서초구 서초대로 398 BnK디지털타워 11층
전화 | 02)720-1034(기획편집) 02)720-1024(마케팅) 02)720-1042(강연섭외)
팩스 | 02)720-1043 전자우편 | books@influential.co.kr
홈페이지 | www.influential.co.kr

ISBN 979-11-6834-051-0 (04840)
979-11-6834-050-3 (세트)